三國志에서
三國志演義까지
역사에서 허구로
From history to fiction

경희대학교 동아시아 서지문헌 연구소 서지문헌 연구총서 07

三國志에서
三國志演義까지

역사에서 허구로

From history to fiction

閔寬東 著

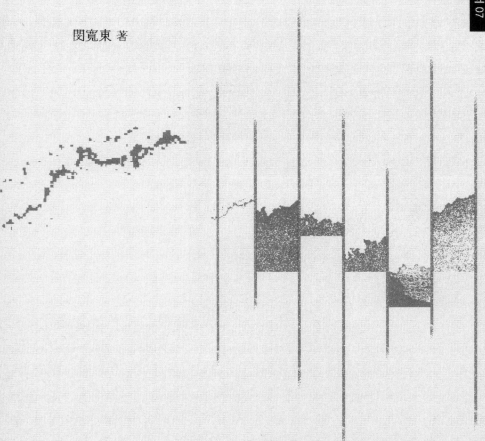

學古房

중국고전소설에 대한 연구를 시작한지 벌써 30여 년이 지나간다. 박사학위를 준비하면서 시작된 중국고전소설의 수용에 대한 연구는 점차 연구 분야를 확장하여 유입·판본·출판·번역까지 연구 영역을 확대시켰다.

그러나 기초자료가 부족하여 종종 연구의 한계와 어려움을 느끼게 되었다. 이에 해당 분야의 연구자들과 뜻을 모아 2008년에 연구팀을 구성하여, 연구센터 설립과 한국연구재단 지원사업의 수주를 위한 준비를 시작하였다. 그 결과 2010년에 경희대학교 비교문화연구소 산하에 '동아시아 서지문헌연구센터'를 최초 설립하였고, 이후 한국연구재단의 '토대연구 지원사업'에 선정되어 '한국에 소장된 중국고전소설 및 희곡 판본의 수집정리와 해제'(NRF-2010-322-A00128)'라는 주제로 2010년 9월부터 2013년 8월까지 프로젝트를 수행하였다.

토대연구 프로젝트를 통하여 전국에 흩어져있는 중국고전소설과 희곡의 판본을 수집하여 목록화 작업을 한 결과, 한국 소장 문언소설 판본목록과 통속소설 판본목록 및 희곡(탄사·고사 포함)의 판본목록을 출간하게 되었다. 또 한편으로는 中國 武漢大學 출판사와 협조하여 한국에 소장된 版本目錄과 小說史料들을 출간하여, 국내에서는 9권의 책을 출간하였고 중국에서는 4권의 책을 출간하는 등 나름의 성과를 거두었다.

토대연구 프로젝트를 수행하면서 기대 외의 성과가 나타났다. 이것이 바로 희귀본의 발굴이고 또 하나는 중국소설이 아닌 기타 서지문헌에 대한 관심분야의 확대였다. 그리하여 결국 새로운 프로젝트를 기획하게 되었는데 이것이 바로 일반 공동연구과제의 '국내 고전문헌의 목록화와 복원'이라는 프로젝트이다.(2016~2019년: NRF-2016S1A5A2A03925653)

'국내 고전문헌의 목록화와 복원' 프로젝트는 국내 문중 가운데 안동의 군자마을(후조당)과 봉화의 닭실마을(충재박물관)을 대상으로 하였고 서원으로는 玉山書院을 대상으로 고서목록 및 해제작업을 하였다. 또 그곳에서 발굴된 희귀본 『新序』·『說苑』·『酉陽雜俎』 등을 복원하였고, 그 외 中國 崇文出版社와 연결이 되어 총서 시리즈인 『朝鮮漢籍稀見版本叢刊』을 출간하였다.(『新序』·『說苑』·『酉陽雜俎』·『兩山墨談』·『世說新語補』·『世說新語姓彙韻分』·『皇明世說新語』 복원출간)

이렇게 연구 프로젝트 과제를 수행하는 과정에서 동아시아 서지문헌 연구센터도 외연이 확장되어 개별 연구소로의 독립을 추진하였다. 2019년 6월 마침내 '동아시아 서지문헌연구소'라는 이름으로 연구소가 정식으로 출범하게 되었다.

필자는 그동안 이러한 프로젝트를 수행하면서 평상시 관심 깊었던 小說 『三國志』에 대한 관련 자료들과 논문들을 다시 모아 한권의 책으로 엮어보고자 기획하였다. 여기에 게재된 논문은 대부분 토대연구나 공동연구과제로 만들어진 논문을 수정 및 보완하였거나 또는 최근에 새롭게 쓴 논문들을 다듬어 재단장 하였다.

이 책은 크게 3부로 구성되었다.

제1부 『三國志』에 대한 일반적인 總論으로 주로 小說 『三國志』의 書名에 대한 연구와 『三國演義』의 虛構와 眞實에 대한 問

題를 집중적으로 고찰하였고, 또 『三國演義』에 나오는 兵法
에 대한 조사와 분석을 하였다. 그 외 『三國演義』에 묘사된
다양한 故事成語의 해설과 분류 및 기타 名言名句 등을 위
주로 고찰하였다.

제2부 『三國志演義』의 流入과 受容에 대한 연구로 먼저 『三國志
演義』의 國內 流入과 出版 그리고 번역양상을 분석하였고,
또 근래 영남대 도서관에서 새로 발굴된 喬山堂本 『新鋟全
像大字通俗演義三國志傳』의 서지적 검토와 판본의 가치에
대하여 집중 고찰하였다. 그 외 國內 산재되어 있는 關羽廟
의 現況과 關羽神의 수용양상에 대하여 고찰하였다.

제3부 『三國志』의 政治的·宗教的 활용에 대한 연구로, 주로 정치
적 관점에서 본 關羽 神格化의 歷史的 변모양상을 중심으
로 분석하였고, 또 宗教的 관점 역시 關羽의 神格化와 宗教
的 활용을 중심으로 새로운 해석을 시도하였다.

이번에도 본서의 출간에 흔쾌히 협조해 주신 하운근 학고방 사장님
을 비롯한 전 직원 여러분께도 감사를 드린다. 그 외 원고정리 및 교정
에 도움을 준 제자 옥주와 양바름 同學에게 감사의 뜻을 전한다.

2022년 05월 05일
민관동 씀

第一部 三國志 總論

第二部 三國志演義의 流入과 受容

第三部
三國志의 政治的·宗教的 活用
(關羽를 중심으로)

第 一 部
三國志 總論

I

小說 『三國志』의 書名 연구*

『三國志』라고 불러야 할까?

『三國演義』라고 불러야 할까?

아니면 『三國志演義』라 해야 할까?

이처럼 小說 『三國志』에는 수많은 서명이 있어 다소 혼란스러울 때가 있다. 또 영문으로는 『The Romance of Three Kingdoms』라고 하는 로맨틱한 이름도 가지고 있다. 필자가 찾아본 小說 『三國志』의 가장 짧은 서명은 3字로 된 『三國志』이고 가장 긴 서명은 21字로 된 湯賓尹校正『新刻湯學士校正古本按鑑演義全像通俗三國志傳』(一名 湯賓尹本)이었다. 왜 이렇게 다양한 異名이 나왔을까? 하는 의문이 본 논제의 출발점이다.

이러한 작업의 일환으로 먼저 얼마나 많은 小說 『三國志』가 중국에서 출간되었는지를 조사할 필요가 생겼다. 즉 현존하는 최초 판본인 元代 建安 虞氏의 『三國志平話』부터 시작하여 明代 및 清代 末期

---

* 본 논문은 2020년 『중국학논총』 제68집(고려대 중국학연구소)에 게재된 논문을 일부 수정 보완한 것이다.

까지 출간된 판본들을 조사해보았다. 일반적으로 학계에 알려진 판본은 明版이 30여 종이고 淸版이 70여 종이라고 전해진다. 그러나 필자가 조사해 보니 明版은 대략 40여 종이 넘었고 淸版도 약 70여 종이 넘었다. 이는 최근에도 지속적으로 새로운 판본이 발굴되기에 나타나는 현상이기도 하다. 이러한 연유에서 필자는 70여 종이나 되는 淸版을 모두 조사할 수가 없어 약 40여 종 정도만 표본으로 수집하여 정리하였다.

明版本은 비교적 희귀본으로 학술적 가치가 있기에 다른 연구자들의 연구논문을 통하여 근거자료를 찾을 수 있었으나, 모종강본이 나온 이래 淸代 中·後期의 淸版本은 千篇一律的으로 모종강본을 근거로 출간하였기에 서지학적 가치가 적고, 또 따로 연구한 학자도 드물다. 부득이 필자가 만든 한·중·일 각 도서관에 소장된 고서목록 자료를 근거로 서명목록을 정리하였다.

이러한 기초자료를 근거로 小說 『三國志』의 서명과 유형을 분석하였고 특히 연의계열(演義系列)과 지전계열(志傳系列) 그리고 기타 書名과 異名에 대하여 심도있는 고찰을 시도하였다. 마지막으로 서명의 작명 원리와 시대별 변화분석 및 변형원인에 대하여 집중적으로 검토하였다.

1. 小說 『三國志』의 시대별 서명 목록

서명분석에 앞서 얼마나 많은 小說 『三國志』가 출간되었나 하는 문제가 선행과제이다. 조사결과 元代는 약 2종, 明代는 약 40여 종, 淸代는 약 70여 종이 출간된 것으로 추정된다. 필자는 특히 서지학적 가치가 높은 명대 판본을 위주로 조사하여 정리해 보았다.

1) 원대 소설

현재 확인되는 小說 『三國志』의 판본 가운데 가장 이른 판본은 建安 虞氏의 『三國志平話』이다. 그 외 실명씨의 『三分事略』이 있다.

(1) 『三國志平話』: 이 책은 원나라 至治年間(1321~1323)에 출간된 판본으로 원명은 『新全相三國志平話』이다. 이 책은 上圖下文(위: 그림, 아래: 문자)으로 되어 있고 한 면이 20行 20字로 되어 있다. 총 3권(상[23]·중[24]·하[23]) 70則으로 되어있으며 현재 일본 내각문고에 소장되어 있다

(2) 『三分事略』: 이 책은 별칭으로 『三國志故事』라고도 불리우며 대략 至元年間(1335-1340)에 복건지방에서 출간된 坊刻本이다. 총 3권(상·중·하)으로 되어 있으며 上圖下文에 한 면이 20行 20字로 되어있다. 판식은 『三國志平話』와 유사하다. 저자는 알 수 없고 현재 일본 天理大學에 소장되어 있다.[1)]

2) 명대 소설

小說 『三國志』의 본격적 시작은 역시 기본적인 틀이 완성된 羅貫中의 編纂本 시대부터라 할 수 있다. 필자가 조사한 명대의 판본은 대략 40여 종이었다. 다음은 이들의 書名과 出版者 및 판식 그리고 출간연도와 소장처 등을 조사하여 정리한 도표이다.[2)]

---

1) 오순방외 역, 『中國古典小說總目提要』, 울산대출판부, 1993, 86~95쪽 참고
2) 본 도표는 孫楷第, 『中國通俗小說書目』(臺灣 廣雅出版社, 1984, 35~44쪽),

番號	書名	出版者·堂號/序文	略稱	卷册·則回/行字	出刊年度	所藏處
1	三國志通俗演義	庸愚子序(1494)/張尙德序	[嘉靖本](張尙德本)	24卷·240則/9行 17字	1522	北京圖書館·日本文求堂·商務印書館.
2	新鐫通俗演義三國志傳	夷白堂	[夷白堂本]	24卷·240則/9行 17字	萬曆年間	日本慶應大
3	三國志通俗演義	殘本1册(卷8上下)丙子字	[朝鮮活字本]	12卷·240則/11行 20字	1560初中	韓國:李亮載所藏
4	新刻校正古本大字音釋三國志通俗演義	周曰校·仁壽堂(萬卷樓)	[周曰校本]	12卷·240則/13行 26字	乙本:1591	北京大·日本內閣文庫等
5	新刻校正古本大字音釋三國志傳通俗演義	周曰校甲本·朝鮮覆刻	[朝鮮覆刻本]	12卷·240則/13行 24字	1627推定	韓國淸州博物館等
6	新刊校正古本大字音釋三國志傳通俗演義	夏振宇·官板三國傳	[夏振宇本]	12卷·240則/12行 25字	明末	日本蓬左文庫
7	新鐫校正京本大字音釋圈點三國志演義	鄭以楨·寶善堂梓	[鄭以楨本]	12卷·240則/14行 30字	明末	商務印書館
8	古今演義三國志			12卷·240則	明末	據[也是園目]
9	新刊通俗演義三國志史傳	元峰子序·葉逢春	[葉逢春本]	10卷·240則16行 20字	1548	스페인왕립도서관

周兆新 主編, 『三國演義叢考』(北京大學出版社, 1995, 56~62쪽), 김문경, 『삼국지의 영광』(사계절출판사, 2002, 273~275쪽), 정원기, 『최근 삼국지연의 연구동향』(중문출판사, 1998, 144~162쪽) 등과 기타 출판 자료를 참고하여 만들었다.

番號	書名	出版者·堂號/序文	略稱	卷册·則回/行字	出刊年度	所藏處
10	新鋟全像大字通俗演義三國志傳	劉龍田·喬山堂·李祥序	[喬山堂本]	20卷·240則/15行 25字(兩側33字)	1599	옥스퍼드大·九州·嶺南大
11	新鋟(鍥)全像大字通俗演義三國志傳	笈郵齋 *喬山堂本同版	[笈郵齋本]	上同	萬曆年間	옥스퍼드大
12	新刻按鑑全像批評三國志傳	余象斗·雙峰堂	[余象斗本]	20卷·240則/16行 27字	1592	옥스포드대·캠브리지박물관
13	新刊京本校正演義全像三國志傳評林	余象斗·雙峰堂	[評林本]	20卷·240則/15行 22字	萬曆年間	와세다大學
14	新刻湯學士校正古本按鑑演義全像通俗三國志傳	湯賓尹校正	[湯賓尹本]	20卷·240則/14行 22字	1595以後	北京圖書館
15	新刻京本補遺通俗演義三國志傳	熊清波·誠德堂·	[誠德堂本]	20卷·240則/14行 28字	1596	臺灣古宮博物院·日本成簣堂文庫等
16	重刻京本通俗演義按鑑三國志傳	楊春元·楊閩齋	[楊閩齋本]	20卷·240則/15行 28字	1610	日本內閣文庫·京都大
17	新鍥京本校正通俗演義按鑑三國志傳	鄭少垣·聯輝堂	[聯輝堂本]	20卷·240則/15行 27字	1605	日本內閣·蓬左·尊經閣,成簣堂文庫
18	新鍥京本校正通俗演義按鑑三國志傳	鄭世容 *聯輝堂本同版	[雲林鄭世容本]	20卷·240則/15行 17字	1611	日本京都大
19	新刻音釋旁訓評林演義三國志史傳	朱鼎臣編輯·王泗源刊	[朱鼎臣本]	20卷·240則/14行 24字	萬曆年間	하버드大

番號	書名	出版者·堂號/序文	略稱	卷册·則回/行字	出刊年度	所藏處
20	新鍥京本校正按鑑演義全像三國志傳	熊沖宇·種德堂	[種德堂本]	20卷·240則/15行 26字(兩側34字)	萬曆年間	北京圖書館
21	新刻按鑑演義全像三國志傳	劉興我·忠賢堂	[忠賢堂本]	20卷·240則15行27字(兩側35字)	明末	日本名古屋大
22	新鋟音釋評林演義合相三國史志傳	熊佛貴·忠正堂	[忠正堂本]	20卷·240則/14行20字(兩側30字)	1603	日本叡山文庫
23	新刻京本按鑑演義合像三國志傳		[天理本]	20卷·240則/15行22字(兩側 32字)	明末	天理圖書館
24	新刻全像演義三國志傳		[北圖本]	20卷·240則/15行29字(兩側 36字)	明末	北京圖書館
25	精鐫按鑑全像鼎峙三國志傳	劉榮吾·藜光堂	[藜光堂本]	20卷·240則/15行26字(兩側 34字)	明末	大英博物館
26	考訂按鑒通俗演義三國志傳		[九州本]	20卷 240則/14行 23字	明末	日本九州大
27	新刻京本全像演義三國志傳	與畊堂·費守齋	[費守齋本]	20卷 240則/14行23字(兩側 33字)	1620	日本東北大
28	新刻考訂按鑒通俗演義全像三國志傳	黃正甫·博古生序	[黃正甫本]	20卷·240則/15行 34字	1623	北京圖書館
29	二刻按鑑演義全像三國英雄志傳	書林魏口口(畏所?)刊	[魏某本]	20卷·240則/15行 28字(兩側 35字)	明末	北京圖書館

番號	書名	出版者·堂號/序文	略稱	卷册·則回/行字	出刊年度	所藏處
30	二刻按鑑演義全像三國英雄志傳	美玉堂刊	[美玉堂本]	20卷·240則/17行30字(兩側 37字)	明末	獨逸[魏瑪]
31	新刻按鑑演義全像三國英雄志傳	楊美生	[楊美生本]	20卷·240則/16行 29字(兩側 36字)	明末	日本大轂大
32	天德堂刊本李卓吾先生評三國志	天德堂·吳翼登序·楊美生本出	[天德堂本]	20卷·240則	明末	根據[日本寶曆甲戌船載書目著錄]
33	精鐫合刻三國水滸全傳	雄飛館熊飛刊.	[雄飛館本]	20卷·240回/14行 22字	崇禎年間	內閣文庫·京都大
34	李卓吾先生批評三國志	明建陽吳觀明刊本	[吳觀明本]	120回/10行 22字	明末	北京日本蓬左.文庫大圖書館
35	李卓吾先生批評三國志	吳郡藜光樓植槐堂刊	[藜光樓本]	120回/10行 22字	明末	東京都立圖書館
36	李卓吾先生批評三國志真本	吳郡寶翰樓刊本	[寶翰樓本]	120回/10行 22字	明末	未詳
37	鍾伯敬先生批評三國志	鍾伯敬先生批評	[鍾伯敬本]	20卷·120回/12行 26字	明末	東京大
38	三國志	遺香堂	[遺香堂本]	24卷·120回/10行 22字	明末	東京都立中央圖書館

* (39) 二酉堂本
* (40) 하버드대학본 미확인3)

---

3) 1~38까지는 실체를 확인했으나 39와 40번은 어떤 판본인지 확인하지 못하였다.

이상 명대에 간행된 판본은 대략 40여 종으로 확인된다. 40여 종 가운데 묘하게도 書名이 서로 겹쳐지는 판본은 거의 없다. 이는 출판사 간 서로 서명의 중복을 피하고 차별화하려는 의지가 역력했음을 보여주는 實例이기도 하다. 또 120회의 이탁오비평본이 나오기까지 대부분은 24卷 240則 · 12卷 240則 · 20卷 240則 · 10卷 240則으로 卷數와 則數가 나누어지는데 그중 대부분은 20卷 240則의 판본으로 40여 종 가운데 20여 종이나 점유해 절대다수의 비중을 차지한다. 또 行數와 글자 數는 9行 17字의 嘉靖本과 16行 20字의 葉逢春本에서 확인되듯 동일한 판본은 거의 없다. 이는 비록 서로가 모방을 하여 출간하였지만 서로 다르게 차별화한 결과이기도 하다.

출판시기는 1522년의 嘉靖本과 1548년의 葉逢春本이 비교적 이른 판본이고, 그 후 1591년의 周曰校本과 1592년의 余象斗本이 있으며, 나머지는 대부분 그 이후에 간행된 판본으로 확인된다. 또 판본간에도 유사한 판본이 발견되는데 즉 喬山堂本과 笈郵齋은 同一版이고 또 聯輝堂本과 鄭世容本도 同一版으로 확인된다.

또 나관중이 편찬한 최초 240則 시대에서 이후 120回本 시대로 넘어오면서 나타난 두드러진 현상으로 李卓吾批評本 · 鍾伯敬批評本 · 李笠(李漁)批評本 · 金聖嘆批評本 等 유명인의 批評本 시대가 열리는데, 이들은 대부분 상업적 영리를 목적으로 꾸며낸 僞託本이라는 점이다.

그리고 상기 도표에 언급된 略稱은 연구자들이 연구의 편리를 위하여 만들어낸 것으로 嘉靖本처럼 출간년도를 따서 지칭한 케이스와 出刊者나 批評者의 이름을 딴 케이스로 周曰校本 · 葉逢春本 · 夏振宇本 · 鄭世容本 · 湯賓尹本 등이 있고, 출판지나 서재에서 연유된 夷白堂本 · 喬山堂本 · 聯輝堂本 · 楊閩齋本 등이 있다. 또 쌍봉당에서 출간된 여상두본의 케이스는 각기 다른 판본이기에 중복을 피해 余象斗本과 書名 『新刊京本校正演義全像三國志傳評林』의 끝에서 따온 評林本으로 약칭된다. 그리고 명대의 판본들은 현재 대부분 외국으로 유출되어 타국에 소장되어 있는 것이 특징이다. 그중 일본에 소장된 판본이 가장 많다.

그 외 국내에서 丙子字로 1560년대 초·중기에 인출한 朝鮮活字本은 나름 상당한 의미를 지닌 희귀본이며, 또 대략 1627년 경 周曰校甲本을 覆刻出版한 朝鮮覆刻本 또한 서지문헌 연구에 귀중한 자료가 되고 있다.

3) 청대 소설

* 청대에 출간된 판본은 대략 70여 종으로 추정된다.

番號	書名	出版者·堂號·序文	略稱	卷册·則回/行字	出刊年度	所藏處
1	李卓吾先生批評三國志	吳郡綠蔭堂刊	[綠蔭堂本]	24卷 120回/10行 22字	康熙年間	北京圖書館·日本宮內省
2	李卓吾批三國志傳	煙水散人編·嘯花軒本	[嘯花軒本]	20卷 240則	清初	未詳
3	李卓吾先生批評三國志	藜光樓·楠槐堂刊本	[楠槐堂本]	120回 不分卷	清初	北京大·北京圖書館等
4	李笠翁批閱三國志	芥子園刊·笠翁李漁序	[芥子園本]	24卷 120回/10行 22字	清初	北京圖書館日本京都大
5	毛宗崗評三國演義. 一名: 四大奇書第一種	毛宗崗評·聖嘆序·醉耕堂	[毛宗崗本]	60卷 120回	1679	北京大等

番號	書名	出版者·堂號·序文	略稱	卷册·則回/行字	出刊年度	所藏處
6	毛宗崗評四大奇書第一種	毛宗崗評·三槐堂刊	[毛宗崗本]	60卷 120回	淸初	北京大·東京大·예일대等
7	新刻按鑑演義京本三國英雄志傳	聚賢山房刊	[聚賢山房本]	6卷 120回/15行 32字	1709	復旦大·東京大·北京大等
8	新刻按鑒演義京本三國英雄志傳	淸三餘堂覆明本	[三餘堂覆明本]	6卷 240則15行 32字	淸初	北京大圖書館等
9	新刻按鑒演義三國英雄志傳		[嘉慶本]	20卷·240則/16行 41字	1802	北京大圖書館等
10	新刻按鑑演義全像三國英雄志傳	楊美生本覆刻本·嘉慶	[楊美生本覆刻本]	20卷·240則/10行 27字(兩側 36字)	嘉慶年間	未詳4)

이상의 도표에서는 모종강의 판본이 나온 前後 시기를 기점으로 비교적 중요한 판본 10여 종을 도표로 작성하였고 나머지는 뒤의 일련표로 작성하였다. 사실 모종강의 판본이 나온 이후 바로 모종강 통행본으로 통일된 것은 아닌 듯하다. 청대 초기까지는 李卓吾批評本과 李漁批閱本 등이 서로의 기득권을 확보하기 위해 힘겨루기를 하는 양상을 보이기 때문이다. 또 이 시기에는 三國英雄志傳 시리즈가 일시적 강세를 보이며 주도권 경쟁에 가세하기도 하였다. 그 후 청대의 중·후기에 이르러 최종 상권경쟁에서 승리한 모종강본이 천하통일을 이루며 통행본으로 자리를 잡게 되었다. 淸初에는 간혹 240則의 覆刻本이 나오기는 하였으나 대부분은 120回本으로 정착되었다.

---

4) 그 외에도 청초에 나온 松盛堂本·繼志堂本·致和堂本·德馨堂本(鄭喬林)이 있으나 미확인이다.

다음은 청대 중·후기에 출간된 판본 목록이다.

(1) 貫華堂第一才子書 : 毛宗崗評, 合20冊, 8行 15字, 또는 12行
   26字, 刊行處未詳, 淸刊行.

(2) 四大奇書第一種 : 毛宗崗評, 合19卷 20冊, 12行 26字, 貫華
   堂, 淸刊行. / 合20卷 20冊, 12行 26字, 經國堂, 淸末刊行. /
   合20卷 20冊, 12行 26字, 上海掃葉山房, 1888年. / 合19卷 20
   冊, 12行 26字, 江左書林, 1897年. / 合21冊, 11行 24字, 致和
   堂, 淸末刊行. / 合60卷(?), 10行 23字, 九思堂, 淸末刊行. /
   合51卷 20冊, 12行 28字, 宏道堂, 淸末刊行.

(3) 四大奇書 : 毛宗崗評, 合19卷 20冊, 12行 26字, 同德堂, 淸末
   刊行. / 合19卷 20冊, 11行 24字, 槐陰堂, 淸末刊行.

(4) 第一才子書 : 毛宗崗評, 合60卷 24冊, 10行 25字, 小石山房,
   1853年. / 合60卷 16冊, 16行 32字, 錦章圖書局, 1853年. / 合
   60卷 16冊, 15行 30字, 同文書記書局, 1906年. / 合60卷 16冊,
   15行 30字, 時中書局, 1907年. / 合60卷 16冊, 15行 31字, 中信
   書局, 淸末刊行.

(5) 第一才子書三國志 : 毛宗崗評, 合60卷 12冊, 25行 40字, 上海
   書局, 1888年.

(6) 第一才子書三國志演義 : 毛宗崗評, 合60卷 12冊, 錦章書局,
   淸末刊行.

(7) 第一才子書繡像三國志演義 : 毛宗崗評, 合60卷 8冊, 25行 40
   字, 商務印書館, 1904年.

(8) 精校全圖繡像三國志演義 : 毛宗崗評, 合16卷 16冊, 15行 31字,
   上海廣益書局, 1853年.

(9) 精校全圖足本鉛印三國志演義 : 毛宗崗評, 合16冊, 15行 31字,
   中新書局, 淸末刊行

(10) 精校全繪繡像三國志演義 : 毛宗崗評, 合16卷 16冊, 中信書局,
   淸末刊行.

(11) 增像全圖三國志演義：毛宗崗評, 合16卷 6冊, 26行 字數不定, 刊行處未詳, 淸末刊

(12) 增像全圖三國演義：毛宗崗評, 16卷 8冊, 煙台誠文信記書局, 1911年. / 6冊, 鴻文書局, 1888年 / 8冊, 廣益書局, 淸末刊行.

(13) 增像全圖三國志：毛宗崗評, 8冊, 16行 32字, 刊行處未詳, 淸末刊行.

(14) 增像繪圖三國演義：毛宗崗評, 合60卷 16冊, 15行 30字, 同文書局, 淸末刊行.

(15) 增像繪圖三國志演義：毛宗崗評, 合16卷 8冊, 15行 30字, 文華書局, 淸末刊行.

(16) 增像三國全圖演義：毛宗崗評, 合16卷 8冊, 26行 51字, 天寶書局, 1910年.

(17) 增像全圖三國志演義第一才子書：毛宗崗評, 合10卷 8冊, 25行 52字, 天寶書局, 淸末刊行.

(18) 繡像第一才子書：毛宗崗評, 合51卷 16冊, 12行 28字, 成文信, 淸末刊行. / 合12冊, 12行 28字, 善成堂, 淸末刊行. / 合19卷 20冊, 12行 26字, 文興堂, 淸末刊行.

(19) 繡像全圖三國演義：毛宗崗評, 合60卷 20冊, 上海蔣春記書莊, 淸末刊行.

(20) 繡像金聖嘆批評三國志：毛宗崗評, 合20卷 20冊, 蘇州綠啓堂和記藏板, 淸末刊行.

(21) 繡像金批第一才子書：毛宗崗評, 合20冊, 貫華堂刊, 淸中後期刊行. / 4冊, 大魁堂, 淸初刊行.

(22) 繪圖三國演義：毛宗崗評, 合60卷 15冊, 同文書局, 淸末刊行.

(23) 繪圖三國志演義：毛宗崗評, 合16卷 15冊, 鑄記書局, 淸末刊行.

(24) 繪圖三國志演義第一才子書：毛宗崗評, 合60卷 12冊, 上海掃葉山房, 1894年.

(25) 繪圖通俗三國志：毛宗崗評, 合75冊, 11行 字數不定, 日本大阪刊, 1836~1841年.

(26) 圖像三國志演義第一才子書 : 毛宗崗評, 合60卷 10冊, 文盛書局, 清末刊行.

(27) 三國志演義 : 毛宗崗評, 合19卷 20冊, 12行 26字, 翠筠山房, 清末刊行. / 合60卷 20冊, 12行 26字, 錦章書局, 清末刊行.

(28) 三國志 : 毛宗崗評, 合20卷 20冊, 12行, 三多齋藏板, 清末刊行.

(29) 三國志第一才子書 : 毛宗崗評, 合16冊, 廣益書局, 清末刊行.

이처럼 대부분이 청대 중·후기에 나온 판본들이다. 청대 판본이 약 70여 종이 넘지만 필자가 수집하여 정리한 목록은 약 40여 종이다. 특히 모종강본 이후에는 가끔씩 淸代의 三余堂에서 明本『新刻按鑑演義京本三國英雄志傳』을 覆刻出刊되기도 하였으나 이러한 경우는 간혹 나타나는 현상이고 대부분은 판권경쟁에서 승리한 통행본(모종강본)을 그대로 출간하였기 때문에 사실상 청대 중·후기 판본은 서지학적 가치가 크게 떨어진다. 그러한 연유에서 위에서도 서명위주로 간략하게 소개하였다. 그 외 小說『三國志』의 서명에 대한 본격적인 분석은 다음 장에서 소개하기로 한다.

청대에 들어와서 다양한 서명들이 출현하였지만 정리해보면 크게는 '第一才子書'·'四大奇書第一種'·'三國志'·'三國演義'·'三國志演義' 형태를 가진 모종강본의 범주에서 크게 벗어나지 못한다. 또 후대에 모종강본을 가지고 여러 출판사에서 반복하여 출간을 하다 보니 출판처가 다르지만 동일 서명인 경우도 있고, 또 동일 출판사인데도 다른 서명이 나타나는 경우도 있다.[5)]

특히 冊數도 20冊에서 16冊·8冊·6冊으로 줄어드는데 이는 출판인

---

5) 민관동 외 공저, 『한국 소장 중국통속소설의 판본목록과 해제』, 학고방, 2013, 31~95쪽 참고.

쇄술의 발전과 함께 목판본에서 石印本으로 바뀌어가는 과정에 나타나는 현상이다. 또 이들의 출판지는 청대로 들어오며 江南(南京·杭州·蘇州)에서 上海로 급격히 이동하는 양상을 보인다.

2. 小說『三國志』의 서명과 유형 분석

小說『三國志』의 서명은 매우 다양하고 복잡한 양상을 보여주고 있다. 또 단순히 서명만 복잡한 것은 아니다. 한 책의 代表書名 외에도 封面書名·版心書名·目錄書名·卷首書名과 卷末書名 등 書名이 서로 다른 경우가 非一非再하다. 본장에서는 다양한 서명의 유형에 대하여 집중적으로 분석해 보고자한다.

1) 서명의 유형분석

제2장에서 정리한 명대에 출간된 小說『三國志』의 서명을 살펴보면 어느 것 하나 동일한 서명은 거의 없다. 그러나 자세히 살펴보면 몇 가지 규칙이 있음이 발견된다. 일찍이 陳翔華는 다음과 같이 분류하였다.

(1) 三國志 + 傳 : 각종 志傳系統 판본
(2) 三國志 + 通俗演義 : 각종 演義系統 판본
(3) 複合式 - ① 三國志 + (史)傳 + (通俗)演義 : 각종 연의계열
           ② (通俗)演義 + 三國志 + (史)傳[6] : 각종 지전계열

---

6) (1)과 (2)의 통합형 조합으로 陳翔華·周文業 등 학자마다 다소 다른 견해를 보이는 경우도 있다. (陳翔華,「羅貫中原著書名非三國演義」,『文史知識』, 1995.5.)

(4) 簡稱式 - ○○○ 批評 + 三國志 : 李卓吾本·鍾伯敬本 등[7]

　　그러나 필자가 보기에는 (3) 複合式의 ① ②번은 큰 줄기에서 보면
①번은 연의계열에 들어가고 ②번은 지전계열에 들어가기에 구태여 소
분류까지 할 필요는 없어 보인다. 그러한 연유에서 필자는 서명의 체
계를 다시 분류해 보았다.

　　(1) 三國志 + (通俗)演義 :
　　　　【例①】『新刊校正古本大字音釋三國志通俗演義』
　　　　【例②】『新刻校正古本大字音釋三國志傳通俗演義』
　　　　【例③】『新鐫校正京本大字音釋圈點三國志演義』

　　(2) 三國志 + 傳 :
　　　　【例①】『新刻按鑒全像批評三國志傳』
　　　　【例②】『新刊通俗演義三國志史傳』
　　　　【例③】『新刻按鑑演義全像三國英雄志傳』

　　(3) ○○○ 批評 + 三國志 :
　　　　【例①】『李卓吾先生批評三國志』
　　　　【例②】『鍾伯敬先生批評三國志』
　　　　【例③】『李笠翁批閱三國志』

　　(4) 기타 시리즈 유형 :
　　　　【例①】『第一才子書』
　　　　【例②】『四大奇書第一種』

----

7) 周文業,「三國演義書名研究」,『12次中國古代小說·戲曲文獻暨數字化國
　　際研討會論文集』, 2013.8.28, 18~24쪽 참고.
　　http://blog.sina.com.cn/liangguizhi176426 周文業의 논문「三國演義書名研究」
　　참고

이처럼 小說『三國志』의 유형은 크게 演義系列·志傳系列·○○○批評系列·기타 시리즈계열로 분류된다. ○○○批評系列의 서명이 나오기 이전에는 대개가 三國志傳(史傳)과 (通俗)演義 등 핵심어휘 앞뒤로 수식어가 첨가되어 부연하는 유형의 서명이 대부분이었다. 그 후 李卓吾·鍾伯敬·李翁 등 批評本 系列의 서명이 나오면서 본격적인 비평본 시대를 열었고, 또 청대 모종강의 『四大奇書第一種』이 나오면서 四大奇書라든가 第一才子書[8]라는 서열화 된 기획물이 나오기 시작하였다. 특히 모종강은 小說『三國志』를 여러 차례 출간하면서 서명을 수차례나 바꾸었다. 즉『四大奇書第一種』·『第一才子書』·『貫華堂第一才子書』·『綉像金批第一才子書』·『三國志演義』·『三國演義』의 형태가 된다.[9]

다음은 명·청대의 대표적 판본들의 분류 형태를 도표로 만들었다.[10]

....

8) 민관동, 「중국고전소설의 서명과 이명소설 연구」, 『중어중문학』 제73집, 2018, 83~84쪽 참고.
9) 정원기 역, 『정역삼국지』 1권 , 현암사, 2008, 서문참고.
『貫華堂第一才子書』와 『綉像金批第一才子書』의 서명 가운데 貫華堂은 김성탄의 서재 이름이고 金批는 바로 김성탄 비평이란 뜻을 축약한 것이다. 또 서문에 聖嘆外書라는 이름도 가탁이다. 『四大奇書第一種』(康熙 18年 취경당본)은 김성탄의 序文이 아닌 李漁(李笠翁)의 서문이 실려 있다.
10) 상기 도표는 周文業·上田望·中川諭 등이 만든 분석표를 참고하여 필자가 다시 만들었다.

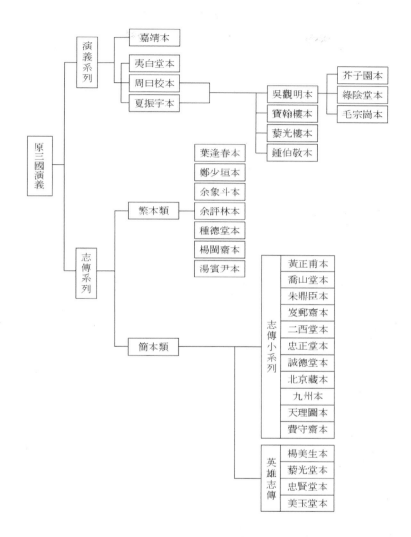

※ 參考：雙峯堂【余象斗】・喬山堂【劉龍田】・誠德堂【熊淸波】・楊閩齋【楊春元】・聯
輝堂【鄭少垣】・種德堂【熊沖宇】・忠賢堂【劉興我】・忠正堂【熊佛貴】・藜光堂【劉
榮吾】・與畊堂【費守齋】・德馨堂【鄭喬林】

이상의 도표에서 확인되듯 크게는 연의계열과 지전계열로 양분된다.
명대로 들어와 초기 수도였던 南京과 杭州 및 蘇州는 새로운 강남
문화의 요충지로 급부상하게 된다. 이러한 상황에서 宋代以來로 출판
문화의 주도권을 가지고 있던 福建地方(建陽一帶)은 江南의 출판문
화에 크게 위협을 받으며 치열한 출판전쟁이 시작된다. 이러한 과정에
서 양 지역의 출판경향은 다소 다른 특징을 보이기 시작하였다. 즉 강
남계열은 대체로 고급스럽고 文人指向的이며 대부분의 서명이 '通俗
演義'로 끝나기에 일명 '演義系列'이라 한다. 반면 복건계열은 통속
적이고 大衆指向的이며 서명이 '三國志傳'으로 끝나기에 '志傳系
列'이라고 한다. 또 연의계열은 보통 24卷 240則이나 12卷 240則으로
간행되고, 지전계열은 20卷 240則과 10卷 240則으로 간행된 특징이
있다.[11]

① 演義系列

연의계열의 대표는 역시 1522년에 출간된 嘉靖本 『三國志通俗演
義』이다. 그 외 후대에 출간된 夷白堂本 『新鐫通俗演義三國志傳』
· 周曰校本 『新刻校正古本大字音釋三國志(傳)通俗演義』[12] · 夏振
宇本 『新刊校正古本大字音釋三國志傳通俗演義』 · 鄭以禎本 『新鐫
校正京本大字音釋圈點三國志演義』 등이 있다. 끝부분의 서명이
(通俗)演義로 끝나지만 夷白堂本만 특이하게도 『新鐫通俗演義三國
志傳』으로 끝나는 특징을 보이고 있다.

---

11) 김문경, 『삼국지의 영광』, 사계절 출판사, 2002, 199~200쪽 참고.
12) 조선시대 출간된 조선활자본 『三國志通俗演義』과 조선번각본 『新刻校正古
本大字音釋三國志(傳)通俗演義』 역시 연의계열로 분류된다.

이러한 틀이 본격적으로 깨지기 시작한 것은 李卓吾本(吳觀明本) 『李卓吾先生批評三國志』와 鍾伯敬本 『鍾伯敬先生批評三國志』부터이다. 또 청대에는 芥子園本 『李笠翁批閱三國志』 등이 출간되었는데 '演義'로 끝나지 않고 모두가 다 三國志로 끝난다. 그러나 이 판본들의 내용과 구조는 모두 周曰校本이나 夏振宇本 계통에서 출현하였기에 系譜上으로는 演義系列로 분류된다. 이는 모종강본 역시 그러하다. 즉 이탁오본을 근거로 재단장된 毛宗崗本 『四大奇書第一種』 역시 이러한 연유에서 연의계열로 분류되는 것이다. 이상에서 확인되듯 小說 『三國志』의 大統은 연의류로 이어진다고 볼 수 있다.

② 志傳系列

志傳系列은 書名이 대부분 志傳으로 끝나며 이탁오비평본이 나오기 이전까지 절대다수를 차지하고 있다. 志傳系列의 대표는 1548년에 출간된 葉逢春本 『新刊通俗演義三國志史傳』이다. 지전계열은 크게 繁本과 簡本으로 분류되는데, 번본에는 葉逢春本을 비롯하여 余象斗本 『新刻按鑑全像批評三國志傳』·湯賓尹本 『新刻湯學士校正古本按鑑演義全像通俗三國志傳』·種德堂本 『新鍥京本校正按鑑演義全像三國志傳』·楊閩齋本 『重刻京本通俗演義按鑑三國志傳』·聯輝堂本 『新鍥京本校正通俗演義按鑑三國志傳』 등이 있다.

簡本은 다시 志傳小系列과 英雄志傳系列로 분류된다. 志傳小系列의 주요판본으로는 喬山堂本 『新鍥全像大字通俗演義三國志傳』·朱鼎臣本 『新刻音釋旁訓評林演義三國志史傳』·忠正堂本 『新鍥音釋評林演義合相三國史志傳』·費守齋本 『新刻京本全像演義三國志傳』·黃正甫本 『新刻考訂按鑑通俗演義全像三國志傳』·誠德堂本 『新刻京本補遺通俗演義三國志傳』 등이 있다.

그리고 英雄志傳系列은 간본계통의 하위분류로 제목에 의하여 나눈 것으로 같은 간본이기는 하나 간략화 방법이 다소 다르다. 영웅지전류의 대표는 楊美生本으로 등장인물의 傳記를 생략한다는 등의 특징이 있다. 영웅지전계열은 청대 이후에도 지속적으로 간행되었다.[13] 영웅지전의 대표작품으로는 楊美生本『新刻按鑑演義全像三國英雄志傳』·忠賢堂本『新刻按鑑演義全像三國志傳』·美玉堂本『二刻按鑑演義全像三國英雄志傳』등이 있다. 忠賢堂本의 경우는 封面에『三國英雄志傳』이라 되어 있다.

이처럼 연의계열보다는 지전계열이 판본에 있어서도 더 복잡한 양상을 보이고 서명에 있어서도 다양한 양상을 보여주고 있다.

2) 기타 書名과 異名

한 권의 판본 안에서도 여러 가지 유사한 서명이 붙는다. 즉 標題(서적의 겉표지에 붙이는 이름으로 원래의 서명)와 內題(卷首書名·卷末書名·目次書名 등) 그리고 版心題[14] 등이 있다.

---

13) 청대판본으로 三餘堂本『新刻按鑑演義京本三國英雄志傳』·嘉慶本『新刻按鑑演義三國英雄志傳』·聚賢山房『新刻按鑑演義京本三國英雄志傳』등이 있다.
    영웅지전에 대한 정보는 김문경교수에게 이메일을 통하여 얻었다. 그는 지전류가 더 자세한 부분과 영웅지전류가 더 자세한 부분 등 매우 복잡하여 아직도 완전히 해명되지 못한 부분도 있다고 한다.
14) 고서적의 출판과정에서, 종이의 정 가운데를 접어서 양면으로 나눌 때 그 접힌 가운데 부분에 붙이는 서명을 말한다. 조선출판본의 경우에는 보통 판심에 물고기 꼬리 모양의 도형(일명 魚尾라고 한다)이 위쪽에 있고 그 아래쪽에 冊名을 넣으며 그 옆 부분에 面數를 인쇄한다.

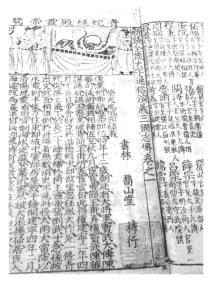

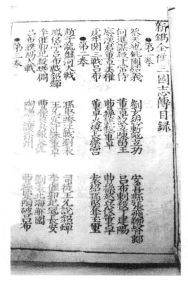

卷首書名　　　　　　　　　目次書名

版心書名

이처럼 한권의 책에도 書名이 동일한 書名으로 통일되는 것이 아니라 판본마다 각기 다른 異名이 다양하게 나타난다. 喬山堂本의 경우 版心書名과 目錄書名은 물론 人物表書名(一名 三國志宗僚) 조차도 다르게 나타나고 朱鼎臣本의 경우 版心書名이 '全象三國傳' · '全象三國' · '三國志' · '全三國' · '三國傳' 등 판본마다 서명이 서로 다르게 나타나기도 한다. 다음은 黃正甫本을 근거로 각종 書名과 異名 상황을 살펴보기로 한다.15)

刊行年	明 天啓 3年(1623年)	
書名	新刻考訂按鑒通俗演義全像三國志傳	
版心 書名	(全像) 三國志像	
目錄 書名	全像三國全編	
人物表書名	鐫全像演義三國志	
	卷首書名	卷末書名
第一卷	新刻考訂按鑒通俗演義全像三國志傳	全像三國志傳
第二卷	新刻考訂按鑒通俗演義三國志傳	全像三國志傳
第三卷	新刻京本按鑒考訂通俗演義全像三國志傳	三國志傳
第四卷	新刻京本按鑒考訂通俗演義全像三國志傳	全像三國志傳
第五卷	新刻京本按鑒考訂通俗演義全像三國志傳	全像三國志傳
第六卷	新刻京本按鑒考訂通俗演義全像三國志傳	(缺)
第七卷	新刻考訂按鑒通俗演義全像三國志傳	全像三國志傳
第八卷	新刻考訂按鑒通俗演義全像三國志傳	全像通俗演義三國志傳
第九卷	新刻京本按鑒考訂通俗演義全像三國志傳	全像三國志傳

---

15) 周文業,「日本九州大學藏周鼎臣和三國演義簡本志傳小系列演化」,『2019年第18次中國古典小說‧戲曲文獻暨數字化國際學術硏討會論文集』, 2019.8.13~16, 학술대회 별쇄본 참고.

	卷首書名	卷末書名
第十卷	新刻京本按鑒考訂通俗演義全像三國志傳	(缺)
第十一卷	新刻京本按鑒考訂通俗演義全像三國志傳	全像三國志傳
第十二卷	新刻京本按鑒考訂通俗演義全像三國志傳	全像通俗演義三國志傳
第十三卷	新刻京本按鑒考訂通俗演義全像三國志傳	(缺)
第十四卷	新刻京本按鑒考訂通俗演義全像三國志傳	(缺)
第十五卷	新刻京本按鑒考訂通俗演義全像三國志傳	(缺)
第十六卷	新刻京本按鑒考訂通俗演義全像三國志傳	全像三國志傳
第十七卷	新刻京本按鑒考訂通俗演義全像三國志傳	全像三國志傳
第十八卷	新刻京本按鑒考訂通俗演義全像三國志傳	全像三國志傳
第十九卷	新刻京本按鑒考訂通俗演義全像三國志傳	全像三國志傳
第二十卷	新刻京本按鑒考訂通俗演義全像三國志傳	全像三國志傳

이상의 도표에서와 같이 서명이 卷首書名 · 卷末書名 · 目錄書名 · 版心書名 심지어 人物表書名[16] 조차도 제각각임이 확인된다. 특히 권별서명은 각권마다 일치하다가(권3~권6) 다르게 나타나는(권7~권8) 특징을 보인다. 이러한 현상들은 版心書名이나 目錄書名 및 卷末書名 등에는 지면의 空白與否 등을 감안하여 서명가운데 상징적인 핵심 어휘만 남기고 縮約한 것으로 보이고, 卷首 및 卷末書名은 아마도 판각한 刻手가 한 사람이 조판한 것이 아니라 여러 조가 나눠서 작업을 하다 보니 나타나는 현상이거나 그 외 다양한 造版過程의 상황에서 파생된 원인으로 추정된다.

----

16) 一名 三國志宗僚라고 하며 소설이 아닌 정사 삼국지의 인물에 관한 표를 정리한 것이라고 고증하였다. 沈伯俊, 『三國演義新探』, 中國四川人民出版社, 2002, 46~55쪽 참고.

3. 서명의 작명 원리와 변형 원인

소설에서의 서명은 대부분 작품의 내용과 연관된 것에서 추출되는데 보통 6가지 작명의 유형이 있다.

① 소설 스토리의 대강을 함축한 유형: 즉 유생들의 正史가 아닌 외적인 이야기를 묘사한 『儒林外史』
② 소설의 주인공에서 취한 유형: 여 주인공 이름 가운데 潘金蓮·李甁兒·紅梅에서 나온 『金甁梅』
③ 소설 가운데 중요한 地名(背景)을 취한 유형: 西域(인도 및 중앙아시아)을 순행한 기록에서 서명이 유래된 『西遊記』
④ 소설 스토리의 상징성을 추상시켜 서명을 취한 유형: 『紅樓夢』
⑤ 소설을 시리즈로 간행하며 서명을 취한 유형: 第一才子書 『三國演義』·第才子書 『好逑傳』·第三才子書 『玉嬌梨』·第四才子書 『平山冷燕』·第五才子書 『水滸傳』·第六才子書 『西廂記』·第七才子書 『琵琶記』·第八才子書 『花箋記』·第九才子書 『捉鬼傳』·第十才子書 『駐春園』
⑥ 續(後)書와 같은 後續物(亞流小說)에서 서명을 취한 類型: 『水滸傳』의 續書로는 『水滸後傳』·『蕩寇志』·『後水滸』·『殘水滸』·『水滸中傳』·『水滸新傳』·『水滸拾遺』·『新水滸』·『水滸外傳』 등이 있다.

여기에서 小說 『三國志』는 제①유형에 해당된다고 할 수 있다.[17]

---

17) 민관동, 「중국고전소설의 서명과 이명소설 연구」, 『중어중문학』 제73집, 2018, 91~95쪽 참고.

1) 서명의 작명 원리

小說『三國志』는 '(通俗)演義'와 '三國志(史傳)'이라는 키워드를 근간으로 앞뒤에서 수식어가 첨가되며 다양한 서명을 만들어 냈다. 수식어의 첨가유형은 크게 판각시기·판각장소·揷畫의 有無·내용의 출판방식 등 4가지로 분류된다.

(1) 판각시기

판각시기를 상징하는 것으로 새롭게 출간한다는 의미로 서명의 앞부분에 '新刻':『新刻考訂按鑒通俗演義全像三國志傳』·'新刊':『新刊校正古本大字音釋三國志傳通俗演義』·'新鍥':『新鍥京本校正通俗演義按鑑三國志傳』·'新鐫':『新鐫校正京本大字音釋圈點三國志演義』·'新鋟':『新鋟全像大字通俗演義三國志傳』등의 어휘가 나오는데 이것은 모두가 새롭게 판을 판각하였다는 의미이다.

또 두 번 이상 거듭 출간했다는 의미로는 '重刻':『重刻京本通俗演義按鑒三國志傳』·'二刻':『二刻按鑒演義全像三國英雄志傳』이라는 서명도 있다. 이러한 출간시기를 상징하는 수식어는 대부분 서명의 제일 앞부분에 나온다.

(2) 판각장소

판각장소를 나타내는 것으로는 '京本':『新刊京本校正演義全像三國志傳評林』처럼 首都를 지칭하는 것과 '天德堂':『天德堂刊本李卓吾先生評三國志』처럼 출판사의 堂號를 서명으로 내세우는 경우가 있다. 그러나 대부분『新刻京本按鑒考訂通俗演義全像三國志傳』처럼 '京本'이라는 어휘를 쓰는 것이 주류를 이룬다.

(3) 揷畫의 有無

서명가운데 揷畫의 유무를 나타내는 유형으로 보통 '<u>全像</u>':『新鋟<u>全像</u>大字通俗演義三國志傳』·'<u>合像</u>':『新刻京本按鑑演義<u>合像</u>三國志傳』·'<u>繡像</u>':『第一才子書<u>繡像</u>三國志演義』·'<u>全圖</u>':『精校<u>全圖</u>足本鉛印三國志演義』·'<u>增像全圖</u>':『<u>增像全圖</u>三國志演義』·'<u>增像繪圖</u>':『<u>增像繪圖</u>三國演義』·'<u>繪圖</u>':『<u>繪圖</u>三國志演義第一才子書』·'<u>全圖繡像</u>':『精校<u>全圖繡像</u>三國志演義』등 매우 복잡하고 다양한 서명이 나오지만 결론은 그림이 들어있다는 의미일 뿐이다.[18]

(4) 내용의 출판 방식

서명의 작명 원리에서 이 부분이 비교적 복잡한 양상을 보인다. 즉 校訂方式에 따라 '<u>校正</u>':『新刊<u>校正</u>古本大字音釋三國志傳通俗演義』·'<u>考訂</u>':『新刻<u>考訂</u>按鑑通俗演義全像三國志傳』등의 서명이 나오는데 의미는 교정인쇄와 원고를 대조하여 오탈자와 문장의 배열 따위를 바르게 고치고 또는 내용상의 오류를 고증하여 바로잡는다는 의미이다.

그리고 批評方式에 따라 '<u>批評</u>':『新刻按鑑全像<u>批評</u>三國志傳』·'<u>批閱</u>':『李笠翁<u>批閱</u>三國志』·'<u>評林</u>':『新刊京本校正演義全像三國志傳<u>評林</u>』·'<u>旁訓評林</u>':『新刻音釋<u>旁訓評林</u>演義三國志史傳』·'<u>圈點</u>':『新鐫校正京本大字音釋<u>圈點</u>三國志演義』등 다양한 수식어가 나온다. 批評은 그야말로 좋고 나쁨과 옳고 그름을 평하는 것이고, 批閱은 품평하여 가려내는 것, 評林은 評論을 모아서 실은 책, 旁訓評林은 옆에 올바르게 새겨 넣어 비평한 책, 圈點은 글이 잘된 곳이나

---

18) 삽화는 서두에만 나오는 경우도 있고 중간 중간에 나오는 경우도 있다.

重要한 곳 또는 글을 맺는 끝에 찍는 고리 모양의 둥근 점 따위를 의미한다. 모두가 다양한 비평방식을 설명하고 있는 것이다.

또 '音釋':『新鋟音釋評林演義合相三國史志傳』과 '大字音釋':『新刻校正古本大字音釋三國志通俗演義』가 있는데 의미는 어려운 말이나 틀린 말을 풀어서 설명한다는 뜻이다. 그리고 '補遺':『新刻京本補遺通俗演義三國志傳』은 보충하여 설명하고 빠진 곳을 채워 넣는다는 의미이며, '足本':『精校全圖足本鉛印三國志演義』은 빠졌거나 삭제한 부분이 없는 완정한 책을 의미한다.

그 외 여러 곳에서 발견되는 '按鑑':『新刻湯學士校正古本按鑑演義全像通俗三國志傳』・『新刻京本按鑑演義合像三國志傳』은 역사서적『自治通鑑』을 근거로 꾸미었다는 의미이고, '漢譜'는 바로『後漢書』를 근거로 하였다는 의미이다.

이처럼 小說『三國志』는 핵심어휘 '통속연의'와 '삼국지'를 중심어로 하여 앞뒤에 다양한 수식어가 첨가되어 만들어졌음이 확인된다.

2) 시대별 변화분석과 변경의 원인

至治年間(1321~1323)에 최초로『三國志平話』가 출간된 지 약 700여 년이 흘렀다. 그동안 小說『三國志』는 수많은 변화를 보이며 진화하였다. 書名 또한 수백 종의 다양한 서명을 만들어 내며 변화하였다. 小說『三國志』의 시대별 변화양상을 분석하면 크게는 4단계로 분류가 가능하다.

(1) 平話本 時代

平話本 時代는 원대 至治年間에『三國志平話』가 출간된 이래 나

관중의 판본이 나오기 이전까지 즉 元末明初까지를 말한다. 『三國志平話』는 建安(지금의 建陽)에서 虞氏가 출간한 5종의 平話本 가운데 하나로 총 『全相平話武王伐紂書』·『全相平話樂毅圖齊七國春秋後集』·『全相秦併六國平話』·『全相平話前漢書續集』·『新全相三國志平話』로 구성되어 있으며 현재 日本 內閣文庫에 소장되어 있다. 대부분 '平話'라는 書名이 붙어있다.

(2) 志傳·演義系列 時代

志傳·演義 時代는 羅貫中의 240則이 소설이 나온 이후부터 120回의 李卓吾批評本이 나오기 전까지를 의미한다. 대략 元末明初에서 明末까지의 시대이다. 이 시대는 크게 演義系列과 志傳系列의 소설로 분류되는 시기이며, 建安 虞氏의 70則 시대에서 羅貫中의 240則 시대로 정착된 시기이기도 하다. 특히 福建地域(志傳系列)과 江南地域(演義系列)의 치열한 출판경쟁이 이루어지던 시기이기에 매우 다양한 서명이 출현하기도 하였다.

(3) 批評本 時代

批評本 時代는 대략 明末에서 淸初 毛宗崗本이 나오기 전까지의 시기를 지칭한다. 명말 建陽 吳觀明에서 刊行된 『李卓吾先生批評三國志』를 기점으로 鍾伯敬批評本 『鍾伯敬先生批評三國志』 그리고 淸初에는 李笠(李漁)批評本 『李笠翁批閱三國志』 등 다양한 비평본이 출현하였다. 서명 또한 '○○○先生批評(閱)三國志'로 다소 簡略化된 양상을 보인다. 이 시기의 가장 큰 특징은 回目이 240則에서 120回로 재정비 되었다는 점에 큰 의미가 있다.

(4) 毛宗崗 通行本 時代

毛宗崗 通行本 時代는 毛宗崗이 1679년 醉耕堂에서 『四大奇書
第一種』을 출간한 이후부터 시작된다. 나관중부터 시작된 내용변화가
모종강 부자에 이르러 일단락이 되었다. 모종강은 장기간에 걸쳐 여러
차례 출판을 하였다. 즉 『四大奇書第一種』・『第一才子書』・『貫華堂
第一才子書』・『綉像金批第一才子書』・『三國志演義』・『三國演義』
순으로 출간하였다. 모종강본이 출간된 후에 바로 천하통일을 한 것은
아닌듯하다. 한동안 다른 판본들과 출판경쟁을 하다가 청대 중후기에
이르러 통행본으로 자리매김을 한 것으로 추정된다. 청대 중후기에 출
간된 서명을 살펴보면 대부분 모종강의 서명에서 추출된 '第一才子
書'・'四大奇書'・'三國志'・'三國演義'・'三國志演義'의 단어가 들어
간 서명으로 비교적 단순화되어가는 양상을 보인다.

이렇게 4단계로 분류하여 시대별 변화양상을 분석하였다. 『三國志
平話』가 출간된 이후 명대 40여 종, 청대 70여 종 이상, 총 110여 종이
넘는 書名이 나온 것으로 확인된다. 그러면 각기 다른 수많은 서명이
출현하게 된 원인은 무엇일까? 일반적으로 청대에 수많은 異名小說이
나온 이유는 중복으로 인한 차별화・판권경쟁의 상업성・판매금지로
인한 대체 서명・전집이나 기획물 시리즈(例: 제1재자서)・소설의 진화
에 따른 변화・외국어로의 번역에 따른 변화 등의 원인이 일반적이다.
그러나 小說 『三國志』의 경우 가장 큰 원인은 역시 차별화와 상업
성에 기인한다. 명대부터 본격화된 연의계열과 지전계열의 상권경쟁에
서부터 시작하여, 이탁오를 비롯한 저명인의 僞託으로 발전된 비평본
경쟁시대, 그리고 모종강 통행본으로 정착하기까지 치열한 경쟁은 수
많은 異名小說들을 양산하였다. 특히 차별화만이 살길임을 잘 알고

있는 출판업자들은 서명부터 철저하게 다른 판본들과 차별화전략을 추구하였던 것이다. "우리는 유명인의 비평은 물론 또 圈點을 붙이고 교정에도 만전을 기하여 인물·글자·그림 그 어느 것 하나 생략하거나 소홀함 없이 본서를 간행하였다. 독자들은 구매 시 반드시 雙峯堂의 상표를 확인하기 바란다."19)라는 건양의 저명한 출판업자 余象斗의 선전문 광고에서처럼 상권 확보를 위한 처절함과 절박함을 읽을 수 있다.

이상의 논점을 총정리하면 결론은 다음과 같다.

小說『三國志』는 元代『三國志平話』가 나온 이후, 명대에는 40여 종이, 청대에는 70여 종 이상이 출간된 것으로 추정된다. 이러한 판본들의 書名을 고찰한 결과 다음과 같은 시대별 특징을 발견할 수 있었다.

① 원대부터 시작된『三國志平話』의 평화본 시대를 거쳐 본격적인 출발은 나관중의『三國志通俗演義』부터라 할 수 있다. 이 시기는 대략 元末明初에서 明末까지 이며 크게는 演義系列과 志傳系列로 분류되기에 一名 志傳·演義 時代라 할 수 있다. 그 후 明末淸初에는 비평본 시대로『李卓吾先生批評三國志』·『鍾伯敬先生批評三國志』·『李笠翁批閱三國志』등이 출현하였고 특히 回目이 240則에서 120回로 재정비되며 내용은 물론 서명도 비교적 簡略化되는 양상을 보인다. 다음은 모종강 통행본 시대로 대략 취경당에서『四大奇書第一種』이 출간된 1679년 이후부터 청말까지를 지칭한다. 통행본으로 정착된 청대 중후기는 대부분 모종강의 서명에 근거한 '第一才子書'·'四大奇書'·'三國志'·'三國演義'·'三國志演義'등의 단어가 들어간 서명

19) 김문경,『삼국지의 영광』, 사계절출판사, 2002, 204~209쪽 참고.

으로 단순화되는 양상을 보인다.

② 서명의 제작원리는 '三國志(傳)'과 '(通俗)演義'의 핵심 키워드를 중심으로 앞뒤에 다양한 수식어가 첨가되어 만들어졌다. 예를 들어 기본형인 新刊 + 校正 + 京本 + 大字 + 音釋 + 圈點(批評) + 三國志(傳) + (通俗)演義 라는 서명처럼 일정한 원칙이 있다. 이처럼 다양한 서명의 출현은 다른 판본과 차별화하려는 출판업자들의 판권경쟁에서 시작되었는데 근본원인은 역시 통속소설의 상업성이라 할 수 있다.

또 書名은 한 판본에 하나의 題目만 붙는 것이 아니라 다양한 異名이 붙는 것이 특징이다. 예를 들면 標題·內題(卷首/卷末/目錄書名等)·版心題 등 각기 다른 이명이 붙는 것이 非一非再하다.

『三國演義』의 虛構와 眞實*

> 小說 『三國志』의 虛構와 眞實에 대한 연구를 시작하면서 필자는 스스로의 矛盾에 빠지게 되었다. 왜냐하면 소설 자체가 허구 (fiction)이기에 소설에서 허구와 진실의 문제를 논한다는 것 자체가 矛盾이기 때문이다. 그럼에도 불구하고 중국에서는 물론 국내에서도 수많은 학자들이 여전히 이 테마를 가지고 연구논저를 쓰고 있으니 매우 아이러닉한 모순이라 아니할 수 없다.

그동안 발표된 『삼국지』의 研究論著를 살펴보니 크게는 4가지 양상으로 구분된다. ① 인물과 내용 중심의 연구. ② 판본의 서지문헌 형태 연구. ③ 小說 『三國志』와 歷史 『三國志』를 대조하여 허구와 진실을 파헤치는 유형의 고증적 연구. ④ 리더십이나 처세술 및 경영학적 분석 (실용인문학 차원에서의 문화콘텐츠 포함) 등이다. 그중에서도 소설과

---

* 본 논문은 2021년 『중국어문학지』 제76집(중국어문학회)에 게재된 논문을 일부 수정 보완한 것이다.

역사 사이에서 허구와 진실을 따지는 논저 또한 적지 않은 비중을 점유하고 있었다. 그런데 기이하게도 『列國志』(東周列國志)·『楚漢志』(西漢演義)·『三國志』(三國演義) 등의 수많은 歷史演義類 小說 가운데에서 유독 小說 『三國志』에서만 역사적 사실과 허구를 따지며 고증하려고 하는 특이한 현상이 발견된다.

그렇다면 과연 『三國演義』와 같은 歷史演義類 小說에서 역사의 眞僞를 따지는 것이 무슨 의미가 있는 것일까? 이러한 문제를 해결하기 위하여 먼저 歷史演義 小說에 대한 개념 정리가 필요해 보인다. 사실 歷史演義 小說은 역사소설과 연의소설이 결합된 合成語이다. 演義란 어떤 사실에 의거하여 그 사실을 쉽게 이해할 수 있도록 부연하여 설명한다는 뜻으로, 歷史演義란 바로 역사적 사실을 부연하여 설명한다는 의미이다. 역사연의 소설은 대부분 왕조의 흥망성쇠를 중심으로 서술하는 것이 주류를 이루고 있기에, 일반적으로 역사적인 사건이나 인물, 배경을 소재로 한 역사소설과는 다소 차이가 있다.[1] 그러나 큰 틀에서 보면 大同小異하다.

歷史小說이란 歷史的 事實(fact)과 小說的 虛構(fiction)가 결합되어 만들어진 소설이다. 다시 말해 역사소설은 실제 역사적인 시대를 배경으로 특정의 실존 인물이나 역사적 사건을 재구성하는 소설로 역사로부터 빌려온 사실과 소설적 진실성을 지니는 허구를 접합하여 역사적 인간의 경험을 보편적 인간의 경험으로 전환하는 문학 양식이다. 그러기에 역사소설에는 크게 兩面性의 著作意圖를 가지고 있다. 즉 지난날의 역사를 사실 그대로 재현시키려는 의도와 또 새로운 역사해석을 목표로 허구적 요소를 가미하려는 의도이다. 다시 말해 어떤 의

---

1) 이홍란, 「초한고사 소재의 變文과 西漢演義의 關係」, 『동양문화연구』 제7권, 2011, 169~196쪽 참고.

미로든지 소재인 '역사성'을 중요시하는 작품과, 반대로 단지 '역사'라는 옷을 빌릴 뿐 '역사' 묘사 그 자체를 목적으로는 하지 않는 작품으로 대별된다.[2]

사실 소설에서 허구와 진실의 문제를 처음 논점화한 사람은 청대의 역사학자 章學誠(1738~1801年)부터 라고 할 수 있다. 그는 『삼국연의』를 분석하면서 '七實三虛論'[3](7할은 사실에 바탕을 두었고, 3할은 허구이다.)을 주장하였다. 이처럼 장학성에서 시작된 허구와 진실 논쟁은 考證學의 학풍과 함께 탄력을 받으며 연구의 한 축이 되었다. 특히 小說『三國志』와 역사『삼국지』를 대조하여 그 誤謬나 矛盾 및 小說的 虛構를 파헤치는 행위는 역사학자들에게 아주 흥미로운 연구테마였다.

필자는 본 논문을 구상하면서 먼저 『三國演義』의 허구와 진실에 대한 矛盾性의 출현배경과 그 원인에 대해서 살펴보았더니 크게 두 가지 관점에서 접근이 가능해 보였다. 하나는 歷史的 觀點에서 『三國演義』의 허구와 진실에 대한 분석이다. 즉 이 문제는 소설적 관점에서 보면 창작이지만 역사적 관점에서 보면 왜곡이기에 여기에서는 편저자의 의도적 창작문제와 왜곡현상을 주로 분석하였다. 또 하나는 『三國演義』의 구성과 描寫技法上에서 不知不識間에 나타나는 허구와 진실에 대한 분석으로, 여기에서는 주로 편저자의 記述上 錯誤나 誤謬 그리고 작품구성의 矛盾現象 등을 중점적으로 고찰하였다. 즉 '意圖的 虛構'와 '無意識的 錯誤'가 본 논점의 핵심이다.

---

2) https://terms.naver.com/entry. 네이버 두산백과 참고.

3) 章學城『丙辰紮記』有云: "惟『三國演義』則七分實事, 三分虛構, 以致觀者往往爲所惑亂"。

1. 모순성의 출현배경과 그 원인

주지하듯이 역사연의소설은 宋元代의 講史話本에서 발전한 체제로 역사연의류 소설 가운데 가장 대표적인 작품이 바로 『三國演義』이다. 이 소설은 일반적으로 역사에 기록된 史實을 근거로 하였지만 여기에 野史와 民間故事 그리고 희곡 등 다양한 예술적 가공물을 더하여 만들어졌기 때문에 많은 허구적 요소가 담기게 되었다. 여기에 최후에는 편저자의 思想과 文學觀 그리고 世界觀까지 담겨지다 보니 동일 서적에서도 각기 다른 다양한 버전의 작품들이 출현하게 되었다. 이것이 바로 『三國演義』의 모순이 시작된 출발점이다. 즉 역사관에서 조조의 위나라를 정통으로 볼 것인가? 아니면 유비의 촉한을 정통으로 볼 것인가? 하는 정통론의 문제가 핵심이다. 결국 正史에서는 조조의 위나라를 정통으로 보았지만 소설에서는 유비의 촉한을 정통으로 간주하면서 역사연의소설의 허구와 진실문제가 부각되었다. 그러다 보니 후대의 편저자들은 다시 정통론에 의거한 내용의 왜곡현상이 나타나는데 이것이 바로 '擁劉貶曹'[4](유비를 옹호하고 조조를 폄하하는 현상)이다. 여기에는 다분히 나관중과 모종강 부자의 思想과 文學觀이 가미되면서 실제 인물에 대한 의도적 허구는 최고조에 달하게 되었다.

그 외 수백 년에 거쳐 수많은 편저자들이 『三國演義』에 加筆을 하다 보니 자기도 모르는 사이에 혹은 무지와 무식에서 나온 구성과 기술적 착오 및 표현기법상의 오류로 인해 수많은 矛盾이 드러났다. 矛盾이라 함은 어떤 사실의 앞뒤관계 혹은 두 사실이 이치상 어긋나 서로 맞지 않음을 이르는 말인데 필자는 이 두 가지 모순의 유형에 근거하여 정통론의 변화에 따른 허구와 진실문제, '擁劉貶曹'로 인한 사실

---

4) 그 외에도 '擁劉反曹'·'尊劉貶曹'·'尊劉抑曹'라고 표현하기도 한다.

의 왜곡문제, 구성과 묘사기법상의 착오와 오류 등 3가지 관점에서 모순성의 원인을 찾아보았다.

1) 『三國演義』의 正統論

正史 『三國志』는 晉나라의 학자 陳壽(233~297)가 편찬한 것으로, 魏書 30권, 蜀書 15권, 吳書 20권, 총 65권으로 된 역사서이다. 진수는 위나라를 정통 왕조로 보고 魏書에만 帝紀를 세우고, 蜀書와 吳書는 列傳의 체제를 취하였다. 사실 저자 진수는 蜀漢에서 벼슬을 하다가 촉한이 멸망하자 진나라의 관료가 되었던 인물이기에 자연적으로 위나라의 역사를 중시하여 魏晉을 정통으로 한 正史 『三國志』를 찬술하였다.[5]

'魏晉正統論'에 반기를 든 것이 바로 東晉의 習鑿齒가 지은 역사서 『漢晉春秋』이다. 이 책은 後漢의 光武帝부터 西晉의 愍帝까지 약 300餘 年間의 역사를 기술한 책(총 54권)으로 되어있으며 삼국시대에서 촉한을 정통으로 삼는 '蜀漢正統論'이 처음으로 주장되었다. 그 후 宋나라 朱熹(1130~1200)가 쓴 역사서 『通鑑綱目』에서 다시 촉한정통론이 대두되었는데,[6] 이 책은 BC 403년에서부터 서기 960년에 이르기까지 약 1362년간의 역사를 正統과 非正統을 분별한 책으로 여기에

---

5) https://terms.naver.com/[네이버 지식백과] 三國志 (두산백과) / 이 책은 記事가 간략하고 인용한 史料도 지나치게 簡略하고 누락된 것이 많아 南北朝時代 宋 文帝는 裵松之(372~451)에게 註釋을 달게 하였다(429년).

6) 이 책은 1362년간의 역사를 正統과 非正統을 분별하고 大要와 細目으로 나누어 기술하였다는데 朱熹는 大要를, 제자 趙師淵이 細目을 완성하였다.
https://terms.naver.com/[네이버 지식백과] 資治通鑑綱目(두산백과)

서도 삼국시대의 蜀漢을 정통으로 하고 魏나라를 非正統 정권으로 기술하였다. 이는 宋代 學風의 정통적 사관과 도덕적 사관은 물론 후대 『삼국연의』의 구성에 많은 영향을 주었다.

2) 羅貫中과 毛宗崗의 '擁劉貶曹'에 대한 관점

당대에 이미 유행하기 시작한 것으로 추정되는 삼국고사는, 송대에 '說三分' 이야기꾼이 등장하였으며 민간에서 가장 환영받는 소재가 三國故事였다는 기록이 『東京夢華錄』(孟元老)에 전해진다. 또 원대에 이르러 60여 종에 달하는 '三國戱'가 생겨났으며 元代 至治年間(1321~1323)에는 建安虞氏에 의하여 3卷의 講史話本인 『三國志平話』가 간행되었는데 이것이 서적으로 최초의 발행기록이다. 그 후 발간된 小說 『三國志』는 명·청대를 거쳐 수백 종에 이르는데7) 대략 4단계를 거쳐 큰 변화가 생겼다.

제1단계는 元代의 "平話本 時代"이다. 이때의 대표작으로 至治年間(1321~1323)에 출간된 建安 虞氏의 『三國志平話』가 있다.

제2단계는 "나관중의 240則 時代"이다. 이때가 바로 『삼국연의』의 골격이 만들어진 시기로 나관중에 의하여 총 240則으로 큰 틀이 만들어졌다. 당시의 판본은 크게 강남계열(연의계열)과 복건계열(지전계열)로 분류된다.

제3단계는 "이탁오의 120回 時代"이다. 이 시기는 구성에 있어서 총 240則에서 120回로 대폭적인 변화가 있었던 시기이다. 대략 명대 말기(天啓年間[1621~1627]이나 崇禎年間[1628~1644])나 淸初에 해

---

7) 金文京, 『삼국지의 영광』, 사계절출판사, 2002, 224~228쪽 참고.

당하는 시기이다.

제4단계는 "모종강의 120回 通行本 時代"이다. 이때는 모종강이 120회 회목은 그대로 유지한 채 회목과 내용 등 문체를 전면적으로 수정했던 시기로, 대략 1679년에 모종강본이 출간된 이후부터 청말까지 해당된다.[8] 이처럼 명·청대에 나온 판본만도 수백 종에 이른다.

'蜀漢正統論'에 입각하여 유교적 정통사상이 철저하게 강화되면서 조조에 대한 폄하가 시작되었는데 여기에 앞장선 인물이 바로 나관중과 모종강 부자이다. 촉한의 정통론은 곧 '漢家復興'이라는 슬로건과 함께 한나라를 찬탈한 위나라를 이단시하였다. 이렇게 '촉한정통론'이 민중의 지지를 얻자 이번에는 민중의 독특한 가치관, 예를 들면 善人과 惡人을 분명히 나누는 생각이나 패자를 동정하는 의식이 정통론에 영향을 주었다. 이것이 곧 유비를 옹호하고 조조를 폄하하는 '擁劉貶曹'로 이어지게 되었다.[9] 소설을 묘사하다보면 善과 惡이라는 이분법의 틀에서 벗어나지 못하는 경우가 비일비재하다. 이러한 이분법이 일반 소설의 경우에는 별 문제가 없으나 역사소설의 경우에는 많은 문제점을 야기 시킨다. 즉 『흥부와 놀부전』의 놀부가 악행을 저지른다고 해서 놀부의 본연의 캐릭터에 큰 손상을 입히지는 않지만, 역사소설 李舜臣의 경우에 있어서는 이순신을 더 부각시키기 위해서 원균이 간신이 되어야 하는 구조적 모순에 빠진다. 결국 원균은 실제보다 더 심한 惡人의 이미지를 뒤집어 써야하는 피해자가 되고 만다.

이처럼 '擁劉貶曹'는 단지 조조에게만 그치지 않았다. 수혜자는 후대에 명예를 드높이지만 피해자는 역사에 크나큰 불명예를 뒤집어쓰

---

8) 閔寬東, 「신 발굴 喬山堂本 新鋟全像大字通俗演義三國志傳」, 『中國小說論叢』 제60집, 2020, 66쪽.

9) 김문경, 『삼국지의 영광』, 사계절출판사, 2002, 49~63쪽 참고.

게 된다. 다시 말해『三國演義』에서의 최대 수혜자는 유비·관우·장비·제갈량·조자룡 등으로 주로 촉한의 인물들이지만 피해자로는 조조·사마의 등 위나라 인물이거나, 그 외 오나라의 주유와 노숙 등을 꼽을 수 있다. 즉 유비를 부각시키기 위하여 조조를 희생시킬 수밖에 없었고, 제갈량을 스타로 만들기 위해서는 주유·노숙·사마의까지 희생양이 되어야 했던 것이다.[10)

그런데 여기에 흥미로운 사실은 '擁劉貶曹' 작업에 앞장선 나관중과 모종강의 견해가 항상 일치하지는 않았다. 예를 들면, 조조가 딸을 헌제에게 바쳐 황후로 만들었는데, 그 후 조비가 헌제를 폐하고 황위를 찬탈하는 장면이 나온다.『後漢書·獻穆皇后傳』에서는 조황후가 크게 분노하며 황실의 편에 서는 것으로 나온다. 그러나 나관중본에는 조황후가 오히려 황실을 크게 핍박하며 조비의 한실 찬탈을 돕는 공범자로 묘사되어있다. 그런데 모종강본에서는 조황후가 다시 황실의 편에서 조비에게 크게 분노하는 장면으로 바꾸어 묘사하였다. 아마도 모종강은 조비의 한실 찬탈이 여동생조차 반대할 정도로 민심을 얻지 못했다는 점을 크게 부각하고자 한 것으로 추정된다. 이처럼 '擁劉貶曹' 작업은 편찬자의 의도에 따라 다양하게 변화하였음을 보여주는 實例이기도 하다.[11)

3) 構成과 描寫技法上의 錯誤와 誤謬

『三國演義』가 정식으로 출간된 시기는 크게 "平話本 時代"·"나관

---

10) 민관동,『삼국지 인문학』, 학고방, 2018, 24쪽. 54~55쪽 참고.
11) 徐傳武지음·정원기옮김,『우리가 정말 알아야 할 삼국지 상식 백가지』, 현암사, 2005, 446~448쪽 참고.

52 第一部 三國志 總論

중의 240則 時代" · "이탁오의 120回 時代" · "모종강의 通行本 時代"
등으로 구분되며 지금까지 수백 종의 『三國演義』가 출간되었다. 이러
한 異本의 출현은 판본만 헤아려도 명대에 40여 종, 청대에 70여 종
이상으로 총 백여 종이 넘으며 수많은 편저자들이 대량의 편찬을 시도
하였다.12)

그러다 보니 표현기법상의 오류와 착오, 문학사적 오류와 논리적 모
순, 인물 · 지명 · 관직 · 호칭 등 수많은 오류와 모순이 발생하였다. 이러
한 현상은 편찬자의 의도적인 착오나 왜곡이 아닌 無知와 無識에서
나온 記述的 錯誤가 대부분이다. 이러한 착오와 오류는 중국 문학사
에서 견줄 수 없는 독보적인 문학적 지위에 있었던 나관중도 피해가지
못했고 또 청대에 출중한 문장력을 과시했던 모종강 부자도 비록 많은
부분에서 오류를 바로 잡았지만 여전히 상당부분에서는 나관중의 오
류를 그대로 답습하였다.

이상에서 분석한 모순성의 출현배경과 그 원인을 총괄하면 결국 의
도적으로 꾸며진 "역사적 관점에서의 허구와 진실" 그리고 표현기교
의 착오와 오류로 만들어진 "묘사기법상의 허구와 진실"로 분류되며
이에 대한 구체적인 분석은 다음과 같다.

2. 歷史的 觀點에서의 虛構와 眞實

앞에서 歷史小說이란 歷史的 事實과 小說的의 虛構의 결합이라
고 언급하였다. 이러한 작품 중에는 역사적 사실에 가까운 소설과 허
구에 가까운 소설이 탄생하였는데, 여기에서 역사적 사실에 치중했던

---

12) 민관동, 「소설 삼국지의 서명 연구」, 『中國學論叢』 제68집(고려대 중국학연
    구소), 2020, 83~91쪽 참고.

작품으로는 『東周列國志』와 『西漢演義』 등이라 할 수 있고, 비교적 허구적 요소가 많은 비중을 차지하고 있는 것이 바로 『三國演義』라 할 수 있다. 『三國演義』의 출현은 연의류 소설의 유행에 기폭제가 되었으며 후대에 『二十四史通俗演義』까지 창작될 정도로 역사연의류 소설의 대유행을 이끌었다. 역사적 관점에서의 허구와 진실문제는 크게 3가지 관점에서, 즉 "'蜀漢正統論'과 '擁劉貶曹' 관점에서 내용의 재구성"·"문학적 허구와 예술적 승화"·"상업성을 감안한 허구의 재구성" 등으로 나누어 허구와 진실 및 그 모순성을 분석하고자 한다.

1) '蜀漢正統論'과 '擁劉貶曹' 관점에서 내용의 재구성

魏晉正統이 아닌 蜀漢을 漢나라의 후신으로 인정하는 蜀晉正統으로 고치다 보니 우선 劉備의 촉한을 긍정적으로 기술해야 하고 이에 라이벌 관계인 위나라 曹操에 대해서는 부정적인 묘사가 불가피해졌는데 이것이 곧 본격적인 '擁劉貶曹'의 출발점이다. 여기에서 필자는 『三國演義』 내용의 역사적 사실에 대한 진위를 다시 규명하려는 것이 아니다. 즉 어떻게 허구와 진실을 융합하여 재구성하였는지에 대한 관점에서 접근을 하고자 한다.

(1) 劉備 캐릭터

'蜀漢正統論'과 '擁劉貶曹'라는 국가적 프로젝트 아래 宋代以來 劉備의 캐릭터는 대변신을 시작하였다. 『三國演義』 제2회에는 유비가 황건적을 토벌한 공로로 안희현 縣尉로 취임하였을 때, 뇌물을 요구하는 督郵와 갈등을 빚는 장면이 나온다. 正史 『三國志·先主傳』에서는 "유비가 독우를 포박하고 곤장 200대를 쳤다."라고 되어있으나 『三

國演義』에서는 유비가 아니라 장비로 바꿔버렸다.[13] 즉 인자하고 후덕한 유비의 이미지에 타격이 오기에 통쾌하고 호탕한 성격의 장비로 대체한 것이다. 이처럼 유비는 寬仁大度한 캐릭터로의 본격적인 이미지 변신이 시작되었다. 특히 『三國演義』 제11~12회에서는 궁지에 몰린 도겸이 유비를 불러 서주를 맡아 달라는 부분과 도겸이 죽은 후 백성들이 울면서 서주를 맡아 달라 간청을 하는 장면이 나오는데 여기에서 유비는 3번이나 사양하는 방식으로 묘사하여 겸양의 미덕을 최대한 부각시켰다. 이러한 방식은 후에 형주나 익주를 취할 때와 심지어 촉한의 왕이나 황제로 등극할 때도 동일한 방식을 취해 숙명적 정통론을 부각한 정당성을 얻었다.[14]

특히 『三國演義』 제41회에 유비가 新野에서 조조에 쫓겨 피난을 떠나는 장면이 나오는데, 따르던 백성들로 인해 피난 속도가 느려지자 유비의 측근들은 백성을 포기하고 떠나자고 권유한다. 유비는 이를 물리치며 "큰일을 할 사람은 항상 백성을 근본으로 삼아야 한다. 이렇게 백성들이 나를 믿고 따르는데 내 어찌 이들을 버린단 말인가!"[15] 라고 했는데 이 한마디는 군주로서의 이미지 정착에 결정적인 역할을 하였다. 이처럼 작품 속에서 유비의 개성과 이미지 변신은 허구라는 옷을 빌려 성공적으로 진행되었으며 이러한 변신의 주역에는 나관중과 모종강의 기여와 공로가 혁혁했다.

---

13) 陳壽지음·김원중옮김, 『正史三國志』(魏書·蜀書·吳書), 민음사, 2007. 『三國志平話』, 臺灣 文化圖書公司, 1993. 나관중 지음·정원기 옮김, 『정역 삼국지』, 현암사, 2008. 나관중 지음·김구용 옮김, 『삼국지연의』, 솔 출판사, 2008. 나관중 저, 『三國演義』, 臺灣 桂冠圖書公司, 1991. 등을 저본으로 참고.
14) 閔寬東, 『三國志 人文學』, 학고방, 2018, 95쪽 참고.
15) 擧大事者必以人爲本, 今人歸我, 奈何棄之!, 『三國演義』 第41回.

(2) 曹操 캐릭터

'蜀漢正統論'의 최대 피해자는 당연히 曹操이다. 유비가 仁慈한 英雄으로 그려지면서 조조는 점점 奸雄의 이미지로 고착되었다. 조조에 대한 貶下作業은 『三國演義』 제4~5회에서 부터 시작된다. 여기에 조조가 여백사를 죽이는 장면이 나오는데, 사실 王沈의 『魏書』·곽예의 『世語』·孫盛의 『雜記』 등에 간단한 관련 기록이 언급되어 있지만, 조조가 여백사를 죽였다는 기록은 보이지 않는다. 이처럼 『三國演義』는 시작 부분부터 정의로운 '桃園結義'로 시작하는 유비와는 반대로 조조의 냉혹함과 간사함을 부각시켜 부정적 인물로 등장시킨다. 특히 "내가 천하를 버릴지언정 천하가 나를 버리게 하지는 않겠다."[16]라는 말은 조조를 극단적 이기주의자의 이미지로 정착시켰다.

또 『三國演義』 제17회에는 조조가 전투 중에 군량미마저 부족한 위기에 몰리는 장면이 나온다. 이때 조조가 군량관 왕후에게 급식을 줄이라고 명하자 병사들의 불평불만이 극도에 이른다. 이때 조조는 모든 책임을 군량관 왕후에게 뒤집어 씌워 사태를 수습하고 위기를 모면한다. 이처럼 조조를 비열하고 간사한 캐릭터로 폄하하는데 일등공신은 바로 나관중이다.

심지어 조조를 간사하고 비열한 奸雄으로 만드는 것도 부족하여 비참하고 구차한 모욕까지 서슴없이 주었다. 이것이 바로 『三國演義』 제50회인 赤壁大戰에서의 '曹操三笑'와 『三國演義』 제58회의 '수염을 자르고 전포를 벗어 던지며 도망친 조조'이다. '曹操三笑'는 적벽대전에서 대패한 조조가 도주하는 장면이 나오는데, 이때 제갈량이 미리 매복시킨 오림에서 조자룡에게 곤욕을 치르고, 호로구에서는 장비에게

---

16) 寧敎我負天下人, 休敎天下人負我. 『三國演義』 第5回.

쫓기어 華容道에 이른다. 화용도에서 관우와 마주친 조조가 비굴하게 목숨을 구걸하게 만드는 소설적 허구를 만들어 조조를 마음껏 조롱하였다. 그러나 이보다 더 심한 모욕은『三國演義』제58회에 나온다. 동관에서 조조와 마초가 전투 중 조조가 궁지에 몰려 달아나는 장면이다. "붉은 홍포를 입은 놈이 조조다." 하니 홍포를 벗어 던지고, "수염 긴 놈이 조조다." 하니 패도를 뽑아 수염을 자르고, "수염 짧은 놈이 조조다." 하니 깃발을 찢어 목을 싸매고 달아나는 장면은 조조를 간웅보다도 더한 추잡한 잡인으로 만들어 버렸다.

'擁劉貶曹'는 살아서는 물론 죽어서까지 조조에게 不名譽의 명에를 씌워놓았다.『三國演義』제78회에 조조가 臨終을 맞이하여 "성 밖에 가짜 무덤 72개를 만들어 후세 사람들이 내 무덤이 어디에 있는지 알지 못하도록 하라. 후세 사람들이 내 무덤을 파헤칠까 염려된다."라고 하는 장면이 나온다. 사실 조조는 살아서 매우 검소하고 사치를 하지 않았던 인물이며 어디에도 72총을 만들었다는 기록은 없다. 이는 조조를 의심이 많은 폭군으로 폄하할 목적에서 후대 모종강이 개편작업을 하면서 공식화한 허구이다.

『三國演義』에서 '擁劉貶曹'는 오직 유비만 옹호하고 조조를 폄하하는 방식으로 꾸며지지는 않았다. 유비의 가신그룹인 제갈량과 관우는 물론 장비와 조자룡 그리고 강유까지도 모두 부수적 수혜를 보게 된다. 여기서는 諸葛亮과 關羽 및 張飛 위주로 분석하기로 한다.

(3) 諸葛亮 캐릭터

'擁劉貶曹' 작업에서 엉뚱하게 최대의 혜택을 누린 사람이 諸葛亮과 關羽이다. 제갈량은 三顧草廬를 통하여 政界에 데뷔를 하지만 그의 존재감을 세상에 알린 사건은 바로『三國演義』제39회의 박망파

전투와 『三國演義』 제43~50회의 적벽대전이다. 박망파 전투는 조조가 하후돈에게 군사를 주며 신야에 있는 유비를 정벌하라는 내용인데, 이때 유비는 박망파에서 조조의 군대를 화공으로 크게 물리치는 내용이다. 그런데 이 전투의 주역은 유비인데 오히려 제갈량의 공적으로 묘사하며 제갈량의 능력에 반신반의 하는 관우와 장비가 제갈량에게 순종하게 하는 극적인 반전효과를 보이며 새로운 스타탄생을 예고하였다.

이러한 스타의 탄생은 적벽대전에서 유감없이 그 존재가 발휘되었다. 사흘 안에 화살 10만 개를 만드는 '草船借箭'의 이야기와 拜風臺에서 기도로 동남풍을 만드는 이야기, 그리고 오림·호로구·화용도에 조자룡과 장비 및 관우를 매복시켜 조조를 궁지에 몰아넣는 이야기 등은 제갈량을 거의 신기에 가까운 능력의 소유자로 만들어 버렸다. 또 제갈량을 스타로 만들기 위해서 오나라의 주유와 노숙까지 貶下하는 데에 주저하지 않았다. 이처럼 적벽대전의 戰功을 대부분 독식하면서 적벽대전을 제갈량의 독무대로 만들어 버렸다.

그 후에도 제갈량의 스타 만들기는 그치지 않았다. 『三國演義』 제86회의 '5路攻擊'은 위나라 조비가 유비의 죽음으로 어수선한 촉한을 5방향에서 공격하였다는 이야기이다. 여기에서 제갈량은 서재에 앉아 심리전으로 이들을 물리친다는 이야기로 이 모두는 나관중의 붓끝에서 만들어진 허구이다. 또 『三國演義』 제87~90회에 나오는 '맹획의 七縱七擒'은 제갈량을 完全無缺한 心理戰의 大家로 만들었다. 실제는 『漢晉春秋』에 제갈량이 남중을 정벌하여 4個 郡을 취하였다는 기록을 근거로 확대 포장된 허구이다.

제갈량의 스타 만들기는 『三國演義』 제91~104회 '六出祁山'에서 절정을 이룬다. 특히 제95회에 나오는 諸葛亮의 空城計는 독자의 혀를 내두르게 할 정도로 강렬한 이미지를 주었다. 주요 핵심부대를 타지로 출병시킨 빈 성에 사마의의 대군을 맞이한 제갈량이 성문을 활짝 열고 높은 누각에 올라서 悠悠自適하게 거문고를 타는 장면은 그를 戰爭의 達人으로 격상시킨다. 특히 "나는 정녕 제갈량을 따라갈 수 없구나!"라고 개탄하는 사마의의 독백을 통하여 지혜의 화신인 제갈량의 이미지는 虛構가 하나의 眞實로 고착되었다.[17] 또 제갈량은 죽어가면서 까지 그의 神出鬼沒한 이미지를 발휘한다. 그것이 바로 제104회에 나오는 "죽은 제갈공명이 산 중달을 쫓다."라는 부분이다. 즉 죽은 공명이 자신이 살아있는 것처럼 위장하게 만들어 사마의로 하여금 공명의 계책에 말려든 줄 알고 도망쳤다는 이야기로 제갈량은 죽어서까지 사마의를 웃음거리로 만들었다.

그러나 엄밀히 따지면 육출기산은 제갈량이 패한 전쟁이다. 비록 부분적 국지전에서는 승리했지만 최종결과는 제갈량이 오장원에서 죽고 철군하였기에 엄청난 군비만 낭비한 패전인 것이다. 그럼에도 불구하고 『三國演義』에서는 제갈량을 유비의 으뜸가는 참모와 지략가로 만들기 위하여 다소의 과대 포장과 허구를 가미하여 이미지를 변신시켰다. 특히 유비와 水魚之交의 관계로 설정하여 天下三分之計의 대업을 펼친 중국 최고의 재상으로 만들었다.

(4) 關羽 캐릭터

『三國演義』에서 '擁劉貶曹'의 최대 수혜자는 유비가 아니라 오히려 관우라고 할 수 있다. 관우는 도원결의를 통해 세상에 나오기 전에

---

17) 徐傳武지음·정원기옮김, 『우리가 정말 알아야 할 삼국지 상식 백가지』, 현암사, 2005, 490쪽 참고.

는 악덕 소금장수를 죽인 현상수배범에 불과했다. 후에 그는 수많은 전공을 세우며 한수정후에 오르고 또 촉한의 오호대장군 가운데 首將이 되었다. 관우는 살아서보다 오히려 죽어서 더 승승장구하였다. 즉 살아서는 關公으로 불린 것이 전부였지만 죽어서는 북송 휘종 때에 關王으로 추존되었고 명대에는 황제의 신분인 關帝로 추존되었다. 또 유교에서는 文武二聖(孔子와 關羽)으로, 불교에서는 守護神인 伽藍神으로, 도교에서는 三界伏魔大帝로 신격화된 대표적 인물이다.[18]

관우라고 하면 상징적으로 靑龍偃月刀와 赤免馬가 떠오르지만 사실 모두 근거가 없는 허구이다. 특히 『三國演義』 제5회에 나오는 술이 식기 전에 敵將 화웅의 머리를 베어오는 장면이나, 제25회에 敵將 문추를 베는 장면, 또 제27회에서 주군 유비를 찾아 다섯 관문의 수장인 6명의 장수들을 참하고 탈출한다는 '五關六斬將' 그리고 제50회인 華容道에서 조조를 풀어주는 장면 역시 허구이다. 그 외에도 채양을 베는 장면이나 관우가 사후에 玉泉山에서 顯聖하는 장면 등 대부분이 허구이다. 게다가 관우의 제1부하인 周倉마저도 실존인물이 아니다. 그나마 사실에 가까운 것은 제25회의 장수 안량을 베는 장면과 제74회의 위나라 장수 우금의 7군을 水葬시키는 장면 그리고 제75회의 관우가 독화살을 맞고 치료하는 부분이다.[19] 그러나 독을 치료한 사람도 사실은 華佗가 아니다. 화타는 이전에 이미 조조에게 살해당했기 때문이다.

그럼에도 불구하고 나관중은 관우를 화웅과 안량 및 문추 같은 최고의 장수들을 참살한 것으로 만들어 그의 이름을 천하에 떨치게 하였다. 또 '五關六斬將'에서는 죽음을 무릅쓰고 주군 유비를 찾아가는 충성

---

18) 閔寬東, 『三國志 人文學』, 학고방, 2018, 113~114쪽 참고.
19) 김문경, 『삼국지의 영광』, 사계절출판사, 2002, 165쪽.

의 아이콘으로, 또 華容道에서 붙잡은 조조를 풀어주는 장면에서는, 사실 전쟁 중에 적군의 首長을 풀어주는 반역행위는 군법회의에서 처단될 일임에도 오히려 은혜를 보답하는 의리의 화신으로 만들어 버렸다. 이처럼 나관중 등 수많은 『三國演義』 편찬자들은 관우의 우상화 작업에 아낌없는 후원을 하였다. 비록 순간의 방심으로 여몽의 계략에 빠져 체포되어서도 "옥은 깰 수 있으나 그 옥채는 바꿀 수 없고, 대나무는 태울 수 있으나 그 곧음은 꺾을 수 없다."라며 손권의 회유를 거절하고 장렬한 죽음을 택하면서 관우는 중국에서 제일가는 忠義의 아이콘을 구축하는데 성공하였다.

(5) 張飛와 기타 인물들

그 외의 인물로 장비를 들 수 있다. 桃園結義를 통해 등장한 장비가 주목을 받은 사건은 바로 『三國演義』 제42회에 나오는 長板橋 전투이다. 장판교 위에 말을 세운 장비가 장팔사모를 든 채 우레와 같은 호통소리에 장수 夏侯杰이 낙마하여 사망하고 그 위세에 曹操조차 달아나는 장면은 장비를 최고의 勇將으로 만들었다. 사실 이 사건은 허구이며 하후걸이란 장수도 실존인물이 아니다. 모두가 나관중이 꾸며낸 허구이다. 그 외에도 『三國演義』 제65회에 횃불을 밝히고 張飛와 馬超가 싸우는 장면이 나오는데, 이 세기적 격투 장면도 역사에서는 볼 수 없는 허구이다. 모두가 나관중의 뛰어난 글재주와 아름다운 필치가 만들어낸 결과물이며 또 오호대장군중 한명인 마초가 이름난 영웅이 되어 그 혁혁한 전공이 천고에 전하는 것은 오로지 『三國演義』의 편찬자 나관중의 덕택인 것이다.[20]

----

20) 徐傳武지음·정원기옮김, 『우리가 정말 알아야 할 삼국지 상식 백가지』, 현암

장비 외에 핵심인물로 趙子龍을 빼놓을 수가 없다. 五虎大將軍 중 하나인 조운은 博望坡 전투와 長阪坡 전투에서 큰 공을 세웠다. 특히 장판파에서 실종된 유비의 아들 유선을 구출하여 오는 장면과 한수지 방에서 한덕 부자 다섯 장군을 무찌르는 일명 '力斬五將'은 후대에 조 자룡을 용맹과 지략을 겸비한 이미지로 만드는데 결정적 역할을 하였 다. 평생 깨끗한 이미지로 조자룡을 理想的인 英雄으로 끌어 올렸다. 또 나관중은 조조의 입을 빌려 조자룡은 온 몸이 담덩어리라는 최고의 찬사를 보내기도 하였다.

'擁劉貶曹'는 유비 사후에도 지속되었다. 유비가 전혀 보지도 못한 강유에게도 수혜는 계속되었다. 나관중의 관점에서 강유는 제갈량의 북벌을 계승하는 후계자로 부각되어 찬양 작업을 이어갔다. 비록 성공 하지 못한 九伐中原까지 美化시켰다. 이상에서와 같이 '擁劉貶曹'는 꼭 劉備만 특정하여 擁護하지 않았고 유비 그룹전체가 수혜자가 되었 다. 그리고 또 曹操에게만 한정하여 貶下하지도 않았다. 조조의 부하 인 司馬懿 역시 諸葛亮의 라이벌 이었다는 이유로 수모를 당하였고, 심지어 오나라의 주유나 노숙까지 피해자의 범위를 확대시켰다.[21]

2) 문학적 허구와 예술적 승화

『三國演義』는 간혹 '옹유폄조'와 관계없는 허구화 작업도 몇몇 곳 에서 보이기는 하지만 큰 틀에서 보면 '蜀漢正統論'에 근거한 '擁劉

사, 2005, 361~364쪽 참고.

21) '擁劉貶曹'라고 하여 위나라와 오나라 사람들 모두를 폄하 한 것은 아니다. 위나라는 張遼나 龐德 및 荀彧 그리고 오나라의 太史慈 등은 비교적 긍정적 으로 묘사되었다.

貶曹'의 범주에서 크게 벗어나지 않는다. 이러한 관점에서 편찬자는 소설의 허구성을 적절하게 가미하여『삼국연의』의 문학적 가치를 예술적 단계로 승화시켰다.

문학적 허구가 가장 많이 들어간 부분은 赤壁大戰이고 가장 적게 들어간 부분은 官渡大戰이라 할 수 있다.『三國演義』에서 가장 하이라이트 장면을 뽑으라면 적벽대전을 빼놓을 수 없다. 그만큼 흥미는 물론 긴장감과 스릴을 주는 명장면이 많이 나온다. 그 이유는 적벽대전의 대부분에 문학적 허구가 가미되었기 때문이다. 실제 적벽대전은 조조와 손권·유비 연합군이 군집한 가운데, 조조 진영에 전염병이 돌아 조조군이 불리한 상황이었다. 그때 黃蓋가 火攻計를 주유에게 올리고 소형 배를 이끌고 조조의 수채에 접근하여 불을 지른다. 때마침 동남풍이 불어와 배는 물론이고 營寨에까지 불길이 번져 주유의 군대가 큰 승리를 거두게 된다. 전염병에 영채까지 불타버린 조조의 군대는 전의를 잃게 된다. 결국 조조는 철수를 결정하는데 나머지 선박을 두고 철수하면 적에게 이롭기에 나머지 軍船마저 모두 불태우고 철수한다.[22] 이것이 적벽대전의 실상이다.

이처럼 소설적 허구를 활용하여 예술적 경지로 승화시킨 사람으로 羅貫中을 빼놓을 수가 없다. 나관중은 대부분 '촉한정통론'과 '옹유폄조'의 관점에서『三國演義』를 편찬하였지만 위대한 문학가로서의 자질은 여러 곳에서 유감없이 발휘되었다. 특히 그의 敍述技法 가운데 '烘雲托月法'과 '添假作眞法' 그리고 '首尾相關法' 등이 절묘하게 점철되어『三國演義』의 문학성을 높이는데 많은 기여를 하였다.

'烘雲托月法'이란 본래 水墨으로 달을 그릴 때, 달이 흰색이므로

---

22) 金文京,『삼국지의 세계』, 사람의 무늬(성균관대 출판사), 2011, 138~142쪽 참고

그릴 수 없음을 감안해 달 주변을 검게 칠하여 상대적으로 달을 더욱 드러나게 하는 東洋畵 畵法의 하나이다. 『三國演義』 제5회에서는 화웅의 뛰어남을 묘사함으로써 관우의 뛰어남을 더욱 살리는 부분이 나온다. 즉 편찬자가 화웅을 어느 누구도 대적할 자가 없는 최고의 장수로 만든 다음, 그 화웅의 목을 관우로 하여금 베어 버리게 하여 관우의 용맹을 더욱 부각시키는 방법이다.[23] 이러한 '烘雲托月法'은 한두 군데만 나오는 것이 아니다. 주로 제갈량과 관우 및 장비 등을 묘사하는 부분에서 많이 사용되었다. 즉 유비 그룹들의 라이벌이 약한 상대라면 스토리는 긴장감과 긴박감이 사라지고 싱거워진다. 그렇기에 상대를 더욱 강하게 키워서 잡는 기법으로 유비 그룹을 부각시키는 절묘한 구성이다.

또 '添假作眞法'은 일종의 끼워 팔기 묘사법으로 역사적 사실 위에 한두 가지 허구를 끼워 넣어 마치 전체가 사실인양 공식화해 버리는 기법이다. 『三國演義』 제25회에는 四面楚歌가 된 관우가 조조에게 조건부 항복을 하는 장면이 나온다. 실제 역사에서는 항복한 관우에게 조조가 후하게 접대했다는 부분은 사실에 근거하였다. 그러나 관우의 3가지의 조건부 투항 같은 것은 사실이 아니다. 또 조조의 은혜를 보답하고자 나간 전투에서 관우가 안량을 죽인 것은 사실이지만 문추를 죽인 것은 사실이 아니다. 이렇게 나관중은 절묘하게 사실과 허구를 적당히 배합하여 사실화 하였고 또 관우로 하여금 최소한의 자존심과 위엄 및 용맹을 부각시켰다. 이처럼 끼워 팔기식의 '添假作眞法'은 『三國演義』 곳곳에서 찾아볼 수 있다.

그리고 '首尾相關法'[24]이 있는데 일명 '首尾相應法'이라고도 하며,

---

23) 徐傳武지음·정원기옮김, 『우리가 정말 알아야 할 삼국지 상식 백가지』, 현암사, 2005, 56~58쪽 참고.

주로 詩歌에서 많이 사용하는 문학적 구성법이다. 소설에서는 '伏線 깔기' 묘사법으로 앞부분에서 암시를 하고, 뒷부분에서 앞의 암시와 관련된 사건을 기술하여 강조할 때 주로 쓴다. 예를 들면;『三國演義』 제53회에 위연이 유비에게 항복하자 오히려 제갈량이 위연을 죽이려 하는 장면이 나온다. 유비가 그 연유를 묻자 제갈량은 "위연의 뒷통수에 反骨이 있어 후에 반드시 모반할 사람이기에 화근을 끊어 버리자는 것입니다."라고 하는 장면이 나오고,『三國演義』제104회에 제갈량이 임종 직전 뒷일을 부탁하는 장면에서 위연의 모반을 예측하고 사후를 준비하는 내용이 있으며, 또『三國演義』제105회에서는 제갈량 사후에 실제 위연의 모반이 진행된다. 이처럼 절묘한 伏線構造를 만들어 제갈량의 혜안과 신비성에 감탄하게 하고 무한한 흥미를 끌어내었다. 이처럼『三國演義』는 나관중 등과 같은 편찬자들의 탁월한 묘사기법과 걸출한 문장의 필치로 오늘날 중국은 물론 동아시아 최고의 인기소설로 자리매김을 하는 원동력이 되었다.

3) 상업성을 감안한 허구의 재구성

『삼국연의』에서 歷史的 虛構가 가미된 또 하나의 원인으로 영리목적의 상업성을 빼어 놓을 수가 없다. 宋代의 說書人(說講人)에서 출발한 중국통속소설과 元代의 다양한 雜劇은 모두가 營利目的의 商業性에 기초를 하였다. 그 후 명·청대에 수백 종의 판본이 출간되면서

---

24)『三國演義』제1회에는 天下大勢, 分久必合, 合久必分으로 시작되며 이는 향후 전개될 이야기가 분열의 이야기임을 암시하고,『三國演義』제120회는 天下大勢, 合久必分, 分久必合으로 끝나는데 이는 분열에서 다시 통합을 암시하며 끝을 맺는다. 이처럼 처음과 끝이 서로 관련이 있는 문학적 구성법.

본격적인 출판전쟁이 시작된다. 이러한 전쟁에서 살아남기 위해서는 흥미와 재밋거리가 있어야만 흥행이 가능하기에 소설적 허구가 절대적으로 필요하였다.

명말청초의 희곡작가 李漁가 말하길; "나관중은 조조의 일생을 빌려 쓰고 또 제갈량의 일생도 빌려다 썼다."라고 하였다. 이처럼 나관중은 소설을 창작하는 과정에서 조조와 제갈량의 부분에 가장 많은 허구를 빌려다 썼다. 특히 제갈량의 빌려 쓰기는 東吳의 군대를 빌려 적벽대전을 일으켰고, 草船借箭의 방법으로 화살 10만 여개를 빌릴 수 있었으며 또 배풍대에 올라 하늘에서 동남풍을 빌려오는 기염을 토하기도 하였다. 적벽대전 이후에는 슬그머니 형주를 빌려 쓰고 나중에는 익주를 빌려 삼국정립의 기반을 세웠다. 물론 빌린 것을 상환하였다는 기록은 어디에도 없다. 그러기에 중국 속담에 "유비가 형주를 빌리다."(劉備借荊州)라는 말은 "빌려간 것을 돌려주지 않는다."는 의미로 지금도 사용되고 있다.[25] 이처럼 여기에 연결된 이야기는 해학성과 코믹성이 담겨져 있어 독자들의 환호를 받았다.

상업적 이득을 취하기 위해서 가장 중요한 것은 바로 흥밋거리이다. 우선 재미가 있어야 독자가 만들어지기 때문이다. 재미와 흥미를 끌기 위해서는 신비성이 더해질 때 시너지 효과가 크다. 여기에서는 크게 興味性과 神祕性을 위주로 분석하기로 한다. 興味性의 대부분은 라이벌 간의 대결구도에서 발생한다. 즉 동탁과 여포의 대결구도(貂蟬의 美人計), 조조와 원소와의 대결구도(官渡大戰), 조조와 유비의 대결구도(英雄論), 관우와 조조의 대결구도(五關斬六將과 曹操三笑), 제갈량과 주유·노숙과의 대결구도(赤壁大戰·草船借箭), 유비와 손권

---

25) https://zhidao.baidu.com/question/ 百度知道 참고, 閔寬東, 『三國志 人文學』, 학고방, 2018, 263~264쪽.

의 대결구도(夷陵大戰), 제갈량과 사마의의 대결구도(六出祁山·空城計) 등 수많은 대결구도에서 짜릿한 흥밋거리의 유발은 물론 통쾌한 웃음거리로 갈채를 보내기도 하고 때로는 긴장감 넘치는 스릴까지 느끼게 한다.

또 하나의 흥밋거리를 만드는 것에서 미인의 등장을 빼 놓을 수 없다. 『三國演義』에서 미인계의 등장은 동탁과 여포를 농락한 貂蟬의 미인계와 유비와 오나라의 孫氏 婦人(주유가 꾸민 미인계로 유비 부인이 된 여인)등이 나온다. 그중 특히 동탁과 여포사이의 美人計로 희생되었던 貂蟬의 등장은 색다른 흥미를 제공하였다. 가공의 인물 貂蟬은 『三國演義』의 위상과 함께 후대에는 중국 4대미녀의 대열에 들어가는 영광을 누리는 계기가 되기도 하였다.

흥미성에 신비성마저 더해지면 극적인 시너지 효과가 나타난다. 즉 부분적으로 감추어진 부분에 갑자기 새롭고 신기한 것이 출현하면 또 다른 기대감을 유발시키기 때문이다. 『삼국연의』에서 神祕性이 두드러진 인물은 제갈량과 관우이며 그들과 연관된 스토리에서 신비성이 가장 많이 발견된다. 적벽대전에서 제갈량의 草船借箭과 東南風을 빌려온 이야기 그리고 조비의 5路攻擊에 대한 귀신같은 대응책 또 맹획에게 보여준 七縱七擒과 사마의에게 보여준 空城計는 신기에 가까운 고도의 심리전으로 독자층을 확보하는데 지대한 역할을 하고 있다.

또 관우의 경우 『삼국연의』 제75회에 관우가 독화살을 맞고 치료하는 장면이 나오는데 여기에서 독을 치료한 사람으로 名醫 華佗를 등장시킨다. 또 뼈를 긁어내는 수술에도 관우는 태연하게 바둑을 두는 장면으로 신비적 분위기를 고조시킨다. 여기에 관우 사후에 관우를 죽인 여몽이 광기를 보이며 급사한다든가, 조조가 갑자기 헛것을 보고 시름시름 앓다가 죽는 장면, 그리고 관우 사후에 玉泉山에서 顯聖하는 장면 등 모두가 신비성으로 가득차 있다. 심지어 관우를 부각시키기 위해 보조역할자인 周倉이라는 인물형상을 창조하기도 하였다. 사실 이러한 내용이 현대적 관점에서는 다소 황당할 수도 있으나 당시의 상황을 감안하면 흥미롭고 신비로운 話頭였다.

3. 描寫技法上의 虛構와 眞實

특히 제2장에서 분석한 "역사적 관점에서의 허구와 진실"에 대한 문제는 대부분 의도적으로 허구를 가미한 역사적 사실에 대한 歪曲與否의 문제이지만, 제3장에서는 不知不識間에 나타난 無意識的 錯誤에 대한 문제이다. 『三國演義』는 비록 宋·元代를 거쳐 수백 년 동안 만들어진 작품이지만 편찬 및 출간과정에서 엄청난 양의 기술적 착오가 생겨났다. 기술적 착오란 작자의 창작 의도나 작품상의 예술적 허구 또는 예술적 묘사와는 전혀 상관이 없는 작가 자신의 지식적 한계, 또는 작업과정에서 발생한 일시적 실수, 그리고 轉寫 또는 刊刻過程에서 조성된 오류의 범주에 속하는 착오를 가리킨다.[26] 이러한 현상은 대부분 편저자의 無知와 無識 또는 不注意로 인한 錯誤와 錯覺에서 기인한다.

처음 이 문제에 관심을 가진 학자는 沈伯俊으로 그는 『三國演義』의 가장 확실한 텍스트를 만들기 위해 고대 판본에 대한 새로운 정리와 함께 전면적인 正誤 對照作業을 하여 一名 『校理本 三國演義』를 만들었다. 심백준의 교리본에서는 크게 5가지 방향에서 기술적 착오문제를 분류하여 정리하였다. 즉 인물 착오·지리 관련 문제·관직 착오

---

26) 沈伯俊 校理·정원기 옮김, 『정역삼국지 부록』, 현암사, 2008, 8쪽.

·曆法 관련 문제·기타 착오 등으로 校理 一覽表를 만들었는데 여기에서 교정된 부분이 총 1051 곳에 달한다.[27]

　이러한 사실에 주목하여 필자는 描寫技法上의 虛構와 眞實이라는 논점으로 접근하였다. 즉 구성과 묘사기술상의 誤謬와 錯誤 그리고 矛盾性 등의 제반 문제들을 분석하여 보니 크게는 문학사적 시대착오 ·논리의 모순과 구성의 모순·表現과 描寫記述의 오류와 착각·인명 및 인물관계의 오류와 착오·관직과 호칭의 오류 등 5가지로 분류된다.

1) 문학사적 시대착오

　文學史的 時代錯誤는 後代에 만들어진 것을 前代로 당겨서 잘못 기술하는 형태이다. 간혹 唐나라를 배경으로 하는 영화나 드라마 가운데 屛風같은 소품에 明나라 文人의 詩나 文章이 등장하는 황당한 경우와 같은 시대에 대한 모순현상을 말한다.

　『三國演義』 제37회는 삼고초려의 이야기로 유비가 童子의 안내를 따라 중문을 들어서니 문 위에 한 폭의 對聯이 있었는데 淡泊以明志, 寧靜而致遠(담담하게 과욕을 버리기로 마음을 정하고, 평온한 마음으로 원대한 경지에 이른다네)라고 쓰여 있었다. 그러나 중국에서 春聯이나 對聯의 기원은 일반적으로 六朝末期로 보며 일반적으로 정착된 것은 唐代로 보는 것이 통설이기에 『三國演義』에 나오는 대련은 시대를 역행하는 모순이다. 나관중본에는 보이지 않다가 모종강본에서 등

---

27) 심백준은 가장 광범위하게 유행한 모종강본 醉耕堂의 『四大奇書第一種』을 저본으로 삼아 1992년에 『校理本 三國演義』를 中國 江蘇古籍出版社에서 출간하였다. 沈伯俊 校理·정원기 옮김, 『정역삼국지 부록』, 현암사, 2008, 5~8쪽 참고.

장하는 것으로 보아 모종강이 增補한 것으로 보인다.

또『三國演義』제56회에 조조가 동작대에서 연회를 베푸는 장면이 나온다. 그런데 나관중본에는 간의대부 王郎과 侍中尙書 鍾繇가 조조에게 시를 지어 올리는데 전형적인 七言律詩로 되어 있다. 사실 칠언율시는 당나라에 들어와서 만들어진 것인데 여기에서는 한나라 말기에 쓴 것으로 꾸며져 있다. 추후에 모종강은 이러한 사실에 부담을 느껴 2首의 시를 모두 삭제 하였다. 그 외에도『三國演義』제34회에 유표와 유비 사이를 이간질 시키려고 채모가 유비의 이름으로 쓴 시가 나온다. 나관중본에는 칠언절구로 平仄까지 잘 맞춘 詩이다. 그러나 平仄法 역시 漢末에는 존재하지 않았기에 모종강본에서는 漢末에 주로 쓰인 시가 五言詩임을 고려하여 七言詩를 五言詩로 고쳤다.[28]

이처럼 名作『三國演義』에도 시대 분위기와 모순되는 문학사적 시대착오가 여러 군데 보이고 또 나관중이 의도적인지 실수인지 아닌지는 알 수 없으나『三國演義』제48회에 적벽대전 출정에 앞서 베푼 연회에서 조조가 지은 詩는 사실은 적벽대전이 한참 지난시기에 쓴 詩인데도 불구하고 시대를 앞으로 옮겨 기술하였다.

2) 논리의 모순과 구성의 모순

『三國演義』에는 논리적 모순도 적지 않게 출현한다. 예를 들면『三國演義』제20회에 유비가 황제를 알현할 때 유비는 자신이 前漢時代

---

28) 困守荊州已數年, 眼前空對舊山川, 蛇龍不是池中物, 臥聽風雷飛上天.(나관중본) → 數年徒守困, 空對舊山川, 龍豈池中物, 乘雷欲上天.(모종강본). 徐傳武지음·정원기옮김,『우리가 정말 알아야 할 삼국지 상식 백가지』, 현암사, 2005, 303~306쪽 참고.

景帝의 아들 中山靖王 劉勝의 후손이라고 밝힌다. 그러자 헌제는 마치 잃었던 숙부를 찾은 듯 크게 기뻐하며 호칭을 劉皇叔으로 하고 예를 다하는 장면이 나온다. 사실 촌수를 계산해 보면 유비는 景帝의 19대손이다. 그리고 황제 헌제는 景帝의 14대 玄孫이다. 그러기에 숙부뻘이 아니라 오히려 헌제보다 몇 대나 낮은 항렬이다.29) 그러기에 숙부라고 호칭하는 것은 논리적 모순이 된다. 또 촌수로 따져도 20여 촌이 훨씬 넘기에 거의 남과 같은 먼 친척관계이다.

또 關羽하면 떠오르는 것이 赤兔馬이다. 적토마는 본래 董卓의 愛馬였으나 呂布를 자기편으로 끌어들이기 위해 하사하였다. 그 후 여포가 曹操에게 사로잡히는 바람에 잠시 조조의 말이 되었다가 관우의 마음을 얻으려고 조조가 관우에게 선물하였다. 또 관우가 孫權에게 체포되어 처형된 후 馬忠에게 하사하였으나 적토마는 음식을 거부하고 굶어 죽었다고 전한다. 그러나 여기에서 처음 여포가 탔던 시기는 대략 3살 정도의 적토마이고 관우가 적토마를 차지한 것은 대략 8년 뒤의 일이며 그러고도 관우가 죽을 年度까지 약 20년을 더 탔다는 계산이 나온다. 아무리 名馬 赤兔馬라도 약 30여 년 동안 전쟁터를 누비며 살았다는 것은 논리에 맞지 않는다. 그리고 『三國演義』 제75회의 관우가 독화살을 맞고 치료하는 부분에서 갑자기 華佗를 등장시키는데 사실 화타는 그 이전에 조조에게 살해당했기 때문에 치료가 불가능하다. 화타의 출현이 意圖的이었는지 錯誤에서 연유되었는지 알 수 없으나 논리적 모순인 것은 확실하다.

그 외에도 구성의 모순으로 徐庶이야기를 들 수 있다. 서서는 劉備의 참모였다가 曹操가 자신의 모친을 인질로 잡았기 때문에 조조에게

---

29) 허우범, 『삼국지 기행』, BM책문(성안당), 2009, 75~76쪽 참고.

투항한 인물이다. 그런데 모친은 조조에게로 온 서서를 크게 꾸짖으며 스스로 자결을 하였는데 이후에도 서서가 여전히 조조 진영에서 벼슬을 하고 있는 장면은 오히려 효자 서서의 행동이 스스로를 부끄럽게 만드는 모순이 만들어졌다. 물론 몸은 비록 조조의 진영에 있으나 조조를 위해서 단 한 가지 계책도 내놓지 않았다고 하지만 이러한 부분은 후대에 많은 비평가가 지적하였듯이 소설의 구성에 있어서 어색함과 어설픔이 그대로 남아있다.

3) 表現과 描寫記述의 오류와 착각

『三國演義』 제1회에 도원결의를 한 유비 삼형제가 무기를 만드는 장면이 나오는데, 유비는 雙股劍, 관우는 靑龍偃月刀, 장비는 丈八蛇矛를 만든다. 그런데 청룡언월도의 무게가 무려 82근(약 18㎏)이나 나간다. 또 언월도란 자체가 삼국시대에서 수백 년이 지난 당나라 때 나온 무기이다. 당시의 擊殺用 武器로 주로 矛나 戟이 사용되었는데 장비의 丈八蛇矛 역시 東晉時代에 처음 사용되었다고 전하고 또 여포의 方天畵戟나 관우의 靑龍偃月刀는 전투용이 아니라 의장용으로 쓰였던 무기였다.[30] 이처럼 앞뒤에서 상식과 논리에 어긋나는 표현과 묘사가 나타난다. 물론 나관중 등 편찬자들의 무의식적인 착오일 경우도 있고 또는 고의로 작품의 신비스러운 형상과 소설적 허구를 위하여 의도된 착오일 수도 있다.

또 『三國演義』 제1회의 도원결의 장면에서 유비의 나이는 28세라

---

30) 徐傳武지음· 정원기옮김, 『우리가 정말 알아야 할 삼국지 상식 백가지』, 현암사, 2005, 26~32쪽 참고.

고 하였다. 그런데 하늘에 선서를 마치고 난 뒤에는 유비를 형으로 모시고 관우를 그 다음으로, 장비를 막내아우로 삼는다는 내용이 나온다. 그런데 『삼국지·선주전』에 유비는 서기 223년에 죽었고 당시 나이가 63세라고 했으니 유비는 응당 서기 161년생(虛歲計齡法)이다. 그런데 관우의 고향에서 출토된 '關候祖墓碑記'에는 서기 160년생으로 되어 있다. 유비보다 한 살이 많다. 그런데 『삼국지·관우전』에는 관우가 서기 219년에 죽었다고 하면 60세가 맞는데 『三國演義』에서는 향년 58세라고 기록하고 있다. 사실에 근거하면 도원결의 당시 관우가 25세, 유비가 24세, 장비가 20세였다. 그런데 『三國演義』에서는 유비를 큰형으로 서열정리를 하면서 나이까지 착오가 생겼다. 이러한 현상은 무의식적 착오일 수도 있지만 오히려 의도적 착오, 즉 의도적인 조작일 가능성이 더 높다.

그 외 『三國演義』가 방대한 중국대륙 전체를 배경무대로 묘사하다 보니 지리적 오류와 혼동이 일어났다. 예를 들어 『三國演義』 제91~104회까지는 제갈량의 북벌에 대하여 언급되어 있는데, 이 六出祁山에서 제갈량이 위나라를 친 것은 겨우 다섯 차례뿐이며 그 다섯 차례 중에서도 오직 두 차례만 실제 기산에 들어갔고 나머지는 기산과 상당히 먼 지역에 있었다. 이처럼 편찬자 역시 西北面의 지리를 잘 모르기에 祁山에 대한 많은 혼란과 오류가 야기되었다.[31] 그 외 『三國演義』 제5회에 등장하는 李典은 본래 山陽 巨野人인데 소설에서는 山陽 巨鹿人이라는(山陽郡은 兗州에 속하고 巨鹿郡은 冀州에 속함) 착오를 보였고, 또 『三國演義』 제1회에서 관우를 河東 解良人이라고 기술한 부분에서 解良은 금나라 때에 처음 사용한 지명이다. 그리고 『三國演

---

31) 심백준 등 편저·정원기 등 편역, 『삼국지 사전』, 현암사, 2010, 478~480쪽 참고

義』제2회에 나오는 定州 中山府 安喜縣에서 定州는 北魏 때 지명이지만, 中山府는 송대의 지명이고, 또 安喜는 한나라 때 縣 이름이다. 이처럼 지명에서도 많은 착오현상이 발생하였다.[32]

4) 인명 및 인물관계에 대한 착오와 혼동

『三國演義』에 나오는 등장인물들이 수백 명에 이르다 보니 인명에 대한 착오나 인물관계에서 오는 혼동이 비일비재하게 나타난다. 먼저 인명의 착오는 『三國演義』 제5회에는 韋玆를 韋弘으로, 『三國演義』 제65회에는 龐義를 龐義로, 『三國演義』 제81회에는 傅肜을 傅彤으로 잘못 사용한 경우 등 여러 곳에서 오류가 발생하였다. 그리고 인물관계의 착오로는 『三國演義』 제10회에 曹德은 曹操의 아우인데 曹嵩의 아우로, 『三國演義』 제106회에서 燕王 曹宇는 조조의 아들인데 조비의 아들이라고 한 경우 등 이와 유사한 유형의 착오가 여러 곳에서 보이고, 또 인물관계의 혼동으로는 『三國演義』 제22회에 初平 3년(192) 청주의 황건적에게 격살 당한 연주 자사 劉岱와 建安 4년(199) 조조의 명령으로 서주의 유비를 공격한 劉岱는 동일인이 아니고 同名異人인데 소설에서는 동일 인물로 혼동을 하는 등의 혼선이 여러 곳에서 생겼다.[33]

이러한 착오와 혼동의 원인은 물론 『三國演義』에 등장하는 인물이 수백 명이고 주요 인물만도 거의 300여 명이나 등장하기에 자연스레 생기는 편저자의 착오와 혼동이라 할 수 있다. 그 외 또 다른 원인으로

---

32) 沈伯俊 校理·정원기 옮김, 『정역삼국지 부록』, 현암사, 2008, 9~10쪽 참고.
33) 沈伯俊 校理·정원기 옮김, 『정역삼국지 부록』, 현암사, 2008, 8~9쪽 참고.

출판의 筆寫나 板刻過程에서 생기는 오류 또한 무시할 수 없다.

다음은 『三國演義』 제1회와 제42회 등에 나오는 장비의 字에 대한 오류이다. 여기에서는 장비가 장판교에서 "나는 燕人 張翼德이다."라며 大喝 一聲하는 장면이 나온다. 이처럼 『三國演義』에서는 翼德으로 표시하였으나 『三國志·張飛傳』 등 대부분의 史書에는 益德으로 표기하였다. 이러한 연유로 『三國演義』의 판본마다 장비의 字에 대한 각기 다른 표기로 상당한 혼선이 초래되었다. 그러나 史書에 나오는 益德이 뜻도 "덕을 더하다."라는 의미이기에 더 합당하다고 판단하여 후대에 장비의 字를 益德으로 다시 수정하는 해프닝이 벌어지기도 하였다.

그 외 유비의 부인으로 두 사람이 나오는데 바로 甘夫人과 麋夫人이다. 원래 감부인은 유비의 첩으로 지위를 따지면 첫 번째 부인인 미부인보다도 서열상 아래이다. 그럼에도 불구하고 '夫人'이라는 호칭을 그대로 사용하였고 오히려 그 서열을 미부인보다 앞에 두었다. 물론 후에 세자 유선을 낳아 "어머니는 아들로 인해 귀해진다.(母以子貴)"는 점을 감안하여 그녀의 지위를 격상시키기는 하였지만 이러한 점을 감안하더라도 역사의 진실성과는 거리가 멀다. 이 부분도 無意識的 錯誤라기 보다는 오히려 意圖的 錯誤라고 보는 것이 더 타당해 보인다.

5) 官職과 呼稱의 오류

관직에 대한 오류로 『三國演義』 제1회에 황건적이 幽州를 공격해 오는 장면이 나온다. 이에 놀란 幽州太守 劉焉은 校尉 鄒靖을 불러 대책을 묻는다. 여기에서 幽州太守 유언이라 표현한 것은 무지의 소치이다. 왜냐하면 한나라 때에는 郡의 장관을 太守라고 하였고 州의 장관을 刺史나 牧이라고 하였다. 그러기에 幽州刺史 유언이라 해야 합당하지 幽州太守 유언이라 해서는 잘못된 표현이 된다.

그리고 『三國演義』의 여러 곳에서 호칭의 오류가 발견된다. 호칭의 문제는 관직의 문제보다 더 심각하다. 『三國演義』 제11회에 유황숙이 북해태수 공융을 구하는 장면이 나온다. 여기에서 유비를 유황숙이라고 언급하고 있다. 사실 『三國演義』 제20회에 비로소 헌제가 유비와 항렬을 따져서 황숙이라는 호칭이 처음 출현하였다. 그런데 제20회 이전에 이미 호칭을 미리 따다가 부르고 있는 것이다. 또 제갈량의 경우에는 더 심하다. 제갈량이 죽은 후에 忠武侯 또는 武鄕侯라는 諡號가 追贈되었다. 그러나 『三國演義』 제89·91·93·95·97·98·100회의 회목에서 아직 죽지도 않은 제갈량의 시호를 미리 가져다 사용하는 오류를 보이고 있다.

또 관우의 경우에는 關公이라는 공식 호칭이 나오기도 전에 이미 사용되는 것은 물론 관우와 적대관계에 있는 장수나 병졸까지도 관공으로 높여 부르는 것은 이치에 어긋난다. 특히 『三國演義』 제74회에서 관우가 번성을 지키는 방덕과 우금을 공격하자, 방덕과 우금의 대화 가운데; "사람들이 이르길 관공이 영웅이라고 하였는데, 오늘 비로소 그 말을 믿게 되었고.", "장군께서 관공과 싸워 100합에 이르렀는데도 승부가 나지 않았더군요."라는 부분이 나온다. 적군의 장수가 관우를 관공이라고 존칭하여 불렀다는 것은 역사적 사실에서는 있을 수 없는 일이다.[34] 오히려 관우라고 이름을 부르는 것이 자연스럽다. 또 전쟁터나 적국에서 상대의 이름이 아닌 號나 字를 부르는 경우도 종종 보인다. 예를 들어 관우의 字가 雲長인데 적국의 장수나 병졸들이 關

34) 徐傳武지음· 정원기옮김, 『우리가 정말 알아야 할 삼국지 상식 백가지』, 현암사, 2005, 64~65쪽 참고.

雲長이라고 부르는 경우이다. 보통 字나 號는 가까운 지인이나 친지들이 친숙함을 표시로 부르는 호칭이기에 이처럼 부르는 것은 모순이 된다.

그 외에도 官爵의 文字錯誤로『三國演義』에서 袁紹의 작위를 祁鄕侯라고 하였는데『三國志·魏書 袁紹傳』에 근거하면 邟鄕侯가 옳은 표현이고,『三國演義』제16회의 王則의 작위를 奉軍都尉로 誤記하였는데 사실은 奉車都尉가 정확한 記述이다.[35] 또『三國演義』제24회에는 황제 헌제의 밀조를 받아 조조를 죽이고자 했던 董承이 나온다.『三國演義』에서는 헌제와 처남매부 사이로 나오지만『三國志·先主傳』에는 헌제의 장인으로 나온다. 문제는 舅字에 대한 의미의 오해에서 기인한다. 즉 舅는 외삼촌과 장인을 모두 포함하는 문자이다. 관련 자료에 근거한 역사적 사실은 황제의 丈人이 정확한 표현이다.

이처럼『三國演義』는 편찬 및 출간과정에서 엄청난 양의 기술적 착오와 오류가 발생하였다. 대부분 저자의 지식적 한계와 일시적 실수로 생겨난 오류이지만 간혹 나관중이나 모종강 등의 意圖된 조작도 보인다.

역사연의 소설은 교화 기능과 문학적 효과 그리고 흥미와 상업성까지 모든 것을 추구하지만, 正史는 교화 기능은 있지만 재미가 없어 결국 '역사의 소설화'를 통하여 재미를 추구하게 된다. 여기에 허구가 큰 역할을 하게 되는데『三國演義』야 말로 허구와 진실을 적절하게 결합하여 만들어낸 최고의 명작이라 할 수 있다.

『三國演義』의 허구와 진실에 대한 모순성으로는 크게 歷史的 觀點에서 정사와 소설 사이의 허구와 진실에 대한 모순의 문제가 있고, 또

---

35) 沈伯俊 校理·정원기 옮김,『정역삼국지 부록』, 현암사, 2008, 10쪽.

하나는 『三國演義』의 편찬과정에서 무의식적으로 발생하는 구성과 묘사기술상의 誤謬와 錯誤의 문제이다.

역사적 관점에서의 허구와 진실 문제는 대부분 편찬자가 의도적으로 허구를 가미한 부분에서 문제가 파생된다. 즉 역사적 관점에서 보면 사실에 대한 歪曲의 문제이지만 소설의 관점에서 보면 단순한 허구의 문제이다. 歷史的 觀點에서 정사와 연의소설 사이의 허구와 진실 문제를 야기한 가장 큰 원인은 바로 '蜀漢正統論'의 과정에서 파생된 '擁劉貶曹' 현상으로 꼽을 수 있다. 그 외 또 다른 원인으로 '문학적 허구와 예술적 승화' 그리고 '영리목적의 상업성에 기초한 허구의 재편성'을 들 수 있다. 이 모두가 당대 최고의 문장가 나관중과 모종강 부자의 필력에서 연유되어 만들진 대작이지만 간혹 두 사람의 관점차이로 각기 다른 결과가 나오기도 한다.

그 외 『三國演義』는 편찬자의 無知와 無識에서 혹은 不知不識間에 나타난 無意識的 錯誤로 나타난 허구와 진실의 문제가 다양하게 야기되었다. 즉 '문학사적 시대착오'와 '논리의 모순이나 구성상의 모순' 그리고 '표현과 묘사기술의 오류와 착오'와 '인명관계의 혼동과 착오' 및 '관직과 호칭의 오류' 등 여러 곳에서 착오현상이 나타난다. 實例로 沈伯俊이 만든 校理本 『三國演義』에서 바로잡은 校正整理만도 1051곳이나 된다. 이러한 矛盾은 대 문장가 나관중이나 모종강마저도 이 한계를 완전하게 극복하지는 못하였다. 그럼에도 불구하고 『三國演義』는 여전히 우리의 고전으로 부동의 자리를 지키고 있다.

『三國演義』의 兵法 研究*

　　小說『三國志』는 일반적으로 역사 연의류 소설로 분류하지만 더 세밀히 분류하면 역사 전쟁소설이다. 즉 황건적의 난과 십상시의 난부터 시작하여 관도대전·적벽대전·이릉대전·육출기산·구벌중원 등 약 80여 년간의 전란이야기를 중점적으로 묘사한 전쟁소설이다. 그러면 『三國演義』에는 얼마나 많은 병법들이 사용되었는가?하는 것이 본 논제의 출발점이다.

　　그동안 小說『三國志』를 연구하면서 문득 병법에 대해 주목하기 시작하였는데, 『三國演義』 제1회부터 120회까지의 병법들을 주의 깊게 정리해 보니 대략 50여 개가 나오는 것으로 확인된다.[1] 수집된 병법들

---

* 본 논문은 2022년 『중국소설논총』 제66호에 게재된 글을 일부 수정 보완한 것이다.
1) 병법의 조사는 판본마다 내용의 차이를 감안해 통행본(모종강본)을 근거로 조사하였다.
　羅貫中編·毛宗崗評, 『三國演義』, 臺灣 桂冠圖書, 1991. / 나관중지음·정원기옮김, 『정역삼국지』, 현암사, 2008. / 나관중지음·김구용옮김, 『삼국지연의』, 솔 출판사, 2008.

을 회목별로 정리하여 원전에 대한 분석 작업을 하다 보니 대부분의 병법들이 兵書『三十六計』와 관련이 있음을 확인하였다.

본 논문을 구상하고 자료를 수집하면서 의외로 小說『三國志』의 兵法에 대한 연구논문이 거의 없다는 사실에 놀랐다. 국내 중국 고전 소설 가운데 가장 많이 연구된 분야가 小說『三國志』와 『紅樓夢』인데, 小說『三國志』의 병법에 대해서는 전문적인 연구논문이 전무한 상태이고 단지 몇 편의 병법해설만 있을 뿐이다. 이러한 관점에서 필자는 우선 小說『三國志』에 나오는 兵法을 조사하여 내용을 분석하고 또 병법들의 기원과 유래가 된 原典을 찾아 병법의 유형과 兵法名에 대하여 고찰해보며, 마지막으로 小說『三國志』와 兵法書와의 관계, 특히 『三十六計』와의 연관관계에 대하여 집중적으로 토론해 보고자 한다.

1. 『三國演義』에 나오는 병법의 목록과 분석

兵法이란 전쟁에서 군사를 지휘하여 전투하는 방법을 말한다. 넓은 의미로는 모든 人的 조건과 物的 조건을 포함하여 전개되는 전쟁수행의 방법을 통괄하고, 좁은 의미로는 用兵의 학문을 뜻하는데 일반적으로 병법이라 하면 좁은 의미의 병법을 가리킨다. 用兵의 觀點에서 보면 『三國演義』에는 약 50여 개의 병법이 나오는데 回目別로 정리하면 다음과 같다.

2. 『三國演義』에 나오는 병법 목록[2]

  * 병법의 순서는 1회부터 120회까지 출현하는 순으로 나열하였다.
  (총 54개)

번호	兵法	回目	번호	兵法	回目
1	笑裏藏刀	4回 等 多數	2	遠交近攻	7回 等
3	調虎離山	7/103回 等	4	打草驚蛇	9回
5	美人計	9-10回 等	6	離間計	9-10回 等
7	連環計	9-10/43-50回 等	8	瞞天過海	11/12回 等
9	將計就計	12/17回 等	10	反間計	13/43-50回 等
11	二虎競食之計	14回	12	驅虎吞狼之計	14回
13	借屍還魂	14回 等	14	疎不間親之計	16回
15	掘坑待虎之計	17回	16	聲東擊西	18回 等
17	關門捉賊	21回 等	18	假痴不癲	21/103/106回 等
19	借刀殺人	23/45-50回 等	20	抛磚引玉	26/75回 等
21	李代桃僵	26/46回 等	22	混水摸魚	30回
23	圍魏救趙	30回 等	24	偸樑換柱	30回 等
25	火攻計	30/49回 等	26	釜底抽薪	30/104回 等
27	十面埋伏之計	31/70回 等	28	隔岸觀火	32/34回 等
29	上屋(樓)抽梯	41回 等	30	樹上開花	42回 等

---

2) 참고서적 : 임종욱, 『고사성어대사전』, 시대의창, 2008. / 沈伯俊編, 『三國演義
辭典』, 巴蜀書社, 1993. / 陳起煥編, 『三國志故事成語辭典』, 명문당, 2001.
/ 기무라지음·조영렬옮김, 『삼국지의 계략』, 서책, 2013. / 임유진, 『이기는판
을 위한 36계 병법』, 미래문화사, 2021. / 민관동, 『삼국지인문학』, 학고방,
2020. / 리빙옌등저·허유영옮김, 『삼국지처세학』, 신원문화사, 2008. / 서전무
지음·정원기옮김, 『삼국지상식백가지』, 현암사, 2005. 等.

번호	兵法	回目	번호	兵法	回目
31	虛虛實實	42/50回 等	32	以夷制夷	43-50回 等
33	詐降之計	46回 等	34	苦肉之計	46回 等
35	無中生有	46回 等	36	走爲上計	50/58回 等
37	假道滅虢之計	56回 等	38	疑兵之計	58/72回 等
39	激將之計	65/100回 等	40	驕兵之計	70回 等
41	反客爲主之計	71/82-83回 等	42	以逸待勞之計	72/99-100回 等
43	趁火打劫	85回 等	44	心理戰/攻心計	85/87/95回 等
45	擒賊擒王	87-90回 等	46	欲擒故縱	87-90回 等
47	空城計	95回 等	48	金蟬脫殼	95/98回 等
49	指桑罵槐	96回 等	50	減兵添竈	100回
51	誘兵之計	107回 等	52	緩兵之計	108回 等
53	暗渡陳倉	116-118回 等	54	順手牽羊	120回 等

2) 『三國演義』에 나오는 병법 분석

(1) 笑裏藏刀

소리장도는 웃음 속에 칼을 숨기고 기회를 엿보는 계책으로 『三國演義』의 4회와 7회 등에 다수 나온다. 4회에서는 동탁의 전횡으로 정국이 도탄에 빠지자 조조는 은밀히 동탁에게 접근하여 신임을 얻는다. 그리고 어느 날 칠보도를 가슴에 품고 침전에 접근하여 막 찌르려는 순간 동탁이 몸을 돌아눕는 바람에 결국 조조의 동탁암살 기도는 실패로 끝났다. 또 7회에서는 원소가 공손찬에게 기주를 협공하여 반씩 나누자며 우호적 호의를 베푼다. 이러한 음모에 속은 공손찬은 기주를 습격하나 결국 원소가 기주를 모두 차지하고 나중에는 공손찬의 군대까지 제거한다.

(2) 遠交近攻

먼 나라와는 교류하고 가까운 나라를 치는 계책으로 『三國演義』의 7회에 나온다. 북방의 패권을 노리는 원소는 곡창지대인 기주를 취할 목적으로 북방 유주의 공손찬과 손을 잡고 기주를 공략한 다음 나중에는 공손찬의 유주까지 병합하였다. 그 외에도 원술이 공손찬과 손을 잡고 원소의 배후를 위협하자 원소는 즉각 형주의 유표와 손을 잡고 역으로 원술의 배후를 압박하였는데 이 계략이 바로 원교근공이다.

(3) 調虎離山

조호이산은 호랑이로 하여금 산(근거지)을 떠나게 하여 처치하는 계책으로 『三國演義』의 7회와 103회 등에 나온다. 7회에 손견은 원한을 갚고자 현산에서 유표군을 궁지에 몰아넣는다. 그러나 손견은 오히려 괴량의 유인술에 빠져 근거지를 떠나 공격하다가 복병에 걸려 죽게 된다. 또 103회에서는 좀처럼 공격하지 않고 근거지를 지키며 방어만 하던 사마의를 상대로 공명은 집요하게 유인책을 펼친다. 결국 공명의 덫에 걸려 상방곡까지 나왔다가 절명의 위기에 봉착한다. 그러나 때마침 내린 소나기로 사마의는 구사일생으로 도망친다.

(4) 打草驚蛇

타초경사는 풀을 쳐서 뱀을 놀라게 한다는 말인데 즉 변죽을 울려 적의 정체를 드러나게 하는 방법이다. 특히 상황이 어려울 때일수록 당황하지 않고 먼저 적정을 파악한 후, 적의 약점을 공격하는 계책으로 『三國演義』의 9회에 나온다. 궁지에 몰린 이각과 곽사는 왕윤에게 항복할 위기에 처한다. 이때 참모인 가후는 먼저 왕윤의 진영을 은밀하게 파악한 후, 여포를 유인하여 왕윤과 분리시킨 다음 왕윤 진영을 공격하는 묘책을 꺼냈다. 결국 함정에 빠진 여포마저 고립되어 도망치자 주력을 잃은 왕윤은 급기야 몰락의 길로 들어선다.

(5) 美人計

미인을 이용하여 상대를 유혹하는 병법으로 性을 무기화한 유일한 계략이다. 『三國演義』의 9~10회에 나온다. 왕윤이 양녀 초선을 이용하여 먼저 여포에게 시집보낸다고 약속하고 동탁에게 보내어 둘 사이를 이간질시킨다. 분노한 여포는 동탁을 척살시키며 결국 왕윤의 미인계는 성공적으로 마무리된다. 그 외 주유가 손권의 누이동생을 이용하여 유비에게 시집보내는 부분에서 유비가 미인계로 일시적으로 무기력한 모습을 보이는 부분도 있다.

(6) 離間計

상대를 반목하게 만들어 서로 싸우게 하는 계책으로 『三國演義』에서는 흔히 보이는 병법이다. 『三國演義』의 9~10회와 43~50회(적벽대전) 등에서 다수 보인다. 왕윤이 초선을 이용한 美人計로 동탁과 여포를 갈라놓는 離間計 외에도 동탁의 참모 이숙이 여포에게 접근하여 정원을 배반하고 동탁에게 귀의하게 한 계략, 그리고 중원의 기득권을 공고히 하기 위해 한수와 마초 사이를 이간시킨 조조의 계략, 또 북벌을 준비하는 제갈량이 헛소문을 이용하여 위나라 황제 조예와 사마의를 이간하여 병권을 빼앗고 고향으로 돌려보낸 사건 등이 모두 대표적인 이간계이다.

(7) 連環計

연환계는 쇠고리의 연환처럼 복수의 병법을 연속적으로 전개하는 계책으로 『三國演義』의 9~10회와 43~50회 등에서 다수 보인다. 즉 왕윤이 초선을 이용하여 꾸민 美人計로 동탁과 여포를 갈라놓는 離間計 등의 일련의 계책을 의미하며 또 적벽대전에서 채중과 채화의 사항계와 이를 역이용하는 反間計, 그리고 황개를 위장 투항시키기 위해 강행한 苦肉計 등이 대표적 연환계의 핵심이다.

(8) 瞞天過海

만천과해는 하늘을 속이고 바다를 건넌다는 일종의 기만전술이다. 눈을 속여 상대의 판단을 흐리게 하고 그 허점을 이용하는 계략으로 『三國演義』의 11회와 12회 등에 나온다. 황건적의 잔당에게 포위된 공융은 태사자에게 성을 탈출하여 유비에게 지원요청을 하라는 책무를 맡긴다. 태사자는 날마다 성 밖으로 나가는 척하며 활쏘기 연습을 하다가 돌아온다. 매번 이러다 보니 황건적도 타성에 젖게 되고, 태사자는 이러한 무방비 상황을 이용하여 탈출에 성공한다.[3] 그 외 12회에서는 진궁의 계략에 걸린 조조가 큰 타격을 입는다. 그러나 이 상황을 역으로 이용하고 또 농민들을 군사로 속여 여포를 타파하고 궁지로 몰아넣는다.

(9) 將計就計

적의 계략을 역이용하여 상대를 공략하는 병법으로 『三國演義』의 12회와 17회 등 여러 곳에 나온다. 12회에서는 진궁의 계략에 당한 조조가 직접 將計就計를 쓰겠다고 언급하는 장면이 나온다. 즉 조조가

---

3) 이 부분의 고사는 정사부분만 나오고 실제 『三國演義』에는 나오지 않는다.

화상을 입고 죽었다고 헛소문을 내고 이를 틈타 군대를 이끌고 나타난 여포를 매복군이 기습하여 격파하는 부분이 있다. 17회~18회에서는 조조가 張繡의 성을 공략하려 하자 장수의 참모 가후가 조조의 계책을 역이용하여 조조를 궁지에 몰아넣는 장면이 나온다. 또 적벽대전에서는 조조의 詐降之計(채화/채중)를 주유가 苦肉之計(황개)로 역이용하며 화공계를 준비한다. 장계취계는 적의 첩자를 이용하여 적을 제압하는 반간계와 유사하다.

(10) 反間計

적의 첩자를 역이용하여 상대를 교란시키는 계책으로 적의 관리를 매수하여 아군의 첩자로 만들거나 첩자인 줄 알면서도 그 첩자를 역으로 이용하는 방법이 있다. 『三國演義』의 13회와 86회 등에 나온다. 13회에서는 양표가 질투심이 강한 곽사 부인을 이용하여 이각과 곽사 사이를 교란시키는 부분과 적벽대전(제43회~50회)에서는 주유가 장간을 이용해 거짓 서신으로 채모를 제거한 일과 조조의 채화와 채중을 이용한 詐降之計에 황개를 이용한 주유의 苦肉之計 등이 반간계에 해당된다.

(11) 二虎競食之計

이호경식지계는 두 마리 호랑이 사이를 갈라놓고 서로 싸우게 하여 결국은 저희끼리 잡아먹게 만드는 계략으로 『三國演義』의 14회에 나온다. 조조가 유비를 서주자사에 임명한 후 은밀히 여포를 죽이라고 명하여 싸움을 붙이는 전략으로 일종의 借刀殺人 병법과 유사하다. 이 계책은 유비가 여포에게 솔직하게 털어 놓음으로써 실패로 돌아갔다.[4]

---

4) 순욱이 제시한 계책으로 이 계책이 실패로 돌아가자 다시 내놓은 계책이 구호탄랑지계이다.

(12) 驅虎吞狼之計

구호탄랑지계는 호랑이를 내몰아 이리를 잡아먹게 하는 계책으로
『三國演義』의 14회에 나온다. 순욱이 재차 제시한 계책으로 황제의
조서를 내려 유비와 원술을 서로 싸우게 만들고, 동시에 사악한 여포
가 나쁜 마음을 품도록 조장하는 계책이다. 순욱의 계책대로 여포가
유비의 서주 땅을 빼앗게 되며 결국 조조가 성공한 계책으로 마무리
된다.

(13) 借屍還魂

차시환혼은 남의 시신을 빌려 자신을 회생시키는 계책으로『三國演
義』의 14회에 나온다. 순욱이 조조에게 제시한 계책으로 기반이 약한
조조가 허수아비 황제를 이용하여 자기의 입지를 넓히고 권력을 찬탈
하고자 하는 계책이다. 결국 황제를 모시는 척하며 대의명분을 얻은
조조는 승승장구하며 권력의 핵심으로 부각되었다.

(14) 疎不間親之計

소불간친지계는 친분이 없는 사람이 친분이 두터운 사람의 사이를
쉽게 갈라놓지 못한다는 의미로『三國演義』의 16회에 나온다. 원술은
유비를 공격하고 싶지만 여포의 움직임에 신경이 쓰인다. 그래서 여포
와 사돈관계를 맺어 유비에게 가세하지 못하게 막는다는 원술의 책사
기령의 계책에서 유래되었다.

(15) 掘坑待虎之計

굴갱대호지계는 함정을 파서 호랑이를 기다린다는 의미로, 즉 함정

을 파고 때를 기다리는 계책이다. 『三國演義』의 17회에 나온다. 여포
가 군사를 데리고 서주로 돌아가자 조조는 현덕을 은밀히 불러 내가
그대를 소패에 주둔하게 한 것은 바로 함정을 파고 호랑이를 기다리는
掘坑待虎之計라고 언급하며 여포를 경계하라고 한 부분에서 연유되
었다.

(16) 聲東擊西

성동격서는 동쪽을 치려는 듯 위장하다가 서쪽을 치는 전법으로 우
회하여 공격하는 기만전술이다. 『三國演義』의 18회 등 여러 곳에 나
온다. 조조에게 패한 張繡가 남양성까지 도망쳐 수비에 치중할 즈음
조조는 서북쪽에 진지를 구축하고 어둠을 틈타 동남쪽으로 공격하려
준비하였다. 그러나 장수의 참모 가후는 張計就計로 역이용하여 오히
려 조조가 대패하였다. 그 외에도 후반부에 종회가 동쪽에서 선박을
준비하며 오나라를 칠듯하다가 갑자기 촉을 공격하여 결국 촉나라가
망하는 부분 역시 성동격서에 해당된다.

(17) 關門捉賊

관문착적은 "문을 닫고서 적은 소탕하라"라는 의미로 퇴로를 차단
하고 고립시켜 적을 잡는 병법이다. 즉 상대를 끝까지 추격하여 섬멸
하는 괴멸작전으로 『三國演義』의 21회에 나온다. 기주를 얻은 원소는
전군을 동원해 공손찬의 요새를 포위하여 공략하며 외부와의 연락을
차단시키고 은밀히 성안으로 진입하여 철저히 괴멸시켰다. 그 외에도
진나라 사마소가 촉나라와 오나라를 굴복시킨 후에 황제들을 인질로
삼아 낙양으로 데려와 재기를 차단시킨 경우도 이에 해당된다.

(18) 假痴不癲

가치부전은 어리석은 척 가장하여 상대를 안심시킨 후에 다음을 도모하는 계책으로『三國演義』의 21회, 106회 등에 나온다. 21회에서는 조조가 유비를 초청하여 영웅적 자질을 떠보는 장면이 나오는데, 조조가 "이 세상의 영웅은 나와 유비 당신"이라고 지목하자 유비가 화들짝 놀라 마침 천둥번개를 이용하여 젓가락을 떨어트리며 소심한 모습을 연출하는 내용과 106회에서 조상의 견제에 정권에서 쫓겨난 사마의가 수년간 치매에 걸린 척 조상 일파를 속이다가 조상일파의 방심을 이용해 기습적으로 실권을 장악하는 부분이 가치부전이다.

(19) 借刀殺人

차도살인은 남의 칼을 빌려 상대를 제거하는 계책으로『三國演義』의 23회와 45~50회 등에 나온다. 예형이라는 사람은 강직하나 오만하여 조조의 입장에서는 눈엣가시였다. 그를 처단하고 싶으나 여론이 불리할 것으로 판단하여 슬그머니 남양의 유표에게 보낸다. 결국 예형은 유표에게도 오만방자하게 굴다가 유표의 심복에게 죽임을 당했다. 그 외에도 손권을 이용해 조조를 쳤던 적벽대전, 그리고 조조가 원소를 제압한 후 바로 원상형제를 추격하지 않고 자기끼리 분열되어 북방을 평정한 것 모두가 차도살인에 해당된다.

(20) 抛磚引玉

포전인옥은 미끼를 던져 상대를 미혹하게 한 후 대사를 도모하거나 또 하수의 의견을 발전시켜 더 좋은 묘수를 이끌어 내는 계책으로『三國演義』의 26회, 75회 등에 나온다. 26회에는 조조가 원소와의 싸움에서 미끼로 군수물자를 허술하게 관리하자 원소의 군대들이 이를 약탈을 하느라 뒤죽박죽되어 크게 패하는 부분이 나온다. 또 75회에는 관우가 번성까지 북상하여 방덕과 우금을 대파시키자 두려워진 조조는 어리석은 천도론을 꺼낸다. 이때 사마의는 역으로 위오 연합전선이라는 묘책을 내어 결국 관우를 퇴각하게 만든다.

(21) 李代桃僵

이대도강은 "오얏나무가 복숭아나무를 대신해서 넘어진다."라는 의미로 즉 전황이 좋지 않을 때에는 작은 손실(희생)로 큰 이득을 취한다는 말이다. 『三國演義』의 26회와 46회 등에 나온다. 막강한 원소군의 문추 장군을 맞이한 조조는 불리한 전황에서 퇴각하지 않고 일부의 희생을 감수하면서 적진을 교란하여 큰 성과를 거두고 급기야 문추의 목까지 베는 대승을 거두었다. 그 외에도 장수와의 전투에서 조조를 구하고 희생된 전위 장군, 또 적벽대전에서 주유가 황개를 이용한 苦肉計 등 모두가 이대도강의 성공적인 예라고 할 수 있다.

(22) 混水摸魚

혼수모어는 물(적진)을 혼탁하게 하여 우왕좌왕하는 기회를 틈타 고기(상대)를 잡으라는 계책으로 『三國演義』의 30회 등에 나온다. 원소가 죽고 원상이 후계자가 되자 조조는 후계문제로 어지러운 원상을 공격한다. 또 후계에서 밀린 원담은 이틈을 타 조조와 손을 잡고 오히려 원상을 공격하여 많은 실리를 취한다. 그러나 나중에는 원담도 조조군에 무너진다. 그 외 번성전투에서 관우와 조조군 사이에 치열한 공방이 이루어지는 사이 오나라 여몽은 어지러운 틈을 이용하여 기습적으로 형주를 탈환한다.

(23) 圍魏救趙之計

위위구조는 위나라를 포위하고 조나라를 구하는 계책으로 일종의 분산 작전이다. 『三國演義』의 30회 등에 나온다. 30회에는 관도대전에서 조조가 오소를 공격하자 원소진영에서는 곽도가 "조조는 친히 오소로 출전하였을 테니 비어있는 본채를 공격하면 조조가 급히 돌아올 것"이라고 말하며 孫臏의 圍魏救趙 계책을 제시하는 부분이 나온다.

(24) 偸樑換柱

투량환주는 "대들보를 훔쳐내고 기둥을 바꾼다."라는 의미로 즉 겉은 그대로 두고 내용이나 본질을 바꾸어 취하는 계책이다. 『三國演義』의 30회에 나온다. 조조와 원소가 관도에서 대치할 때 원소는 곽도에게 조조의 동군을 공략하여 포위하라하고 자신은 여양으로 진출한다. 이때 조조는 원소의 후방을 공격하는 척, 행동을 보이자 원소는 급히 부대를 둘로 나눠 진영을 재구축하였다. 그 틈을 이용해 조조의 주력부대는 재빨리 곽도군을 공격하여 결국 곽도군을 대파하였다. 주력군을 바꾼 조조의 치밀한 전략이다.

(25) 火攻計

화공계는 불을 이용해 공격하여 깨끗이 태워버리는 계책으로 고대의 전투에서 흔히 보이는 전략이다. 『三國演義』의 30회와 49회 등에 다수가 나온다. 30회의 관도대전에서 오소의 식량창고를 불태우는 계책과 적벽대전에서 조조의 함선들을 불태우는 계책, 이릉대전에서 유비의 長蛇陣에 육손이 火攻으로 대응하는 부분 등 부지기수로 많다.

(26) 釜底抽薪

부저추신은 "강한 적은 정면을 치지 말고 측면을 무너트려라."라는 계책으로 적의 기세가 충만하면 가마솥 밑에서 장작을 끄집어내듯 한 번 기세를 꺾은 다음 약점을 공격하라는 의미로 『三國演義』의 30회와 104회 등에 나온다. 30회에는 궁지에 몰린 조조가 오소를 급습하여 전세를 역전시키는 관도대전의 이야기가 있고 또 육출기산에서 제갈량의 죽음을 감지하고 추격해온 사마의의 예봉을 거짓인형으로 물리친 이야기(死孔明走生仲達), 그 외에도 회남지역에서 반란이 일어나자 사마사와 사마소 형제가 적의 보급로를 차단하여 적진의 예봉을 꺾고 세력을 약화시킨 후 섬멸하는 계책이 대표적 부저추신이다.

(27) 十面埋伏之計

십면매복지계는 부대를 나누어 매복시켰다가 상대를 기습하는 전술로 고대의 전투에서 자주 등장하는 계책이다. 『三國演義』의 31회와 70회 등에 나온다. 31회에서 관도대전에서 대승한 조조는 이 기회에 원소를 제거할 대책을 강구하는데 정욱이 원소를 유인하여 십면매복지계로 소탕하자는 대안을 제시하였다. 결국 원소를 끌어들인 조조군은 10군데에 매복 진지를 구축하여 원소군을 섬멸하였다.[5]

(28) 隔岸觀火

격안관화는 적의 내분을 강 건너 불구경하듯 보며 때를 기다리는 계책으로 『三國演義』의 32회와 34회 등에 나온다. 32회에는 순유의

---

5) 그 외에도 여러 곳에서 매복계를 사용하는 장면이 부지기수로 등장한다.

계책으로 "원소사후에 원씨 형제(원상과 원담)들이 세력다툼을 하고 있으니 강 건너 불구경하듯 있다가 먼저 원상을 치고 나중에 원담을 치면 평정할 수 있습니다."라고 하였고, 32회에서는 곽가의 계책으로 "요동의 원씨 형제(원희와 원상)와 공손강의 관계가 좋지 않으니 공격을 늦추어 자기들끼리 서로 싸우다가 지칠 때 공격을 하십시오."라는 대목이 바로 격안관화의 대표적 케이스이다.

(29) 上屋(樓)抽梯

상옥추제는 상대를 유인한 다음 퇴로를 차단(나무에 올려놓고 흔들어라)하는 계책으로 『三國演義』의 41회에 나온다. 형주의 유표가 죽자 조조는 유표의 아들 유종을 겁박하여 항복을 하도록 유인한 다음, 억지로 청주자사로 명하여 임지로 떠나게 한다. 이렇게 퇴로를 차단한 다음 우금을 시켜 전 가족을 몰살시켜 버린다.

(30) 樹上開花

수상개화는 나무위에 꽃이 피어있는 듯 허장성세를 보여주는 계책으로 『三國演義』의 42회 등에 나온다. 장판교에서 장비는 조조의 대군과 대치하는 긴급한 상황을 맞게 된다. 이때 장비가 언덕 뒤편에서 말꼬리에 나뭇가지를 묶어 이리 저리 달리도록 하니 먼지가 크게 일었다. 마치 대군이 매복을 한 듯 꾸미고 대성일갈하니 조조군이 크게 놀라 도망쳤다.[6]

---

6) 樹上開花는 虛張聲勢로 적군을 물리치는 계책으로 空城計와도 유사성이 있다.

(31) 虛虛實實之計

虛를 찌르고 實을 꾀하며 상대 약점을 이용하는 계책으로 『三國演義』의 42회와 50회 등에 나온다. 42회에서는 장판교에서 장비가 뒤편에 병력을 매복시킨 듯 위장하고 적군에게 호통을 쳐 혼비백산하는 장면이 나오고 또 50회에서는 관우가 자신이 지키고 있는 화용도의 쌍갈래 길에서 연기를 피워 적벽대전에서 패배한 조조를 유인하는 장면이 나온다.7)

(32) 以夷制夷

이이제이는 오랑캐는 오랑캐의 힘을 이용하여 견제시킨다는 의미이며 적을 또 다른 적의 힘을 이용하여 무찌르는 중국의 전통적인 외교책략 중 하나이다. 『三國演義』의 43~50회 등에 나온다. 조조의 공격에 궁지에 몰린 제갈량이 오나라를 전쟁에 끌어들여 위나라를 친 적벽대전이 대표적인 이이제이 계책이다. 그 외 이이제이 계책은 부지기수로 많이 등장한다.

(33) 詐降之計

사항지계는 거짓으로 적에게 투항하여 대사를 도모하는 계책으로 『三國演義』의 46회 등에 나온다. 적벽대전에서 조조는 채화와 채중을 이용한 詐降之計를 펼치는데 이를 독파한 주유는 황개를 이용한 苦肉之計를 꾸며 이에 대응한다. 결국 황개의 거짓 투항으로 화공계가 성공하여 주유의 대승으로 끝난다.

---

7) 허허실실은 제갈량이 주로 하는 병법으로 고도의 심리전에서 나온다.

(34) 苦肉之計

고육지계는 적을 속이기 위해 자신(아군) 역시 일정의 희생을 감수해야하는 계략이다. 상대를 속이기 위해 아군의 희생이 따른다. 『三國演義』의 46회 등에 나온다. 적벽대전에서 주유는 화공으로 대처하기로 결정하였으나 조조의 수채로 접근할 방법이 없어 고민한다. 결국 장수 황개와 짜고 고육지계를 연출하여 조조까지 속이는데 성공한다. 황개의 거짓 투항으로 조조의 수채까지 접근한 황개는 화공으로 적벽대전의 종지부를 찍는다.

(35) 無中生有

무중생유는 무에서 유를 창조하듯 적을 기만하여 공략하는 계략으로 『三國演義』의 46회에 나온다. 무에서 유를 만들어 내려면 진실과 거짓이 적절히 뒤섞여야만 적의 실책을 유도할 수 있다. 대표적인 케이스가 바로 草船借箭이다. 제갈량이 안개 가득한 적벽에서 짚 더미를 쌓은 배 20여 척을 이끌고 조조 진영에 접근하자 놀란 조조군이 화살을 쏘아 순식간에 10만여 개에 달하는 화살을 획득하는 장면이 바로 無中生有이다.

(36) 走爲上計

주위상계는 불리한 상황에서는 도망치는 것이 최상이라는 의미로 전쟁에서 종종 나오는 말이지만 특히 달아나는데도 계책이 있음을 강조한다. 『三國演義』의 50회와 58회 등 여러 곳에 나온다. 달아나는 데에도 일가견이 있는 사람이 조조이다. 50회의 적벽대전에서 패하고 도망치는 부분을 묘사한 曹操三笑[8]가 대표적이고, 58회에는 마초에게 쫓긴 조조가 수염을 자르고 전포마저 벗어버리고 도망치는 장면이 나온다.

(37) 假道滅虢之計

가도멸괵지계는 본래 진나라가 괵나라를 치기 위해 우나라에게 길을 빌려줄 것을 요청한데서 유래된 일종의 기만전술이다. 『三國演義』의 56회에 나온다. 즉 주유가 형주의 반환을 요구하자 제갈량은 서천을 점령한 후 반환하겠다고 한다. 이에 주유는 자기가 대신 서천을 치려하니 형주의 길을 빌려달라고 제안한다. 이 계책을 간파한 제갈량의 선공으로 주유의 계획은 수포로 돌아가고 급기야 주유는 화병이 도져 죽음에 이르게 되었다.

(38) 疑兵之計

의병지계는 군사의 수가 매우 많은 것처럼 꾸며 상대로 하여금 의심하게 만드는 계책으로 『三國演義』의 58회와 72회 등 여러 곳에 나온다. 58회에서는 마초에게 쫓기던 조조가 허저와 위남 현령 정비의 도움으로 구사일생하여 돌아온다. 그리고 다시 몰려올 적을 대비하여 황하를 따라 임시 방벽에 빈 깃발을 꽂아 병사가 많은 듯 위장계책을 꾸민다. 또 72회 한중전투에서 제갈량이 신호기를 가지고 의병지계를 펼쳐 조조를 물리친 것 외에도 여러 곳에서 많이 나온다. 병법 樹上開花와 유사하다.

---

8) 조조가 오림에서 조자룡, 호로구에서 장비, 화용도에서 관우의 복병을 만나 도망친 고사.

(39) 激將之計

격장지계는 적(아군)의 장수를 자극하여 의도대로 이용하는 계책으로 『三國演義』의 65회와 100회 등 여러 곳에 나온다. 격장지계는 아군의 장수를 자극하는 방법과 적장을 자극하는 방법으로 나뉜다. 65회처럼 마초와 대치중인 상황에서 제갈량은 마초를 대적할 사람은 관우밖에 없다며 장비의 자존심을 자극한다. 이에 자극을 받은 장비는 고군분투하며 능력 이상의 전투력을 발휘한다. 또 적벽대전에서 제갈량이 손권과 주유에게 조조에게 항복하라고 권하면서 "우리 주군 유비는 백성들에게 추앙받는 사람인데 어찌 항복을 하겠느냐."라며 손권의 심기를 자극하여 적벽대전에 끌어들인 것이 대표적인 격장지계이다.

(40) 驕兵之計

교병지계는 적의 교만심을 키워 방심하게 하고 대사를 도모하는 계책이다. 『三國演義』의 70회 등에 나온다. 장합을 물리친 황충이 일부러 하후상에게는 계속해서 전투를 벌이다가 도망을 치니 하후상은 의기양양하여 교만해졌다. 그러다가 갑자기 역습을 하여 대승을 거두는 병법으로 이와 유사한 케이스가 여러 곳에서 나온다.

(41) 反客爲主之計

반객위주지계는 기회를 엿보아 발을 담그고 주객을 전도시키는 계책으로 『三國演義』의 71회와 82~83회 등에 나온다. 71회에서는 황충이 정군산의 전투에서 조금씩 전진하며 곳곳에 병영 진지를 구축한 다음 하후연을 유인하여 성을 빼앗은 계책이 대표적이고, 또 82~83회의 이릉대전에서 육손의 끈질긴 지구전은 차츰 주객을 전도시켜 전쟁의 주도권을 장악하여 결국에는 승리를 이끌어 내는 계책, 그 외에도 여포가 서주의 주인 유비를 몰아내고 자신이 주인이 되는 것이 바로 반객위주이다.

(42) 以逸待勞之計

이일대로는 바로 자신은 쉬면서 적을 지치게 하여 국면을 전환시키는 계책으로 『三國演義』의 72회와 99~100회 등에 나온다. 72회에서는 토산에서 촉나라와 위나라가 대치하는 상황에서 제갈량은 조자룡을 시켜 위나라 군대 부근에서 밤마다 공격하는 듯 소리를 지르자 지쳐버린 위군은 결국 진지를 뒤로 퇴각시켰다. 또 이릉대전(99~100회)에서 육손은 유비의 군대가 지치길 기다렸다가 최후의 일격을 가하여 국면을 전환시켰다.

(43) 趁火打劫

진화타겁은 불난 틈(위기)을 이용하여 타격을 가하는 계책으로 『三國演義』의 85회 등에 나온다. 이릉대전으로 유비가 죽자 유선이 그 뒤를 이었다. 그 어수선한 틈을 이용하여 위나라 조비는 연합군을 형성하여 5방향에서(5로 공격) 공격을 가하였다. 그러나 제갈량은 심리전으로 서재에서 간단하게 5로 군을 퇴치하였다. 그 외에도 원소가 죽은 뒤 원씨 형제들의 분열을 틈타 조조는 본거지를 침략하여 슬그머니 삼켜버렸다.

(44) 攻心計(心理戰)

공심계는 상대의 심리를 이용하여 대사를 도모하는 계책으로 병법의 기본이라 할 수 있다. 『三國演義』의 85회와 87회 및 95회 외에도 부지기수로 많이 나온다. 85회에서 위나라의 5로 공격을 심리전으로 대처한 것과 87회에서 맹획의 공격을 공심계인 칠종칠금으로 대처한 것, 그리고 95회의 공성계 역시 심리전에서 나온 것이다.9)

(45) 擒賊擒王

금적금왕은 적을 칠 때는 우두머리부터 먼저 잡으라는 계책으로 『三國演義』의 87회~90회에 나온다. 적장(지휘부)이나 본진이 무너지면 나머지 예하부대는 자연히 무너지는 원리로 남만의 정벌에서 맹획을 칠종칠금하는 케이스가 바로 여기에 해당된다.

(46) 欲擒故縱

욕금고종은 큰 것을 얻으려면 작은 것은 풀어주라는 계책으로 『三國演義』의 87회-90회에 나온다. 즉 잡고자 하면 잠시 살아갈 길을 터주며 회유하는 계책으로 맹획을 칠종칠금하여 결국에는 마음으로부터의 항복을 받아내는 전략이다. 그 외 도겸에게 서주를 물려받은 유비가 서주를 세 번이나 사양하는 것 또한 이에 해당된다.

(47) 空城計

성문을 열어 상대를 혼란에 빠뜨리는 계책으로 일종의 허허실실이나 허장성세 또는 공심계와 밀접하다. 『三國演義』의 95회에는 궁지에 몰린 제갈량이 사마의를 상대로 펼친 고도의 심리전이 나온다. 사실

---

9) 특히 제갈량의 심리전은 적벽대전에서 주유와의 심리전, 조조와의 심리전 등이 두드러진다.

공명보다 앞서 공성계를 사용한 사람은 조자룡으로 한중에서 조조의 대군에 맞서 성문을 활짝 열고 기다렸다가 복병을 우려한 조조가 철군하는 틈을 기습하여 대승을 거둔다. 온몸이 간 덩어리라고 조조가 감탄한 일화가 여기에서 연유되었다.

(48) 金蟬脫殼

금선탈각은 매미가 허물만 남기고 떠나듯 위기를 벗어나거나 또는 몰래 정예부대를 다른 곳으로 은밀하게 빼돌려 또 다른 적을 습격하는 계책으로 『三國演義』의 95회와 98회 등에 나온다. 즉 95회의 공성계로 위기를 모면한 제갈량이 급히 성을 포기하고 후퇴한 것과 98회에서 제갈량이 彼我를 모르게 주력군을 따로 빼내 기습 공격하는 부분에 해당된다.

(49) 指桑罵槐

지상매괴는 뽕나무를 가리키며 홰나무를 욕한다는 의미로 상대에게 위협(迂廻警告)을 하여 복종하게 만드는 계략이다. 『三國演義』의 96회에서 제갈량은 군령을 지키지 않은 마속을 강하게 꾸짖으며 시범타로 처형에 처한다. 윗사람이(강자가) 약소한 자를 효과적으로 통제하기 위해 이러한 방법을 동원해 상대에게 우회적으로 경고하여 복종하게 하는 계책이다.

(50) 減兵添竈

감병첨조는 병력을 철수시키려면 화덕자리 수를 늘려 적의 공격을 차단하는 전법으로 주로 후퇴할 때 사용한다. 『三國演義』의 100회에

는 기산으로 북벌을 하던 제갈량이 갑작스러운 후주 유선의 철수 명령
에 적군 사마의를 기만하고 무사히 철군하였던 계책이다.[10]

(51) 誘兵之計

유병지계는 상대를 의도하는 곳으로 끌어들여 차후를 도모하는 계
책으로 『三國演義』의 107회 등에 나온다. 우두산 전투에서 강유는 위
나라 진태와 격전을 펼치나 진태는 매번 싸우다가 도망쳐 승부를 내지
못하고 있었다. 이때 하후패가 강유에게 진태는 지금 유병지계를 쓰고
있으니 물러나자고 하는 장면이 나온다. 결국 강유는 진태와 곽회의
연합공격에 크게 패하여 양평관으로 돌아갔다.

(52) 緩兵之計

완병지계는 불리하면 지연책으로 상대의 공격을 지연시키는 계책으
로 『三國演義』의 108회 등에 나온다. 신성에서 오의 제갈각과 위의
장특이 대치하고 있는 상황에서 불리해진 장특이 며칠간 말미만 주면
투항하겠다고 하며 상대의 공격을 완병지계로 지연시킨 다음 군비를
재정비하여 전세를 뒤집었다.

(53) 暗渡陳倉

암도진창은 정면공격을 하는 척 하다가 적의 배후를 치는 계책으로
『三國演義』의 116~118회 등에 나온다. 등애와 종회는 촉한을 정벌하
기 위해 서천지역으로 출병한다. 그러나 서천의 길이 험해 주춤한 사

---

10) 본래는 손빈병법 중 방연과의 전투에서 유래되었다.

이, 등애는 별동대를 거느리고 험한 산길을 개척하며 누구도 예상하지
못한 방법으로 성도에 입성하여 촉한을 멸망시켰다.

(54) 順手牽羊

순수견양은 작은 이익이나 혹은 적의 빈틈을 놓치지 않고 이용하여
후일을 도모하는 계책으로 『三國演義』의 120회에 나온다. 서진은 왕
준을 시켜 오를 치기 위한 전함을 만들기 시작한다. 이때 상류에서 나
무토막이 떠내려 와도 오나라는 주목하지 않았다. 결국 서진이 총공격
하자 궁지에 몰린 오나라는 서진에게 휴전을 제안하였다. 그러나 두예
장군은 이 틈을 놓치지 않고 파죽지세로 밀어붙여 마침내 오나라는 무
너졌다. 오나라는 작은 조짐에 소홀하여 망했고 서진은 적의 작은 허
점까지도 적절히 이용하여 승리를 거둔 것이다.

이상 50여 개의 병법을 분석하였다.[11] 대부분의 병법이 관도대전·
적벽대전·이릉대전·육출기산 등에 집중되는 현상이 나오는데 그 중
적벽대전에서는 離間計·連環計·將計就計·反間計·虛虛實實·借
刀殺人·詐降之計·火攻計·以夷制夷·苦肉之計·走爲上計·無中
生有·攻心計(心理戰)·激將之計·疑兵之計·埋伏之計 등 16개 이
상으로 가장 많이 나온다.

---

11) 병법의 분류 기준으로 拖刀計(도망치다 갑자기 말을 돌려 적을 치는 기술)와
   背水陣·八卦陣·長蛇陣 등은 넓은 의미의 병법이지만 기술적인 측면과 진
   법에 해당되기에 이러한 유형들은 모두 제외시켰다. 그 외 兵貴神速과 兵不
   厭詐 등의 일반적인 병법용어들도 생략하였다.

2. 兵法의 原典과 유형 분석

앞장에서 『三國演義』에 나오는 병법 50여 개를 조사하여 분석하였다.[12] 여기에 나오는 병법들은 『三國演義』에 처음 출현하는 것도 간혹 있지만 대부분은 이미 다른 문헌에서 유래된 것을 다시 차용한 것으로 확인된다. 그러면 "이러한 병법들과 그 이름(兵法名)은 어디에서 유래되었을까?" 하는 것이 필자의 주된 관심사였다. 이러한 궁금증을 해결하기 위해 병법의 기원과 유래가 된 原典을 조사해 보았다.

1) 병법의 原典과 내용 분석

번호	兵法名	原典	由來 内容
1	*笑裏藏刀	唐書·奸臣列傳	당대 고관 李義府는 교활하고 음흉하여 겉으로는 착한 척 미소를 머금고 속으로 남을 중상모략한데서 유래
2	*遠交近攻	戰國策·秦策	전국시대 진나라 재상 張祿이 한 말로 먼 나라와 교류하고 가까운 나라를 공격하라는 전략
3	*調虎離山	西遊記 53	53回에 我是個調虎離山計 , 哄你出來爭戰,에서 유래
4	*打草驚蛇	西陽雜組	당대 王魯가 부하의 부정을 열거하다가 본인 죄가 드러남
5	*美人計	三十六計	월 구천이 오 부차에게 미녀 서시를 이용한 것이 최초 기록. 미인계를 獻西施之計라고도 함
6	離間計	三十六計	중국 역사에 不知其數로 많음
7	*連環計	錦雲堂暗定連環計	원대의 잡극 가운데 錦雲堂暗定連環計라는 잡극의 제목에서 이미 나옴
8	*瞞天過海	永樂大典·薛仁貴篇	당 태종이 고구려 출정 시 바다를 두려워하자 배를 육지처럼 꾸며 속이고 바다를 건넜다는 기록에서 유래

---

12) 여기에서 소개한 50여 개의 병법은 분류 방법에 따라 숫자가 달라질 수 있다. 단지 필자의 기준으로 수집된 것임을 밝혀둔다.

번호	兵法名	原典	由來 內容
9	將計就計	三國演義	三國演義에 많이 나오며 당시 널리 알려진 일반적인 병법
10	*反間計	孫子兵法·用間篇	반간이란 적의 첩자를 역이용하는 것이다.(反間者 因其敵間而用之)
11	二虎競食之計	三國演義	조조가 유비를 이용해 여포를 죽이려 함
12	驅虎吞狼之計	三國演義	조조가 원술과 유비 및 여포를 이간시켜 세력을 약화시킴
13	*借屍還魂	呂洞賓度鐵拐李	元 岳伯川의 雜劇 중 옛날 李玄이라는 사람이 인간계와 선계를 자유자재로 넘나들었다는 이야기에서 유래
14	疎不間親之計	三國演義	원술이 유비를 견제하기 위해 여포와 혼인을 추진함
15	掘坑待虎之計	三國演義	조조가 유비에게 여포를 경계하라고 소패에 주둔시킴
16	*聲東擊西	通典·兵典/淮南子	한신이 위왕 표의 허점을 이용해 정면공격 하는 척 하다가 주력을 우회 공격하여 승리한 전투에서 유래
17	*關門捉賊	三十六計	중국 민간속어인 關門打狗에서 응용되어 유래된 것으로 추정됨
18	*假痴不癲	說唐演義	제62회 尉遲恭稱瘋魔(假裝瘋癲)에서 유래된 것으로 보임
19	*借刀殺人	三祝記	명대 왕정눌의 희곡 造陷故事에서 유래된 것으로 전함
20	*抛磚引玉	傳燈錄과 歷代詩話	唐代詩人 常建이 趙嘏의 가르침을 받고자 벽에 미완의 시를 남기자 조하가 나머지 절반을 채워 넣음. 세인들이 이를 두고 抛磚引玉이라 함
21	*李代桃僵	樂府詩集·鷄鳴	漢代 樂府詩의 계명편에 蟲來齧桃根, 李樹代桃僵이라는 말에서 유래
22	*混水摸魚	三十六計	흙탕물을 일으켜 흐리게 하고 고기를 잡는 계책으로 三十六計에서만 보임
23	*圍魏救趙之計	史記·孫子吳起列傳	위가 조를 침략하자 제나라 손빈은 조를 구하기 위해 위의 수도를 공략하여 결국 조를 구한 역사에서 유래
24	*偸樑換柱	史記·殷本紀	은나라 마지막 왕인 紂의 托樑換柱 전설에서 나옴, "紂倒曳九牛, 抚梁易柱".
25	火攻計	孫子兵法·火攻篇	전쟁의 기본적 공격 전술로 손자병법 화공편에 나옴. 삼국연의에서는 관도대전 박망파전투 적벽대전 이릉대전 등

번호	兵法名	原典	由來 內容
26	*釜底抽薪	爲侯景叛移梁朝文	北齊 魏牧의 글의 抽薪止沸, 剪草除根(불을 빼면 물을 식힐 수 있고, 풀을 제거하려면 그 뿌리를 뽑아야 한다.)
27	十面埋伏之計	三國演義	숨어서 기다리다가 기습하는 전술로 삼국연의 외에도 여러 문헌에서 다양하게 나옴
28	*隔岸觀火	投渴濟己	당나라 승려 乾康의 글 "隔岸紅塵忙似火"에서 유래
29	*上屋(樓)抽梯	孫子·九地篇	손자병법의 "帥與之期, 如登高而去其梯" 유사한 문구에서 유래. 上樓抽梯(삼국지·제갈량전) - 유기가 계책을 묻다
30	*樹上開花	碧嚴錄	鐵樹開花에서 응용되어 쓰임. 꽃이 없는 나무에 꽃이 핀 듯 만들어 붙이는 것에서 유래
31	虛虛實實之計	孫子兵法·虛實篇	孫子兵法·虛實篇에 나오고, 삼국연의에 공명이 화용도에서 연기를 피워 조조를 유도(豈不聞兵法, 虛虛實實之論)
32	以夷制夷	後漢書·鄧寇列傳	鄧訓傳의 "以夷伐夷, 不宜禁護"에서 유래되었고 또 以夷功夷라고도 함
33	詐降之計	三國演義	적벽대전 등 여러 곳에서 나옴. 삼국연의 외에도 여러 병법서에 다양하게 나옴
34	*苦肉之計	三十六計	三十六計에 나오지만 삼국연의 적벽대전에서 황개의 고육지계가 더 알려짐
35	*無中生有	三十六計	무에서 유를 만들어낸다는 뜻으로 당나라 장순이 허수아비로 적을 교란 시킨 계책에서 유래
36	*走爲上計	南濟書·王敬則傳·	왕경측이 "檀公三十六策, 走是上計"라는 말을 재인용하여 쓴데서 유래
37	*假道滅虢之計	左傳·僖公/千字文	晉이 괵나라를 친다고 우나라에 길을 빌려 달라고 한 다음 괵을 멸하고 다시 그길로 우까지 정복한 역사에서 유래
38	疑兵之計	三國演義	군사의 수를 많은 것처럼 꾸며 의심하고 두렵게 만듦.
39	激將之計	三國演義	장수의 감정을 자극시켜 의도하는 방향으로 이끄는 계책
40	驕兵之計	漢書·魏相傳	적의 교만심을 키워 한 번에 승리하는 계략으로 漢書에 "驕兵者滅"이라는 문구가 나옴
41	*反客爲主之計	孫子兵法/唐李問對	손자병법의 作戰篇에 반객위주의 취지를 정확히 언급하였고 또 唐李問對에 더 구체적으로 언급

번호	兵法名	原典	由來 內容
42	*以逸待勞之計	孫子兵法	손자병법의 군쟁과 허실에서 유래. 쉬면서 적을 지치게 하거나 지칠 때를 기다리는 계책
43	*趁火打劫	孫子兵法/ 西遊記	손자병법·시계편에 "亂而取之"(적이 혼란할 때 취한다)는 동일 의미와 西遊記의 제16회에 "趁哄打劫"이 있음
44	心理戰/攻心計	孫子兵法	謀攻篇에 "知彼知己 百戰不殆"라는 문구에서 심리전의 기본을 언급하고 있음
45	*擒賊擒王	杜甫의 詩	당대 시인 杜甫의 出塞曲에 나오는 말로 "射人先射馬 擒賊先擒王"이라는 시구에서 유래
46	*欲擒故縱	道德經· 第36章	도덕경 제36장 將欲廢之, 必固興之. 將欲奪之, 必固與之 상대의 마음을 사로잡기 위해 먼저 양보하라는 의미
47	*空城計	三國志· 蜀書	공성계는 三十六計에 나오지만 일반적으로 삼국지(제갈량의 공성계)로 널리 알려진 계책
48	*金蟬脫殼	淮南子 ·精神訓	회남자에는 "蟬蛻蛇解"이라 되어있고, 원대 惠施의 幽闥記에는 "金蟬脫殼"이라 되어 있음
49	*指桑罵槐	三十六計/ 紅樓夢	지상마괴는 三十六計에 나오지만 청대에 나온 紅樓夢 제16회의 王熙鳳이 남편 賈璉에게 말하는 대목에도 나옴
50	減兵添竈	孫臏兵法	손빈의 減竈誘敵에서 응용되어 減兵添竈로 사용
51	誘兵之計	漢書/夜哨線	漢書·匈奴傳上 : "善爲誘兵以包敵" 그리고 夜哨線의 "又大約是因爲怕的中敵人的'誘兵計'"에서 유래
52	緩兵之計	三國演義	공격이나 방어 등 한 템포 늦추는 계책으로 널리 쓰임
53	*暗渡陳倉	史記· 高祖本紀	韓信장군이 楚나라와 싸울 때 사용한 계책으로 정면공격 할듯하다가 측방을 기습공격 함(明修棧道, 暗渡陳倉)
54	*順手牽羊	古今雜劇	元代 關漢卿의 尉遲公單鞭奪槊에서 유래되었고 또 水滸志 제99회와 西遊記 제16회에도 "順手牽羊"이 나옴

이상의 도표에서 소개된 병법의 출전을 분석해 보니 상당수가 병법서에서 유래되었다. 특히 도표에서 *표시된 것은 모두『三十六計』에도 나오는 것으로, 36가지 모두가『三國演義』에 나온다.[13]『三十六

計』외에 주목되는 것은 『孫子兵法』(『孫臏兵法』포함)으로 10여 곳에서 직간접적으로 나온다. 이 책은 군사학의 기본 원리를 담은 책으로 특히 軍事運用의 기본원칙부터 實戰應用까지 다양한 전략전술을 묘사하고 있다. 그 외에 다른 병법서들도 직간접으로 참고가 되었겠지만 『三國演義』에서의 병법은 兵法名 爲主로 정리되었기에 유래의 근거를 찾기는 쉽지 않다. 그리고 역사류에서도 상당히 많은 양의 병법이 유래되었는데, 특히 『史記』·『漢書』·『後漢書』·『三國志』·『唐書』·『戰國策』·『左傳』·『南齊書』·『通典』 등에서 유래되었다. 예를 들어 한신이 북벌을 위해 초나라를 기습한 "暗渡陳倉"과 같은 기만전술은 역사적 사건과 밀접한 연관이 있다. 이처럼 상당수의 병법들이 역사에 기원을 두고 있으며 특히 『史記』와 『漢書』에서 많이 유래되었다.

또 문학류에 있어서도 매우 다양한 양상을 보인다. 소설은 물론 산문과 희곡에서도 나왔고 심지어 詩에서도 유래되었다. 예를 들면 『三國演義』·『酉陽雜俎』·『說唐演義』·『西遊記』 등의 소설류와 『古今雜劇』·『三祝記』·『呂洞賓度鐵拐李』·『錦雲堂暗定連環計』 등의 희곡류, 그리고 『杜甫詩』·『歷代詩話』·『樂府詩集』 등의 시집류에서도 나온다. 예를 들어 병법 "順手牽羊"의 경우, 처음 『古今雜劇』(元代 關漢卿의 尉遲公單鞭奪槊)에서 유래되었다. 그 후 명대의 『水滸傳』 제99회와 『西遊記』 제16회에도 "順手牽羊"이라는 용어가 나온다. 그 외 詩에서 인용된 경우로는 당대 시인 杜甫의 出塞曲에 나오는 "射人先射馬 擒賊先擒王"이라는 시구가 있는데 여기에서 "擒賊擒王"

---

13) 『三十六計』를 *로 따로 분류하여 표시한 이유는, 상당수의 병법 중에는 『三十六計』가 출현하기 전에 이미 다른 문헌에 유래가 나오는 것도 있었다. 그러기에 다른 문헌에 유래가 보이지 않고 오직 『三十六計』에만 나오는 것만 原典項目에 표기하였고 나머지는 모두 * 표시를 하였음을 밝혀둔다.

이라는 병법이 유래되었다.[14)]

그 외 철학류(종교사상포함)에 있어서는 역사나 문학에 비하여 다소 적은 편이지만 『道德經』·『淮南子』·『碧巖錄』·『傳燈錄』 등의 철학 및 종교류 문헌에서 다양하게 유래되었다.

2) 兵法名(用語)의 유형 분석

이상의 분석에서 확인되듯 병법의 유래가 된 原典은 장르별로 兵書類·歷史類·文學類·哲學類·類書類 등으로 다양하게 나타난다. 그러면 『三國演義』에서의 병법과 병법용어(兵法名)는 어떠한 방식으로 묘사되었는가 하는 문제이다. 묘사방법에는 두 가지 방법으로 기술되어 있는데 하나는 『三國演義』에 병법의 내용은 물론 병법용어(兵法名)까지 그대로 들어간 것과 병법용어 없이 병법의 내용만 들어간 케이스로 나뉜다.

병법의 내용과 병법용어까지 들어간 경우에는 병법용어에 "二虎競食之計"·"驅虎吞狼之計"·"空城計"·"苦肉之計"처럼 "○○之計" 혹은 "○○計"로 끝나는 것이 대부분이다. 예를 들면 『三國演義』 14回中 :

　　　或有一計, 名曰: 二虎競食之計. 今劉備雖領徐州, 未得詔命. … 中略 … 操問荀彧曰: 此計不成, 奈何? 或曰: 又有一計, 名曰: 驅虎吞狼之計. 『三國演義』 14回:[15)]

---

14) 王志剛, 『三國演義中的三十六計』, 華僑出版社, 2005, 139쪽.
　　https://baike.baidu.com/item/%E%B8%8 / https://namu.wiki/w/%EC%82%BC
　　임종욱, 『고사성어대사전』, 沈伯俊編, 『三國演義辭典』 등 참고.

이처럼 병법의 이름을 직접 거론하면서 병법의 내용까지 설명을 하며 소개를 하고 있다. 이러한 형태가 절반정도가 된다.

나머지 절반정도는 병법의 용어는 없이 병법의 내용만 들어간 케이스이다. 이러한 경우에는 특정 병법용어를 사용하지 않고 병법의 내용을 서술형으로 녹여내는 방식을 취하고 있다. 예를 들면 『三國演義』 42回中 :

> 又見橋東樹林之後, 塵頭大起, 疑有伏兵, 便勒住馬, 不敢近前. …
> 中略 … 又喝曰: 戰又不戰, 退又不退 却是何故! 喊聲未絶, 曹操身
> 邊夏侯傑驚得肝膽碎裂, 倒撞於馬下. 操便回馬而走. 於是諸軍衆將
> 一齊望西奔走. 『三國演義』 42回[16]

이상의 예문은 장판교에서 조조의 대군과 대치하는 긴급한 상황에서 장비가 언덕 뒤에 복병이 있는 듯 허장성세를 보여주는 계책으로 바로 병법 樹上開花이다. 그러나 본문에는 수상개화라는 병법 이름이 전혀 묘사되어 있지 않다. 다만 후대에 병법서 『三十六計』에 수상개화의 대표적 사례로 제시하고 있을 뿐이다.

그리고 『三國演義』에 나오는 병법의 유래를 살펴보면, 다른 문헌에서 차용된 경우와 『三國演義』 자체에서 유래된 것으로 분류된다. 물론 대부분의 兵法名은 다른 문헌에서 차용한 경우가 대부분이다. 그러나 "二虎競食之計"·"驅虎吞狼之計"·'疎不間親之計"·"掘坑待虎之計"·"苦肉之計"처럼 小說 『三國志』 자체에서 유래된 것도 있다.[17]

---

15) 羅貫中編·毛宗崗評, 『三國演義』, 臺灣 桂冠圖書, 1991, 123쪽.

16) 羅貫中編·毛宗崗評, 『三國演義』, 臺灣 桂冠圖書, 1991, 370쪽.

17) 기무라 노리야키 지음·조영렬 옮김, 『삼국지의 계략』, 서책, 2013 참고.
　　小說 『三國志』 자체에서 유래된 二虎競食之計·驅虎吞狼之計·疎不間親

그 외 병법가운데 "緩兵之計"·"疑兵之計"·"激將之計"·"詐降之計"·"張計就計" 같은 병법들은 지극히 일반적이고 기본적인 병법이기에 原典을 찾기가 쉽지 않다.[18] 이러한 일반적인 병법용어가 『三國演義』에 부지기수로 나오는 것으로 보아 『三國演義』의 골격이 이루어진 원·명대에는 널리 통용되었던 병법용어로 추정된다.

　그 외 병법의 유형에는 각자 다양한 특징을 가지고 있지만 모순성도 함께 공존한다. 예를 들어 "空城計"의 경우, 병법 "虛虛實實"·"樹上開花"·"攻心計(心理戰)"·"疑兵之計" 등은 마치 각기 다른 병법처럼 포장되어 있으나 사실은 의미상 모두 虛張聲勢와 일맥상통하는 유사성을 가지고 있다. 이처럼 분류의 다양성과 논리의 모순점을 함께 보이기도 한다.

　또 兵法名이 만들어진 특징을 살펴보면 대부분이 故事成語 형식으로 만들어졌다는 점이다. 이러한 방식의 병법은 용어정리가 간결하고 이미지의 전달이 용이하기 때문으로 사료된다. 실제 "笑裏藏刀"·"遠交近攻"·"打草驚蛇"·"聲東擊西"·"以夷制夷"·"虛虛實實"·"假道滅虢" 등의 병법은 지금도 일반적으로 많이 사용되고 있는 故事成語들이다. 또 이러한 병법명은 대개가 3~4글자로 축약되어 병법의 상징성과 간결성 그리고 이미지의 소통성이 충족되고 부합되기에 이러한 형식을 취하였다고 할 수 있다. 사실 이러한 형식에 가장 최적화되어 만들어진 병법서가 바로 『三十六計』이다.

　兵法書 『三十六計』는 36가지의 병법을 일목요연하게 분류하고 정

之計·掘坑待虎之計들은 병법이라기보다는 너무 작위적이어서 마치 끼워맞추기식으로 꾸며진 느낌이 강하다.
18) 原典 확인이 어려운 일반적인 병법은 연구의 편리를 위해 도표에서 『三國演義』로 통일함.

리하여 후대에 『손자병법』만큼 널리 알려진 병법서이다. 특히 『三國演義』의 병법 연구에 매우 중요한 연관성을 가지고 있다.

3. 병법서 『삼십육계』와의 연관성

　필자의 분석으로는 『三國演義』에 나오는 50여 개의 병법들이 중국 병법의 원조인 『孫子兵法』을 많이 참고한 것은 사실이지만 특히 두드러지게 兵法書 『三十六計』를 더 많이 참고하여 꾸며졌다는 느낌을 지울 수 없다. 필히 모종의 연관관계나 영향 관계가 있는 것으로 추정된다. 이 문제를 해결하기 위하여 먼저 『三十六計』가 출현한 시기와 이 책의 서지학적 고찰이 필요해 보인다.

　주지하듯이 중국에는 수많은 병법 서적이 존재한다. 그 중 병법의 양대 산맥이라 하는 『孫子兵法』과 『吳子兵法』이 대표하며 그 외에도 一名 『武經七書』가 있어 중국 병법의 敎科書로 알려져 있다. 『武經七書』는 바로 『孫子兵法』·『吳子兵法』·『六韜』·『司馬法』·『三略』·『尉繚子』·『李衛公問對』를 의미한다.[19] 그런데 『三十六計』는 이러

---

19) 송나라 신종 원풍 7년(1084년)에 기존의 병법을 토대로 7권을 뽑아 武學으로 지정하면서 『武經七書』라 부르게 되었다. 또 이 책은 조선시대 무과의 시험 과목으로도 사용되었다고 한다.
　그 외 『武經十書』라는 것이 있는데 이것은 국내 신동준이 중국의 『武經七書』에 『孫臏兵法』·『將苑』(제갈량 병법)·『三十六計』를 더한 것으로 중국에는 없는 용어이다.
　『손자병법』: 중국 병법의 원전인 이 책은 춘추시대 오나라 명장 손무가 지은 것으로 현재 13편만 전한다. 전쟁의 규범을 道·天·地·將·法으로 분류하여 설명하고 있다. 이 책에 나오는 명언으로 知彼知己, 百戰不殆"와 "전쟁하여 이기는 것보다 전쟁하지 않고 이기는 것을 최선이다."라는 내용 등이 손자병

한 핵심 병법서에는 끼지 못한다. 그 이유와 원인은 『三十六計』가 출현한 시기와 배경 그리고 발전양상에서 찾을 수 있다.

1) 『三十六計』의 기원과 유래

"三十六計"라는 어휘가 처음 나오는 것은 『南齊書·王敬則傳』[20]에 "檀公三十六策, 走是上計(단장군의 서른여섯 개 계책 중에 달아나는 것이 최상이다.)"라고 한데서 나온다. 여기에서 檀公(檀道濟)은 남북조 때 송나라의 개국공신으로 유명한 장수인데 후대 제나라의 王敬則이 재인용하여 쓴 말이다. 여기에서 주목할 것은 36가지 책략이라는 말이 언급되었다는 점이다. 36가지 책략이 지금의 36계의 순서와 서로 일치하는지의 여부는 고증할 수 없지만, 확실한 것은 당시 36책의 마지막 책략과 현재의 36계 가운데 마지막인 "走爲上計"가 서로 일치한다는 점은 주목되는 부분이다.[21]

법의 근간이라 할 수 있다.

『오자병법』: 춘추전국시대 吳起가 저술했다고 하며 특히 유교적 관점에 기초한 병법서로 주로 군주와 장수가 갖추어야 할 도리를 기술한 책이다. 주로 전략이나 정략을 중시하고 있다.

『육도』: 태공망이 쓴 책이라고 하나 확실치 않다. 육도란 문도(文韜)·무도(武韜)·용도(龍韜)·호도(虎韜)·표도(豹韜)·견도(犬韜)로 구성된 책이다.

『사마법』: 제나라 사마양저가 저술한 것으로 알려져 있으나 확실치 않다.

『삼략』: 황석공이 장량(장자방)에게 전수했다는 설이 있으며 上略·中略·下略으로 구성되었다.

『울료자』: 진나라 울료가 저술한 것으로 알려져 있다.

『이위공문대』는 당 태종이 묻고 그 신하 李靖이 대답한 문답형식으로 꾸며진 책이다.

20) 그 외 송대 司馬光의 『資治通鑑』 141권에도 나온다.

후대 송나라 때 사마광의 『資治通鑑』 141권에서도 그대로 인용한 흔적이 보이고, 또 同時代 惠洪의 『冷齋夜話』에서는 "三十六計, 走爲上策"으로 약간 변형되어 나온다. 명말청초에는 이 어휘의 인용이 크게 늘어났으며 급기야 朱琳이 지은 『洪門志』에 따르면 청초에 홍문회(紅花會)22)에서 『三十六計』를 출간했다는 기록이 나온다. 그 후 1941년 판본이 발견되면서 주목을 끌기 시작하여 지금은 『孫子兵法』과 쌍벽을 이룰 만큼 크게 성장하여 세인의 주목을 받게 되었다.23)

兵法書가 일반적으로 史書나 經書와 달리 학술의 범위에서 정통성을 인정받지 못하고 이단시되는 것은 사실이지만 일부 핵심 병법서는 나름 兵書의 계보를 이으며 발전하여 왔다. 예를 들어 송나라 神宗 元豊 7年(1084)에 기존의 병서를 武學으로 지정하면서 『七書』라고 호칭한 『武經七書』가 있다. 그런데 여기에 『三十六計』라는 서명은 보이지 않는다. 이처럼 宋元明代에 『三十六計』는 『武經七書』에도 끼지 못하는 병법서로 크게 인정받지 못하였다. 그러기에 대략 明末淸初까지 필사본으로 민간에 떠돌며 명맥을 유지하다가 淸初에 이르러 이러한 관련 자료를 모아 출간한 것으로 추정하는 것이 일반적인 통설이다.

---

21) 일반적으로 『三十六計』는 檀道濟에 의해 처음 출현한 것으로 보나 혹자는 36策은 허수에 불과한데 후대 사람들이 여기에 맞춰 36計를 꾸며 넣었다는 설도 있다.

22) 홍문회는 反淸復明 운동을 주도했던 단체로 만주족의 지배를 물리치고 명조의 부활을 꿈꾸던 단체이다. 독립운동의 필요성에 따라 병법서를 출간한 것으로 추정된다.

23) 임유진, 『이기는 판을 위한 36계 병법』, 미래문화사, 2021, 17쪽 참고.
근래 『三十六計』에 대한 재평가가 이루어지고 있는데 이전에는 철학적 이론과 논리의 조잡성 그리고 병법의 애매모호성 등을 들어 부정적 시각이었으나 최근에는 오히려 반대로 실용성·합리성·다양성 등을 제시하며 최고의 병법서중 하나로 긍정적인 평가를 하고 있다.

그러면 명대 초기에 나관중에 의해 골격을 갖춘 『三國演義』와 『三十六計』는 어떤 연관성을 가지고 있을까? 먼저 『三十六計』의 병법과 『三國演義』의 관련 병법 내용을 분석해 보면 다음과 같다.

2) 『三十六計』와의 연관성 비교분석

三十六計			『三國演義』 내용과 출처
勝戰計	1計	瞞天過海	태사자, 황건적의 눈을 속이고 적진에서 탈출하다. 11回/12回 等
	2計	圍魏救趙	곽도, 오소공격으로 비어있는 조조의 본채공격을 건의하다. 30回 等
	3計	借刀殺人	조조, 예형을 형주로 보내 유표에게 죽게 만들다. 23回 等 多數
	4計	以逸待勞	제갈량, 위군을 지치게 하여 철수하게 만들다. 72回/82回~83回 多數
	5計	趁火打劫	조비, 유비 사후 어수선한 촉한을 5로로 공격하다. 85回 等 多數
	6計	聲東擊西	조조, 張繡軍의 서북에 진지를 구축하고 동남을 치다. 18回 等 多數
敵戰計	7計	無中生有	제갈량, 草船을 이용해 조조군의 화살 10만개를 획득하다. 46回 等
	8計	暗渡陳倉	등애, 서천의 험한 길로 기습하여 촉을 제압하다. 116回~118回 等
	9計	隔岸觀火	조조, 원씨 형제의 내분을 불구경하듯 방치하다. 32回/34回 等
	10計	笑裏藏刀	조조, 동탁에게 은밀히 접근하여 암살을 기도하다. 4回/7回 等
	11計	李代桃僵	조조, 작은 희생을 감수하며 원소군을 교란시키다. 26回/46回 等
	12計	順手牽羊	두예, 적의 빈틈을 놓치지 않고 이용하여 오를 멸하다. 120回 等

三十六計			『三國演義』 내용과 출처
攻戰計	13計	打草驚蛇	가후, 여포를 유인해 함정에 빠트리고 왕윤을 공격하다. 9回 等
	14計	借屍還魂	조조, 허수아비 황제를 끼고 전국을 통치하다(순욱계책)., 14回 等
	15計	調虎離山	손견, 괴량의 유인술에 빠져 매복병에 걸려 죽다. 7回/100回 等
	16計	欲擒故縱	제갈량, 맹획의 심적 항복을 얻고자 칠종칠금 하다. 87回~90回 等
	17計	抛磚引玉	조조, 군수물자를 풀어 원소군의 관심을 돌리다. 26回/75回 等
	18計	擒賊擒王	재갈량, 남만의 정벌에서 맹획을 칠종칠금하다. 87回~90回 等
混戰計	19計	釜底抽薪	조조, 정면공격 대신 오소를 급습하여 역전시키다. 30回/104回 等
	20計	混水摸魚	조조, 혼란한 원소의 후계문제를 틈타 이득을 취하다. 30回 等
	21計	金蟬脫殼	제갈량, 彼我軍도 모르게 주력군을 빼내 기습공격하다. 98回 等
	22計	關門捉賊	원소, 공손찬의 요새를 차단하고 진입해 괴멸시키다. 21回 等
	23計	遠交近攻	원소, 유주의 공손찬과 손을 잡고 근방의 기주를 공격하다. 7回 等
	24計	假道伐虢	주유, 서천을 치려하니 형주 길을 빌려달라고 하다. 56回 等
並戰計	25計	偸樑換柱	조조, 주력부대를 재빨리 바꿔치기 하여 곽도군을 대파하다. 30回 等
	26計	指桑罵槐	제갈량, 시범타로 마속을 참하며 우회적으로 경고하다. 96回 等
	27計	假痴不癲	유비, 천둥 번개에 놀라는 척 소심한 연기를 하다. 21回/106回 等

三十六計			『三國演義』 내용과 출처
	28計	上屋抽梯	조조, 유종을 겁박하여 항복하게 만든다음 후에 몰살시키다. 41回 等
	29計	樹上開花	장비, 장판교에서 허장성세로 위장하여 조조군을 크게 물리치다. 42回 等
	30計	反客爲主	황충, 조금씩 주객을 전도시켜 하우연의 성을 빼앗다. 71回 等
敗戰計	31計	美人計	왕윤, 미녀 초선을 이용해 동탁과 여포를 이간시키다. 9~10回 等
	32計	空城計	제갈량, 사마의의 기습에 허장성세 심리로 막아내다. 95回 等
	33計	反間計	주유, 장간을 이용, 채모와 장윤을 제거하다. 13回/45回 等 多數
	34計	苦肉計	주유, 황개를 고육지계로 거짓투항하게 하여 적벽을 불사르다. 46回 等
	35計	連環計	주유, 반간계와 고육계 등으로 조조군을 무찌르다. 43回~50回 等
	36計	走爲上	마초, 조조가 수염을 자르고 전포를 벗어버리다. 58回 等 多數

이상의 도표에서 확인되듯 54개의 병법 가운데 36가지 병법 모두가 『三十六計』의 병법내용과 일치한다. 그 중에서 "調虎離山"·"指桑罵槐"·"反間計" 같은 병법은 『三國演義』에서 3~4군데나 나온다.

묘사 방식에 있어서 일부 병법들은 『三十六計』의 兵法名이 그대로 나오기도 하지만 어떤 병법들은 병법의 내용만 기술되어 있다. 먼저 兵法名과 병법의 의미까지 그대로 나오는 것으로는 "圍魏救趙之計"(30回)·"反客爲主之計"(71回)·"以逸待勞之計"(99回/101回)·"連環計"(47回)·"空城計"(95回)·"反間計"(13回/87回/113回)·"苦肉計"(46回)·"虛虛實實"(49回/50回/86回) 등이 확인된다. 특히 "反

間計"와 "虛虛實實"은 여러 곳에 언급되어 있다. 그 외 "假道滅虢之計"의 경우, 『三十六計』에는 "假道伐虢"이라고 기록되어 있으나 『三國演義』56回에는 "假道滅虢之計"로[24] 미세한 차이를 보이는 부분도 있다. 즉 假道伐虢을 假道滅虢으로 바꾸어 기술하고 있으나 의미는 동일하다.

그 외 대부분은 兵法名을 따로 언급하지 않고 병법의 내용만 묘사하여 병법명을 암시하고 있다. 예를 들어 『三國演義』116~118회에 등애가 별동대를 거느리고 험한 산길을 개척하며 성도에 기습적으로 입성하여 촉한을 멸망시키는 부분은 병법 "暗渡陳倉"에 해당되는데 정작 이 부분에서 兵法名에 대한 언급은 따로 없다. 위의 도표를 살펴보면 이러한 유형의 병법들이 대부분을 차지하고 있다.

그러면 과연 『三國演義』와 『三十六計』는 어떤 연관관계 혹은 영향관계를 가지고 있을까? 이 문제의 관건은 어떤 책이 먼저 세상에 출현하였는가에 달려있다. 『三十六計』는 남북조 시기 송나라 명장 檀道濟에 의하여 만들어졌다고 하지만 사실 36가지 병법에 대해서는 많은 의문이 남는다. 즉 "笑裏藏刀"(10計)라는 고사성어는 『唐書·奸臣列傳』에서 처음 유래되었다고 하며, 그리고 "擒賊擒王"(18計)은 당대 시인 杜甫의 出塞曲에 처음 나오는 말로 "射人先射馬 擒賊先擒王"이라는 시구에서 유래되었다.[25] 그 외 "順手牽羊"(12計)은 『古今雜劇』(元代 關漢卿의 尉遲公單鞭奪槊)에서 유래되었는데 『水滸傳』제99회와 『西遊記』제16회에도 "順手牽羊"이라는 말이 나온다.[26] 이

---

24) 제56회에 주유의 계책에 대해 현덕이 어떻게 된 일이냐고 묻자 제갈공명이 "此乃假道滅虢之計也"라고 대답하는 장면이 나온다.

25) 王志剛, 『三國演義中的三十六計』, 華僑出版社, 2005, 139쪽.

26) 그 외에도 "連環計"는 원대의 잡극 가운데 〈錦雲堂暗定連環計〉라는 잡극의

처럼 후대에 유래되어 만들어진 병법이 상당수 확인된다. 이러한 자료에 근거하면 檀道濟의 『三十六計』는 가령 그 당시에 36가지가 있었다 할지라도 후대에 첨삭이 가해졌다는 논리가 확실해 보인다. 이를 방증하는 자료로 『三十六計』의 兵法名에는 元·明代에 유래된 병법명 또한 여러 개 발견된다. 특히 원대 잡극과 명대 통속소설 등에서 유래되었거나 인용한 기록들은 위의 도표에서 확인할 수 있다.

그 외 "苦肉之計(34計)"는 『三國演義』 赤壁大戰에서 유래되어 황개의 고육지계로 더 알려져 있고, 또 "空城計"(32計)는 출전이 『三國志·蜀書』이지만 『三國演義』에서 제갈량의 空城計로 세상에 알려진 계책이다. 이러한 관점에서 보면 오히려 『三十六計』의 일부는 『三國演義』의 영향을 받아 첨삭이 가해진 것으로 추정되기도 한다. 또 나관중의 『三國演義』가 만들어진 시기가 명대 초·중기임을 감안하면 그당시에 떠돌던 병법들이 『三國演義』에 녹아들어 만들어 졌거나 또는 당시 떠돌던 필사본 『三十六計』를 참고로 만들어졌을 가능성도 농후하다.27)

결론적으로 『三十六計』는 檀道濟의 『三十六計』 이후에 오히려 끊임없이 첨삭이 가해지며 발전하다가 元·明代에 비로소 체계와 구색을 갖춘 필사본이 등장하였고, 청초에 이르러서는 시중에 떠도는 필사본을 補完整理하여 지금의 『三十六計』가 정식으로 출간된 것으로

제목에서 이미 나오고 "調虎離山"은 『西遊記』 第53回에(我是個調虎離山計, 哄你出來爭戰)에서, "樹上開花"는 『碧巖錄』(鐵樹開花)에서, "抛磚引玉"는 『傳燈錄』과 『歷代詩話』에서, "借屍還魂"은 원 잡극 〈呂洞賓度鐵拐李〉에서 유래된 것으로 추정된다.

27) 명대의 『三國演義』는 물론 『水滸傳』·『西遊記』 등에 『三十六計』의 병법이 다수 등장한다. 『水滸傳』 第99回와 『西遊記』 제16회에도 順手牽羊 / 『西遊記』 第53回 調虎離山 / 『西遊記』 제16회 趁哄打劫 등이 나온다.

결론지을 수 있다. 이러한 관점에서『三十六計』와『三國演義』는 상호 영향관계를 주고받으며 발전한 것이라는 논리가 가장 타당성 있어 보인다.

　이상의 논점을 종합해 보면 다음과 같다.

　『三國演義』에 얼마나 많은 병법들이 출현하는가에 관심을 갖고 수집정리한 병법이 50여 종을 넘기며 새삼 의외로 많은 병법에 놀라움을 금할 수 없었다. 특히 16종 이상이나 집중적으로 나온 적벽대전이야말로『三國演義』의 하이라이트가 되었던 이유를 재확인할 수 있었다.

　이러한 병법들은 단순히『三國演義』에서 창작된 것이 아니라 천여년의 중국역사에 투영된 병법들을 총망라하여 만들어진 금자탑이라 할 만하다. 다시 말해『손자병법』등 각종 병법서는 물론 중국의 역사나 문학 및 철학 문헌까지 병법의 기원과 유래가 소급되기도 한다. 특히 文·史·哲에서 유래한 다양한 병법명과 또 이러한 兵法名이 3~4글자의 고사성어나 명언명구 스타일로 세련되게 다듬어지는 특징을 보이며 발전하였다. 이처럼 간결성·축약성·상징성을 가진 兵法들은『三國演義』에 적절하게 융화되어 스토리 구성에 더욱 긴장의 끈을 놓지 않고 興味津津한 명작을 만드는데 일조를 하였다.

　그리고『三國演義』에 나오는 병법들은 특히『三十六計』와 밀접한 연관성을 가지고 있다.『三十六計』가 만들어진 시기와 발전양상 그리고 成書過程을 분석하여『三國演義』의 병법과 비교해 본 결과,『三十六計』병법의 대부분은『三國演義』에 투영된 것으로 보인다. 또『三十六計』병법 역시 일부분은『三國演義』의 영향을 받아 첨삭이 이루어진 것으로 추정된다.

IV

『三國演義』에 묘사된 故事成語와 名言名句*

> 『三國演義』를 읽다보면 수많은 故事成語와 접하게 된다. 어떤 것은 『三國演義』자체에서 유래된 것이 있는가 하면, 어떤 것은 삼국시대를 배경으로 쓰인 正史『三國志』나 혹은『後漢書』·『晉書』등의 서적에서 유래되어『삼국연의』에 인용된 것도 있다. 또 상당수의 고사성어는 삼국시대 이전의 여러 古典文獻에 나온 것을 재인용 하거나, 일부는 삼국시대 이후에 나온 고사성어에서 재인용된 것도 간혹 보인다.

그러면『삼국연의』에 묘사된 고사성어는 얼마나 될까? 이 문제를 해결하기 위해서는 우선 고사성어의 개념과 정의를 살펴봐야 한다. 먼저 辭典에 언급된 "故事"의 개념은 "옛날부터 전해 내려오는 유래 있는 일"이라고 언급되어 있고, "成語"는 "옛 사람이 만들어 널리 세상에 쓰이고 있는 말"이라 정의 되어 있다. 즉 성어는 옛사람이 만들어 널리

---

* 본 논문은 2010년 『중국어문논역총간』 제26집(중국어문논역학회)에 게재된 논문을 일부 수정 보완한 것이다.

사용되고 있는 말로 이에 따른 故事가 있는 것과 없는 것을 모두 포괄하는 폭넓은 개념으로 사용된다. 그러므로 어떤 면에서는 "典故"와 일치하는 면이 있다. 그러나 "典故"는 "典例와 故事"가 있는 것을 의미하는 것으로 故事를 내포하고 있는 것이나 비록 고사는 없지만 典籍의 典據가 될 만한 것을 말한다. 그러기에 합성어인 "故事成語"는 "옛날 어떤 사건이나 유래로 만들어져 세상에 널리 쓰여지고 있는 말"이라고 개념을 정의할 수 있다.[1]

이러한 관점에서 본다면 실제 사건이나 유래가 없는 格物致知(大學), 不俱戴天之讎(禮記), 人無遠慮 必有近憂(論語), 知彼知己(孫子兵法) 등과 같은 것들은 단지 古典에 있는 그대로를 인용한 것이기에 고사성어로 보기는 어렵다. 즉 故事成語가 아니라 그냥 "成語"라고 표현해야 정확하다고 할 수 있다.

결론적으로 고사성어란 "옛날 어떠한 사건이나 유래에 의하여 만들어져 후세에 널리 사용되고 있는 말"로 반드시 유래와 사건이 담보되어야 한다. 이러한 관점에서 『삼국연의』에 인용된 고사성어를 조사해 보니 대략 70여 개 정도가 확인 된다.[2] 그러나 이경규는 「한중 고사성어의 비교연구」에서 『삼국연의』에 사용된 고사성어는 185개[3] 정도라고 하였고, 또 陳起煥의 『三國志故事成語辭典』에는 무려 396개나 수록하였다.[4] 필자가 면밀히 분석해 보니 실제로 고사성어라고 보기

---

1) 네이버 백과사전 / 국어대사전(교육도서, 1987) / 한자대전(교육도서, 1988) 등 참고. 실제 일반적인 사전류에는 "고사에서 연유한 말"이라 간단히 언급하고 있다.
2) 고사성어의 분류기준이 연구자 마다 관점이 다르기에 일반적으로 사용되고 있는 고사성어를 대상으로 삼았다.
3) 이경규, 「한중 고사성어 비교연구」, 『중국학보』 제53집, 2006.6, 113쪽.
4) 진기환, 『三國志故事成語辭典』, 명문당, 2001.

어려운 일반 성어 및 어휘까지 포함시킨 결과였고 또 일반적으로 거의 사용하지 않는 四字成語와 名言名句 및 一般文句까지 모두 포함시켰다. 이러한 현상은 학자들의 고사성어에 대한 관점과 사전 편찬자의 편집태도에 따라 차이가 날수도 있으나 부분적으로 지나친 감이 있어 보인다.

그 외에도 국내의 『삼국연의』와 正史 『三國志』에 대한 출전과 원문 인용 문제는 매우 심각하다. 출전에 正史 『三國志』와 『三國演義』가 명확한 구별을 하지 않고 마구 혼용되어 있는가 하면, 또 저자마다 서로 인용한 것이 대부분이고 설사 인용한 것까지는 무어라 할 수 없으나 오류부분까지 마구 인용하여 문제의 심각성을 더해준다. 그러한 문제는 인터넷이 더 심각하다. 또 책으로 나온 고사성어 사전에서도 출전이나 원문이 애매한 것은 대충 생략하기도 하고 혹은 적당히 『삼국지』라고 얼버무려 신뢰성이 의심되는 부분이 상당수 발견된다. 심지어 『삼국연의』에는 나오지 않는 고사성어를 나온다고 기록한 책들도 있다.

필자는 이러한 출전과 원문인용 등의 제 문제에 주목하여 원문을 꼼꼼히 고증하고 오류를 바로 잡고자 논문을 시작하였다. 즉 『삼국연의』에 언급된 고사성어 가운데 故事性이 뚜렷한 70여 개의 고사성어를 위주로, 그 고사성어가 『삼국연의』 자체에서 유래된 것과 同 時代를 기술한 역사서 『三國志』·『後漢書』·『晉書』 등에서 유래된 것으로 나누어 그 출전과 원문에 대한 기원을 치밀하게 고찰해 보고자 하였다. 그리고 기타 서적에서 유래된 고사성어가 『삼국연의』에서 재인용한 것을 따로 뽑아내어 원전에 사용된 예와 『삼국연의』에서 사용된 예를 비교 분석해 보았다. 그 외에 『삼국지』나 기타 삼국시대의 서적에서 유래한 고사성어 가운데 오히려 『삼국연의』에는 언급이 없는 것과, 또 고사성어가 후대 사용자의 기호에 따라 변형되어 사용되는 것도 함께 찾아내어 분석해 보았다.

1. 『삼국연의』에 언급된 고사성어

『삼국연의』에는 수많은 성어와 고사성어가 언급되어 있다. 그중에서 故事性이 뚜렷한 成語만을 정리해 보면 약 70여 개가 되는데 다음과 같다.

　　强弩之末(강노지말), 車載斗量(거재두량), 傾國之色(경국지색), 鷄肋(계륵), 過目不忘(과목불망), 觥籌交錯(굉주교착), 九五之分(구오지분), 捲土重來(권토중래), 棄大就小(기대취소), 南柯一夢(남가일몽), 囊中取物(낭중취물), 路不拾遺(노불습유), 老生常談(노생상담), 累卵之危(누란지위), 單刀赴會(단도부회), 談笑自若(담소자약), 桃園結義(도원결의), 豚犬(돈견), 得隴望蜀(득롱망촉), 名不虛傳(명불허전), 萬事具備(만사구비), 謀事在人 成事在天(모사재인 성사재천), 反骨(반골), 班門弄斧(반문농부), 白眉(백미), 兵貴神速(병귀신속), 兵不厭詐(병불염사), 伏龍鳳雛(복룡봉추), 父精母血(부정모혈), 釜中之魚(부중지어), 不入虎穴 焉得虎子(불입호혈 언득호자), 鵬程萬里(붕정만리), 髀肉之嘆(비육지탄), 死孔明走生仲達(사공명주생중달), 三顧草廬(삼고초려), 三令五申(삼령오신), 喪家之狗(상가지구), 水魚之交(수어지교), 豎子不足與謀(수자부족여모), 脣亡齒寒(순망치한), 食少事煩(식소사번), 神機妙算(신기묘산), 心腹大患(신복대환), 良藥苦口(양약고구), 羊質虎皮(양질호피), 揚湯止沸(약탕지비), 言過其實(과언기실), 燕雀安知 鴻鵠之志(연작안지 홍곡지지), 五關斬六將(오관참육장), 玉石俱焚(옥석구분), 運籌帷幄(운주유악), 月明星稀(월명성시), 陸績懷橘(육적회귤), 泣斬馬謖(읍참마속), 以卵擊石(이란지석), 以信爲本(이신위본), 易如反掌(이여반장), 井底之蛙(정저지와), 曹操三笑(조조삼소), 縱虎歸山(종호귀산), 七縱七擒(칠종칠금), 沈魚落雁(침어낙안), 破竹之勢(파죽지세), 閉月羞花(폐월수화), 敗將不言勇(패장불언용), 割席分坐(할석분좌), 狐疑不定(호의부정), 畫蛇足添(화사첨족).[5]

여기에 언급된 고사성어는 중국의 여러 시대에 거쳐 다양하게 만들어진 것들이다. 또 『삼국연의』가 비록 송나라부터 說話人들의 話本으로 꾸며져 나오기는 하였다고 하나 실제 명대의 羅貫中과 후대 여러 사람의 손을 거치면서 본격적인 통속소설로 정형화된 점을 감안할 때, 이상에서 언급된 고사성어들은 대부분 명청대에 주로 사용된 고사성어로 봐도 무방할 것이다.

이러한 고사성어들은 시대배경의 관점에서 볼 때 크게 2가지로 분류되는데, 『삼국연의』의 시대배경인 삼국시대에서[6] 유래되어 만들어진 고사성어와 그 외 기타시대의 배경에서 유래되어 『삼국연의』에 재인용된 경우로 분류된다.

---

5) 진기환, 『三國志故事成語辭典』, 명문당, 2001. 임종욱, 『고사성어 대사전』, 시대의 창, 2008. 김원중, 『고사성어백과사전』, 민음사, 2007. 박일봉, 『고사성어』, 육문사, 1994. 『고사성어사전』, 명문당, 1994. 네이버 백과사전 등에서 참고하였다.

6) 사실 正史에서는 삼국시대가 따로 없고 한나라(전한과 후한) 다음으로 위진 남북조 시대로 이어진다. 즉 후한 말기와 위나라시대를 거쳐 晉나라로 통일되기 전까지를 일반적으로 삼국시대라고 통칭하는데 이는 정사에서는 정통론을 위나라로 보아 기술하였기 때문이고, 소설에서는 촉한을 정통으로 보았기에 삼국시대라는 말이 등장하게 되었다.

1) 三國時代가 배경인 고사성어

車載斗量·鷄肋·過目不忘·九五之分·棄大就小·囊中取物·老生常談·單刀赴會·談笑自若·單刀赴會·桃園結義·豚犬·萬事具備·謀事在人 成事在天·反骨·白眉·兵貴神速·伏龍鳳雛·父精母血·髀肉之嘆·死孔明走生仲達·三顧草廬·水魚之交·神機妙算·食少事煩·言過其實·五關斬六將·月明星稀·陸績懷橘·泣斬馬謖·以信爲本·曹操三笑·縱虎歸山·七縱七擒·破竹之勢·割席分坐 등이 있다.

여기에 언급된 약 36개의 고사성어는 대부분 『삼국연의』의 소설적 배경인 삼국시대에 각종 문헌서적에서 유래가 되어 나온 것들로 『삼국연의』에 언급되어있는 고사성어들이다.

2) 其他時代(三國以外 時代)가 배경인 고사성어
(재인용된 고사성어)

强弩之末·傾國之色·觥籌交錯·捲土重來·南柯一夢·得隴望蜀·路不拾遺·累卵之危·名不虛傳·班門弄斧·兵不厭詐·釜中之魚·不入虎穴 焉得虎子·鵬程萬里·三令五申·喪家之狗·豎子不足與謀·脣亡齒寒·心腹大患·良藥苦口·羊質虎皮·揚湯止沸·燕雀安知 鴻鵠之志·玉石俱焚·運籌帷幄·以卵擊石·易如反掌·井底之蛙·沈魚落雁·閉月羞花·敗將不言勇·狐疑不定·畵蛇足添(蛇足) 등이 있다.

이상에 언급된 30여 개의 고사성어는 삼국시대가 아닌 다른 시대에 나온 고사성어로 『삼국연의』에서 재인용하여 사용된 고사성어들이다. 대부분이 삼국시대 이전에 나온 것이 주류를 이루지만 간혹 南柯一夢처럼 삼국시대 이후에 나온 것도 발견된다. 이는 『삼국연의』가 본격적인 통속소설로 출판되어 나온 시기가 明代이기에 후대에 자연스럽게 삽입된 것으로 추정된다.

2. 『삼국연의』 자체에서 유래된 고사성어

『삼국연의』 자체에서 유래된 고사성어로는 대략 도원결의(桃園結義)·구오지분(九五之分)·광세일재(曠世逸材)·기대취소(棄大就小)·부정모혈(父精母血)·종호귀산(縱虎歸山)·낭중취물(囊中取物)·오관참육장(五關斬六將)·용쟁호투(龍爭虎鬪)·신기묘산(神機妙算)·조조삼소(曹操三笑)·과목불망(過目不忘)·단도부회(單刀赴會) 등 약 10여 개 정도로 확인된다. 이 고사성어의 유래를 살펴보면 다음과 같다.

1) 도원결의(桃園結義)

도원결의는 "도원에서 유비·관우·장비가 의형제를 맺고 서로 의기투합하다."라는 뜻으로 『삼국연의』 제1회에 나온다. 제1회의 회목에 "연도원호걸삼결의(宴桃園豪傑三結義), 참황건영웅수립공(斬黃巾英雄首立功)"이라고 언급되어 있으며, 또 중간 부분에 장비의 집 후원에 있는 도원에서 세 사람이 모여 분향재배하며 다음과 같이 선언하는 장면이 나온다.

"고하건대 유비·관우·장비는 비록 성은 다르나 이렇게 결의형제를 맺어, 한 마음으로 협력하여 어려운 사람들을 도와주며, 위로는 나라에 보답하고 아래로는 백성을 편안하게 하려합니다. 비록 우리가 동년 동월 동일에 태어나지는 않았지만, 바라건대 동년 동월 동일에 죽기를 원합니다. 천지신명께서는 이 마음을 진실로 굽어 살펴 주시고, 만일 의리를 저버린 배은망덕한 자가 있다면 하늘과 사람이 함께 나서 죽여 주시옵소서!"("念劉備·關羽·張飛, 雖然異姓, 旣結爲兄弟, 則同心協力, 救困扶危; 上報國家, 下安黎庶; 不求同年同月同日生, 但願同年同月同日死. 皇天后土, 實鑒此心. 背義忘恩, 天人共戮.") 이 이야기와 고사성어는 정사 『삼국지』에는 나오지 않고 小說 『三國志』에서만 나오는 것으로 보아 후대에 꾸며진 이야기임이 확인된다.

2) 구오지분(九五之分)

구오지분은 합성어로 본래 구오(九五)는 『주역』에 처음 나온다. 64괘의 첫 번째 괘가 건괘(乾卦)인데 건괘의 다섯 번째 효(爻)의 이름이 구오이다. 구오는 "천자의 자리를 의미"한다(九五 飛龍在天 利見大人).

『삼국연의』(제6회)에서는 동탁이 헌제를 위협하여 낙양을 버리고 장안으로 천도할 때 손견이 제일먼저 낙양에 입성하였다가 우연히 옥새(玉璽)를 손에 넣는다. 이때 한 신하가 "지금 하늘이 옥새를 주공에게 준 것은 주공이 황제에 오른다는 것을 계시하는 것입니다."(今天授主公, 必有登九五之分.)라고 언급한 데서 유래하였다.

3) 광세일재(曠世逸材)

광세일재는 "세상에 보기 드문 빼어난 인재"를 형용하는 말로 『삼국연의』 제9회에 나온다. 왕윤은 미인계로 동탁을 제거하는데 성공하였다. 그런데 평소 동탁에게 후대를 받았던 채옹이 동탁의 시체를 안고 통곡했다는 소식을 전해들은 왕윤은 채옹을 옥에 가두고 죽이려 하자 태부 마일제가 왕윤에게 은밀히 "채옹(백개)은 세상에 보기 드문 인재인데다 한나라 역사에 정통한 사람입니다. 그로 하여금 역사서를 계속

쓰게 한다면 실로 대단한 경전을 만들어 낼 것입니다."(伯喈曠世逸材, 若使續成漢史, 誠爲盛事.)라고 하였다. 그러나 왕윤은 채옹을 용서하지 않고 죽여 버렸다. 왕윤 역시 후에 이각과 곽사가 도성을 범할 때 온 가족이 몰살당했다.

4) 기대취소(棄大就小)

기대취소는 "큰 것을 버리고 작은 것을 취한다."는 의미로『삼국연의』제12회에 나온다. 서주자사 도겸이 죽으면서 유비에게 서주를 넘겨주자 이에 격분한 조조는 서주를 공격하려 한다. 그때 책사인 순욱이 말하길 "주공께서 연주를 버리고 서주를 취하려 하시는 것은 곧 큰 것을 버리고 작은 것을 얻고자 하는 격이요, 근본을 버리고 실로 하찮은 것에 연연해하는 격이며, 안전함을 위태로움과 바꾸는 격입니다. 부디 깊이 생각하여 결정하십시오."(明公棄兗州面取徐州, 是棄大而就小, 去本而求末, 以安而易危也 : 願熟思之.)라는 부분에서 연유되었다.

5) 부정모혈(父精母血)

부정모혈은 "아버지의 정기와 어머니의 피"라는 뜻으로 자식은 부모로부터 육체는 물론 정신까지도 물려받았음을 의미하는 말이다. 이는『삼국연의』(제18회)에서 유래되었다. 조조의 부장 가운데 뛰어난 무예를 지닌 하후돈은 어느 날 여포의 부하 고순과 한판승부를 벌이게 된다. 하후돈에게 쫓긴 고순이 달아나자 여포의 부하 조성은 고순을 구하려고 하후돈에게 화살을 쏘았는데 하필 하후돈의 눈에 정통으로 꽂히게 되었다. 하후돈이 화살을 뽑으니 눈알도 함께 붙어 나오자, "내 몸은 아버지의 정기와 어머니의 피로 만들어졌으므로 아무것도 버릴 수가 없다."(父精母血, 不可棄也.)라고 말하며 눈알을 입에 넣어 꿀꺽

삼켜버렸다고 한 부분에서 유래되었다.

6) 종호귀산(縱虎歸山)

종호귀산은 "호랑이를 풀어 산으로 돌아가게 한다."는 뜻으로 즉 적을 본거지로 돌려보냄으로 재앙의 화근을 남기게 되었을 때 쓰는 말이다. 이 성어는 『삼국연의』 제21회에 나온다. 여포에게 패한 유비는 조조에 잠시 의지하게 되었는데 그곳에 거처하는 것이 적절하지 않음을 감지하고 조조로부터 탈출을 계획한다. 유비는 원술을 사로잡아 오겠다는 구실을 대고 마침내 출정을 허락받았다. 유비가 허창을 떠난지 얼마 되지 않아 조조의 책사 정욱은 "이전에 그를 죽이라 진언하였을 때 승상은 듣지 않았습니다. 지금 그에게 병마를 주는 것은 용을 바다에 풀어주고 호랑이를 풀어 산으로 돌려보내는 것과 같습니다."(某等請殺之, 丞相不聽, 今日又與之兵, 此放龍入海, 縱虎歸山也.)라고 한데서 유래되었다.

7) 낭중취물(囊中取物)

낭중취물은 "주머니 속의 물건을 취하듯 손쉽게 일을 이룰 수 있는 것"에 비유된다. 『삼국연의』 제25회 관도대전에서 관우가 원소의 부하 안량과 문추의 목을 베어오자 조조를 비롯한 주변 장수들이 관우의 무용을 극찬한다. 그때 관우는 겸손하게 말하길 "저의 재주는 그리 칭찬할 만한 게 못됩니다. 제 아우 장비는 백만의 적진에서도 적장의 목 취하기를 제 주머니 속의 물건 꺼내듯 합니다."(某何足道哉! 吾弟張翼德於百萬軍中取上將之首, 如探囊取物耳.)라고 한데서 유래하며 이곳 외에도 여러 곳에 언급되어 있다.

8) 오관참육장(五關斬六將)

오관참육장은 "다섯 관문을 지나고 여섯 장수의 목을 베다."라는 의미로 주군을 향한 충성심으로 거침없이 나아가는 것을 비유하는 말이다. 『삼국연의』 제27회의 回目 "美髥公千里走單騎 漢壽侯五關斬六將"에서 유래하였다. 조조는 고립무원에 빠진 관우를 찾아가 항복을 권하자 관우는 유비의 두 부인을 보호하기 위해 조건부 항복을 한다. 조조는 유비를 향한 관우의 마음을 돌리기 위해 수많은 회유책을 쓰지만 관우는 주군 유비의 행방을 알게 되자 이내 조조에게서 떠나버린다. 다섯 관문을 지날 때 앞길을 가로막은 위나라 여섯 명의 장수를 목을 베고 무사히 탈출에 성공한다는 이야기에서 유래되었다.

9) 용쟁호투(龍爭虎鬪)

용쟁호투는 "용과 호랑이의 결투"라는 뜻으로 쌍방의 세력이 비슷하여 치열한 승부를 벌일 때를 표현한다. 『삼국연의』 제34회에 나오는데 삽입시(揷入詩)에 언급되어 있다.

함양에 난 불은 한나라의 덕을 쇠하게 하였고,	暗想咸陽火德衰,
군웅들은 용쟁호투하며 서로 대치하게 되었네.	龍爭虎鬪交相持.
양양의 연회석상에서 왕손이 술을 마셔야 하니,	襄陽會上王孫飮,
좌중에 앉아있던 현덕의 생명이 위험하겠구나.	坐中玄德身將危.

유비가 형주의 유표에게 몸을 의탁하고 있을 때 유표의 부인과 오라비 채모는 기회를 이용하여 유비를 죽이려고 계획을 꾸미었다. 연회석상에서 이적이 몰래 이 음모를 유비에게 알려주자 유비는 단계하천을 건너 도망쳤다. 도망치는 도중 수경선생 사마휘를 만나는 행운을 얻게

된다.

10) 신기묘산(神機妙算)

신기묘산은 "헤아릴 수 없는 신묘한 계책"이라는 의미로, 『삼국연의』
제46회에 주유는 제갈량에게 화살 10만개를 만들어 달라고 하자 제갈
량은 어둠과 안개를 이용하여 조조의 군영에서 쉽게 화살을 탈취해 온
다. 이때 주유는 "공명의 신기묘산은 내가 따라갈 수가 없다."(孔明神
機妙算, 吾不如也.)라고 한데서 유래한다.

그 외 『삼국연의』 제47회에는 신산(神算), 제67회에는 신기(神機)
등으로 여러 곳에 언급되었다.

11) 조조삼소(曹操三笑)

조조삼소는 "조조가 자기 분수를 모르고 자만하여 남을 비웃는 것을
비유하는 말"로 적벽대전에서 유래되었다. 조조는 적벽에서 주유와 제
갈량의 계책에 대패하고 도망친다. 산림이 빽빽하고 지세가 험준한 곳
에 이르자 조조는 자신이라면 그와 같은 지형의 잇점을 살려 군사를
매복시켜 적을 섬멸하였을 것이라며 제갈량의 지략을 비웃었다. 그 말
이 끝나자마자 조자룡이 나타나 공격하였고, 또 황급히 달아나던 조조
는 호로구에 이르러 지친 몸을 쉬면서 그 곳에 군사를 매복시키지 않
은 제갈량을 또 비웃었다. 그 말이 떨어지기 무섭게 장비가 나타나 공
격하였다. 혼비백산하여 도망치던 조조는 화용도에 이르자 또 제갈량
의 무능을 비웃었다. 그러자 이번에는 관우가 나타나 꼼짝 못하는 신
세가 되었다. 결국 조조는 관우에게 의리와 옛정을 호소하여 간신히
도망쳤다. 이 성어는 『삼국연의』 제50회에서 유래되었다.

12) 과목불망(過目不忘)

과목불망은 "한번 본 것은 결코 잊지 않고 잘 기억한다는 뜻"(박문강기: 博聞強記)으로 『삼국연의』 제60회에서 유래한 고사성어이다. 익주의 선비 장송은 조조 휘하의 양수를 만나 자신의 학식을 자랑하자, 양수는 조조의 병법과 학덕을 자랑하며 조조가 지은 『맹덕신서』를 보여주었다. 장송은 이 책을 한번 쭉 훑어보더니 "이 책은 촉나라 아이도 다 알고 있을 뿐만 아니라 본래 전국시대의 책을 조조가 도용하였다."라고 하였다. 이에 양수가 책의 내용을 외울 수 있느냐고 물으니 장송은 한 자도 틀리지 않고 암송하였다. 이를 본 양수는 "공은 눈으로 한번 본 것은 잊어버리지 않으니 정말로 천하의 뛰어난 재주를 지닌 사람이요."(公過目不忘 眞天下之奇才也.)"라고 한데서 유래되었다.

13) 단도부회(單刀赴會)

단도부회는 "군사를 대동하지 않고 칼 한 자루만 가지고 적 진영에 참전한다."는 뜻으로, 손권은 유비가 서촉을 차지하고도 형주를 반환하지 않자 노숙에게 책임을 지라고 독촉한다. 노숙은 연회를 베풀어 관우를 단독으로 불러들인 다음 관우를 죽이고 형주를 차지하려는 계책을 세운다.

『삼국연의』 제66회에 나오는 장면으로 회목(回目)에 "關雲長單刀赴會"라고 언급된 부분에서 유래되었다.

이렇게 『삼국연의』에서 처음으로 유래된 고사성어들이 적지 않게 발견된다. 이러한 고사성어들은 모두가 정사에는 보이지 않는 것으로 후대의 소설가들에 의하여 창작된 것으로 추정되는데, 주로 통속소설에 대한 본격적인 출판이 이루어진 명대에 만들어진 것으로 보인다.

그 외에도 임종욱의 『고사성어 대사전』에는 『삼국연의』에서 유래되었다고 언급하고 있으나 실제 확인할 수 없는 것도 여러 개가 발견된다.7) 이는 아마도 국내의 번역가들이 흥미를 유발시키려고 임의대로 삽입한 故事成語이거나 혹은 원문에 충실하지 않은 번역과정 즉 일본어판 등을 번역하면서 발생한 오류로 보인다.

3. 『三國志』 등에서 유래된 고사성어

고사성어 가운데는 『삼국연의』 자체에서 유래된 것 외에도, 正史 『삼국지』·『後漢書』·『晉書』와 같은 삼국시대를 기술한 서적에서 유

---

7) 임종욱, 『고사성어 대사전』, 시대의 창, 2008, 935-936쪽과 597쪽에 의하면(내용을 축약함) : 修人事待天命 : "사람으로서 어떤 일에 최선의 노력을 다하고 하늘의 뜻을 받아들인다."라는 의미로 『삼국연의』 赤壁大戰(제49~50회) 중에 關羽는 諸葛亮에게 조조를 죽이라는 명령을 받았으나 옛정과 의리 때문에 조조를 죽이지 못하고 길을 내주었다. 이때 제갈량은 관우를 참수하려 하였으나 유비의 간청으로 목숨을 살려주게 된다. 후에 제갈량은 유비에게 "조조는 아직 죽을 운이 안 됐습니다. 때문에 관우를 보내 지난 날 조조에게 입은 은혜를 갚으라고 그를 화용도로 보냈던 것입니다. 명은 하늘에 달린 것이어서 어쩔 수 없지만, 저는 인간으로서 할 수 있는 모든 방법을 다 쓸 수밖에 없었던 것입니다."(修人事待天命.)라고 하였다고 언급하고 있으나 원문에는 발견되지 않는다. 그 외 識者憂患 : 유비가 제갈량을 얻기 전 徐庶가 유비의 군사로 있으면서 조조를 많이 괴롭혔다. 조조는 모사꾼인 정욱의 계략에 따라 서서가 효자라는 것을 알고 그의 어머니를 이용하여 그를 끌어들일 계획을 세웠다. 즉 위부인의 글씨를 모방한 거짓편지를 써서 서서를 자기편으로 끌어들이는 계략이었다. 나중에 위부인은 서서가 조조의 진영으로 간 것이 자기에 대한 아들의 효심과 거짓편지 때문이었다는 것을 알고 "여자가 글씨를 안다는 것부터가 걱정을 낳게 한 근본 원인이다.(女子識者憂患.)"라며 한탄한데서 유래되었다고 하나 실제 『삼국연의』(제36회)에는 보이지 않는다.

래되어 『삼국연의』에 인용된 것이 있는데 이는 진수의 『三國志』에서 가장 많이 발견된다. 예를 들면 병귀신속(兵貴神速)·비육지탄(髀肉之嘆)·복룡봉추(伏龍鳳雛)·언과기실(言過其實)·삼고초려(三顧草廬)·수어지교(水魚之交)·도리영지(倒履迎之)·육적회귤(陸績懷橘)·하필성문(下筆成文)·백미(白眉)·반골(反骨)·담소자약(談笑自若)·거재두량(車載斗量)·칠종칠금(七縱七擒)·읍참마속(泣斬馬謖)·이신위본(以信爲本)·노생상담(老生常談) 등이 있고, 그 외 『후한서』에는 계륵(鷄肋), 『진서』에는 식소사번(食少事煩)·파죽지세(破竹之勢)·『세설신어』에는 할석분좌(割席分坐), 『십팔사략』에는 돈견(豚犬) 등이 발견된다.

먼저 정사 『삼국지』에서 유래된 고사성어를 살펴보면 다음과 같다.

1) 병귀신속(兵貴神速)

병귀신속은 "용병은 잠시도 머뭇거리지 말고 신속하게 움직이는 것이 중요하다"는 말로 『삼국지』(三國志·魏志·郭嘉傳)에 나온다. 조조는 오환으로 도망친 원소의 아들 원상과 원희를 잡기위해 원정을 떠난다. 지형이 험난하여 책사 곽가에게 계책을 물으니 곽가는 "병귀신속(兵貴神速)입니다. 먼저 기마병만을 보내십시오."라고 대책을 말 한 데서 유래하였다.

『삼국연의』 제33회에서는 동일한 내용으로 "병귀신속이라 합니다. 천리 먼 길로 원정을 떠날 때 짐수레가 많아가지고는 공을 거두기 어렵습니다."(兵貴神速. 今千里襲人, 輜重多而難以趨利.)라고 곽가가 계책을 내놓는 장면이 나온다.

2) 비육지탄(髀肉之嘆)

비육지탄은 "헛되이 세월만 보내는 것을 한탄함을 비유한 말"로
『삼국지』(三國志·蜀志·先主傳)의 주석(註釋)에서 유래하였다. 유비
는 한때 유표에 의탁하여 신야라는 작은 성에서 할 일 없이 지내고
있었는데, 어느 날 유표의 초대를 받게 된다. 연회에 참석 중 잠시 변소
에 갔다가 자기 넓적다리가 유난히 살이 찐 것을 보고는 순간 눈물을
주르륵 흘렸다. 그 눈물 자국을 본 유표가 연유를 묻자 유비는 "나는
언제나 말안장을 떠나지 않아 넓적다리에 살이 붙을 겨를이 없었는데
요즈음은 말을 타는 일이 없어 넓적다리에 다시 살이 붙었습니다. 세
월은 속절없이 빨리 흐르고 자꾸만 늙어 가는데 아무런 대업도 이룬
것이 없어 그것을 슬퍼하였던 것입니다."라고 하였다.(吾常軍不離鞍,
髀肉皆消; 今不復騎, 髀裏肉生. 日月若馳, 老將至矣, 而功業不建:
是以悲耳.) 비육지탄은 여기에서 비롯된 말이다.

『삼국연의』에도 거의 유사한 내용으로 인용하였다. 제34회를 살펴보
면: "備往常身不離鞍, 髀肉皆散; 今久不騎, 髀裏肉生. 日月蹉跎,
老將至矣, 而功業不建: 是以悲耳."라고 되어 있다. 후대에 비육지탄
으로 바뀌어 사용되고 있다.

3) 복룡봉추(伏龍鳳雛)

복룡봉추는 엎드려 있는 용과 봉황의 새끼, 즉 초야에 숨어 있는 훌
륭한 인재를 의미하는 말로 『삼국지』(三國志·蜀志·諸葛亮傳)의 주
석(註釋)에 나온다. 복룡은 초야에 은거하고 있는 제갈량을 말하고, 봉
추는 방통을 가리킨다. 어느 날 유비는 양양에 거주하고 있는 사마휘
에게 시국에 대하여 묻자 사마휘는 "유학자나 속인이 어찌 시국의 중
요한 일을 알겠습니까? 시국의 중요한 일을 아는 자는 영걸입니다. 그

런 것은 이곳에 계신 복룡과 봉추가 잘 알지요"라고 대답하였다. 여기에서 복룡봉추가 유래하였고, 증선지가 편찬한 『십팔사략』에도 같은 말이 나온다.

『삼국연의』에서는 제35~36회에서 유사한 내용이 인용되어 있다. "이전에 수경선생이 나에게 복룡봉추 두 사람 중 한 사람만 얻으면 가히 천하를 편안하게 할 수 있다고 말한 적이 있는데 지금 공이 말한 사람이 바로 복룡봉추 아니오? 봉추는 양양의 방통이고, 복룡이 바로 제갈공명입니다."(玄德曰: 昔水鏡先生曾爲備言, 伏龍鳳雛, 兩人得一, 可安天下. 今所云莫非卽伏龍鳳雛乎? 庶曰: 鳳雛乃襄陽龐統也. 伏龍正是諸葛孔明.)

4) 삼고초려(三顧草廬)

삼고초려는 "인재를 얻기 위해 극진한 예를 갖춘다는 뜻"으로 『삼국지』(三國志 · 蜀志 · 諸葛亮傳)에 나온다. 유비가 제갈량을 얻기 위해 정성을 다하는 내용에서 "先帝不以臣卑鄙, 猥自枉屈, 三顧臣於草廬之中, 帝諮臣以當世之事"라고 언급되어 있다.

『삼국연의』 제37회 회목에 "司馬徽再薦名士, 劉玄德三顧草廬"라고 이미 고사성어화 되어 사용하고 있다.

5) 수어지교(水魚之交)

수어지교는 "서로 떨어질 수 없는 친밀한 사이"를 말하며 유비와 제갈량의 사이를 비유한 데서 비롯된다.(孤之有孔明, 猶魚之有水也.) 『삼국지』(三國志 · 蜀志 · 諸葛亮傳)에서 유래되었다.

『삼국연의』 제39회에서도 동일한 내용이 나온다. 유비가 공명을 너

무 감싸고돌자 장비와 관우는 노골적으로 불평을 하게 된다. 이때 유
비는 장비와 관우를 타이르며 "내가 공명을 만난 것은 물고기가 물을
만난 것과 같다."(猶魚之得水也.)라는 말이 언급되어 있다. 후대에 수
어지교(水魚之交)로 바뀌어 사용되고 있다.

6) 도리영지(倒履迎之)

도리영지는 "신발을 거꾸로 신고 나가 손님을 맞이한다."는 뜻으로
손님을 반갑게 맞이하는 것을 의미한다. 정사 『삼국지』(三國志·魏書
·王粲傳)에 나온다. 또 도리상영(倒履相迎) 혹은 도리영객(倒履迎
客)이라고도 한다. 스승인 채옹이 대문 앞에 왕찬이 왔다는 소식을 듣
고 신을 거꾸로 신고 나가서 맞이하였다.(蔡邕聞粲在門, 倒履迎之).

『삼국연의』 제40회에 왕찬은 어린 시절 채옹을 만나러 간적이 있었
는데 채옹의 집에는 신분이 높은 고위층인사가 가득했다. 그러나 채옹
은 왕찬(문찬)이 방문했다는 소리를 듣고 매우 기뻐하며 신발을 거꾸
로 신은 채 달려가 그를 맞이하였다.(時邕高朋滿座, 聞粲至, 倒履迎
之.)라는 부분에 인용되어 있다.

7) 육적회귤(陸績懷橘)

육적회귤은 "육적(陸績)의 지극한 효성을 이르는 말"로 『삼국지』
(三國志·吳志·陸績傳)에 나온다. "육랑은 손님으로써 어찌 귤을 품
에 넣었는가?"(陸郞作賓客而懷橘乎?)라는 말이 나온다.

이 고사의 유래는 다음과 같다. 육적은 손권의 참모를 지낸 사람이
다. 그는 어린 시절 원술을 만난 적이 있었는데 원술은 육적에게 귤을
주었다고 한다. 그러나 육적은 먹는 시늉만 하다가 원술이 없는 사이
에 몰래 귤을 자신의 품 안에 감추었다. 육적이 돌아가며 작별인사를

하다가 그만 품에 있던 귤을 땅에 떨어뜨렸다. 원술이 "육랑은 손님으로써 어찌 귤을 품에 넣었는가?"(陸郎作賓客而懷橘乎?)"라고 묻자, 육적은 "집에 돌아가 어머님께 드리려고 하였습니다."라고 대답하였다. 이에 원술은 어린 육적의 효심에 크게 감동하였다고 전한다.

『삼국연의』 제43회에는 "제갈량이 웃으며 대답하길: 공은 원술 면전에서 귤을 품에 넣던 육랑이 아닌가?(孔明笑曰: 公非袁術座間懷橘之陸郎乎?)라고 인용하였다.

8) 하필성문(下筆成文)

하필성문은 "붓을 들어 쓰기만 하면 문장이 이루어진다."는 뜻으로 뛰어난 글재주를 비유하는 말이다. 하필성편(下筆成篇)이나 하필성장(下筆成章)이라고도 한다. 출전은 『삼국지』(三國志 · 魏書 · 陳思王植傳)에서 유래되었다.

조식은 조조의 셋째 아들로 뛰어난 문장력을 가진 시인이다. 어느날 조조는 조식의 문장을 보고 깜짝 놀라 혹 누가 써준 것 아니냐고 물었다. 그러자 조식은 "저는 입을 열면 말이 되고, 붓을 들면 문장이 되는데(言出爲論, 下筆成章) 구태여 누구에게 써 달라고 할 필요가 뭐 있겠습니까?"라고 하였다.

『삼국연의』 제44회에 제갈량이 적벽대전에 동오를 끌어들이기 위해 주유와 나누는 대화 중에 제갈량이 말하길; "조조의 어린 아들 조식은 자가 자건인데 붓만 잡으면 훌륭한 문장이 이루어진다고 합니다.(曹操幼子曹植, 字子建, 下筆成文.) 한번은 조조가 부(賦)를 한편 지어보라고 하자 지은 것이 〈동작대부〉(銅雀臺賦)였습니다."라고 하는 부분에서 인용되었다.

9) 백미(白眉)

백미란 "흰 눈썹"이란 뜻으로 여럿 가운데 가장 뛰어난 이를 가리키는 말로 『삼국지』(三國志·蜀志·馬良傳)에서 유래하였다. 마량은 오형제가 있었는데 모두 재주가 뛰어났다. 그 중에서도 마량이 가장 뛰어나 사람들은 "마씨오상은 모두 뛰어나지만 그 중에서도 흰 눈썹이 가장 훌륭하다."(馬氏五常, 白眉最良.)라고 하였다. 마량은 어려서부터 흰 눈썹이 섞여 있었기 때문에 이렇게 불리어졌다.

『삼국연의』 제52회에 신하 이적이 유비에게 인재를 추천하는 대목에서 "그곳 사람들의 말에 의하면 마씨 다섯 형제 중 백미가 가장 뛰어나다 하니(鄕里之諺曰 馬氏五常, 白眉最良) 공께서는 이 사람을 청하여 논의해 보시지요."라고 하는 대목에서 인용되었다.

10) 반골(反骨)

반골이란 "권세나 권위에 타협하지 않고 저항하는 기골"을 이르는 말로, 촉나라 장수 위연의 고사에서 나왔다. 『삼국지』(三國志·蜀書·魏延傳)에 나오는 말이다.

『삼국연의』 제53회에 위연이 유비에게 항복하자 공명은 위연을 죽이려 하였다. 이에 놀란 유비가 연유를 묻자 공명은 "제가 보기에 위연의 뒤통수에 반골이 있어 후에는 반드시 모반을 할 사람이기에 먼저 참하여 화근을 끊어버리자는 것입니다."(吾觀魏延腦後有反骨, 久後必反, 故先斬之, 以絶禍根.)라고 하는 부분에서 나왔고 그 외에도 여러 곳에서 언급되었다.

11) 담소자약(談笑自若)

담소자약은 "위기에도 의연하게 대처하는 모습을 비유하는 말"로,

조조가 오나라를 치려고 40만의 대군을 이끌고 합비로 나왔을 때 감녕은 대군의 침공에도 전혀 동요하지 않고 침착하게 대응한 데서 담소자약(談笑自若)이란 말이 유래되었다. 이는 『삼국지』(三國志·吳書·甘寧傳)에 나온다.

『삼국연의』 제66회에 오나라가 관우가 지키는 형주를 빼앗기 위해 노숙과 관우가 단독으로 만나 단판을 하는 장면에서 "노숙은 감히 얼굴을 들어 보지도 못하건만 운장은 담소자약하였다."(不敢仰, 雲長談笑自若.)라는 부분에서 인용되었다.

12) 거재두량(車載斗量)

거재두량은 "수량이 이루 헤아릴 수 없을 정도로 많은 것"을 의미하는 말로 『삼국지』(三國志·吳志·吳主孫權傳)에서 유래되었다. 관우의 죽음으로 유비가 오나라를 치기 위해 군사를 일으키자 오나라는 위나라에 구원을 요청하기로 하고 조자를 파견한다. 조자는 능수능란한 언변으로 조비를 탄복시켰다. 그때 조비가 오나라에는 그대와 같은 인재가 얼마쯤 있냐고 묻자 "나 같은 자는 수레에 싣고 말로 잴 정도입니다."(如臣之比, 車載斗量, 不可勝數.)라고 대답한데서 유래한다.

『삼국연의』(제82회)에도 동일한 이야기로 "聰明特達者八九十人; 如臣之輩, 車載斗量, 不可勝數."라고 인용되어있다.

13) 칠종칠금(七縱七擒)

칠종칠금은 "일곱 번 놓아주고 일곱 번 잡는다는 말"로 상대를 자유자재로 움직인다는 의미이다. 이는 『삼국지』(三國志·蜀志·諸葛亮傳)의 제갈량이 남만의 맹획을 정벌하는 이야기에서 연유한다. 제갈량은 북벌을 계획하고 있었으나 이때 남방의 맹획이 반란을 일으키자 북벌을 하기 전에 먼저 맹획을 정벌하여 배후를 평안하게 하고자 하였다. 제갈량은 이 전투에서 7번을 놓아주고 7번을 잡아들여(七縱七擒) 결국 맹획을 진심으로 승복시켰다.

『삼국연의』에서는 제87~90회에 언급되어있는데, 특히 제90회에 "맹획은 그 말을 듣자 눈물을 흘리며 일곱 번 사로잡아 일곱 번 놓아준다는 것은 자고로 들어 본 적이 없는 일이오."(孟獲垂淚言曰: 七縱七擒, 自古未嘗有也.)라고 하는 내용이 나온다.

14) 읍참마속(泣斬馬謖)

읍참마속은 "눈물을 머금고 마속을 벤다."는 뜻이다. 이는 사적인 감정을 배격하고 엄격히 법을 지켜 기강을 세우는 것에 비유되는 말로 『삼국지』(三國志·蜀志·馬良傳)에서 유래되었다. 위나라의 사마의가 촉나라를 공격하자, 마속은 자청하여 참군의 뜻을 보인다. 제갈량은 마속에게 수비만 하고 절대 공격을 해서는 안 된다고 하였다. 그러나 마속은 군영을 잘못세우고 군령을 어겨 크게 역습을 당하였다. 결국 제갈량은 마속을 총애하였지만, 군령을 어긴 죄를 물어 참형에 처하였다.

『삼국연의』에서는 제96회 회목에 "孔明揮淚斬馬謖, 周魴斷髮賺曹休"라고 되어 있다. 『삼국연의』에는 읍참마속(泣斬馬謖)이 아닌 누참마속(淚斬馬謖)이라고 되어 있다. 아마도 후에 읍참마속으로 변형된 것으로 추정된다.

15) 언과기실(言過其實)

언과기실은 "말이 과장되고 실행이 부족함을 비유하는 말"로 『삼국지』(三國志·蜀志·馬良傳)에서 유래되었다. 마속의 형 마량은 백미(白眉)라는 고사성어의 주인공이다. 마속 또한 재주가 남달라서 제갈량의 총애를 받았던 인물이다. 그러나 유비는 평소 마속을 탐탁하지 않게 여겼다. 관우의 원수를 갚으려다 뜻을 이루지 못하고 임종을 앞 둔 유비가 제갈량에게 뒷일을 부탁하면서 "마속은 말이 실제보다 지나 치니 크게 쓰지 말도록 하고, 그대가 잘 살피시오."(馬謖言過其實, 不 可大用, 君其察之.)라고 당부한데서 유래한다.

『삼국연의』에서는 제96회에 제갈량이 읍참마속(泣斬馬謖)하며 유 비를 회고하는 장면에서 나온다.

16) 이신위본(以信爲本)

이신위본은 "신의를 근본으로 삼는다."는 말로 『삼국지』(三國志· 蜀志·諸葛亮傳)의 배송지 주석(註釋)에도 실려 있으며, 배송지는 곽 충이 쓴 『조제갈량오사』를 인용한 것으로 알려지고 있다.(亮曰: 吾統 武行師, 以大信爲本, 得原失信, 古人所惜).

『삼국연의』에서는 제101회에 인용되었다. 제갈량이 다섯 번째로 기 산에 출정하게 되는데, 출정에 앞서 8개월 간격으로 병력을 교체하기 로 발표하였다. 그러나 병력을 교체할 쯤에 20만 적군이 공격하자 촉 군의 양의가 급히 공명을 찾아와 적군을 물리친 뒤 군사를 교대시키자 고 하였다. 이때 공명이 단호하게 "아니 되오. 나는 군사를 부리고 장 수들에게 영을 내리는 데 오로지 신의를 근본으로 삼아온 터에 이미 내린 명령을 어찌 어길 수 있겠는가?"라고 하는 부분에서 인용되고 있 다.(孔明曰: 不可. 吾用兵命將, 以信爲本. 旣有令在先, 豈可失信?)

17) 노생상담(老生常談)

노생상담은 "늙은 서생이 늘 하는 상투적인 이야기"로 『삼국지』(三 國志·魏志·管輅傳)에 나온다. 위나라 관로는 천문학과 관상에 조예가 깊은 사람이다. 어느 날 하안이 점을 보게 되었는데 내용이 상투적이어서 옆에 있던 등양이 "저런 말이야 늙은 서생이 늘 하는 이야기"(此老生常譚也.)라고 한데서 유래된다.

『삼국연의』 제106회에 동일한 내용으로 등양이 노하며 "이는 노생의 상담이로군."이라고 하자 관로는 "노생에게는 (그대가) 오래 살지 못할 것이 보이고, 상담자에게는 말하지 못할 것이 보인다오."(此老生之常談耳. 老生者見不生, 常談者見不談.)라고 인용하고 있다. 이는 하안과 등양의 죽음을 미리 은유한 말이다.

다음은 『후한서』에서 유래된 고사성어이다

1) 계륵(鷄肋)

계륵은 "먹을 것은 없으나 그래도 버리기는 아깝다."는 뜻으로 『후한서』(後漢書·楊修傳)에서 유래하였다. 조조는 촉나라와 한중의 땅을 놓고 진퇴양난에 빠져 있었다. 어느 날 밤에 암호를 정하려고 찾아온 부하에게 조조는 그저 계륵이라고만 할 뿐 다른 말은 하지 않아 계륵으로 암호를 삼았다. 이때 양수만이 조조의 속마음을 알아차리고 철군준비를 하였다. 과연 얼마 후 조조는 철군을 명령한다. 이때 조조는 철군준비가 다 되어있는 것을 보고 깜짝 놀란다. 확인해보니 양수에서 연유된 것이었다. 조조는 양수가 자신의 마음을 읽어버린 사실이 불쾌했다. 조조가 한중에서 철수한 지 몇 달 뒤에 양수는 군기를 누설하였다는 이유로 처형되었다. 그 외 노우지독(老牛舐犢)이라는 고사성어가 있는데 어느 날 조조가 양수의 아버지를 만나자 몹시 초췌해진 것을 보고 연유를 물으니 "아들이 큰 죄를 짓고 죽고 나니 아들이 죽고 난 지금 제 마음은 마치 늙은 어미 소가 송아지를 핥듯이 부모로서 자식에 대한 사랑만 남아 슬픔을 가눌 길 없어 초췌해진 것입니다."라고 한데서 유래하였다.

『삼국연의』 제72회에 "하후돈이 들어와 야간의 군호를 정해달라고 청하였다. 조조는 별 생각 없이 계륵 계륵이라며 중얼거렸다. 하후돈이 여러 장졸들에게 계륵이라고 전하니 이때 행군주부 양수는 이 소리를 듣자마자 즉시 수행병사를 시켜 각기 행장을 수습하여 돌아갈 준비를 하라고 하였다."(夏侯惇入帳, 稟請夜間口號. 曹隨口曰: 鷄肋鷄肋! 惇傳令衆官, 都稱鷄肋. 行軍主簿楊修, 見傳鷄肋二字, 便敎隨行軍士, 各收拾行裝, 準備歸程.) 결국 양수의 방자한 재능은 조조의 심기를 여러 차례 건드렸고 결국 계륵 사건을 계기로 군기를 어지럽혔다는 죄목으로 그 자리에서 참수되었다.

다음은 『진서』에서 유래된 고사성어이다.

1) 식소사번(食少事煩)

식소사번은 "생기는 것도 없이 헛되이 분주해 고달플 때 쓰이는 말"로 『진서』(晉書·宣帝紀)에서 유래되었다. 유비가 죽은 뒤 촉나라의 제갈공명이 후주 유선을 도와 천하통일을 이루려고 10만 대군을 이끌고 위나라와 오장원에서 결전을 치르고 있었다. 이때 사마의는 촉나라 사자에게 제갈공명의 일상생활에 대해 물어보았다. 이에 사자는 "듣자 하니 공명은 하루에 3~4홉만 먹고 일은 매일 20건 이상의 공문서를 처리한다고 합니다."라고 대답했고 이에 사마의는 "제갈공명이 먹는 것은 적으면서 과중한 일을 하니 그가 어떻게 오래 살 수 있겠는가."(食少事煩, 安能久乎.)라고 하였다. 과연 그 말이 적중하여 제갈공명은 얼마 후 병으로 세상을 떠났다.

『삼국연의』에서는 동일한 내용이 제103회에 나온다. 사마의가 제갈공명이 먹는 것은 적으면서 과로에 시달리니 어찌 오래 살 수 있겠는가!(孔明食少事煩 其能久乎)라고 말했다고 하자 제갈량은 그의 통찰력에 크게 탄복하였다.

2) 파죽지세(破竹之勢)

파죽지세는 "매우 맹렬한 기세라는 뜻"으로 『진서』(晉書·杜預傳)에 나온다. 진나라의 두예가 오나라를 쳐 천하통일을 이룰 때의 일로 두예는 지금 우리 군사들의 사기는 하늘을 찌를 듯이 높은데 그것은 마치 "대나무를 쪼갤 때의 맹렬한 기세"(破竹之勢)와 같다고 한데서 유래되었다.

『삼국연의』 제120회에 동일한 내용으로 두예가 "이제 우리 군사의 위세가 크게 떨쳐 그야말로 파죽지세라."(今兵威大振, 如破竹之勢.)라고 하였고, 또 제95회에서는 교만에 빠진 마속이 제갈량의 명을 위반하고 진지를 구축하는 장면에서 "높은 곳에 기대어 아래를 내다볼 수 있다면 파죽지세와 같다."(凭高視下, 勢如破竹.)라고 한 부분도 보인다.

다음은 『세설신어』에서 유래된 고사성어이다.

1) 망매지갈(望梅止渴)

망매지갈은 "매실의 신맛을 생각하며 갈증을 해소한다는 뜻"으로 순발력 있는 기지를 사용하여 문제를 해결하는 것을 말한다. 이 말은 최초 『세설신어』에서 유래되었다. 사마염이 오나라를 공격할 때 길을 잘못 들어 헤매는 바람에 식수가 바닥이 났다. 병사들은 갈증으로 진군이 불가능할 정도였다. 이때 사마염은 "저 언덕 너머에 매화나무가 있다. 매실이 우리 갈증을 없애 줄 것이다."라고 외쳤다. 매실이란 말에 병사들은 입안의 침으로 갈증을 잊고 진격하여 오나라를 멸망시켰다.

『삼국연의』 제17회에 조조가 장수를 정벌하기 위해 출정을 하였는데 행군 도중 물이 떨어져 병사들이 갈증으로 고통이 심해져 행군이 어려워진다. 이때 조조는 앞을 가리키며 "저 앞에 시고 단 매실나무가 있다."라고 소리쳤다. 이 말을 들은 병사들은 매실의 신맛이라는 소리에 입안에 침이 돌아 갈증을 잊게 되었다.(前面有梅林, 軍士聞之, 口皆生唾, 由是不渴.)

2) 할석분좌(割席分坐)

할석분좌는 "친구 간에 뜻이 달라 절교하는 것을 비유"하는 말로 『세설신어』(世說新語 · 德行篇)에 나온다. 한나라 말기 관녕과 화흠의 고사이다. 관영은 화흠의 비열한 행동과 태도에 화가 나서 "두 사람이 함께 앉아 있던 자리를 칼로 잘라 버리고는 너는 이제부터 내 친구가 아니다."(寗割席分坐曰, 子非吾友也.)라고 한데서 유래한다.

『삼국연의』 제66회에 동일한 이야기로 "관녕은 화흠의 사람됨을 낮게 평가하고 자리를 갈라 따로 앉고 다시는 벗으로 여기지 않았다."(寗自此鄙歆之爲人, 遂割席分坐, 不復與之爲友.)라고 인용하였다.

다음은 증선지의 『십팔사략』에서 유래된 것이다.

1) 돈견(豚犬)

돈견은 "돼지와 개라는 말"로, 불초한 자식을 가리키는 말이다. 적벽대전으로 자존심을 크게 상한 조조는 틈만 나면 오나라의 손권을 공략하려 했지만 번번이 뜻을 이루지 못하였다. 한번은 조조가 유수를 침공하여 손권과 서로 대치하였다. 손권은 친히 배에 올라 조조진영을 시찰하였는데 시찰선단의 무기나 대오 등이 일사불란한 모습을 본 조조가 탄식하며 "아들을 낳으면 응당 손권 같은 아들을 낳아야 한다. 지난 날 항복한 유표의 아들(유종)은 돼지나 개(豚犬)에 불과하다."라고 한데서 유래하며 송나라 말 원나라 초에 증선지가 편찬한 史書 『십팔사략』(十八史略 · 東漢 · 孝獻帝條)에 나오는 말이다.

『삼국연의』 제61회에 동일한 내용이 나온다. "操以鞭指曰: 生子當如孫仲謀! 若劉景升兒子, 豚犬耳."라고 언급되어 있다.

4. 『三國演義』에는 나오지 않은 삼국시대 고사성어

그 외 정사 『삼국지』나 기타 삼국시대의 전적에서 유래한 고사성어 가운데 오히려 小說 『三國志』에는 언급이 없는 것도 상당수가 된다. 예를 들면 견벽청야(堅壁淸野) · 개문읍도(開門揖盜) · 고곡주랑(顧曲周郎) · 괄목상대(刮目相對) · 수불석권(手不釋卷) · 남전생옥(藍田生玉) · 내조지공(內助之功) · 만전지책(萬全之策) · 부중치원(負重致遠) · 소향무적(所向無敵) · 소훼난파(巢毁卵破) · 독서백편의자현(讀書百遍義自見) 등이 있다.

1) 견벽청야(堅壁淸野)

견벽청야는 "성벽을 굳게 하고 주변의 곡식을 모조리 거둬들인다."는 의미로 병법에서 성벽수비를 단단히 하고 들판에 있는 물자를 적들이 활용하지 못하도록 말끔히 치워 적을 궁지에 몰아넣는 전법이다.

이는 도겸이 죽었다는 소식에 조조는 서주를 빼앗기 위해 군사를 돌리려 하였으나 참모 순욱이 만류하면서 한 말로 정사 『삼국지』(三國志·魏志·荀彧傳)에만 나오는 성어이다.

2) 개문읍도(開門揖盜)

개문읍도는 "문을 열어 도둑을 불러들이다."라는 의미이다. 즉 긴박한 주위변화를 감지하지 못하고 슬픔에 빠져 스스로 재앙을 불러들이는 것에 비유된다. 혹 개문납도(開門納盜)라고도 쓰인다.

동오의 손책이 죽자 동생 손권이 크게 낙심하고 있을 때 충신 장소가 들어와 손권에게 충고한 말로 정사 『삼국지』(三國志·吳志·孫權傳)에만 나온다.

3) 고곡주랑(顧曲周郞)

고곡주랑은 "음악에 조예가 깊은 사람을 일컫는 말"이다. 정사 『삼국지』(三國志·吳志·周瑜傳)에만 나온다. 오나라 도독 주유는 음악에도 출중하여 당시 오나라에서는 "곡조에 잘못이 있으면 주유가 돌아본다."(曲有誤, 周郞顧.)라는 말까지 퍼졌다고 한다.

4) 괄목상대(刮目相對)

괄목상대는 "학식이나 재주가 크게 진보한 것"을 말하며 정사 『삼국지』(三國志·吳志·呂蒙傳注)에 나온다. 어느 날 여몽은 손권에게 공부 좀 하라는 충고를 받고 주야로 "손에서 책을 놓지 않고"(手不釋卷) 학문에 정진했다. 그 후 노숙이 시찰 길에 여몽과 대화를 나누다가 여몽이 너무나 박식해진 데 그만 놀라 "至於今者, 學識英博, 非復吳下阿夢, 曰: 士別三日, 卽當刮目相對."라고 한데서 유래한다. 그러나

小說『三國志』에는 찾아볼 수 없고 또 현재 중국에서는 괄목상간(刮目相看)으로 주로 쓰인다.

5) 수불석권(手不釋卷)

수불석권은 "손에서 책을 놓지 않고 열심히 공부한다."는 뜻으로 정사 『삼국지』(三國志·呂蒙傳)에 실려 있다. 오나라 장수 여몽은 빈곤하여 제대로 공부를 하지 못해서 무식했다. 그러나 전공을 세우며 장군이 될 수 있었다. 어느 날 손권은 여몽에게 글공부를 하라고 권하였다. 손권은 여몽에게 "후한의 황제 광무제는 국사로 바쁜 가운데서도 손에서 책을 놓지 않았다."(手不釋卷.)는 이야기를 들려주었다.

6) 남전생옥(藍田生玉)

남전생옥은 "남전현에서 옥이 난다."는 말로 명문가에서 뛰어난 인재가 많이 난다는 의미이다. 정사 『삼국지』(三國志·吳志·諸葛恪傳)에 이르길 손권이 제갈각에게 숙부인 제갈량과 아버지 제갈근 중에서 누가 더 비범하냐고 묻자 "명군을 얻은 아버지 쪽이 현명하다고 생각합니다."라고 답하였다. 손권은 기뻐하며 "남전에서 옥이 난다고 하더니, 정말 헛된 말이 아니군!"(藍田生玉, 眞不虛也.)이라고 한데서 유래되었다.

7) 내조지공(內助之功)

내조지공은 "아내가 집안일을 잘 다스려 남편을 돕는다."는 말로, 조비가 황후 책봉문제를 상소하는 내용에 "옛날 제왕은 천하를 다스림에 있어 밖에서 돕지 않으면 안에서 돕는 것이 있었다."(昔帝王之治天

下, 不惟外輔, 亦有內助.)라고 한데서 유래된 말이다. 정사 『삼국지』
(三國志·魏志·文德敦后傳)에서 유래되었다.

8) 만전지책(萬全之策)

만전지책은 "아주 완전한 계책"이라는 뜻으로, 조조와 북방의 원소
가 싸울 때 우유부단한 유표를 설득했던 말로 "조조는 반드시 원소군
을 격파하고, 그 다음엔 우리를 공격해 올 것입니다. 우리가 아무 일도
하지 않은 채 관망만 하고 있으면 양쪽의 원한을 사게 됩니다. 그러므
로 강력한 조조를 따르는 것이 현명한 만전지책이 될 것입니다."(曹操
必破袁紹, 後來攻吾等矣. 吾等留觀望, 將受怨於兩便, 故隨强操 賢
且爲萬全之策矣.)"라고 한 것이 『후한서』(後漢書·劉表傳)에 나온다.

9) 부중치원(負重致遠)

부중치원은 "무거운 짐을 지고 먼 곳까지 간다."는 말로 중요한 직
책을 맡을 수 있는 인물을 의미한다. 방통이 오나라의 명사인 고소를
일컬어 "고소는 매우 천천히 걷지만 힘든 일을 이겨내며 일하는 소와
같아 무거운 짐을 지고도 멀리 갈 수 있다."(顧子可謂駑牛能負重致
遠也.)라고 한 말이 정사 『삼국지』(三國志·蜀志·龐統傳)에 나온다.

10) 소향무적(所向無敵)

소향무적은 "감히 대적할 상대가 없다는 것"을 이르는 말로, 주유는
손권에게 "나라의 재정이 넉넉하고 군사력이 튼튼하며 민심은 안정되
어 이르는 곳마다 싸울 적이 없다."(所向無敵.)라고 한데서 유래되었
으며 정사 『삼국지』(三國志·吳志·周瑜傳)에 나온다.

11) 소훼난파(巢毁卵破)

소훼난파는 "보금자리가 훼손되면 알도 깨진다."는 뜻으로 조조의 미움을 받은 공융이 잡혀가자 이웃이 공융의 자식들에게 빨리 도망치라고 권하였다. 그러나 공융의 딸은 "새집이 부서졌는데 어찌 알이 깨지지 않겠습니까."(安有巢毁而卵不破乎.)라며 도망치지 않고 죽음을 감수하였다. 이 말은 『후한서』(後漢書·列傳·孔融傳)에서 유래되었다.

5. 기타 고전 가운데 『三國演義』에 재인용한 고사성어

삼국시대가 아닌 다른 시대의 고전문헌에서 유래된 것을 小說『三國志』에 재인용한 고사성어는 약 30여 개가 나오는데 이를 살펴보면 다음과 같다. 강오지말(强弩之末)·경천위지(經天緯地)·간뇌도지(肝腦塗地)·굉주교착(觥籌交錯)·권토중래(捲土重來)·남가일몽(南柯一夢)·노불습유(路不拾遺)·누란지위(累卵之危)·득롱망촉(得隴望蜀)·반문농부(班門弄斧)·병불염사(兵不厭詐)·부중지어(釜中之魚)·붕정만리(鵬程萬里)·삼령오신(三令五申)·상가지구(喪家之狗)·수자부족여모(豎子不足與謀)·순망치한(脣亡齒寒)·심복대환(心腹大患)·양질호피(羊質虎皮)·양탕지비(揚湯止沸)·오합지중(烏合之衆)·옥석구분(玉石俱焚)·운주유악(運籌帷幄)·이란격석(以卵擊石)·이여반장(易如反掌)·정저지와(井底之蛙)·호의부정(狐疑不定)·화사첨족(畵蛇足添)·경국지색(傾國之色)·명불허전(名不虛傳)·불입호혈, 언득호자(不入虎穴 焉得虎子)·양약고구(良藥苦口)·연작안지, 홍곡지지(燕雀安知 鴻鵠之志)·침어낙안(沈魚落雁)·폐월수화(閉月羞花)·패장불어병(敗將不言勇) 등이 있다.

그중 경국지색·명불허전·불입호혈, 언득호자·양약고구·연작안지, 홍곡지지·침어낙안·폐월수화·패장불어병은 고사성어이기도 하지만 명언명구에 해당되기에 다음 장에서 소개하기로 한다.

1) 양탕지비(揚湯止沸)

양탕지비는 "끓는 물을 퍼냈다 부어서 끓는 것을 막으려 하다."라는 뜻으로 근본적인 해결책은 못됨을 비유하는 말로 『여씨춘추』(呂氏春秋) 등에서 유래되었다.(夫以湯止沸, 沸愈不止, 去其火則止矣).

『삼국연의』 제3회에 동탁은 하진이 위조해 보낸 가짜 조서를 받고 십상시 등의 환관을 제거하겠다며 글을 올리는 부분에 이글이 인용되어 있다. 여기에는 "揚湯止沸, 不如去薪"라고 되어 있으나 후에 이탕지비(以湯止沸)에서 양탕지비(揚湯止沸)로 바뀌었다.

2) 수자부족여모(豎子不足與謀)

수자부족여모는 "풋내기와는 대사를 꾀할 수 없다."라는 말로 『사기』(史記·項羽本紀)에 나온다. 홍문관 연회에서 유방을 죽이려던 계획이 실패로 돌아가자 범증은 항우의 어리석음을 탓하며 "어린아이와는 더불어 대사를 도모할 수가 없다."(豎子不足與謀.)라고 한탄 한데서 유래한다.

『삼국연의』 제6회에 동탁이 헌제를 협박하여 도읍을 장안으로 옮겨갈 때 조조는 강력하게 추격을 주장했지만 원소와 여러 제후들은 경솔하게 움직이면 안 된다며 낙양에 머문다. 이때 조조는 "겁쟁이들과 대사를 함께 할 수 없다."(豎子不足與謀.)며 자기 군사만으로 동탁을 추격하는 장면에서 인용하였다.

3) 누란지위(累卵之危)

누란지위는 "매우 위급한 상태를 이르는 말"로 『사기』(史記·范雎蔡澤列傳)에 나온다. 전국시대 범저는 장록이란 이름으로 개명하고 진왕을 만나 현재 진나라의 정세는 마치 "알을 쌓아 놓은 것처럼 위태롭지만 나를 쓰면 안전할 것이다."(王之國危如累卵, 得臣則安.)라고 한데서 유래하였다.

『삼국연의』에서는 제8회에 왕윤이 동탁을 제거하기 위해 미인계를 쓰려고 초선에게 "군신들이 다 같이 누란의 어려운 형편에 있다."(君臣有累卵之急.)라고 한데서 인용하고 있다.

4) 권토중래(捲土重來)

권토중래는 "실패한 후에 힘을 모아 다시 재기한다."는 의미로, 초패왕 항우는 유방에게 사면초가(四面楚歌)되어 패배를 하고 결국 자결을 하고 만다. 당나라 시인 두목이 이곳에 와서 그때 항우가 오강을 건너 강동으로 내려가지 않은 것을 아쉬워하며 시를 지었는데 여기에 "강을 건넜더라면 권토중래했을지도 몰랐을 것을…."(江東子弟多才俊, 捲土重來未可如….)이라고 하는 아쉬움을 담은 문구에서 유래되었다.

『삼국연의』에서는 제12회에 조조에게 크게 패한 여포가 다시 조조에게 승부를 거는 장면의 삽입시(挿入詩)에 "승패는 진실로 병가상사이니 과연 권토중래가 성공할 것인가! 그렇지 못할 것인가!"(兵家勝敗眞常事, 捲甲重來未可知!)라고 언급되어 있다. 여기에서는 권갑중래(捲甲重來)라고 쓰였다.

5) 상가지구(喪家之狗)

상가지구는 "상갓집 개라는 뜻"으로 매우 수척하고 초라한 모습을 비유한다. 『사기』(史記·孔子世家)등에서 유래한다. 공자가 정나라에서 자공과 길이 엇갈려 서로 찾게 되는데 자로는 길가의 노인에게 공자의 인상착의를 말하며 본적이 있느냐고 물었다. 노인은 잘 모르지만 상갓집 개와 같은 사람이 지나간 적은 있다고 하였다. 자로는 그 말을 듣고 바로 공자의 거처로 찾아왔다. 공자가 어떻게 빨리 찾을 수 있었냐고 묻자 자로는 길가의 노인이야기를 하였다. 공자는 껄껄 웃으면서 "외모는 그런 훌륭한 사람들에게 미치지 못하지만 상갓집 개와 같다는 말은 맞았을 것이다."(孔子欣然笑曰; 形狀未也, 而似喪家之狗, 然哉然哉.)라고 말 한데서 유래되었다.

『삼국연의』 제14회에서는 조조에게 패한 이각과 곽사 무리들이 "급해서 쩔쩔매는 꼴이 초상집 개와 흡사하다."(忙忙似喪家狗.)라고 한데서 인용하였다.

6) 남가일몽(南柯一夢)

남가일몽은 당대 이공좌가 지은 전기소설 『남가기』(南柯記)에 나오는 말로 허황된 꿈, 즉 일장춘몽(一場春夢)과 같은 의미이다.

『삼국연의』에서는 제23회에 충신 동승이 황제의 명을 받고 조조를 제거하려고 하나 적당한 방법이 없어 마음의 병을 얻었는데, 이때 꿈 속에서 조조를 죽이는 꿈을 꾸게 된다. "문득 잠을 깨니 남가일몽이라."(霎時覺來, 乃南柯一夢.)라고 하는 부분에서 인용되었다.

7) 병불염사(兵不厭詐)

병불염사는 "병법에서는 속임수를 꺼려하지 않는다."는 의미로 『한

비자』(韓非子·難一篇)에 나온다. 진 문공의 질문에 구범은 "전쟁에 임해서는 속임수를 꺼리지 않는다고 합니다."(戰陣之間, 不厭詐僞.) 라고 하였다.

『삼국연의』 제30회에 허유는 조조를 찾아가 진심으로 전쟁문제를 논하는데 조조가 진실로 대하지 않자 힐책을 한다. 그러나 조조는 웃으며 "병법에서는 속임수를 꺼리지 않는다는 말도 듣지 못했는가!"(豈不聞兵不厭詐!)라는 대목에서 인용하였다.

8) 양질호피(羊質虎皮)

양질호피는 "겉은 강한듯하나 속은 약하다."는 말로 양웅의 『법언』(法言·吾子篇)에서 유래한다. "양은 그 몸에 호랑이 가죽을 씌어 놓아도 풀을 보면 좋아라고 뜯어 먹고, 표범을 만나면 두려워 떨며 자신이 호랑이 가죽을 뒤집어쓴 사실을 잊는다."(羊質而虎皮, 見草而悅, 見豺而戰, 忘其皮之虎矣.)라고 되어 있다.

『삼국연의』 제32회에 원소의 무능함에 대해 평가하는 시 가운데 "양의 몸에 호랑이 가죽이라 공명을 이루지 못하고, 봉황 털에 닭의 담력이라 일을 이루기 어렵네."(羊質虎皮功不就, 鳳毛鷄膽事難成.)라고 인용하였다.

9) 경천위지(經天緯地)

경천위지는 "하늘과 땅을 다스린다."는 뜻으로 온 천하를 경륜하여 다스린다는 의미이다. 출전은 『국어』(國語)에서 유래되었다.

『삼국연의』 제36회에 유비는 서서를 군사로 임명하였는데, 어느 날 서서는 유비에게 양양성 근처 융중지방에 천하에 보기 드문 인재가 있다며 제갈량을 추천한다. 그는 관중과 악의보다도 더 훌륭한 분이라고 소개하며 말하길 "이분은 경천위지의 재능을 갖추고 있습니다. 이런 사람은 천하에 그 사람 하나뿐일 겁니다."(此人有經天緯地之才, 蓋天下一人也.)라고 인용하였다.

10) 운주유악(運籌帷幄)

운주유악은 "휘장 안에서 계책을 세운다."는 뜻으로 『사기』(史記·高祖本紀)에 나온다. 천하통일을 이룬 유방이 잔치를 베풀면서 한 말로 "계획을 세워 장막 안에서 천 리 밖의 승리를 얻게 하는 데는 장량만 못하고"(夫運籌帷幄之中, 決勝於千里之外, 吾不如張良)라고 언급한 부분에서 유래하였다.

『삼국연의』 제39회에 유비가 제갈량을 너무 감싸 관우와 장비가 불평불만을 보이자 유비가 이들을 타이르며 "장막 안에서 계획을 운용하여 천리 밖의 승리를 결정한다는 말을 못 들어 보았는가?"(豈不聞運籌帷幄之中, 決勝千里之外?)라고 한데서 인용하였다.

11) 옥석구분(玉石俱焚)

옥석구분은 "옥과 돌이 함께 불탄다."는 뜻으로 함께 망한다는 의미이다. 『서경』(書經·夏書·胤征篇)에 나온다. "곤강에 불이 나면 옥과 돌이 함께 탄다. 임금이 덕을 놓치면 사나운 불길보다도 격렬하다."(火炎崑岡, 玉石俱焚, 天使逸德, 烈于猛火.)고 한데서 유래하였다.

『삼국연의』 제41회에서는 조조가 유비의 진영에 서서를 사신으로 보내 말하길 귀순하면 죄를 사하고 작위를 내리지만 만약 고집을 부리면 "군사나 백성을 함께 죽여 옥석을 함께 태울 것이다."(軍民共戮, 玉石俱焚.)라고 한 부분에서 인용하였다.

12) 부중지어(釜中之魚)

부중지어는 "솥 안의 물고기라는 뜻"으로 『자치통감』(資治通鑑·漢紀)에 나온다. 후한시기에 충신 장강은 도둑의 소굴로 장영을 찾아가 투항할 것을 종용하자 이에 감명을 받은 장영은 "저희들은 이처럼 서로 취하여 목숨을 오래 오래 보존할지라도 그것은 물고기가 솥 안에 있는 것과 마찬가지입니다."(汝等若是, 相取久存命, 其如釜中之魚.)라고 하며 투항하였다는 고사에서 유래하였다.

『삼국연의』 제42회에서는 조조가 유비를 추격하는 부장들에게 한 말로 "이제 유비는 솥 안에 든 물고기요, 함정에 빠진 호랑이다."(今劉備釜中之魚, 阱中之虎.)라고 인용하였다.

13) 간뇌도지(肝腦塗地)

간뇌도지는 "참혹한 죽음으로 간과 뇌가 땅에 으깨어진다."는 뜻이다. 나라를 위하여 지극한 곤경이나 참혹한 죽음이라도 두려워하지 않는다는 의미로 『전국책』(戰國策)에서 유래되었다.

『三國演義』 제42회와 제85회에서 나온다. 장판교 근처에서 조자룡은 천신만고 끝에 유선을 구출하여 유비에게 바쳤다. 유비는 "이 아이 때문에 내 귀중한 장수를 잃을 뻔했다니!"라며 아이보다 조자룡의 생명을 챙기자 조자룡은 "조운은 비록 간과 뇌를 쏟아내어 땅에 버려진다 하여도 주공께서 베풀어주신 은혜를 갚을 수 없습니다."(雲雖肝腦塗地, 不能報也.)라고 하였다. 제85회에는 유비가 제갈량에게 자식을 탁고하는 장면에서 자식들에게 제갈량을 아버지같이 모시라고 하는 장면이 나온다. 이에 제갈량은 "신은 비록 간과 뇌를 쏟아내어 땅에 버려진다 하여도 어찌 주공의 은혜에 보답하겠습니까!"(臣雖肝腦塗地, 安能報知遇之恩也!)라고 하는 부분에 인용되었다.

14) 이란격석(以卵擊石)

이란격석은 "계란으로 바위치기"란 뜻으로 『묵자』(墨子·貴義篇)와 『순자』(荀子·義兵篇)에 나온다. 묵자가 말하길 "다른 말로 나의 말을 비난하는 것은 마치 계란으로 돌을 치는 것과 같은 짓이다. 천하의 계란을 다 없애더라도 그 돌은 꿈적도 않고 깨어지지 않을 것이다."(是猶以卵投石也. 盡天下之卵, 其石猶是也. 不可毀也.)라고 하였다.

『삼국연의』 제43회에 적벽대전을 치르기 전 제갈량이 오나라의 모사들과 격론을 벌이던 중 설종이 유비는 아무 기반도 없이 싸우는 것이 "마치 알을 가지고 돌을 치는 것과 같으니 어찌 패하지 않겠는가?"(正如以卵擊石, 安得不敗乎?)라고 하는 부분에 인용하였다.

15) 이여반장(易如反掌)

이여반장은 "손바닥을 뒤집는 것과 같이 쉬운 일"을 의미하며 『맹자』(孟子·公孫丑章句)에 나온다. 맹자는 "제나라의 왕 노릇하는 것은 손바닥을 뒤집는 것과 같다."(以齊王, 猶反手也.)"라고 한데서 유래되었다.

『삼국연의』 제43회에는 적벽대전을 치르기전 공명이 오나라의 모사들과 격론을 벌일 때 장소가 유비의 무능을 따지자 "내가 볼 때 유비가 한중을 차지하는 것은 손바닥을 뒤집는 것처럼 쉬운 일이오."(吾觀取漢上之地, 易如反掌.)라고 하는데서 인용하고 있다.

16) 붕정만리(鵬程萬里)

붕정만리는 "붕새가 만리를 날아간다."는 말로 전도가 양양한 것을 의미하며 출전은 『장자』(莊子·逍遙遊篇)에 나온다. 전설의 새 붕(鵬)

은 북쪽 바다의 곤(鯤)이라는 큰 물고기가 변해서 붕이 되었다. 이 새는 한번 날개 짓을 하면 3천리에 달하고 "격랑이 일어나면서 하늘로 구만리를 난다."(搏扶搖而上者九萬里.)라는 전설에서 유래되었다.

『삼국연의』 제43회에 제갈량이 적벽대전을 성사시키기 위해 오나라에 가서 문무백관들과 설전을 벌일 때에 오나라 신하 장소의 말을 받아치며 "저 대붕이 한번 날개를 펴고 만리를 날 때에 그의 뜻을 어찌 뭇 새들이 알겠는가."(鵬程萬里, 豈群鳥能識哉.)라고 하는 부분에서 인용하였다.

17) 강노지말(强弩之末)

강노지말은 『한서』(漢書·韓安國傳)의 "强弩之末, 力不能人魯縞"에서 유래된 것으로 아무리 강한 활에서 튕겨 나온 화살이라도 마지막에는 힘이 떨어져 비단조차 뚫지 못한다는 뜻으로 "힘이 쇠퇴하여 몰락의 처지에 있는 것"을 의미한다.

『삼국연의』 제43회에서는 적벽대전이 일어나기 직전 제갈량이 오나라의 참전을 유도하기 위해 손권에게 승전의 자신감을 불어넣어 주었던 말로 조조의 군대가 아무리 백만대군이라 할지라도 주야로 삼 백리나 행군해 왔기 때문에 마치 "강한 화살도 힘이 약해지면 노나라에서 만든 얇은 비단도 뚫지 못한다."(强弩之末, 勢不能穿魯縞者也.)라고 하는 문구에 인용하고 있다.

18) 오합지중(烏合之衆)

오합지중은 "까마귀 떼처럼 질서가 없는 무리"를 비유하는 말로 쓰인다. 중(衆)자 대신 졸(卒)자로 대치하여 오합지졸(烏合之卒)이라고도 한다. 『후한서』(後漢書·耿弇傳)에서 유래되었다. 경엄장군이 유수

(광무제)와 협력하고자 할 때 경엄장군의 부하중 하나가 유수보다는 차라리 왕랑과 협력하자고 하였다. 그때 경엄장군은 그를 꾸짖으며 말하길 "우리 돌격대가 왕랑의 오합지중을 무찌르는 것은 썩은 나무를 꺾는 것과 같다."(發突騎以轔烏合之衆 如摧枯折腐耳.)라고 하며 광무제를 지원하였다. 결국 경엄장군은 왕랑을 꺾고 후한을 세우는데 성공하였다.

『삼국연의』 제43회에 제갈량은 적벽대전에 동오를 끌어들이기 위해 직접 동오를 방문한다. 우번이 조조의 백만 대군을 어떻게 대응할 것이냐는 질문에 제갈량은 "조조는 원소의 개미떼 같은 나약한 병사들과 유표의 오합지졸을 빼앗아서 만든 군대라서 그들이 비록 수백만이라고는 하나 전혀 두려워할 필요가 없습니다."(曹操雖袁紹蟻聚之兵, 劫劉表烏合之衆, 雖數百萬不足懼也.)라고 대답하는 부분에 인용되어 있다.

19) 호의부정(狐疑不定)

호의부정은 "의심이 많아 결정하지 못함"을 뜻하며 굴원의 『이소』(離騷)에 "마음은 망설여지고 여우처럼 의심나지만 스스로 가고자해도 그럴 수 없다."(心猶豫而狐疑兮, 欲自適而不可.)에서 유래되었다.

『삼국연의』 제44회에 주유는 조조와의 결전을 앞두고 손권이 혹 생각을 바꿀지 걱정스러워 "혹 주군께서 뜻이 변할지 걱정입니다."(只恐將軍, 狐疑不定.)라고 하는 부분에서 인용하고 있다.

20) 굉주교착(觥籌交錯)

굉주교착은 "술잔과 젓가락이 뒤섞인다."는 뜻으로, 질펀한 술잔치를 이르는 말이며 배반낭자(杯盤狼藉)와 유사한 의미이다. 이 말은 송대 구양수의 〈취옹정기〉(醉翁亭記·『歐陽文忠公集』)에 나온다.

『삼국연의』에서는 제45회에 주유가 조조의 첩자로 온 친구 장간을 역이용하려고 질펀한 술자리를 만들었던(座上觥籌交錯) 장면에서 인용되었다.

21) 심복대환(心腹大患)

심복대환은 "몸 깊숙이 파고든 병"이란 뜻으로 『후한서』(後漢書·陳蕃傳)에 "나라 안의 정치가 제대로 되지 않는 것은 심장과 뱃속의 병입니다."(內政不理, 心腹之疾也.)라고 한데서 유래하였다.

『삼국연의』 제60회에 익주의 유장이 유비를 불러들이는 문제를 놓고 설전을 벌이는데 이때 왕루가 "유비가 서천에 들어오는 것은 몸 속 깊은 곳의 큰 병이 될 것입니다."(劉備入川, 乃心腹大患.)라고 한데서 인용하였다. 그 외 8회 등 여러 곳에 나온다.

22) 득롱망촉(得隴望蜀)

득롱망촉은 "욕심의 끝없음을 가리키는 말"로, 『후한서』(後漢書·光武紀)에서 비롯된 말이다. 후한의 광무제가 두 성이 함락되거든 곧 군사를 거느리고 남쪽으로 촉나라 오랑캐를 치라고 하며 "사람은 힘들어도 만족할 줄 몰라 이미 농서를 평정했는데 다시 촉을 바라게 되는구나."(人苦不知足, 旣平隴又望蜀.)라고 하였다.

『삼국연의』 제67회에서는 한중 땅을 점령하고 농(隴)땅을 손에 넣자 사마의가 촉(蜀)땅까지 치자하자고 하니 조조는 "사람은 이리 만족을 모르는가!, 이미 농을 얻었는데 촉까지는 바라는가?"(人苦不知足, 旣得隴, 復望蜀耶?)라고 한데서 인용하였다.

23) 삼령오신(三令五申)

삼령오신은 "여러 번 되풀이 하여 말하는 것"을 의미하며 『사기』(史記 · 孫子吳起列傳)에 나오는 말이다. 춘추전국시대 오나라의 왕 합려가 손무에게 병법시범을 보여 달라고 하자 손무는 궁녀들로 진영을 짜고 자신이 세 번 시범을 보인 다음 다시 다섯 번 설명하였다(三令五申)는 부분에서 유래되었다.

『삼국연의』에서는 제83회에 여몽에 이어 대도독이 된 육손이 내가 왕명을 받고 지휘하는바 "어제 삼령오신 여러 번 반복하여 각처를 철저히 지키라 하였거늘 모두가 내 명령에 따르지 않은 까닭은 무엇인가?"(昨已三令五申, 令汝等各處堅守; 俱不遵吾令何也?)라고 말하는 장면에서 인용하고 있다.

24) 노불습유(路不拾遺)

노불습유는 "길에 떨어진 것을 줍지 않는다."는 말로 나라가 태평함을 의미한다. 『사기』(史記 · 商君列傳) 등에 나온다.

『삼국연의』 제87회에 유비가 죽은 후 제갈량은 선정을 펼쳐 "밤에 문을 닫지 않으며 길에 떨어진 물건을 주워 갖는 사람이 없었다."(夜不閉戶, 路不拾遺.)라는 대목에 나온다.

25) 화사첨족(畵蛇添足)

화사첨족은 "군더더기를 붙여 도리어 일을 그르침"을 이르는 말로 『전국책』(戰國策 · 齊策)에서 유래한다. 여러 사람이 술 한 대접을 놓고 뱀 그리기 내기를 하였는데, 어떤 사람이 쓸데없이 뱀의 발까지 그려(畵蛇添足) 결국 술을 빼앗겼다는 이야기로 보통 사족으로 쓰인다.

『삼국연의』제110회에 촉한의 강유는 배수진으로 위나라를 대파한
다. 위나라 장수 왕경이 적도성으로 숨어버리자 끝까지 추격을 하려하
자 장익이 만류하며 "만약 공격하여 승리하지 못하면 마치 뱀을 그리
면서 발을 그리는 꼴이 됩니다."(今若前進, 尚不如意, 正如畵蛇足添
也.)라고 한데서 인용하였다.

26) 정저지와(井底之蛙)

정저지와는 "우물 안의 개구리"라는 뜻으로 『장자』(莊子 · 秋水篇)
에 보면 황하의 신인 하백이 강물을 따라 처음으로 북해에 와서 동해
를 바라보고는 매우 넓음에 놀라서 북해의 신에게 물으니 "우물 안 개
구리에게 바다를 이야기할 수 없는 것은 사는 곳에 구속된 까닭이다."
(井竈不可以語於海者, 拘於虛也.)라고 한데서 유래되었다.

『삼국연의』제113회에 강유가 위나라 장수 사마망에게 "너는 우물
안 개구리로 깊고도 오묘한 이치[陣法]를 어찌 알겠느냐!"(汝乃井底
之蛙, 安知玄奧乎!)라고 한데서 인용하였다.

27) 반문농부(班門弄斧)

반문농부는 "재주가 뛰어난 사람 앞에서 함부로 재간을 부리는 것"
을 이르는 말로 당대 이백의 무덤 앞에 수많은 사람들이 시를 지은
것을 보고 명대 시인 매지환이 "노반(전국시대 노나라 목공기술의 달
인)의 문 앞에서 큰 도끼질을 자랑하는 구나."(魯班門前弄大斧.)라며
비웃은 데서 나온다.

『삼국연의』의 제113회에 강유와 등애가 진법 대결을 하는데 강유는
등애를 비웃으며 "노반의 집 문 앞에서 도끼를 휘두르는 것과 같다."
(乃班門弄斧耳.)라고 말한 부분에서 인용하였다.

28) 순망치한(脣亡齒寒)

순망치한은 "서로 떨어질 수 없는 밀접한 관계"라는 뜻으로『춘추좌씨전』(春秋左氏傳 僖公 5年條)에 나온다. 진나라가 괵나라를 공격하려고 우나라 영토의 통과를 요청하자 우나라의 충신 궁지기는 현공의 속셈을 알고 우왕에게 간언을 하였는데 "괵나라와 우나라는 한몸으로 괵나라가 망하면 우리도 망할 것입니다. 옛 속담에 수레의 짐받이 판자와 수레는 서로 의지하고 입술이 없으면 이가 시리다(輔車相依, 脣亡齒寒)고 했습니다."라고 한데서 유래한다.

『삼국연의』제120회에서 촉한이 망하자 오나라의 신하가 손휴에게 "오와 촉은 입술과 이 관계로 입술이 없어지면 이가 시리게 됩니다." (吳蜀乃脣齒也, 脣亡則齒寒.)라고 말한 장면에서 인용하였다. 그 외에도 여러 군데 인용되었다.

이상의 논제를 종합하면 다음과 같다.

『삼국연의』에는 수많은 고사성어가 출현하고 또 인용되어 있는데, 이 고사성어를 시대배경의 관점에서 볼 때, 크게 2가지로 분류된다. 즉 『삼국연의』의 시대배경인 삼국시대에서 유래되어 만들어진 고사성어가 있고, 그 외 기타시대의 배경에서 유래되어『삼국연의』에 재인용된 경우로 분류된다.

또 이 고사성어들이『삼국연의』에 묘사된 기법을 분석해 보면 크게 3부류로 정리된다.

첫째는『삼국연의』자체에서 만들어져 유래된 고사성어의 경우이다.

둘째는 삼국시대가 직간접적인 배경이 된 서적 가운데, 즉『삼국지』·『후한서』·『진서』등과 같은 정사와『세설신어』·『문선』·『십팔사략』등과 같은 서적에서 삼국시대의 이야기가 먼저 유래되어 고사성어화 되었다가 나중에 『삼국연의』에 자연스럽게 인용되는 경우이다.

셋째는 삼국시대 이전 혹은 이후의 각종 고전문헌에서 유래되어 사용되다가 『삼국연의』에 재인용되는 경우로 분류된다.

그 외 정사 『삼국지』나 기타 삼국시대 관련서적에서 삼국시대의 이야기가 유래되어 고사성어화 되었지만 정작 『삼국연의』에는 언급이 없는 것도 상당수가 된다.

이처럼 수많은 고사성어들 가운데는 『삼국연의』 자체에서 직접 유래된 것도 있지만 상당수의 고사성어들은 다른 서적에서 먼저 유래된 것을 『삼국연의』에 재인용한 고사성어로 구성되어 있음이 확인된다.

또 이러한 고사성어 가운데는 원문에서 인용되어 지금까지 그대로 사용되는 고사성어가 있는가 하면 후대에 시대와 사용자의 필요에 따라 글자와 語順이 바꾸어 사용되는 예도 발견된다(髀肉之嘆 / 水魚之交 / 泣斬馬謖). 또 刮目相對처럼 중국에서는 刮目相看으로 우리와 다르게 사용하는 경우도 있다. 그 외에도 南柯一夢(唐)·金中之魚(宋)·班門弄斧(明) 등처럼 후대에 나온 고사성어가 『삼국연의』의 소설화 과정에서 자연스럽게 삽입된 것도 발견된다.

결론적으로 『삼국연의』에 묘사된 고사성어들은 『삼국연의』의 묘사기법과 敍述效果 그리고 내용을 다채롭고 풍요롭게 하는데 많은 기여가 있었으며, 또 『삼국연의』를 동양고전의 名著로 거듭나게 하는데 중요한 역할을 하였음은 부정할 수 없는 사실이다.

그 외에도 일반적으로 국내에서 사용되고 있는 고사성어라는 단어의 개념과 정의문제는 다시 한 번 되새겨 보아야 할 문제로 보인다. 즉 사전에는 고사성어의 개념을 "옛날 어떤 사건이나 유래로 만들어져 세상에 널리 쓰이고 있는 말"이라고 정의하고 있지만, 실제 우리나라의 고사성어 사전에는 어떤 사건이나 유래가 없는 단순한 四字成語나 名言名句들도 모두 함께 고사성어로 취급하고 있다. 이러한 현상은 학자들의 고사성어에 대한 개념과 관점 및 사전 편찬자의 편집태도에 따라 심한 차이를 보이고 있어 명확한 개념정리가 시급한 실정이다.

6. 『三國演義』에 나오는 名言名句

명언명구(名言名句)는 고사성어와는 또 다른 개념이다. 즉 명언명구는 옛사람이 만들어 지금까지 두루 사용되고 있는 유명해진 말로 이에 따른 유래고사가 있는 것과 없는 것을 모두 포괄하는 폭넓은 개념이다. 어떤 면에서 명언명구는 "전고(典故)"와 일치하는 면이 있다. 넓은 의미로 명언명구 안에 일부 고사성어도 포함된다고 할 수 있다. 『삼국연의』 안에는 명언명구가 다수 보인다. 명언명구 안에는 고사성어·속담·유명한 시의 구절도 포함되어 있다.

1) 천하대세란 분열이 오래되면 반드시 통합되고 통합이 오래되면 반드시 분열되기 마련이다.(天下大勢, 分久必合, 合久必分)

이 명언의 의미는 "천하대세란 분열이 오래되면 반드시 통합되고 통합이 오래되면 반드시 분열된다."(天下大勢, 分久必合, 合久必分.)는 뜻으로 무엇이든 영원한 것은 없다는 의미이다. 이 말은 『삼국연의』 제1회에 나오는 명언이다. 여기에서 分久必合은 초·한에서 한나라로 통일됨을 의미하고, 合久必分는 한나라에서 삼국시대로 분열됨을 암시하는 부분이다.

2) 비록 우리가 동년 동월 동일에 태어나지는 않았지만, 바라건대
   동년 동월 동일에 죽기를 원합니다.(不求同年同月同日生, 但願
   同年同月同日死)

이 명언은 도원결의의 선언문이다. "비록 우리가 동년 동월 동일에
태어나지는 않았지만, 바라건대 동년 동월 동일에 죽기를 원합니다!"
(念劉備·關羽·張飛, 雖然異姓, 旣結爲兄弟, 則同心協力, 救困扶
危; 上報國家, 下安黎庶; 不求同年同月同日生, 但願同年同月同日
死. 皇天后土, 實鑒此心. 背義忘恩, 天人共戮!") 이 말은『삼국연
의』제1회에 나오는 말로 지금도 많이 회자되는 명언이다.

3) 치세의 영웅이요, 난세의 간웅이다.(治世之能臣, 亂世之奸雄)

이 명언은 조조를 일컬어 하는 말이다.『삼국연의』제1회에 허소라
는 점쟁이가 조조의 관상을 보고 "치세의 능신이요, 난세의 간웅이
다."(治世之能臣, 亂世之奸雄.)라고 하였다는 말이 나온다. 조조는 이
말을 듣고 매우 기뻐하였다고 한다. 원문에는 능신(能臣)으로 되어 있
으나 후대에 영웅(英雄)으로 바꿔서 사용되고 있다.

4) 약은 새는 나무를 가려서 깃들고 현명한 신하는 주인을 가려서
   섬긴다.(良禽擇木而棲, 賢臣擇主而事)

이 명언은『삼국연의』제3회에 나온다. 이 말은 동탁의 참모 이숙이
여포를 만나 정원을 버리고 동탁을 주군으로 모시라고 회유하며 한 말
이다. "약은 새는 나무를 가려서 깃들고 현명한 신하는 주인을 가려서
섬긴다고 합니다. 적당한 기회가 왔을 때 잡지 않으면 후회해도 소용
이 없습니다."(良禽擇木而棲, 賢臣擇主而事, 見機不早, 悔之晚矣.)
라고 하였다. 이 말과 적토마를 준다는 말에 솔깃하여 여포는 정원을

죽이고 동탁을 의부로 삼아 모시게 되었다.

5) 제비나 참새가 어찌 홍곡(학이나 고니)의 뜻을 알리오!
(燕雀安知, 鴻鵠之志!)

이 명언의 의미는 "필부가 영웅의 큰 뜻을 알리가 없다"는 말로 최초의 기록은 『사기』(史記·陳涉世家)에 나온다. 진나라의 폭정에 반란을 일으킨 진승이 한 말로 "제비나 참새가 어찌 홍곡(학이나 고니)의 뜻을 알리오!"(燕雀安知, 鴻鵠之志哉!)라고 한데서 유래되었다.

『삼국연의』에서는 제4회에 조조가 동탁을 살해하려고 시도하다가 실패하여 황망히 도망치던 중 진궁에게 붙잡혀 투옥되는 장면이 나온다. 당시 현령 진궁이 도망친 이유를 묻자 "연작이 어찌 홍곡의 뜻을 알겠는가?"(燕雀安知, 鴻鵠志哉?)라고 답한 데서 인용되었다.

6) 차라리 내가 세상을 버릴지언정 세상이 나를 버리게 하진 않겠다.
(寧敎我負天下人, 休敎天下人負我)

이 명언은 최초 조조가 한 말이다. 조조가 경솔하게 여백사의 가족을 죽이고 또 여백사마저 베고 돌아오자 진궁은 하필 여백사마저 죽일 필요가 있었느냐고 반문하자 이에 대한 조조의 변명이 바로 이 말이다. 소설 『삼국지』 제4회에 나오는 말이다. 결국 진궁은 이 말에 크게 실망을 하고 조조의 곁을 떠나가는 계기가 되었다.

7) 사람(장수) 중에는 여포가 으뜸이요 말 중에는 적토마가 최고이다.
(人中呂布, 馬中赤免)

이 명언은 『삼국연의』 제5회에 나오는 이야기로 당시 동탁이 국정을 농락하자 여러 제후들이 원소를 맹주로 동탁토벌에 나선다. 원소를 포함한 여러 제후들과 호뢰관에서 동탁군과 대치하게 된다. 이때 동탁군의 선봉장은 여포로 그는 적토마를 타고 당당한 모습으로 나타난다. 이 모습을 묘사하는 부분에서 "사람(장수) 중에는 여포가 으뜸이고 말 중에는 적토마가 최고이다."(人中呂布, 馬中赤兎.)라는 부분이 나온다.

8) 호랑이도 제 말하면 온다.(說曹操, 曹操就到)

이 말은 명언명구라기 보다는 중국에서 많이 쓰이는 속담이다.

한 헌제 때 동탁이 죽은 후에는 이각과 곽사가 국정을 농단하기 시작한다. 이때에 한 신하가 황건적의 난을 평정하는데 전공을 세운 조조를 불러 이들을 처치하자고 한다. 과연 조조를 부르자 조조는 이내 달려와 이각와 곽사를 물리치고 황제를 보필하였다. 여기에서 "說曹操, 曹操就到"라는 말이 유래되었다.(『삼국연의』 제14회)

민간전설에서는 조조가 주동적으로 달려와 어가를 모시는 부분이 다소 다르다. 어느 날 한 신하가 조조야말로 능히 황상을 안전하게 모실 것이라고 추천하였다. 이에 황상은 조조를 부르라고 어명을 내리자마자 조조는 바로 나타났다고 한데서 유래한다.

9) 형제는 손발과 같고 처자는 옷과 같다.(兄弟如手足, 妻子如衣服)

이 명언은 『삼국연의』 제15회에 나오는 말로, 유비는 원술을 정벌하기 위해 서주를 장비에게 맡기고 떠난다. 그러나 장비가 술을 마시고 부하 조표를 매질하는 바람에 조표는 배신하여 여포를 서주로 끌어들였다. 서주를 잃은 장비는 황급히 도망쳐 유비에게로 왔으나 면목이 없었다. 그때 장비가 자결하려고 하자 유비는 장비의 칼을 빼앗으며 말하길; "형제는 손발과 같고 처자는 옷과 같다. 의복이 헤지면 다시 꿰맬 수 있지만 수족이 잘리면 어찌 대신 할 수 있는가!"라고 말한 부분에 언급되어 있다.

10) 경국지색(傾國之色)

경국지색은 "나라를 기울게 할 만한 미모"를 의미하는 말이다. 최초의 기록은 한 무제때 협률도위(協律都尉)를 지낸 문인 이연년(李延年)의 시 가운데 "북방에 아리따운 여인이 있어, 절세의 미모가 홀로 우뚝 빼어나도다. 한번 돌아보면 성이 기울고, 다시 돌아보면 나라가 기우는 도다."(北方有佳人, 絶世而獨立, 一顧傾人城, 再顧傾人國.)에 처음 나온다. 이 시를 본 한 무제가 이런 여인과 동 시대에 살지 못한 것이 한스럽다고 하였다. 이때 이연년은 이 여인이 실제 북방에 살고 있다고 하자 한 무제는 급히 사신을 파견하여 그 여인을 궁궐로 데려오게 하였다. 과연 그 여인은 최고의 미인으로 한 무제의 사랑을 독차지하게 된다. 이 미인이 바로 이씨 부인으로 널리 알려진 여인인데 사실은 이연년의 누이동생이었다. 이연년은 누이동생으로 인하여 벼락출세를 하며 승승장구 하였다.

『삼국연의』 제33회에는 조조가 아들 조비의 아내로 맞은 견씨부인을 보고 옥 같이 고운 피부와 꽃 같은 용모의 경국지색(玉肌花貌, 傾國之色)이라고 인용하였다. 일반적으로 경국지색은 양귀비를 일컫는 말이기도 하다.

11) 엎어진 둥지 아래 성한 알이 있겠는가!(覆巢之下, 安有完卵!)

이 명언은 『삼국연의』 제40회에 나오는 말로, 북해 태수 공융은 조조가 유표와 손권을 치려하자 반대하며 조조를 부도덕한 사람으로 모욕을 주었다. 조조는 여러 차례 인내하였으나 결국에는 참지 못하고 공융을 잡아 참수하였다. 이를 본 주위 사람이 공융의 어린 자녀에게 빨리 도망치라고 일러주었으나 어린 딸은 담담하게 "조조가 우리라고 봐주지는 않을 겁니다. 엎어진 둥지 아래 성한 알이 어디 있겠습니까!"라고 한데서 유래되었다. 결국 공융의 가족들은 모두 참혹한 죽음을 맞이했다.

12) 대업을 준비하는 자는 항상 백성을 근본으로 삼아야 한다. (擧大事者, 必以人爲本)

이 명언은 『삼국연의』 제41회에 나오는 말이다. 신야에서 조조의 기습으로 유비는 도망을 치게 되었다. 그런데 백성들도 유비를 따라 피난에 나섰다. 백성을 챙기느라 속도가 느려지는 바람에 인근까지 조조가 추격해 오자 측근들은 백성을 포기하자고 하였다. 유비는 측근의 권유를 뿌리치며 "큰일을 할 사람은 항상 백성을 근본으로 삼아야 한다. 이렇게 백성들이 나를 믿고 따르는데 내 어찌 이들을 버린단 말인가?"(擧大事者必以人爲本. 今人歸我, 奈何棄之?)라고 하였다. 유비는 백성에게 버림을 받을지언정 내가 백성을 버리지 않겠다는 의지를 보였으며 이 말을 들은 백성들은 크게 감동을 하였다.

13) 침어낙안 폐월수화(沈魚落雁, 閉月羞花)

침어낙안 폐월수화는 "미녀를 형용하는 말"이다. 최초의 기록은 『장자』(莊子·齊物論)에 나오며 모장과 여희는 아름다워, "물고기는 그들을 보면 깊이 들어가고, 새는 그들을 보면 높이 난다."(魚見之深入,

鳥見之高飛.)라는 구절에서 유래되었다. 사실 이 말은 미인을 찬미하는 뜻으로 쓰인 것이 아니었다. 인간에게는 미인으로 보이는 것도 물고기와 새에게는 단지 두려운 존재일 뿐이라는 뜻인데 지금은 미인을 형용하는 말로 쓰인다. 침어낙안(沈魚落雁)의 대구로 폐월수화(閉月羞花)라는 말이 생겨났는데 뜻은 "달을 구름 속에 숨게 하고 꽃을 부끄럽게 만든다는 뜻"으로 사용된다. 모두가 미인의 아름다움을 형용하는 말이며 중국 4대 미녀를 상징하기도 한다.

일반적으로 침어(沈魚)는 서시(西施)를 상징하는데 서시는 오 부차에게 패한 월 구천이 미인계로 오 부차에게 바친 여인이다. 부차는 서시의 미모에 빠져 정치를 돌보지 않다가 결국 월나라에 패망하였다.

낙안(落雁)은 왕소군(王昭君)을 상징하는데 낙안이란 왕소군의 미모에 날아가던 기러기가 놀라 땅으로 떨어졌다는 고사에서 유래하였다. 왕소군은 한나라 원제 때에 북방의 흉노와 화친정책으로 선우에게 보내진 여인이다.

폐월(閉月)은 초선(貂嬋)을 상징하는데 폐월이란 초선의 미모에 달도 부끄러워서 구름 사이로 숨어 버렸다는 고사에서 연유하였다. 왕윤의 양녀인 초선은 어느 날 화원에서 달구경을 하고 있는데 구름 한 조각이 달을 가렸다고 한다. 이를 본 왕윤이 "초선의 미모에 달마저 부끄러워 구름 뒤로 숨었구나."라고 하였다는 고사에서 폐월(閉月)은 초선을 상징하는 말이 되었다. 초선은 동탁과 여포사이를 이간질시키는 미인계로 희생된 여인이다.

수화(羞花)는 양귀비(楊貴妃)를 상징하는데 수화(羞花)란 양귀비의 미모에 꽃마저도 부끄러워서 고개를 숙였다는 고사에서 연유되었다. 당 현종의 후궁으로 들어간 미녀 양옥환은 현종의 지극한 총애를 받았던 여인이다. 어느 날 양귀비가 화원에서 꽃을 감상하다가 함수화

(含羞花)를 건드렸더니 함수화가 바로 시들었다고 한데서 연유되었다. 절색가인(絶色佳人) 양귀비는 "안사의 난"이 일어나자 나라를 기울게 한 여인이라는 죄명을 뒤집어쓰고 희생되었다.

『삼국연의』 제44회에는 제갈량이 오나라의 군사를 빌리려고 주유에게 "조조의 평생소원은 천하를 평정하고 침어낙안의 얼굴과 폐월수화의 몸매를 가진 강동이교(대교와 소교)와 만년을 보내는 것"(有沈魚落雁之容, 閉月羞花之貌)이라며 주유를 격분시키는 장면에서 인용하였다.

14) 군중에서는 농담이란 없다.(軍中無戱言)

군중무희언이란 "군중에서는 농담이란 없다."는 말로 『삼국연의』 제46회와 제95회에 나온다.

제46회 : 어느 날 주유가 제갈량에게 화살 10만개를 10일안에 만들어 달라고 요청하자 그 심리를 꿰뚫은 제갈량은 오히려 3일안에 만들겠다고 맞대응한다. 그러자 주유는 제갈량이 자승자박했다고 생각하고 바로 군중무희언(軍中無戱言)이란 말을 하며 명을 어겼을 땐 군법으로 처리하겠다고 한다.

3일째 되는 날 밤에 제갈량은 노숙에게 배 20척을 빌려서 그 배위에 풀단을 가득 채우고 조조진영으로 출진한다. 조조진영에 이르자 제갈량은 북을 치며 함성을 지르라고 하였다. 이때 안개가 자욱하여 조조군은 감히 접근을 못하고 제갈량의 배를 향해 화살을 빗발치듯 쏘아댔다. 화살의 무게로 배가 한쪽으로 기울자 다시 뱃머리를 돌려 화살을 가득 채우게 되었다. 돌아와 화살을 세어보니 10만개가 넘었다. 함께 동행을 하였던 노숙은 신기묘산(神機妙算)이라는 말로 놀라움을 표시한다. 이것이 유명한 초선차전(草船借箭)이다.

제95회 : 제갈량이 기산에 출정할 때 군사적 요충지인 가정을 어떻게 지키느냐를 고민하고 있었다. 이때 마속이 나서 지키겠다고 호언장담하였다. 마속은 자신만만하여 "제가 실수하면 가족을 다 참수하셔도 됩니다."라고 하자 이때 제갈량은 "군중무희언"(軍中無戲言)이라고 한데서 인용되었다. 그러나 마속은 제갈량이 지시한 진법대로 하지 않는 바람에 대패를 하고 말았다. 결국 제갈량은 기강을 세우기 위해 읍참마속(泣斬馬謖)을 하였다.

15) 달이 밝으면 별빛은 희미해진다.(月明星稀)

월명성희는 "달이 밝으면 별빛은 희미해진다."는 뜻으로, 새로운 영웅이 나타나면 다른 영웅의 존재는 희미해짐을 비유하는 말이다. 이는 조조의 시 〈단행가〉(短歌行)에서 처음 유래된 것으로 소통의 『문선』에 전해진다.

『삼국연의』 제48회에 조조가 적벽에서 손권과 유비의 연합군과 전투를 벌일 무렵, 선상에서 여러 장수들과 연회를 베풀다가 취중에 지은 노래가 〈단가행〉이다. 이때 문득 유복이란 신하가 "'달은 밝고 별은 드문데, 까막까치는 남으로 날아오누나.' 하는 구절과 '나무를 빙빙 돌기 세 바퀴 의지할 가지하나 없어라' 라는 구절이 불길하옵니다."(月明星稀, 烏鵲南飛, 遶樹三匝, 無枝可依, 此不吉之言.)라고 하였다. 이때 격노한 조조는 유복을 그 자리에서 죽여 버렸다.

16) 만사구비 지흠동풍(萬事具備, 只欠東風)

만사구비 지흠동풍은 "어떤 일을 도모함에 모든 준비가 다 갖추어졌지만 가장 핵심적인 부분이 구비되지 않았을 때"하는 말이다.

『삼국연의』 제49회에 처음 나온다. 제갈량은 조조의 백만대군을 적벽으로 끌어들여 손권과 연합하여 연환계로 일전을 준비하게 된다. 어느 날 제갈량은 주유가 병이 났다는 말을 듣고 문병을 간다. 병의 원인을 간파한 제갈량은 주유에게 병명을 암시하는 문구를 적어 준데서 유래하였다. "조조를 격파하려면 화공을 써야하는데 모든 것이 준비되었으나 오직 동풍이 부족하다."(欲破曹公, 宜用火攻, 萬事具備, 只欠東風.) 속마음을 들킨 주유는 이후부터 제갈량을 더욱 철저하게 견제하는 계기가 되었다.

17) 하늘은 나(주유)를 낳고 왜 공명을 낳았단 말인가?(既生瑜, 何生亮)

이 명언은 『삼국연의』 제57회에 나오는 말로 주유가 한 말이다. 오나라 대도독 주유는 제갈량의 지략이 뛰어남을 보고 여러 차례 제거하려고 하였으나 번번이 실패하였다. 한번은 서천을 치는 척 진군하여 형주를 빼앗으려던 계획이 제갈량에게 간파당하여 수포로 돌아가자 주유는 충격과 화병으로 쓰러지게 된다. 이로 인해 병세는 점점 악화되어 재기불능 상태가 되어버린다. 이때 주유는 하늘을 탄식하며 "하늘은 나(주유)를 낳고 왜 공명을 낳았단 말인가?"(既生瑜, 何生亮?)라고 외치고는 세상을 하직하였다.

18) 좋은 약은 입에 쓰지만 병에 이롭고 충언은 귀에 거슬리나 행실에 이롭다.(良藥苦口利於病, 忠言逆耳利於行)

"양약고구, 충언역이"이라고도 한다. 이 말의 의미는 "좋은 약은 입에 쓰고 좋은 충고는 귀에 거슬린다는 뜻"으로 최초의 기록은 『사기』

(史記·留侯世家)에 나온다. 번쾌가 유방에게 한 간언 가운데, "충언은 귀에 거슬리나 행실에 이롭고, 독한 약은 입에 쓰나 병에 이롭다."(忠言逆於耳而利於行, 毒藥苦於口而利於病.)라고 한데서 유래되었다. 본래는 독약(毒藥苦於口)이었으나 후대에 양약(良藥苦於口)으로 바뀌어 사용되고 있다.

『삼국연의』 제60회에 익주의 유장이 익주를 지키기 위해 유비를 불러들이기로 결정하자 신하 왕루가 반대하는 글을 올린다. 그 글 가운데 "좋은 약은 입에 쓰나 병에는 이롭다고 하고, 충언은 귀에 거슬리나 행실에 이로운 법입니다."(良藥苦口利於病, 忠言逆耳利於行.)라고 인용하였다.

19) 아들을 낳으려면 손권과 같은 아들을 낳아야 한다.(生子當如孫仲謀)

『삼국연의』 제61회에 나오는 말로 조조가 한 말이다. 조조가 유수를 침공하여 손권과 서로 대치하고 있을 때의 일이다. 하루는 손권이 친히 배에 올라 조조진영을 시찰하였는데 그 시찰선단의 무기나 대오 등이 일사불란하여 빈틈이 없었다. 이 모습을 본 조조는 손권을 칭찬하며 말하길; "아들을 낳으려면 손권과 같은 아들을 낳아야 한다. 유경승의 아들은 개돼지나 마찬가지다."(生子當如孫仲謀, 若劉景升兒子, 豚犬耳.)라고 말하며 군사를 퇴각시켰다. 여기에서 유경승은 형주의 유표를 말한다. 조조가 유표의 두 아들을 개돼지에 비유함이 자못 흥미롭다.

20) 명성과 이름은 결코 헛되이 전해지는 것이 아니다.(名不虛傳)

명불허전은 "명성과 이름은 결코 헛되이 전해지는 것이 아니다."라는 의미로 최초의 기록은 송나라 화악의 시 〈백면도〉(白面渡) 가운데 "雙舡白面問溪翁, 名不虛傳說未通"이라는 부분에서 유래되었다.

『삼국연의』제65회에 유비는 마초의 무예에 반하여 장비에게 생포하여 부하로 삼고 싶어 하는 부분이 나온다. 마초의 출중한 무예를 감탄하며 "남들이 금마초라고 하더니 정말 명불허전이로다."(人言錦馬超, 名不虛傳.)라고 유비가 말한 부분에 인용되어 있다.

21) 하나만 알고 둘은 모른다.(只知其一, 不知其二)

이 말은 본래 『한서』에서 유래된 말이다.(知其一, 未知其二) 후에 『삼국연의』제65회에서 다시 인용되었다. 유비는 서천을 장악한 후 나라를 다스릴 조례를 정비하라고 명하였다. 이때 법정이 나서 한 고조 유방의 "약법삼장"을 본받아 관대한 조례를 만들자고 하자 제갈량은 "공께서는 하나만 알고 둘은 모른다."(只知其一, 不知其二.)라고 말하며 지금은 오히려 강력한 법과 규칙으로 기강을 세워야 할 때라고 말하였다. 제갈량의 논리정연한 말에 법정은 크게 탄복하였다고 한다.

22) 호랑이를 잡으려면 호랑이 굴로 가야한다.(不入虎穴, 焉得虎子)

불입호혈 언득호자는 "호랑이를 잡으려면 호랑이 굴로 가야한다"는 말로 최초의 기록은 『후한서』(後漢書·班超傳)에서 유래하였다. 흉노족과 대치하고 있던 반초가 부하를 모아 놓고 "호랑이 굴에 들어가지 않고는 호랑이를 잡을 수 없다."(不入虎穴, 不得虎子.)라고 말한 부분에서 연유되었다.

『삼국연의』제70회에서는 황충이 위나라를 공격하며 "호랑이 굴에 들어가지 않고 어찌 호랑이를 얻으리오."(不入虎穴, 焉得虎子.)라고 하며 선봉으로 나아가는 장면에서 인용하였다.

23) 먹자하니 먹잘 것이 없고 버리자니 아깝도다.(食之無肉, 棄之有味)

이 명언이 바로 고사성어 계륵(鷄肋)의 기원이다. 계륵은 "먹을 것은 없으나 그래도 버리기는 아깝다."는 뜻으로 『후한서』(後漢書·楊修傳)에서 유래하였다. 『삼국연의』 제72회에는 하후돈이 조조에게 야간의 암호를 정해달라고 청하자 조조는 별 생각 없이 계륵 계륵이라고 하였다. 하후돈이 여러 장졸들에게 계륵이라고 전하니 참모인 양수는 이 소리를 듣자마자 즉시 군장을 수습하며 돌아갈 준비를 하였다. 하후돈이 그 연유를 묻자 양수는 계륵이란 본래 "먹자하니 먹잘 것이 없고 버리자니 아까운 것"(食之無肉, 棄之有味)이라고 말 한데서 연유되었다. 결국 양수의 방자한 재능은 조조의 심기를 여러 차례 건드린 끝에 군기를 어지럽혔다는 죄목으로 그 자리에서 참수되었다.

24) 갓 태어난 망아지는 범 무서운 줄 모른다.(初生之犢不畏虎)

이 명언은 속담 "하룻강아지 범 무서운 줄 모른다."(一日之狗 不知畏虎.)로 잘 알려져 있다. 국내로 들어오면서 "하룻강아지"로 바뀐 듯하다. 『삼국연의』 제74회에서는 "갓 태어난 망아지 범 무서운 줄 모른다."(初生之犢不畏虎.)로 인용되었다. 관우가 형주 번성의 방덕을 칠 때 관평은 "갓 태어난 망아지는 범 무서운 줄 모르는 법입니다. 부친께서 방덕을 참수한다 해도 그는 서강 변방의 일개 병졸일 뿐입니다. 만일 소홀하여 부친께서 화를 당하면 이는 백부(유비)의 큰 기대를 저버리는 것입니다."라고 관우에게 말한 부분에서 연유되었다.

25) 때를 알고 힘쓰는 자가 진정한 영웅이다.(識時務者爲俊傑)

이 명언은 『삼국연의』 제76회에서 제갈근이 한 말이다. 관우가 위나라 양양을 공격하는 사이에 여몽은 도강하여 형주일대를 장악한다. 관우는 황급히 병사들을 몰고 돌아왔으나 상당수 병사들은 오나라에 투항하였다. 결국 관우는 맥성으로 들어가 재정비를 할 때 제갈근이 오나라의 사신으로 들어와 이미 9군이 오나라로 넘어가 오직 맥성만 남았다며 항복을 권유한다. 제갈근은 관우에게 "때를 알고 힘쓰는 자가 진정한 영웅이다."(識時務者爲俊傑.)라며 항복하여 가족의 생명을 보전하라고 하였으나 관우는 이를 거절하였다. 결국 관우는 끝까지 싸우다 붙잡히고 만다. 손권의 투항 권고에 관우는 깨끗한 죽음을 선택한다.

"맥성에 들어간다."(敗走麥城.)라는 말은 지금도 어떤 일이 안 풀릴 때나 혹은 망쳤을 때 쓰는 말로 자주 사용되고 있다.

26) 오직 어질고 덕이 있어야만 사람을 복종시킬 수 있다.(惟賢惟德, 可以服人)

이 명언은 『삼국연의』 제85회에 나오는 말로, 이릉대전의 후유증으로 임종을 앞둔 유비가 유선에게 남겼던 유언이다. "크든 작든 악한 짓은 하지 말고, 선행은 작더라도 꼭 실행해라. 오직 어질고 덕이 있어야만 사람을 복종시킬 수 있다."(勿以惡小而爲之, 勿以善小而不爲之. 惟賢惟德, 可以服人.)라는 유언에서 나온다. 후대에 『명심보감』에서도 이 말을 인용하였다.

27) 사람이 죽을 때 하는 말은 선하다.(人之將死, 其言也善)

이 명언의 원형은 "새는 죽을 때 울음소리가 애절하고, 사람은 죽을 때 그 말이 선하다."(鳥之將死, 其鳴也哀, 人之將死, 其言也善.)로 본래 『논어』(論語 · 泰伯篇)에서 유래되었다.

『삼국연의』 제85회에 유비가 임종에 즈음하여 유서를 작성한 후 제갈량에게 전해주며 한 말이다. "짐은 책을 많이 읽지 못해서 책략만 대강 알 뿐이오. 성인의 말씀에 새는 죽을 때 울음소리가 애절하고, 사람은 죽을 때 그 말이 선하다고 하였소."(鳥之將死, 其鳴也哀, 人之將死, 其言也善.)라고 하며 후사를 부탁하는 장면에 인용하였다.

28) 몸을 돌보지 않고 죽을 때까지 최선을 다한다.(鞠躬盡瘁, 死而後已)

이 명언은 제갈량의 〈후출사표〉(後出師表)에 나오는 말이다. 『삼국연의』 제97회에 "신은 다만 엎드려 몸을 돌보지 않고 죽을 때까지 최선을 다할 뿐, 성공과 패배 그리고 이로움과 해로움에 대해서는 신이 미리 결과를 예측할 정도로 총명하지는 못합니다."(凡事如是, 難可逆見. 臣鞠躬盡瘁, 死而後已, 至於成敗利鈍, 非臣之明所能逆覩也.)라는 말이 나온다. 이처럼 〈후출사표〉의 마지막 부분에 국궁진췌(鞠躬盡瘁)라는 성어가 언급되어 있다.

29) 일을 꾸미는 것은 사람이지만 그 일을 이루는 것은 하늘에 달렸다.(謀事在人, 成事在天)

모사재인 성사재천의 뜻은 "일을 꾸미는 것은 사람이지만 그 일을 이루는 것은 하늘에 달렸다."라는 의미이다. 『삼국연의』 제103회에서 최초로 유래되었다. 제갈량은 사마의를 유인하여 호로곡에 가두고 화공으로 제압하려 하였다. 그러나 때마침 내린 소나기로 인하여 계획이 수포로 돌아가고 말았다. 그때 제갈량은 하늘을 보고 탄식하며 "일을 꾸미는 것은 사람이지만 그 일을 이루는 것은 하늘에 달렸다더니 인력으로 어찌할 수 없는 일이로다."(謀事在人, 成事在天, 不可强也.)라고 한탄한데서 유래되었다. 여기에서 살아난 사마의는 결국 위나라·촉나라·오나라 삼국을 제압하고 진(晉)나라로 천하를 통일하는 발판을 마련하였다.

30) 죽은 공명이 산 중달을 달아나게 한다.(死孔明, 走生仲達)

사공명 주생중달은 "죽은 공명이 산 중달을 달아나게 한다."라는 뜻으로 죽은 뒤에도 적들이 두려워 할 정도의 뛰어난 장수나 혹은 겁쟁이를 비유하는 말이다. 이 말은 『십팔사략』(十八史略)에 처음 나온다. 제갈량은 사마중달과 오장원에서 대치하던 중 자신의 죽음을 예감하고 사후에 자신이 살아서 지휘하는 것처럼 위장조치를 하고 죽는다. 제갈량의 사망 소식을 눈치 챈 사마의는 총공격을 하게 되는데 갑자기 수레 위에 제갈량이 살아 앉아 있는 것이 보이자 자신이 속은 줄 알고 황급히 병사들을 철수시킨다. 세인들은 사마중달의 이러한 행동을 보고 "죽은 공명이 산 중달을 달아나게 하였다."(死諸葛, 走生仲達.)라고 비웃었다.

『삼국연의』에는 제104회에 동일한 내용이 나온다. 자신이 기만당한 줄 안 중달은 "내 능히 산 것은 헤아렸어도 죽은 것은 헤아리지 못하였구나."하고 탄식하였다. 이로 인해 촉나라에서는 "죽은 제갈이 산 중달을 도망치게 했다네."(懿笑曰: 吾能料其生, 不能料其死也, 因此蜀中人諺曰: 死諸葛能走生仲達.)라는 속담이 생겼다. 후대에 발음하기 쉬운 사공명 주생중달(死孔明, 走生仲達)로 바뀌었다.

31) 전쟁에서 패한 장수는 용맹을 말하지 않는다.(敗將不言勇)

패장불어병은 "전쟁에서 패한 장수는 용맹을 말하지 않는다."라는 말로 최초의 기록은 『사기』(史記·淮陰侯列傳)에 나온다. 한나라 장수 한신이 이좌거를 생포한 후에 그에게 전략전술에 대하여 물어보자 이좌거는 "싸움에 패한 장수는 병법을 논하지 않는 법입니다."(敗軍之將不語兵.)라고 한데서 유래하였다.

『삼국연의』 제116회에서 위나라 사마소는 종회에게 촉나라 정벌을 명하자 소제가 이를 우려하여 반대의 뜻을 표한다. 이때 사마소는 "패장은 병법을 말하지 못하고, 망국의 대부는 딴 일을 도모하지 못하는 법입니다."(敗軍之將, 不可以言兵, 亡國之大夫, 不可以圖存.)라고 말한 데서 인용하였다.

32) 글을 백 번 읽으면 그 뜻이 저절로 이해된다.(讀書百遍義自見)

독서백편의자현은 "글을 백 번 읽으면 그 뜻이 저절로 이해된다."는 뜻으로, 후한 말기 학식이 높은 동우에게 학문을 배우겠다는 사람들이 구름처럼 몰려와 배움을 청하자 "마땅히 먼저 책을 백번은 읽어야 한다. 책을 백번 읽으면 그 뜻이 저절로 드러난다."(必當先讀百遍, 讀書百遍其義自見.)"라고 대답한 데서 유래한다.

최초의 기록은 정사 『삼국지』(三國志·魏志·種繇華歆王朗傳)에 배송지의 주석에 덧붙인 동우의 고사에서 비롯되었다. 그러나 『삼국연의』에는 보이지 않고 정사 『삼국지』에만 보인다.

第二部

三國志演義의 流入과 受容

I

『三國志演義』의 國內 流入과 出版[*]

中國通俗演義 가운데 우리의 고전문학에 가장 많은 영향을 끼친 三大作品을 꼽으라면 『三國志演義』(三國志)·『西漢演義』(楚漢志)·『東周列國志』(列國志)를 꼽는데 이의가 없을 것이다. 그만큼 이 소설들은 조선시대 이래로 번역은 물론 번안 및 재창작까지 이루어지며 폭넓게 수용되었다. 이러한 사실은 현재 남아있는 조선시대 판본과 필사본 및 번역본의 수량을 보면 그 규모와 영향력을 대략 짐작할 수 있다. 三大 演義類小說 가운데에서도 으뜸은 역시 『三國志演義』라고 할 수 있다.

『三國志演義』는 연의류 소설뿐만 아니라 중국고전소설 가운데에서도 우리 고소설의 형성과 발전에 지대한 영향을 끼친 소설로 평가할 수 있다. 또 중국통속소설 가운데 『三國志演義』는 가장 이른 시기에

* 이 논문은 2010년 한국연구재단의 정부재원(교육과학기술부 인문사회연구 역량강화사업비)의 지원을 받은 연구이다.(NRF-2010-322-A00128).
(2014년 『중국문화연구』 제24집에 게재된 논문을 일부 보완 수정하였다.)

국내에 유입되었을 뿐만 아니라 가장 빨리 출판까지 이루어진 책이기도 하다. 그리고 필자가 조사한 국내 소장 중국고전소설 판본목록에서도 가장 다양하고 가장 많은 판본으로 확인된다.[1]

또 출판의 경우에 있어서도 원문을 그대로 출판한 覆刻出版과 飜譯出版 및 飜案出版까지 다양하게 이루어져 그야말로 조선시대 최고의 베스트셀러임이 확인된다. 특히 모종강본 『四大奇書第一種』(貫華堂第一才子書)같은 경우는 한두 차례 판각이 이루어진 것이 아니라 여러 차례에 걸친 刊行의 흔적이 보여 당시의 인기를 짐작할 수 있다.

본고에서는 『삼국지연의』의 국내유입과 조선 출판본을 중점적으로 분석하였다. 즉 어떤 판본이 국내 유입되었으며 출판되었는지를 치밀하게 분석하고, 또 현재 학계에서 異論이 紛紛한 판본의 유입시기와 출판시기에 대한 각종 문제를 위주로 검토해 보고자 한다.[2]

1. 『삼국지연의』의 국내 유입

주지하듯이 『三國志演義』는 羅貫中에 의해 편찬된 長篇 歷史小說이다. 이 책이 나오기 이전에는 元代 至治年間(1321~1323년) 建安 虞氏의 新刊本 『全相平話五種』中 「三國志平話」가 있었다. 이 판본은 『삼국지연의』의 출판에 기초가 된 講史話本으로 상당한 의미를 지

---

1) 통속백화소설 가운데는 『三國志演義』가 가장 많았고 문언소설 가운데 『剪燈新話』판본이 가장 많은 것으로 확인된다.
2) 본문에서는 『삼국지연의』의 유입시기와 조선 출판본에 대한 고증을 위해 필자가 1995년 『중국소설논총』 제4집에 게재한 「삼국연의 국내유입과 판본 연구」의 자료를 일부 재인용하였으며 또 오류부분과 신 자료 발굴부분도 함께 수정보완 하였음을 밝혀둔다.

니고 있다. 그러나 본격적인 통속연의소설의 시작은 羅貫中의 『三國志通俗演義』부터 시작된다고 볼 수 있다. 현존하는 『三國志演義』의 가장 이른 판본은 明代 嘉靖元年 壬午(1522) 刊行本(一名 嘉靖本)으로 총 24권 240則으로 되어 있다.3) 嘉靖 以後 明代에 40여 종, 淸代에 70여 종 이상의 版本이 출현하였다. 이 판본들은 모두가 각기 다른 양상을 보이고 있다.

羅貫中의 『三國志通俗演義』가 출간된 이후 나온 주요 판본에는 周曰校刊本 『新刊校正古本大字音釋三國志傳通俗演義』으로 明 萬曆 辛卯年(1591)에 간행한 12卷 240則이 있고, 또 一名 余象斗本으로 알려진 『新刻按鑑全像批評三國志傳』은 萬曆 20年(1592)에 20卷 240則으로 나왔으며, 얼마 후 李卓吾(1527~1602년)編輯의 『李卓吾先生批評三國志』가 全 120回本(不分卷)으로 출현하였다.4) 그 후 淸初 康熙 18年(1679)前後에 이르러 毛綸·毛宗崗 父子가 거듭 修訂한 『毛宗崗評三國志演義』가 나오며 淸代 이래로 주종을 이루는 通行本이 되었다.

그러면 과연 이러한 판본들은 모두 국내에 유입되었을까? 하는 궁금증이 생긴다. 필자는 이러한 의문을 해결하기 위해 국내 소장된 『三國志演義』판본과 관련 문헌기록을 두루 조사해 보았다.

먼저 『삼국지연의』의 토대가 된 正史 『三國志』의 국내 최초 流入

---

3) 이 책의 서두에 '庸愚子 弘治 7年(1494년) 序'와 '修髥子嘉靖元年引'이 있으며 또 題에는 '晉平陽侯陳壽史傳, 後學羅貫中編次'라고 되어있다. 일반적으로 이 책이 최초 판본이 아니며 그 이전에 선행본이 있었을 것으로 추정한다.

4) 그 외 淸初 遺香堂本 『三國志』(24권 120회본)와 『李笠翁批閱三國志』(24권 120회본)가 출간되었으나 크게는 이탁오본의 범주에서 벗어나지 못한다.

記錄은 令孤德棻(583~666年)의 『周書』〈列傳 第41, 高句麗條〉5)에 처음 보인다. 『周書』에 "(高句麗)書籍有五經·三史·三國志·晉陽秋"라고 언급된 것으로 보아 이미 삼국시대에 국내에 유입되었음이 확인된다. 이 책은 그 후 고려 및 조선까지도 지속적으로 유입된 것으로 보인다.

또 小說『三國志』의 국내 유입은 고려 말기로 추정되고 있다.6) 즉 고려 말기에 편찬된 것으로 추정되는 『老乞大』의 末尾部分에 고려 상인이 책을 사는 장면이 나오는데, 그가 구입한 서적목록 가운데 『三國志平話』가 언급되어 있기 때문이다.7)

그 후에 출현한 판본이 바로 나관중본 『삼국지연의』이다. 필자가 조사한 국내 소장본 『삼국지연의』의 書目으로는 『三國志通俗演義』·

---

5) "(高句麗)書籍有五經·三史·三國志·晉陽秋". 『周書』. 그 외에도 李延壽의 『北史』(列傳 第82, 高句麗條)에 "書有五經·三史·三國志·晉陽秋"라고 기록되어 있고, 『宋史』(권487, 列傳 제246, 外國3, 高麗條)에도 高麗 顯宗 7年(1016)에 戶部侍郎 郭元이 송나라 眞宗으로부터 『九經』·『史記』·『兩漢書』·『三國志』·『晉書』 등을 下賜받았다는 기록이 있다.

6) 이은봉, 「삼국지연의의 수용 양상」, 인천대 국문과 박사학위논문, 2006.12. 23쪽 참고.

7) 更買些文書一部, 四書都是晦庵集註, 又買一部, 毛詩, 尙書, 周易, 禮記, 五子書, 韓文, 柳文, 東坡詩, 詩學, 大成押韻, 君臣故事, 自治通鑑, 翰院新書, 標題小學, 貞觀政要, 三國志平話. 這些貨物都買了也. 『老乞大』, 한국학중앙연구원(C138), 47a~47b쪽. 대략 고려말기에 유입된 통속소설로는 『삼국지평화』이외에도 『朴通史諺解』를 통해서 『古本西遊記』도 유입된 것으로 추정된다. 이상의 기록을 근거로 보면 나관중의 『삼국지연의』가 나오기 전에 이미 『三國志平話』本이 국내에 유입되어 유통되었던 것이 확실해 보인다. 이는 이전까지 1569년 『朝鮮王朝實錄』(宣祖 卷3)中 "기대승이 언급한 기록"에 의존하던 기존의 定論을 크게 앞당기는 계기가 되었으며 사료적으로도 매우 귀중한 자료로 평가된다.

『新刊校正古本大字音釋三國志傳通俗演義』·『新鋟全像大字通俗演義三國志傳』·『貫華堂第一才子書』·『第一才子書』·『第一才子書三國志』·『第一才子書繡像三國志演義』·『四大奇書第一種』·『四大奇書第一種三國志』·『四大奇書第一才子書』·『繡像金聖歎批評三國志』·『繡像全圖三國演義』·『繡像第一才子書』·『增像全圖三國志』·『增像繪圖三國演義』·『增像全圖三國志演義』·『增像全圖三國演義』·『增像三國全圖演義』·『增像全圖三國志演義第一才子書』·『增像全圖第一才子三國志演義』·『繪圖三國演義』·『繪圖三國志演義』·『繪圖三國志演義第一才子書』·『精校繪圖三國志演義』·『精校全圖绣像三國志演義』·『精校全圖足本鉛印三國志演義』·『圖像三國志演義第一才子書』·『繪本通俗三國志』等 약 30여 종이 확인된다. 그 중 대부분은 羅貫中(明)撰·金聖歎(淸)編·毛宗崗(淸)評本이며 出刊年度는 淸代 中·後期 刊行本이 주종을 이루고 있다.8) 그중에는 국내 출간본도 상당수가 존재한다.

　그중 가장 이른 판본인 羅貫中本 『삼국지통속연의』의 국내 유입은 늦어도 1560년대 이전으로 추정된다. 이는 최근 박재연에 의하여 발굴된 조선 활자본 『三國志通俗演義』(이양재소장본)가 대략 1560년대 초·중반 사이에 국내 金屬活字本으로 인출된 것으로 확인되면서 유입시기가 다소 앞당겨졌다. 羅貫中本 『三國志演義』가운데 현존하는 가장 이른 판본으로 明代 嘉靖 壬午(1522) 간행본인 점을 고려하면 국내 유입시기는 1522년~1560년 사이로 추정된다. 이는 중국에서 출판된 후 바로 국내에 유입되었다고 보아도 무리는 없어 보인다. 그러

---

8) 1995년 『중국소설논총』 제4집에 게재한 「삼국연의 국내유입과 판본 연구」에서는 8종으로 조사되었으나 새로운 자료의 발굴로 인해 30여 종으로 늘어나 수정을 하였다.

나 고전문헌상에 보이는 최초기록은 여전히 『朝鮮王朝實錄』(宣祖 卷 3, 1569년)의 기록이 가장 빠른 기록이다. 그 기록은 다음과 같다.9)

　　주상전하께서 문정전 석강(저녁에 궁중에서 유생들이 모여 경전을 강론함)에 나아가니, 『近思錄』 제2권을 강론해 올렸다. 기대승이 나아가 아뢰기를, "지난번 張弼武를 불러 인견하실 때 전교하시기를 '張飛의 고함 한마디에 千軍萬馬가 달아났다'라고 한 말은 사실 正史 『三國志』에는 보이지 아니하고 『三國志衍義』에 나온다고 들었습니다. 이 책이 나온 지가 오래 되지 아니하여 소신은 보지 못하였는데, 주변의 친구들에게 들으니 허망하고 터무니없는 말이 매우 많았다고 하였습니다. 天文·地理에 관한 책은 이전에는 숨겨졌다가 나중에 드러나는 일이 있기도 하였지만, 역사 기록의 경우 처음에 실전되었던 것을 후대에 臆測하여 쓰기가 어려운 것인데도 여기에는 敷衍하고 增益하여, 매우 괴이하고 허망하였습니다. 신이 뒤에 그 책을 보니 단연코 이는 신뢰할 수 없는 무리배가 잡된 말을 모아 옛날이야기처럼 만들어 놓은 것이었습니다. 이것은 雜駁하여 무익할 뿐 아니라 크게 의리를 해치는 것입니다. 주상께서 이 책을 우연히 보셨다니 참으로 송구하고 유감스럽습니다. 그 중의 내용을 들어 말씀드린다면 '董承의 衣帶詔書' 이야기나 '赤壁 싸움에서 이긴 것' 등은 각각 괴상하고 허탄한 일이거나 근거 없는 말로 부연하여 만든 것입니다. 주상께서 혹시 이 책의 근본을 모르시는 것이 아닐까 하여 감히 아룁니다. 이 책은 『楚漢衍義』 등과 같은 책일 뿐만 아니라 이와 같은 종류의 책들은 한두 가지가 아니라 수종이 나왔으며, 모두가 의리를 심히 해치는 것들입니다. 詩文·사화(詞華)는 상관이 없지만 그러나 『剪燈新話』나 『太平廣記』와 같은 책은 사람의 심지(心志)를 오도하기에 족한 책들입니다.

　　(壬辰…上御夕講于文政殿. 進講近思錄第二卷. 奇大升進啓曰, 頃

---

9) 민관동, 『중국고전소설의 전파와 수용』, 아세아문화사, 2007.10. 156~157쪽.

日張弼武引見時, 傳敎內張飛一聲走萬軍之語, 未見正史, 聞在三國
志衍義云. 此書出來未久, 小臣未見之, 而或因朋輩間聞之, 則甚多
妄誕. 如天文地理之書則, 或有前隱而後著, 史記則初失其傳, 後難
臆度, 而敷衍增益, 極其怪誕. 臣後見其冊, 定是無賴者, 裒集雜言,
如成古談. 非但雜駁無益, 甚害義理. 自上, 偶爾一見, 甚爲未安, 就
其中而言之, 如董承衣帶中詔及赤壁之戰勝處, 各以怪誕之事, 衍成
無稽之言. 自上, 幸恐不知其冊根本, 故敢啓, 非但此書. 如楚漢衍義
等書, 如此類不一, 無非害理之甚者也. 詩文詞華 尙且不關 況剪燈
新話 太平廣記等書 皆足以誤人心志者乎.)

<宣祖實錄, 卷三·24~5, 宣祖2年6月, 壬辰>

이처럼 1569년 이전에 기대승은 물론 宣祖까지 『삼국지연의』를 읽
었다는 점과, 게다가 宣祖는 『삼국지연의』의 문장을 인용까지 하며 박
식함을 자랑하였다는 사실은 매우 意味있는 기록이다. 또 당시 『삼국
지연의』뿐만 아니라 『초한연의』를 비롯한 연의류 소설과 『太平廣記』
및 『剪燈新話』까지도 유입되어 크게 유행하고 있었음을 짐작할 수 있
다. 중국의 서지상황과 국내 출판상황을 감안하면 당시 조선에 유입된
판본은 羅貫中 『三國志通俗演義』가 확실해 보인다.

또 비슷한 시기에 나온 柳希春(1513~1577년, 字: 仁仲, 號: 眉岩)의
『眉岩日記』(癸酉[1573]正月十七日條 / 二十一日條)에 보면:

十七日 晴 朝師傅朴光玉景瑗來訪. 余語及三國志 朴以丈祖 徐同
知祉 藏有不秩者 二十餘冊 當奉贈云.

(17일 맑음. 아침에 사부 景瑗 朴光玉이 방문하였다. 내가 『三國志』
에 대해 말하자 박광옥의 처조부 徐同知의 사당에 장서 잔본 20여 책이
있어 마땅히 증여하겠다고 하였다.)

二十一日 師傅朴光玉 送三國志二十冊來. 雖未備者十冊 然亦感

喜. 光玉 字景瑗 光鼎之弟也.

(21일 사부 朴光玉이『三國志』20책을 보내 왔다. 비록 10책이 未備
되어 완전하지 않았으나 매우 기뻐 감격하였다. 광옥은 자가 景瑗으로
光鼎의 동생이다.)

여기에서 주목할 부분은 유희춘이 언급한 完帙本『三國志』30冊이
다. 羅貫中本『三國志通俗演義』는 24권 24책으로 되어 있고 周曰校
本『新刊校正古本大字音釋三國志傳通俗演義』는 12권 12책이며,
余象斗本『新刻按鑑全像批評三國志傳』은 20권 20책, 淸初 遺香堂
本『三國志』는 24권 120회본, 李漁本『李笠翁批閱三國志』는 24권
120회본으로 유희춘이 언급한 完帙 30冊本과 다르기 때문이다. 혹 正
史『三國志』를 指稱하였나 서지상황을 확인하였으나 이도 아닌듯하
다. 그렇다면 1573년경 알려지지 않은 또 다른 30책본『삼국지연의』가
있었다는 결론으로 이 판본에 대한 관심이 요구된다.

그 후에 유입된 판본은 周曰校本『新刊校正古本大字音釋三國志
傳通俗演義』로 보인다. 이 책은 이미 국내에서 覆刻本으로 출간이 되
었기에 流入與否에 異論이 있을 수 없다. 그 외에 余象斗本『新刻按
鑑全像批評三國志傳』과 李卓吾本『李卓吾先生批評三國志』가 유
입되었는지는 현존하는 판본과 기록이 없어 확인하기 어렵지만 조선
에서 일어난『삼국지연의』의 熱風과 관심으로 보면 유입되었을 가능
성이 농후하다.

그리고 毛綸·毛宗崗 父子의 修訂本『毛宗崗評三國志演義』는
국내에서『四大奇書第一種』이라는 이름으로 여러 차례 출판되었기에
유입은 당연할 뿐만 아니라 국내 현존하는 대부분의 중국 판본은 金聖
歎(淸)編, 毛宗崗(淸)評本이 압도적이다.

또 毛本『三國志演義』를 구체적으로 소개하는 기록이 安鼎福

(1712~1791年)의 『順庵集』에 나온다.

余觀唐板小說, 有四大奇書. 一三國志, 二水滸志, 三西遊記, 四金
甁(屛)梅也. 試三國一匣, 其評論新奇, 多可觀, 其凡例亦可觀. 其序
文亦以一奇字命意, 而其文法亦甚奇.[10] 考其人則金人瑞毛宗崗也,
考其時則順治甲申年(1644)也. 未知金人瑞毛宗崗爲何如人, 而順治
甲申歲, 此天地變易, 華夏淪沒之時. 中原衣冠, 混入于剃髮左袵之
類, 文人才子之怨抑而不遇者, 其或托此而寓其志也!

(내가 中國에서 판각된 小說을 보았는데, 그 중에 四大奇書가 있었
다. 그 중 하나는 『三國志』이고, 둘째는 『水滸志』이며, 셋째는 『西遊記』
이고, 넷째는 『金甁(屛)梅』이다. 試驗삼아 『三國志』 한 帙을 살펴보니,
評論이 아주 新奇해서 볼 만한 것이 많고, 그 凡例 또한 볼 만하다. 序
文 역시 온통 기특함으로 뜻을 담았고, 그리고 그 글에 나오는 讀三國
志法 또한 아주 奇特하다. 그 책들을 批評해서 펴낸 사람을 考察해보
니 金人瑞와 毛宗崗이고, 그 책이 나온 時期는 順治 甲申年(1644年)
이었다. 金人瑞와 毛宗崗이 어떤 사람인지는 잘 알 수 없으나, 順治
甲申年은 天地가 뒤바뀌어 中華(명나라)가 沒落하게 된 때이다. 中國
의 風俗들이 滿族의 辮髮과 左袵하는 오랑캐 것으로 섞여 들어가게 되
매, 文人과 才子들이 抑鬱하고 不遇한 심정을 여기에 依託해서 寓意
한 것이리라.)[11]

安鼎福의 『順庵雜誌』 42冊中.

이처럼 1700년대에 유입된 것은 물론 판본의 서지상황에 대하여도
구체적으로 기술하고 있다. 특히 "讀三國志法"과 "凡例" 및 金聖歎
序文에 대해 언급하는 것으로 보아 毛本의 『第一才子書』일 가능성이

---

10) "而其文法亦甚奇"에서 "其文法"은 바로 모종강이 쓴 "讀三國志法"을 의
미한다.

11) 安鼎福, 『順庵集』, 「順庵雜著」 42冊.

크다.

또 국내 소장된 『三國志演義』판본의 출판사를 조사해보니 "經國堂"·"九思堂"·"致和堂"·"宏道堂"·"文興堂"·"同德堂"·"同志堂"·"槐蔭堂"·"上海掃葉山房"·"上海江左書林"·"上海書局"·"鑄記書局"·"上海廣益書局"·"上海錦章書局"·"三多齋藏板"·"同文書局"·"成文信"·"上海時中書局"·"上海善成堂"·"小石山房"·"上海蔣春記書"·"上海中新書局"·"天寶書局"·"鴻文書局"·"上海圖書"·"懷德堂圖書"·"上海文盛書局"·"蘇州綠啓堂"·"翠筠山房"·"上海同文晉記書局"·"上海文華書局"·"同文升氣書局"·"同女普氣書局"·"大阪岡田茂兵衛" 等 대략 30여 개 출판사로 집계된다. 이들 판본 상당수는 1800년대 중·후기에 중국에서 유입된 판본이며 또 대부분 上海에서 出版한 판본이다. 간혹 일본판본도 눈에 뜨인다.12)

이렇게 『삼국지연의』의 국내 유입은 高麗末期부터 朝鮮末期까지 다양하게 이루어졌음이 확인된다. 이 책 가운데 善本은 곧바로 출판으로 이어졌고 그 후 1800년대 중기이후로 들어서는 번역출판까지 본격적으로 이루어지게 된다.

또 이러한 가운데 續書들까지 국내에 유입되는데 이러한 소설들이 바로 『後三國演義』·『後三國石珠演義』이다. 그중 楊爾曾13)의 『後

---

12) 앞에서 언급한 국내 유입된 중국판본의 서목과 출판사에 대한 자료는 필자기 기존에 발표한 논문에 새로 발굴된 자료를 합하여 다시 보완하였음을 밝혀둔다. 또 새로 발굴된 일본 판본은 서명이 『繪本通俗三國志』로 池田東籬校正, 葛飾戴斗畵圖, 大阪 岡田茂兵衛, 天保7~12年(1836~1841)이라 기록되어 있으며 현재 부산시립도서관에 소장되어 있다. 이 판본은 일제시대 때 유입된 것으로 보인다.

13) 編者는 楊爾曾(1575~? / 字는 聖魯이고 號는 雉衡山人, 臥遊道人, 雉衡逸

三國演義』[14]는 一名『三國演義續編』 혹은 『後三國東西晉演義』라고도 하는 演義小說로 총 12卷 50回로 이루어진 小說이다.

이 판본은 世德堂에서 출간하여 크게 유행하였는데, 그 후에 楊爾曾이 萬曆 40年(1612) 이전에 泰和堂主人의 부탁을 받고 『東西晉演義』라는 이름으로 再編한 것이다. 이것이 바로 현존하는 武林刊本이다.[15] 또 淸 嘉慶 4年(1799) 敬書堂에서 明本을 底本으로 다시 간행하였는데 이 책은 上圖下文의 형식으로 揷圖左右에 표제를 달았다.[16]

『後三國志』가 國內에 流入된 시기는 대략 조선 중기 이전으로 추

史, 六橋三笁主人 등)으로 浙江錢塘(지금의 杭州) 保安坊羊牙蕩 출신이다. 龔敏, 「明代出版家楊爾曾編撰刊刻考」, 『文學新鑰』, 2009年 12月 第10期, 197쪽 참조.

14) 이 책의 내용은 晉 武帝 司馬炎의 즉위 초 이야기부터 시작된다. 당시 晉의 동쪽에 있던 吳나라를 치기위해 晉 武帝는 王渾과 王濬 등을 파견하여 강동 정벌에 나선다. 王濬의 군대가 석두성에 도착하자 吳나라 군주 孫晧는 항복하였다. 그러나 王渾은 王濬이 자기가 도착하기를 기다리지 않고 먼저 孫晧의 항복을 받은 것을 못마땅하게 여겨 陰害를 한다. 그 후 武帝는 王濬을 大將軍에 봉하고 온종일 淫游를 즐기면서 政事를 돌보지 않았다. 武帝는 지나치게 여색에 빠진 나머지 질병에 감염되어 죽게 된다. 이후에 兩晉은 德文까지 156년 동안 지속되었으나 결국 劉裕에 이르러 멸망한다는 이야기이다.

15) 현재 北京大學에 소장되어 있는 明 武林刊本은『新鐫出像東西晉演義』이라고 제목을 달았다. 또한 明 武林刊本은 "武林夷白主人重修", "泰和堂主人參訂"이라 되어 있다. 12卷 50回로 "雉衡山人題"와 "東西晉演義序"가 있으며 附圖와 100폭의 揷圖도 있다. 萬曆 40年에 大業堂에서 『東西兩晉志傳』을 간행할 때『東西晉演義』에 있던 楊爾曾의 序文을 그대로 옮겼다고 볼 수 있다. 龔敏, 「東西晉演義與東西兩晉志傳關係考」, 『東華人文學報』, 東華大學 人文社會科學學院, 2008年 1月 第12期, 145~166쪽 참조.

16) 江蘇省社會科學院 明淸小說研究中心 文學研究所 編, 『中國通俗小說總目提要』, 中國文聯出版公司, 1990, 169~173쪽 참조.

정된다. 즉 1762년에 나온 윤덕희의 〈小說經覽者〉에 이 책의 서명이 언급되어 있어 이러한 사실을 뒷받침해 주고 있으며 國內에는 慶熙大에 錦章圖書局에서 간행한 乙亥(1875)의 판본인 『繡像後三國志演義』가 소장되어 있다.[17]

그 외 『後三國石珠演義』는 30回로 구성되어 있으며 저자는 梅溪遇安氏로 알려져 있다. 梅溪遇安氏의 생애에 대해서는 자세히 알려진 바가 없다. 12권 50회로 되어있는 『後三國石珠演義』[18]는 『後三國演義』와는 다른 책이다. 또 『삼국지연의』와 관계가 없는 책이다.

이 책은 俞晚柱의 『欽英』(1775~1787年間의 日記)에 『石珠演義』라고 언급되어 있는 것으로 보아 대략 1780년대 이전에는 국내에 유입된 것으로 보인다. 國內에 소장된 中國木版本은 出版年代를 정확히 알 수 없으나 대략 淸末 版本으로 추정된다. 이 판본들은 澗松文庫에 4冊本이 또 國立中央圖書館에 6冊本이 각각 소장되어 있다.[19]

---

17) 민관동 외 공저, 『한국 소장 중국통속소설의 판본목록과 해제』, 학고방, 2013.4, 95~97쪽.

18) 현존하는 판본은 耕書屋刊本으로 글머리에 『後三國演義』라 쓰여 있으나 目錄 및 每回 本文은 卷 끝에 모두 『後三國石珠演義』라 쓰여 있다. 序에 의하면 "庚申 4월 滄園主人이 綠竹專에서 씀"이라 하였는데 연호가 없어 정확한 연대를 추정하기 어려우나 일반적으로 庚申은 乾隆 5年(1740)으로 보고 있다. 이 책의 내용은 晋武帝 太康 年間에 潞安州 發鳩山 중턱에 石珠라는 천상의 선녀가 지상에 내려와서 弘祖를 만나게 된다. 石珠는 후에 弘祖와 함께 천하를 어지럽히는 무리들을 물리치고 왕위에 오른다. 그 후 국호를 趙라고 칭하며 弘祖를 大元帥로 삼았다. 이때 吳禮가 나타나 石珠가 왕위에 오른 일을 꾸짖자 왕위를 弘祖에게 이양하니 弘祖가 漢王이 되었다. 그후 石珠는 惠女庵으로 돌아가 3년을 수련하고 천상으로 돌아간다는 이야기로 『삼국지연의』와는 무관한 책이다. 江蘇省社會科學院 明淸小說研究中心 文學研究所 編, 『中國通俗小說總目提要』, 中國文聯出版公司, 1990, 496쪽 참조.

2. 『삼국지연의』의 국내 출판

국내에 유입된 『三國志演義』는 1500년대 중기에 처음으로 출판이 이루어지기 시작하여 여러 차례 간행이 되었다. 최초의 국내 간행본은 羅貫中本 『三國志通俗演義』이며, 그 후 周曰校本 『新刊校正古本大字音釋三國志傳通俗演義』와 毛宗崗評點의 『四大奇書第一種』(貫華堂第一才子書)이 차례로 간행되었다. 1800년대에 들어서는 飜譯本 『三國志』도 방각본으로 출간되었다.

1) 『三國志通俗演義』

이 책의 국내 출간은 근래 박재연에 의하여 확인되었다. 먼저 중국에서 출간된 『三國志通俗演義』의 서지상황을 살펴보면 다음과 같다.

『三國志通俗演義』는 24卷 240則으로 명대 嘉靖 壬午年(1522)에 간행된 大字本이다. 서명은 "晉 平陽侯 陳壽史傳, 後學 羅本貫中編次"로 되어있으며, 卷頭에는 "弘治 甲寅年(弘治 7年/1494년) 庸愚子의 序文"이 들어있다. 또 "嘉靖 壬午 關中修髥子引"이 있고 "關西張尙德章"이 있다. 판심은 黑口이며 한 면에 9行 17字로 되어있으며 揷畵는 없다. 이것이 지금까지 발견된 가장 이른 판본이지만 『三國志通俗演義』의 원판본이라고는 할 수 없다.[20]

최근 박재연에 의하여 새로 발굴된 朝鮮活字本 『三國志通俗演義』는 1책(零本)으로 卷8(上·下)이 남아 있으며 현재 이양재가 소장하고

---

19) 민관동 외 공저, 『한국 소장 중국통속소설의 판본목록과 해제』, 학고방, 2013.4, 97~98쪽.
20) 오순방 외 공역, 『中國古典小說總目提要』, 울산대출판부, 1993, 113쪽 참고

있다. 이 책은 크기가 30.5×19.5㎝, 半郭은 23.2×16.5㎝. 四周雙邊이다. 有界에 11行 20字로 되어 있으며 大黑口 上下內向 三葉花紋魚尾이다. 版心題는 "三國志"이며, 표지는 찢겨져 나갔다. 하지만 卷之八下의 첫면을 통해 책의 형태를 짐작할 수 있다. 卷8 下卷의 첫 면 제1행에 "三國志通俗演義 卷之八下", 제2행에 "晉平陽侯陳壽史傳", 제3행에 "後學羅本貫中編次"로 되어 있어 이 책의 全名이 "三國志通俗演義"이며 각 권이 上下로 나누어져 있음이 확인된다.[21]

필자는 이 책의 원형을 알아보기 위해 回目을 고찰한 결과 이 책은 12卷 12冊 240則本임을 확인할 수 있었다. 즉 嘉靖 壬午本이 24卷 24冊 240則本으로 되어 있고 周曰校本은 12卷 12冊 240則으로 되어 있는 점을 고려하면 이 책은 周曰校本에 가깝다. 이 책이 12卷 12冊 240則本임을 확인하는 단서는 다음과 같다.

嘉靖 壬午本은 24卷 24冊 240則으로 한권에 10則으로 구성된 반면, 周曰校本(甲本)은 12卷 12冊 240則으로 한권에 20則으로 구성되었다. 새로 발굴된 朝鮮活字本은 卷8로 上·下로 구성되었다.

則	『三國志通俗演義』卷之八上	則	『三國志通俗演義』卷之八下
141則	缺	151則	關雲長大戰徐晃
142則	缺	152則	關雲長夜走麥城
143則	缺	153則	玉泉山關公顯聖
144則	缺	154則	漢中王痛哭關公
145則	缺	155則	曹操殺神醫華陀
146則	缺	156則	魏太子曹丕秉政
147則	龐德擡櫬戰關公	157則	曹子建七步成章
148則	關雲長水淹七軍	158則	漢中王怒殺劉封
149則	關雲長刮骨療毒	159則	廢獻帝曹丕篡漢
150則	呂子明智取荊州	160則	缺

21) 박재연, 『중국 고소설과 문헌학』, 역락, 2012.12, 250쪽 참조.

이상의 도표를 가지고 분석한 결과 嘉靖 壬午本은 권15~권16에 해당하고 周曰校本(甲本)의 권8에 해당한다. 殘存하는 朝鮮活字本(卷8, 上/下) 147則~159則까지의 回目을 비교해 보니 세권모두 완전히 일치하였다. 특히 권수에 있어서도 12권 12책의 주왈교본과 거의 일치하나 다만 朝鮮活字本은 每卷을 上·下로 나눈 것이 다를 뿐 12권 12책의 구성은 일치한다. 이러한 결과로 보면 새로 발굴된 朝鮮活字本의 원형은 판본의 구성에 있어서 嘉靖 壬午本보다는 周曰校本(甲本)에 가깝다. 그렇다고 주왈교본의 書名과 版心題에 있어서 완전히 일치하지도 않는다.22) 그러기에 이 책은 총 12卷 12冊 240則으로 구성된 독자적 판본이며 주왈교본의 선행본임이 확인된다.

이 책은 대략 1560년대 초·중반 사이에 인출된 것으로, 우리나라에서 현존하는 『三國志演義』간행본 중 가장 오래된 것이며, 韓·中·日 삼국을 통틀어 첫 번째 금속활자본이다. 조선시대에 간행된 많은 중국 소설들은 대부분 문언소설인데, 백화소설의 간행으로는 『三國志通俗演義』가 처음23)이라는 점에서 상당한 의미가 있다.

그러나 이 책의 국내 유입시기와 출간시기에 대해서는 국내외 학자들 사이에 異論이 紛紛하였다. 먼저 문제가 된 『朝鮮王朝實錄』(宣祖 卷3, 1569년)의 기록을 다시 인용하여 설명을 하고자 한다.

주상전하께서 문정전 석강(저녁에 궁중에서 유생들이 모여 경전을 강론함)에 나아가니, 『近思錄』 제2권을 강론해 올렸다. 기대승이 나아가

---

22) 版心題는 嘉靖 壬午本과 朝鮮活字本은 "三國志"이고 周曰校本은 "三國演義"이다. 이 부분은 오히려 嘉靖 壬午本에 가깝다.

23) 박재연·김영교주, 「새로 발굴된 조선 활자본 『三國志通俗演義』에 대하여」, 『三國志通俗演義』, 학고방, 2010. 12~23쪽 참조.

아뢰기를, "지난번 張飛武를 불러 인견하실 때 전교하시기를 '張飛의 고함 한마디에 千軍萬馬가 달아났다'라고 한 말은 사실 正史『三國志』에는 보이지 아니하고『三國志衍義』에 나온다고 들었습니다. 이 책이 나온 지가 오래 되지 아니하여 소신은 보지 못하였는데, 주변의 친구들에게 들으니 허망하고 터무니없는 말이 매우 많았다고 하였습니다. 天文·地理에 관한 책은 이전에는 숨겨졌다가 나중에 드러나는 일이 있기도 하였지만, 역사 기록의 경우 처음에 실전되었던 것을 후대에 臆測하여 쓰기가 어려운 것인데도 여기에는 敷衍하고 增益하여, 매우 괴이하고 허망하였습니다. 신이 뒤에 그 책을 보니 단연코 이는 신뢰할 수 없는 무리배가 잡된 말을 모아 옛날이야기처럼 만들어 놓은 것이었습니다. …「中略」…『전등신화』는 놀라우리만큼 低俗하고 외설적인 책인데도 교서관이 재료를 사사로이 지급하여 刻板하기까지 하였으니, 識者들은 모두 이를 마음 아파합니다. 그 板本을 제거하려고도 하였으나 그대로 오늘에 이르렀습니다. 일반 여염 사이에서는 다투어 서로 인쇄하여 보고 있으며 그 내용에는 남녀의 음행과 상도에 벗어나는 괴상하고 신기한 말들이 또한 많이 있습니다.『삼국지연의』는 괴상하고 誕妄함이 이와 같은데도 印出하기까지 하였으니, 당시 사람들이 어찌 무식한 소치가 아니고 무엇이겠습니까!"

(壬辰…上御夕講于文政殿. 進講近思錄第二卷. 奇大升進啓曰, 頃日張飛武引見時, 傳敎內張飛一聲走萬軍之語, 未見正史, 聞在三國志衍義云. 此書出來未久, 小臣未見之, 而或因朋輩間聞之, 則甚多妄誕. 如天文地理之書則, 或有前隱而後著, 史記則初失其傳, 後難臆度, 而敷衍增益, 極其怪誕. 臣後見此冊, 定是無賴者, 裒集雜言, 如成古談 …〈中略〉… 剪燈新話鄙褻可愕之甚者, 校書館私給材料至於刻板, 有識之人, 莫不痛心, 或欲去其板本而因循至今. 閭巷之間, 爭相印見, 其間男女會淫神怪不經之說, 亦多有之矣. 三國志衍義則怪誕如是, 而至於印出, 其時之人豈不無識.)

〈宣祖實錄, 卷三·24~25, 宣祖2年6月, 壬辰〉

위에 언급된 "此書出來未久"와 "三國志衍義則怪誕如是, 而至於 印出"이라는 문장인데 이것에 대해 유세덕과 박재연은 조선에서 출판 된 판본 즉 근래 새로 발굴된 조선활자본을 의미한다고 보고 있다.24) 그러나 유탁일은 반대로 여기에서 언급된 문구가 중국에서 간행되어 들어온 것을 의미한다고 보고 있으며25) 김문경도 "出來"가 "나오다" 라는 의미로 국외에서 국내로 들어온다는 의미이며, "印出" 역시 중국 에서 인쇄한 것을 의미한다는 견해를 보이고 있다.26)

필자의 견해로는 유세덕과 박재연의 논리가 비교적 타당해 보인다. 왜냐하면 기대승이 『三國志演義』에 대해 문제를 제기할 당시, 즉 1569년 전후에는 이미 『新序』(1492~1493년)·『說苑』(1492~1493년)· 『酉陽雜俎』(1492년)·『訓世評話』(1473년, 1480년, 1518년)·『太平廣 記』(1460년경)·『列女傳』(1543년)·『博物志』(1568년 이전)·『嬌紅記』 (1506년[推定])·『剪燈新話句解』(1549년, 1559년, 1564년)·『剪燈餘 話』(1568년 이전)·『三國志通俗演義』(1560年代初·中期)·『花影集』 (1586년 이전)·『效顰集』(1568년 이전)·『玉壺氷』(1580년)·『兩山墨 談』(1575년) 등27) 수많은 중국고전소설들이 국내에서 출판되었다. 이

---

24) 劉世德,「三國志演義朝鮮銅活字殘本研究之一·二」,『前近代 동아시아 小 說의 交流』, 성균관대학 동아시아학술원 국제학술회의, 2010.8.10, 56~58쪽 참고.
박재연,『중국 고소설과 문헌학』, 역락, 2012.12, 248~249쪽 참고.

25) 柳鐸一,「三國志通俗演義의 傳來版本과 시기」,『碧史李佑成先生停年退 職紀念國語國文學論叢』, 여강출판사, 1990, 771쪽 참고.

26) 金文京,「朝鮮王朝實錄中有關三國志衍義記載的銓釋」,『第十一屆中國古代 小說·戲曲文獻曁數位化國際學術研討會論文集』, 臺灣 嘉義大學, 2012.8.21. ~22, 別刷本.

27) 민관동,「중국고전소설의 출판문화 연구」,『中國語文論譯叢刊』제30집, 2012.1, 230쪽.

러한 점을 고려하면 여기에서도 1560년 초·중기에 간행된 조선활자본 『三國志通俗演義』를 지칭하는 것이 타당해 보이며 또 상기 인용문에서도 1549년과 1559년 및 1564년에 교서관에서 판각된 『剪燈新話句解』의 印出에 대하여 언급하다가 『삼국지연의』를 논하고 있기에 더욱 그러하다.

이상의 논의를 다시 정리하면 새로 발굴된 朝鮮活字本 『三國志通俗演義』는 1522년에 나온 嘉靖 壬午本과 周曰校本 사이에 출간되었고, 또 중국에서는 逸失된 판본을 覆刻한 것으로 추정된다. 그러나 박재연은 "주왈교본 갑본을 모본으로 하면서도 嘉靖 壬午本을 참고하여 교감을 더하고 상·하권으로 분류하여 간행된 독자적인 판본이다."28)라고 하였다. 사실 조선활자본이 상·하권으로 분류한 점은 비록 독자적인 형태를 띠고 있으나 版式이나 書名, 版心題 등이 오히려 주왈교본 갑본이 아닌 嘉靖 壬午本과 동일점, 조선활자본의 본문이 嘉靖 壬午本이나 周曰校甲本 어느 판본과도 완전히 일치하지 않는 점,29) 또 어느 부분에 있어서는 섭봉춘본과 일치하고 있는 점을 고려하면 여전히 의문점이 남는다.

필자의 견해로는 이 책은 오히려 중국에서 이미 오래전에 일실된 또 다른 판본을 조선에서 복각하였다고 보는 것이 더 타당해 보인다. 사실 국내에서 독자출판하면서 원판본의 오탈자를 수정할 수 있어도 내용을 임의적으로 바꾸기는 쉽지 않은 일이다. 이는 조선에서 이미 복각한 周曰校本 『新刊校正古本大字音釋三國志傳通俗演義』와 毛

---

28) 박재연, 『중국 고소설과 문헌학』, 역락, 2012.12, 273쪽.
29) 박재연은 가정임오본과 다르면서 주왈교갑본과 일치하는 것이 500여 자라면, 주왈교갑본과 다르면서 가정임오본과 일치하는 것은 200여 자로 조선활자본이 주왈교갑본에 더 가깝다고 하였다.

宗崗評點의 『四大奇書第一種』(貫華堂第一才子書)의 관례를 보더라도 그러하다.

또 필자는 그동안 국내에서 출판된 중국고전소설에 대하여 연구하면서 『考事撮要』에 유독 『三國志通俗演義』에 대한 출판기록이 없음을 기이하게 여겨왔다. 『攷事撮要』는 宣祖 1年(1568) 刊行本과 宣祖 18年(1585) 刊行本에 총 988종의 국내 출판서적 목록이 수록되어 있는 책이다.30) 대략 임진왜란 이전에 출간된 책들은 총망라되었다고 보이는 책인데도 특이하게도 『三國志通俗演義』만은 누락되어 있기 때문이다.

이러한 이유는 『전등신화구해』의 출판에 대해 언급한 "校書館私給材料至於刻板"(교서관이 재료를 사사로이 지급하여 刻板하기까지 하였으니)이라는 문구와 관련이 있는 듯하다. 당시 간행물이 꼭 국가

---

30) 이 책은 魚叔權 등이 明宗 9年(1554) 왕명을 받아 편찬한 책으로 상·중·하 3권과 부록으로 엮은 것이다. 필자는 『고사촬요』의 조선시대 宣祖 1年(1568)판을 근거로 중국고전소설의 출판목록을 따로 만들었다. 宣祖 1年(1568)판은 557종이 당시에 출판되었다고 언급되었는데 그 출판시기가 當時로 한정된 것이 아니라 조선시대 개국이래 출판된 것을 모두 정리해 놓은 것이며, 또 宣祖 18년판 『고사촬요』는 988종이나 늘어났다. 그렇다고 宣祖 1년에서 18년까지 17년 사이에 431종이나 출판된 것을 의미하는 것은 아니다. 아마도 이전의 누락된 것을 다시 수집 정리하여 추가한 것으로 추정된다. 김치우, 『고사촬요 책판목록과 그 수록간본 연구』, 아세아문화사, 2007.8.
그 중 『攷事撮要』에 언급된 중국고전소설의 목록은 다음과 같다.
宣祖 1年(1568) 刊行本 『攷事撮要』: 557종
原州 : 『剪燈新話』·江陵 : 『訓世評話』·南原 : 『博物志』·淳昌 : 『效嚬集』·『剪燈餘話』·光州 : 『列女傳』·安東 : 『說苑』·草溪 : 『太平廣記』·慶州 : 『酉陽雜俎』·晉州 : 『太平廣記』
宣祖 18年(1585) 刊行本 『攷事撮要』: 988종(위에 언급된 목록은 모두 중복되어 생략)
延安 : 『玉壺氷』·固城 : 『玉壺氷』·昆陽 : 『花影集』·慶州 : 『兩山墨談』·

가 필요로 하는 서적을 출판·보급하기 위한 목적으로만 사용된 것이 아니라는 점이다. 이러한 배경에는 서적 출판권을 쥐고 있는 중앙 고위관료의 개인적 취향 및 사적인 경로의 청탁을 통해 이러한 서적의 간행이 이루어졌다는 것이다.[31] 즉 국가의 공식적인 출판보급이 아니라 사적인 출판이라는 점이다. 일종의 官刻의 성격을 띤 私刻인 셈이다. 그러기에 이 책이 공식적인 官刻이 아닌 비공식적인 책이기에 『考事撮要』에도 등재되지 않았을 가능성이 있으며 또 사적인 출판이기에 출판된 부수도 그리 많지는 않았을 것으로 추정된다.

2) 『新刊校正古本大字音釋三國志傳通俗演義』

『新刊校正古本大字音釋三國志傳通俗演義』는 金陵 周曰校가 간행한 책으로 總 12卷 12冊 240則으로 되어 있다. 이 책은 明 萬曆 辛卯年(1591)에 13行 26字(周曰校乙本 基準)로 인쇄된 책이다. 版心의 아래에는 "仁壽堂刊"이라 적혀있고 그림과 刻印한 사람의 성명으로 "上元泉水王希堯寫", "白下魏少峰刻"이라 적혀있으며, 또 작자와 편자 및 간행자를 "晉平陽侯陳壽史傳", "後學羅本貫中編次", "明書林周曰校刊行"이라고 적고 있다. 그 외 庸愚子의 序와 關中修髯子의 引이 있다. 속표지의 상단에 周曰校의 識語가 있는데 "이 책은 이미 여러 종이 간행되었지만 오류가 너무 많았다. 부득이 古本을 求한 후 名士들을 請해 재검토하게 하였고 재차 교감을 가하여 圈點을 찍고, 注音을 달고, 해석을 붙이며, 고증을 가하고, 보충을 하였으며, 節目에는 全像을 더하여 이룩하였다."라고 설명하고 있다.[32] 周曰

31) 김영진, 「조선후기 서적 출판과 유통에 관한 일고찰」, 『東洋漢文學研究』 제 30집, 2010, 601~604쪽 참고.

校本은 현재 5종이 확인된다.

1) 周曰校甲本: 殘本(권6/권7/권9), 13행 24자, 無揷圖, 中國社會科學院.
2) 周曰校乙本: 13행 26자, 有揷圖, 中國國家圖書館, 北京大學, 美國 耶魯大學.[33]
3) 周曰校丙本: 乙本과 유사하나 題署가 없다. 臺灣 故宮博物館, 日本 內閣文庫, 蓬左文庫.
4) 仁壽堂本: 失傳.[34]
5) 朝鮮覆刻本: 13행 24자, 無揷圖, 韓國 淸州博物館 等. 周曰校甲本의 覆刻本.

국내 소장 판본은(以下 朝鮮覆刻本) 근래 박재연에 의하여 周曰校甲本의 覆刻本임이 밝혀졌다. 이 책은 총 12卷 12冊 240則으로 구성되어 있으며 앞부분에는 弘治 甲寅(1494) 庸愚子의 序와 修髯子의 "三國志通俗演義引" 및 "삼국지 인물표"가 있다. 또 卷一의 첫면에는 "新刊校正古本大字音釋三國志傳通俗演義卷之一", "晉平陽侯陳壽史傳", "後學羅本貫中編次", "晚學廬陵葉才音釋",[35] "明書林周曰校刊行"이라 되어 있다.

....

32) 蕭相愷 外, 『中國通俗小說總目提要』, 中國文聯出版公司, 1991, 37쪽 참고.
33) 卷1 第1節에 "上元泉水王希堯寫", 卷2 第1節에 "白下魏少峰刻"이라 적혀 있으며, 中國國家圖書館(권3~6, 권9~10), 北京大學(권1~7), 美國 耶魯大學에 소장되어 있다.
34) 金文京, 「周曰校甲本三國志演義簡介」, 『第十二屆中國古代小說·戲曲文獻暨數字化國際學術硏討會論文集』, 中國 復旦大學, 2013.8.28, 1쪽 참고.
35) 간혹 "晚學廬陵葉才音釋"이 없는 판본도 있음(영남대본 등)

먼저 국내 소장된 판본 목록을 살펴보면 다음과 같다.

書名	出版事項	版式狀況	一般事項	所藏處
新刊校正古本大字音釋三國志傳通俗演義	陳壽(晋)傳, 羅貫中(漢)編次	卷12, 1冊, 朝鮮木版本, 29.9×21.8cm, 四周雙邊, 半郭:21.1×17cm, 有界, 13行24字, 註雙行, 內向一葉花紋魚尾, 紙質:楮紙	版心題:三國演義, 刊記:歲在丁卯耽羅開刊	韓國綜合典籍目錄(山氣文庫)李謙魯
	羅貫中(明)著, 周曰校(明)刊, 濟州, 刊寫者未詳, 丁卯	全12卷12冊中10卷10冊(卷2,3,4,6,7,8,9,10,11,12), 朝鮮木版本, 30×21.7cm, 四周雙邊, 半郭:21.4×17cm, 有界, 13行24字, 上下內向一葉花紋魚尾, 紙質:楮紙	版心題:三國演義, 卷末題:三國志傳通俗演義, 欄上筆寫, 刊記:歲在丁卯耽羅開刊, 卷3第1張~5張, 筆寫本	國立淸州博物館
	羅貫中(明)編次, 刊年未詳	8冊(卷2~卷4,卷6~卷10)[後印], 朝鮮木版本, 31.1×21.3cm, 四周雙邊, 半郭:21.4×17.2cm, 有界, 13行24字, 下花內向花紋魚尾, 紙質:楮紙	版心書名:三國演義, 印:震旦學會	奎章閣(想白)[古]895.135-N11s-v.2
		2卷1冊(131張), 朝鮮木版本, 29×21.2cm, 四周雙邊, 半郭:21.4×16.9cm, 有界, 13行24字, 註雙行, 花口, 上下內向2葉花紋魚尾, 紙質:楮紙	版心題:三國演義	釜山大學校(于溪文庫)OIC 3-12 71
		2卷2冊(零本), 朝鮮木版本, 32.5×21.8cm, 四周雙邊, 半郭:21.4×17.4cm, 有界, 13行24字, 註雙行, 白口, 上下向混入魚尾, 紙質:楮紙	漢文, 楷書	韓國國學振興院 受託, 영양남씨영해시암고택
		1卷1冊(零本), 朝鮮木版本, 31.3×20.5cm, 四周雙邊, 半郭:21.2×16.7cm, 有界, 13行24字, 註雙行, 白口, 上下向混入魚尾, 紙質:楮紙	漢文, 楷書	韓國國學振興院受託, 의성김씨문충공파일파문중

書名	出版事項	版式狀況	一般事項	所藏處
新刊校正古本大字音釋三國志傳通俗演義	羅貫中(淸)編, 刊寫地, 刊寫者, 刊寫年未詳	2冊(零本, 卷6, 11), 朝鮮木版本, 28.8×21.3㎝, 四周雙邊, 半郭: 21.6×17.1㎝, 有界, 13行24字, 上下內向2瓣黑魚尾(一部上下內向黑魚尾)	版心題:三國演義	嶺南大學校 [古南]823.5 삼국지
	陳壽(晋)史傳, 羅本編次, 葉才音釋	1冊(卷之1, 卷冊未詳의 零本임), 筆寫本, 31㎝, 11行20字, 紙質: 楮紙	陳壽, 史傳; 羅本, 編次; 葉才, 音釋, 外題:三國志, 序: 弘治甲寅(1494) 仲春幾望庸愚子拜書	延世大學校 812.36/18
	刊寫地, 刊寫者, 刊寫年未詳	4冊, 朝鮮木版本, 32.8×22.2㎝, 紙質: 楮紙		韓國國學振興院 受託, 영양남씨영해난고종택
	陳壽(晋)傳, 羅貫中(明)編, 周日校(明), 刊寫者未詳	1卷1冊(零本, 所藏本:卷5), 朝鮮木版本, 25×19.9㎝, 四周雙邊, 半郭:21.5×17㎝, 有界, 13行24字, 上內1葉(間混2葉) 花紋魚尾, 紙質: 楮紙	表題:三國志傳通俗演義	東國大學校 D819.34 17人
		全12卷12冊中10卷10冊(卷1,2,3,4,6,8,9,10,11,12), 朝鮮木版本, 四周雙邊, 有界, 13行24字, 花紋魚尾(黑魚尾混在), 紙質: 楮紙		鮮文大 中韓飜譯文獻研究所 (朴在淵)
		1卷1冊(零本, 所藏本:卷4), 朝鮮木版本, 四周雙邊, 有界, 13行24字, 紙質: 楮紙		林熒澤
		1卷1冊(零本, 所藏本:卷12), 朝鮮木版本, 四周雙邊, 有界, 13行24字, 紙質: 楮紙		國立中央博物館

書名	出版事項	版式狀況	一般事項	所藏處
新刊校正古本大字音釋三國志傳通俗演義	陳壽(晋)傳, 羅貫中(明)編, 周日校(明)	2卷2冊(零本, 所藏本：卷10, 卷12), 朝鮮木版本, 四周雙邊, 有界, 13行24字, 花紋魚尾(黑魚尾混在), 紙質：楮紙	刊記：歲在丁卯耽羅開刊	수경실 (박철상)
		1卷1冊(零本, 所藏本：卷12), 朝鮮木版本, 四周雙邊, 有界, 13行24字, 花紋魚尾(黑魚尾混在), 紙質：楮紙		雅何室 (김영진)
	羅貫中(明)著, 刊寫地, 刊寫者, 刊寫年未詳	1卷1冊(零本), 朝鮮木版本, 30×20㎝, 四周雙邊, 半廓：21.5×18㎝, 有界, 13行24字, 註雙行, 白口, 上下內向一葉花紋魚尾, 紙質：楮紙	漢文, 楷書	韓國國學振興院, 풍산류씨 충효당
		1冊(卷3), 朝鮮木版本, 31×22㎝, 四周雙邊, 半郭：21.7×17㎝, 有界, 13行24字, 內向一葉花紋魚尾		啓明大學校 [고]812.35-나 관중사
		零本2冊(卷1,2), 朝鮮木版本, 30.2×21.7㎝, 四周單邊, 半郭：20.2×17.6㎝, 有界, 13行24字, 註雙行, 上下白口, 上下內向二瓣花紋黑魚尾, 紙質：楮紙	版心題：三國寅義, 17世紀刊	東學敎堂(상주)29-0084~0085
		零本1冊(卷4), 木版本, 30.9×21.9㎝, 四周單邊, 半郭：21.3×17㎝, 有界, 13行24字, 上下內向魚尾不定, 紙質：楮紙		忠孝堂(安東) 20-1557

　책의 크기는 청주박물관본을 기준으로 하면 30×21.7㎝, 半郭은 21.4×17㎝이며 四周雙邊으로 되어 있다. 또 조선목판본으로 有界에 13行 24字로 되어 있으며 上下內向一葉花紋魚尾이다. 版心題는 "三國演義"이며, 卷末題에 "三國志傳通俗演義"라고 되어 있고 刊記는 "歲在丁卯耽羅開刊"이라고 되어 있다. 그러나 소장 판본마다

책의 크기·半郭·上下內向一葉花紋魚尾·刊記 등에 있어서는 약간씩 차이를 보이고 있어 몇 차례의 간행이 있었던 것으로 확인된다. 그러나 紙質이 楮紙인 점과 註雙行, 13행 24자, 판심제는 동일하다.

근래 박재연은 조선판본이 周曰校甲本의 覆刻本임을 밝혀냈다. 그러면서 주왈교갑본의 출판시기와 조선복각본의 출판시기가 새로운 문제로 떠오르고 있다. 박재연은 이 판본이 周曰校甲本의 覆刻本이며 주왈교본 갑본과 을본 모두 수염자의 "引"을 "嘉靖壬午"가 아닌 "嘉靖壬子"로 일치하고 있어서, "壬子"가 "壬午"의 오기가 아니라 필사본 형태로 유통되던 『삼국지연의』의 또 다른 모본이 위 두 사람의 引과 序文을 실어 1552년에 간행한 것으로 추정하였다. 또 중국에서의 주왈교본 최초 간본은 기존의 만권루본(1591)보다 39년 앞선 1552년으로 잡아도 무방하다고 하였다.[36)]

그러나 이에 대해 陳翔華와 周文業은 또 다른 견해를 보이고 있다. 陳翔華는 周曰校初刻本은 萬曆 19년(1591)의 揷圖本이며, 주왈교가 판각활동을 한 시기는 주로 萬曆年間(1573-1619年)이기에 "嘉靖壬子"(1552)는 불가능 하다고 하였다. 또 萬卷樓主人인 주왈교가 간행한 21종의 서적이 모두가 萬曆年間에 나왔다는 근거를 제시하며 "嘉靖壬子"(1552)는 "嘉靖壬午"(1522)의 誤記로 보고 있다.[37)] 반면 周文業은 揷圖本(乙本)이 初刻일수도 있고, 또 無揷圖本(甲本)이 初刻일수도 있다는 가능성을 제시하였다. 하지만 주왈교본의 初刻年代는 萬曆年間으로 보며 "嘉靖壬子"는 "嘉靖壬午"의 誤刻이 아니라 주왈교본과 하진우본이 공동저본으로 삼아 발간했던 또 다른 판본의

---

36) 박재연, 『중국 고소설과 문헌학』, 역락, 2012.12, 243쪽.

37) 陳翔華, 「周曰校刊三國志通俗演義的初刻年代問題」, 『南開學報』(哲學社會科學版), 2013年 제1기.

시기로 보았다.[38] 왜냐하면 "嘉靖壬子"는 주왈교본과 하진우본에서 동일하게 나타나기에 두 판본이 같은 해에 우연히 간행되었다고 가정하기에는 무리가 있기 때문이다. 그 외 日本의 中川諭는 夏振宇本과 비교하면서 주왈교갑본의 간행시기는 萬曆 15年 前後, 또 이탁오비평본의 가장 빠른 간행은 萬曆 30年 전후로 보며 夏振宇本의 간행시기를 萬曆 15年에서 萬曆 30年 전후로 추정하였다.[39]

결론적으로 주왈교갑본의 간행시기에 대해서는 아직도 각기 다른 견해가 난무한 상황이다. 필자의 견해로는 주왈교갑본이 嘉靖壬子年(1552)에 간행된 것으로 보기는 어렵고 그렇다고 "壬子"가 "壬午"의 誤記도 아니며, 주왈교본과 하진우본이 공동저본으로 삼은 것으로 보이는 또 다른 판본의 시기가 곧 "嘉靖壬子"일 가능성이 높다고 추정된다. 또 周曰校乙本(揷圖)이 初刻으로 보이지는 않고 周曰校甲本(無揷圖)이 몇 년 앞선 시기에 출간하였으며 대략 萬曆年間(대략 1582~1585年間)에 출간된 것으로 보인다.

다음은 周曰校本의 국내 출간문제이다. 이 문제는 朝鮮覆刻本에 "歲在丁卯耽羅開刊"이라는 刊記부터 시작된다. 金屬活字本『三國志通俗演義』가 발굴되기 전 까지는 丁卯年을 1567년까지 소급하여 보는 견해도 있었지만 活字本『三國志通俗演義』가 나온 이후에는 "1627年說"과 "1687年說"로 압축된다.

---

38) 周文業, 「論三國演義幾種周曰校本的先後問題」, 『第十二屆中國古代小說 · 戲曲文獻暨數字化國際學術硏討會論文集』, 中國 復旦大學, 2013.8.28, 41~47쪽 참고.

39) 中川諭, 「關于夏振宇本三國志通俗演義」, 『第十二屆中國古代小說 · 戲曲文獻暨數字化國際學術硏討會論文集』, 中國 復旦大學, 2013.8.28, 48~57쪽 참고.

박철상은 "1627년설"에 대하여 임진왜란(1592~1598)이 끝난 직후에 는 조선의 출판시스템이 붕괴된 출판공황의 시기라서 불가하다고 보 고 孝宗年間에 들어와 안정을 찾게 된다며 "1687년설"을 주장하고 있 다. 또 龜甲紋으로 된 표지 紋樣이 주로 17세기 후반에서 18세기 전반 에 많이 사용되었다는 점과 제주도의 책판기록에 이 책의 서목이 남아 있지 않다는 근거를 제시하고 있다.[40]

그러나 필자는 "1627年說"에 무게를 두고 있다. 그 근거로 1627년 은 임진왜란이 이미 30여 년이나 지났고, 제주와 전라도는 상대적으로 전란의 피해가 적었다는 점, 그리고 임진왜란 이후 국내에 연의류 소 설의 大量流入으로 인하여 군담류 소설이 크게 인기를 모았던 점에 주목하였다. 또 당시 중국에서의 책 수입만으로는 절대적으로 부족하 였기에 출판업의 복원이 빠르게 이루어졌을 것으로 사료된다. 또 다른 근거로 출판업이 비록 임진왜란 이전에 비해 크게 위축된 것은 사실이 지만 임진왜란 이후에도 여전히 출판이 이루어지고 있었다는 점이다. 實例로 『전등신화구해』의 경우 간기가 확인되는 출판기록으로 1549년 · 1559년 · 1564년 · 1600년전후 · 1614년 · 1633년 · 1642년 · 1704년 · 1719 년 · 1801~1863년간 등이 확인된다.[41] 이처럼 임진왜란 직후에도 출판 은 여전히 이루어졌음이 확인된다.

그 외 金萬重(1637~1692)의 『西浦漫筆』을 보면:

今所謂三國志衍義者, 出於元人羅貫中. 壬辰後盛行於我東, 婦儒 皆能誦說, 而我國士子多不閑讀史, 故建安以後, 數十百年之事, 擧

---

40) 박철상, 「제주판 삼국지연의 刊年 고증」, 『한글 중국을 만나다』(한글생활사자 료와 삼국지), 화봉문고, 2012.1, 49~54쪽 참고.

41) 민관동 외 공저, 『한국 소장 중국문언소설의 판본목록과 해제』, 학고방, 2013.2, 200~236쪽 참고.

於此而取信焉.

   (요즘 크게 유행하고 있는 所謂『三國志衍義』라는 것은 元人 羅貫
中에 의하여 만들어진 것이다. 이 책은 壬辰倭亂 以後에 우리나라에서
크게 盛行하여 부녀자나 아이 할 것 없이 모두 줄줄 외우고 다녔으며,
또 우리나라 선비들도 대부분 史書를 잘 읽지 않았던 고로 建安以後
數百年間의 일들을 모두 이 책에 기록된 내용이 옳은 것으로 믿게 되었
다.)[42]

『西浦漫筆』下卷

   이처럼 임진왜란 이후에『三國志演義』가 크게 성행하였다는 점은
시사하는 바가 크다. 물론 이때 판본은 중국에서 들여온『삼국지연의』
판본이 대부분이겠지만 국내에서 출판된 판본으로 인해 크게 성행하
는 계기가 되었다고도 볼 수 있기 때문이다.

   그 외 1560년 초·중기에 간행된 金屬活字本『三國志通俗演義』의
경우 중국에서 유입된 후 바로 출간된 점으로 비추어 주왈교본(乙本의
경우 1591년)도 중국에서 출간된 후 30~40년이 지난 1627년에는 출판
되었을 가능성이 높다. 가령 1687년에 출판을 하였다면 당시에도 많은
善本이 있었는데 구태여 100여 년이나 해묵은 고서를 저본으로 삼았
을까 하는 의구심이 들기 때문이다. 결론적으로 주왈교본의 조선복각
본이 1627년에 출판되었다고 단정하기는 어렵지만 가능성도 충분하다
고 사료된다.

3)『四大奇書第一種』(貫華堂第一才子書)

   『四大奇書第一種』은 毛綸(號: 聲山)과 毛宗崗父子[43]의 비평본을

---

42) 金萬重,『西浦漫筆』下卷, 通文館, 1971, 650쪽.

의미한다. 모종강은 어려서부터 아버지가 하던 『三國志演義』 評點作業을 도우며 소양을 키우다가 마침내 康熙 18年(1679)에 출판하기에 이른다. 최초판본은 60권 120회로 되어 있으며 李卓吾評本을 기초로 꾸며진 책이다. 이것이 바로 醉耕堂本으로 알려진 『四大奇書第一種』(一名 古本三國志四大奇書第一種)이다. 그 후 毛本은 장기간에 걸쳐 여러 차례 출판을 하였으며 출판할 때마다 서명을 바꿔 복잡한 양상을 보인다. 잘 알려진 書名으로『四大奇書第一種』·『第一才子書』·『貫華堂第一才子書』·『繡像金批第一才子書』·『三國志演義』·『三國演義』 등이 있다. 康熙 18年(1679)에 간행한 醉耕堂本 『四大奇書第一種』에는 金聖歎의 서문이 아닌 李漁의 序文이 실려 있다. 후에 나온 김성탄의 서문은 卷頭에 "順治甲申年(1644)嘉平朔日金人瑞聖歎氏題"라는 김성탄 서문이 있고 목록 앞에는 "聖歎外書, 茂苑毛宗崗序始氏評, 聲山別集, 吳門杭永資能氏定"이라 기록되어 있다.

여기에서 주목되는 부분이 바로 김성탄의 서문이다. 근래 이 서문(1644)이 僞托임이 밝혀졌다. 그 근거로 이 책의 처음 출판시기가 1679년이고 毛綸이 처음 평점을 시작한 시기도 康熙 3年(1664)인데 이미 김성탄의 서문이 나왔다는 점과 김성탄(1608~1661년)은 1661년

---

43) 毛綸(1612년 전후~1675년 전후)은 江蘇省 蘇州출신으로 字는 德音이며 號는 聲山이다. 그는 학식이 뛰어나 文名이 높았으며 당시 극작가 尤侗과도 교류가 있었다. 그러나 일찍이 失明하였음에도 불구하고 評點作業에 참여하여 康熙 5年(1666年)이전에 이미 『三國志演義』와 『琵琶記』의 평점을 하였으나 출간하지 못하고 그의 아들에게 모종강에게 넘겼다고 한다. 그의 아들 毛宗崗(1632~1709 或 1710년)은 字가 序始이고 號는 子庵이다. 그 후 그는 아버지의 유지를 받들어 『삼국지연의』를 개작하였다.
沈伯俊, 『三國演義新探』, 四川人民出版社, 2002.5, 72~73쪽 참고.

에 이미 죽었다는 점, 그리고 김성탄이 第六才子書(『莊子』·『離騷』·『史記』·『杜詩』·『水滸傳』·『西廂記』)를 말하면서 『三國志演義』에 대하여 언급이 없었다는 점과 『三國志演義』에 대한 평가도 높지 않다는 점, 또 초기 毛本에는 김성탄의 서문이 아닌 李漁의 서문이 있었다는 점, 등등의 근거를 제시하며 이는 모종강이 책의 상업성과 품위를 높이기 위해 명성 높은 김성탄의 서문을 집어넣어 독자를 기만하였다는 것이다.44) 사실 『貫華堂第一才子書』의 貫華堂도 김성탄의 書齋 이름에서 따온 것이다.

이 책의 국내 유입은 대략 肅宗年間(1675~1720)으로 보인다. 현재 국내의 각 도서관에 소장된 『三國志演義』版本은 대부분이 金聖歎原評, 毛宗崗評點의 版本이고 그 외에 國內 출판본으로는 『四大奇書第一種』(혹은 『貫華堂第一才子書』)의 版本이 광범위하게 분포되어 있다.

그런데 이상한 점은 국내 출판본 『四大奇書第一種』의 경우 김성탄의 原評이 들어있다는 점이다. 사실 최초 간행본인 康熙 18年(1679) 醉耕堂本 『四大奇書第一種』에는 金聖歎의 서문이 아닌 李漁의 序文이 들어있기 때문이다. 이는 아마 국내에서 출간하면서 底本으로 삼은 것이 『貫華堂第一才子書』이기에 이 책을 저본으로 인쇄하면서 원래의 書名인 『四大奇書第一種』을 가져다 쓴 것으로 추정된다.

사실 국내에서 출간된 『三國志演義』의 서명은 『四大奇書第一種』·『貫華堂第一才子書』·『鼎峙志』(內題는『貫華堂第一才子書』) 등이 있지만 구성과 내용이 모두 똑같다. 차이점이 있다면 『貫華堂第一

---

44) 黃霖,「有關毛本三國演義的若干問題」,『三國演義研究集』, 四川省社會科學院出版社, 1983.12. 그 외 沈伯俊,『三國演義新探』, 四川人民出版社, 2002.5, 75쪽 참고.

才子書』는 "金聖歎原評, 毛聲山批點"이라고 한 반면 『四大奇書第一種』은 "金聖歎原評, 毛宗崗評"이라고 기록된 것이 많다. 이 책의 구성은 卷首에 김성탄의 서문, 讀三國志法(二十五則), 凡例(十則), 總目(120回), 圖像(20葉 40幅), 原文 순으로 구성되었으며 第一卷 윗머리에 "四大奇書第一種之一, 聖歎外書, 茂苑毛宗崗序始氏評."이라고 되어 있다. 그 외 總評과 眉批가 있다.

또 초기 毛本은 60권 120회로 되어 있지만 간행을 거듭하면서 卷數와 行款의 차이를 보이는데 그 중 『貫華堂第一才子書』 20권 20책(毛宗崗評과 讀三國志法, 回目, 그림이 들어간 卷首 1권 포함) 120회로 구성되었으며 行款은 12행 26자로 구성되었다. 이러한 부분은 조선간행본과 일치된다. 전체적인 구성이나 그림까지도 일치하는 것으로 보아 모종강 평본의 覆刻本임이 확인된다.

이 책은 肅宗年間(1675~1720)에 유입되어 늦어도 英·正祖年間(1725~1800)에는 출간되었을 것으로 추정된다. 그러나 출판에 대하여 달리 보는 시각도 있다. 박재연은 "毛評本은 19세기에 복각되어 20권 20책의 형태로 널리 유행하여 지금도 국내에서 흔히 볼 수 있다"[45]고 하였다. 필자가 보는 견해로 이 책은 늦어도 英·正祖年間(1725~1800)에는 판각이 되었을 것으로 사료된다.

---

45) 박재연, 『중국 고소설과 문헌학』, 역락, 2012.12, 207쪽.
   그 외 유탁일도 이 책이 곧바로 판각되어 주왈교본을 대체하였다고 보기는 힘들며 대략 19세기에 들어서 판각되었다고 보고 있다.(柳鐸一, 「三國志通俗演義의 傳來版本과 시기」, 『碧史李佑成先生停年退職紀念國語國文學論叢』, 여강출판사, 1990, 773쪽) 반면 이은봉은 그의 박사학위논문에서 숙종 연간으로 추정하고 있다.(李殷奉, 「삼국지연의의 수용양상 연구」, 인천대 국어국문학과 박사학위논문, 2006.12, 34~35쪽) 또 정원기도 1700년 전후로 보고 있다.(정원기, 『정역 삼국지』1, 서문, 2008.10).

그러한 근거로 李瀷 (1681~1763)의 『星湖僿說』을 보면

三國演義 … [中略] … 在今印出廣布. 家戶誦讀, 試場之中, 擧而
爲題, 前後相續, 不知愧恥, 亦可以觀世變矣.
(『三國衍義』 … [中略] … 그런데 지금은 간행되어 광범위하게 퍼져
나가 집집마다 널리 읽히고 과거의 試題로까지 내 걸리며 지속적으로
이어져 오는데도 부끄러운 줄 모르니 세태가 변하였음을 볼 수 있다.)[46]
『星湖僿說』 類選九

『星湖僿說』은 李瀷이 약 40세부터 쓰기 시작하여 80세까지의 기록
을 후손이 정리한 문집이다. 그러면 대략 1720년부터 1760년까지의 기
록에 해당된다. 1700년대 초·중기에는 이미 『삼국지연의』가 대량 출간
되어 유통되고 있었다는 증거이다.[47] 또 李瀷이 쓴 『閑說話』라는 책
에 모종강의 「讀三國志法」이 필사되어 있다.[48] 물론 이것이 국내에서
간행한 毛本을 필사한 것인지 또는 중국판을 필사한 것인지는 확인하
기 어렵지만 국내에서 간행된 毛本일 가능성 또한 열려있다. 이처럼
1700년대의 각종 기록에 毛本의 흔적이 만연한데 구태여 古書籍에
해당하는 周曰校本을 읽고 또 출간하였을까? 하는 의구점이 남기 때
문이다.
그 외에도 1700년대에는 출판이 왕성하였다는 점이다. 즉 肅宗 34
年(1708)에 顯宗實錄字로 간행된 『世說新語補』나 대략 英·正祖年

---

46) 李瀷, 『星湖僿說』類選九
47) 그러나 박철상은 이 문장이 조선복각본 『新刊校正古本大字音釋三國志傳
通俗演義』의 출판과 유통으로 보고 있다.
48) 이익, 『閑說話』, 국도관[한貴古朝](31~153), 43~58쪽. 이 책은 이익이 참고상
필요에 의하여 다른 자료에서 베껴 모은 것이라 한다. 前揭書, 李殷奉의 박
사학위논문, 26쪽 참고.

間(1725~1800)에 출간한 것으로 추정되는 『世說新語姓彙韻分』과 『皇明世說新語』의 경우를 보더라도 이 시기에 毛本 역시 출간되었을 가능성이 높기 때문이다. 또 1679년 중국에서 최초 간행한『四大奇書第一種』을 국내에 100년도 더 지난 1800년대에 들여와 간행하였다고 보기에는 시간적 거리가 너무 멀다.

3. 『삼국지연의』의 국내 번역과 출간

1) 『삼국지연의』의 번역출판

대략 1800년대 중기로 들어와 坊刻本 『三國志演義』의 飜譯出版이 시작된다. 번역본은 京本과 安城本 坊刻本에서 확인된다.

飜譯出刊된 坊刻本으로 :

　　[1] 『三國志』 : 5권 3책, 한글본, 咸豊巳未(1859년) 紅樹洞坊刻本, 金東旭 所藏.

　　[2] 『三國志』 : 5권 5책, 한글본, 同治(1862~1874년) 美洞坊刻本, 현재 大英博物館所藏.

　　[3] 기타 : 殘本一冊, 光緒年間 安城坊刻本.

　　[4] 『修正三國志』 : 5권 5책, 한글본, 1904년 博文書館發行.

　　[5] 『別三國志』 : 南谷新版,(하 17장).

그 후 몇 차례 重刊[49]活字本 이외에도 筆寫本이 相當數 存在한

---

49) 李在秀, 「韓國小說 發展 段階中 中國小說의 影響」(『慶北大論文集』第一集, 1956年). 69쪽.

다. 그리고 『三國演義』의 分量이 너무 많아 그중 흥미로운 부분만 截取하여 編輯하였거나 또는 部分 飜譯 혹은 飜案한 것이 여러 가지 있는데, 예를 들면 『關雲長實記』·『張飛馬超實記大戰』·『趙子龍實記』·『大膽姜維實記』·『華容道實記』·『赤壁大戰』·『三國大戰』·『山陽大戰』等 十餘 種이 있다. 이는 모두가 『三國演義』의 副産物로 당시 『三國演義』가 讀者로 부터 받은 인기를 대변해 준다.

2) 『삼국지연의』의 번역양상

『삼국연의』의 번역상황은 대략 〈完全飜譯〉·〈部分飜譯〉·〈飜案(改作)〉·〈再創作〉으로 분류할 수 있다.

完全飜譯本은 嘉靖本 『三國志通俗演義』를 번역한 藏書閣의 『三國志通俗演義』가 39권 39책(奎章閣 7冊본과 동일)으로 가장 방대하며 그 외 고려대·규장각·중앙도서관에도 또 다른 번역본이 소장되어 있다.

部分飜譯本은 『三國演義』 第43~50回을 飜譯한 『赤壁大戰』, 第105~120回를 飜譯한 『大膽姜維實記』, 第37~50回 拔取飜譯한 『華容道實記』, 第36~50回를 拔取飜譯한 『三國大戰』 등이 있다.

飜案(改作)으로는 『關雲長實記』·『赤壁歌(판소리)』·『山陽大戰』·『張飛·馬超實記』 등이 있는데 그중 『山陽大戰』은 『趙子龍實記』와 同種異本이며 『張飛·馬超實記』는 『三國演義』 第27~73回를 添削하여 만든 것이다.

再創作으로는 『黃夫人傳』·『夢決楚漢訟』·『五虎大將軍記』·『夢見諸葛亮』·『諸葛亮傳』 등이 있으며 그중 黃夫人은 諸葛亮의 妻로 작가가 『三國演義』를 두루 섭렵한 다음 그 내용의 줄거리를 다른 각도에서 전면 재창작한 작품이다.

이상 판본에 대한 분류표는 아래와 같다.

◎ 完全飜譯

　* 三國誌通俗演義 : 39권 39책(藏書閣). 27권 27책(奎章閣).

　* 三國誌 : 38권 38책(高麗大), 30권 30책(奎章閣), 17권 17책
　　(中央圖書館), 20책(梨花女大) 外 數種.

◎ 部分飜譯

　* 赤壁大戰 : 『三國演義』 第43~50回 飜譯. 總8回.

　* 大膽姜維實記 : 『三國演義』 第105~120回 飜譯(1922년 刊
　　行). 總16回.

　* 華容道實記 : 『三國演義』 第37~50回 拔取飜譯. 總16回.
　　　　　　　　제1회~5회는 『黃夫人傳』과 類似.

　* 三國大戰 : 『三國演義』 第36~50回 拔取飜譯.
　　　　　　　제1회~7회는 『山陽大戰』과 類似.

◎ 飜案(改作)

　* 關雲長實記 : 部分改作.

　* 赤壁歌(판소리) : 部分改作.

　* 山陽大戰(趙子龍實記, 同種異本) : 全面改作.

　* 張飛·馬超實記 : 『三國演義』 第27~73回 添削.

◎ 再創作

　* 黃夫人傳(黃夫人은 諸葛亮의 妻) : 『三國演義』 第36~39回

類似.

* 夢決楚漢訟 :

* 五虎大將軍記 :

* 夢見諸葛亮 :

* 諸葛亮傳 : 總15章. (廣益書局, 1917年)50)

3) 일제강점기『삼국지연의』의 출판개황

* 刪修三國誌 : 普成館, 1913년.

* 刪修三國誌 : 朴健會編, 前後集(9冊), 京城書館, 1915년.

* 懸吐三國誌 : 5책, 匯東書館, 1915년.

* 懸吐三國誌 : 李柱浣, 永豊書館, 1916년.

* 三國誌 : 高裕相, 前後 3冊, 誠友社, 1917년.

* 三國志 : 紅樹洞刊, 1917年.

* 諺文三國誌 : 大昌書院.普及書館合刊, 1918년.

* 三國誌 : 白斗鏞編, 3권 3冊, 京城翰南書館, 1920년.

* 無雙諺文三國誌 : 朴健會編, 1冊, 朝鮮書館, 1921년.

* 三國誌 : 美洞 → 太華書館, 1923년.

* 修正三國誌 : 博文書館譯, 1冊, 博文書館, 1926년.

---

50) 李慶善,「韓國文學作品에 끼친 三國志演義 影響」(『漢陽大論文集』, 제5집,
1971), 49쪽. 李慶善은 5가지로 分類하였다.
1. 部分的 飜譯 : 赤壁大戰. 大膽姜維實記.
2. 部分的 飜譯 및 異說 添加 : 華容道實記. 三國大戰.
3. 完全改作 : 山陽大戰. 趙子龍傳.
4. 部分改作 : 關雲長實記. 赤壁歌(판소리).
5. 影響을받고 創作 : 黃夫人傳. 夢決楚漢訟. 五虎大將軍記. 夢見諸葛亮.

* 原本校正諺文三國誌 : 5冊, 永昌書館, 1928년.
* 懸吐三國誌 : 5卷, 永昌書館, 1941년.

◎ 三國演義의 部分飜譯 및 飜案
* 赤壁大戰 : 匯東書館(1925년), 東洋書館, 世昌書館, 德興書館, 東大書館, 唯一書館, 漢城書館, 京城書館 等.
* 大膽姜維實記(16회 160쪽) : 朴健會編, 大昌書院·普及書館 合刊, 1922년.
* 華容道實記 : 완판본, (1907, 1908, 1900년 以後 版本)
朝鮮書館(1913, 1914, 1915, 1917년), 光東書館(1920년), 太學書館(1917년), 大昌書館(1919년), 黑匣郭(1916년: 平壤) 等.
* 三國大戰 : 永昌書館(1918, 1920, 1921, 1923년), 德興書館(1912년), 東洋書院(1925년), 世昌書館(1935년).
* 關雲長實記 : 李鍾植, 光東書局(1917, 1918년). 洪淳泌發行, 京城書籍業組合(1921, 1926년).
* 赤壁歌(판소리) : 唯一書館. 漢城書館(1916년), 京城書籍業組合(1926년), 德興書館(1930년), 東洋大學堂(1932년).
* 山陽大戰(趙子龍實記, 同種異本) : 漢城書館(1916년, 1917년), 唯一書館(1916년), 京城書籍業組合(1919, 1920, 1926년), 朝鮮書館(1922년), 東洋書院(1925년), 匯東書館(1925년), 太華書館(1929년), 以文堂(1935년). 等
* 張飛·馬超實記 : 光東書局(1917, 1918, 1919년). 朝鮮圖書(1925년), 京城書籍業組合(1926년). 等.
* 趙子龍實記 : 匯東書館(49장, 1925년), 以文堂(38장, 1935년).
* 黃夫人傳(黃夫人은 諸葛亮의 妻) : 世昌書館(?년).

* 夢決楚漢訟 : 新舊書林(1914, 1917, 1922, 1923년), 朝鮮圖
  書株式會社(1925년).
* 五虎大將軍記 : 匯東書館(1925년).
* 夢見諸葛亮 : (刊行處, 刊行年度 未詳).
* 諸葛亮傳 : 廣益書局(1917年).
* 鷄鳴山(三國演義의 略本: 6回) : 姜夏馨發行, 太華書館(1928년).
* 桃園結義錄 : 坊刻本(京本).
* 獨行千里五關斬將 : 1책, 大昌書院·普及書館 合刊(1918년).

이상의 논점을 결론지으면 다음과 같다.

平話本『三國志平話』는 고려말에 이미 국내에 유입된 것으로 확인
된다. 그리고 羅貫中本『三國志通俗演義』는 대략 1522년~1560년 사
이에는 유입된 것이 확실해 보인다.

또 국내에 유입된『三國志演義』는 대략 1560년대 初·中期에 처음
으로 출판되었는데 이것이 곧 金屬活字本『三國志通俗演義』이다.
이 책은 12卷 12冊 240則으로 구성된 책으로 嘉靖 壬午本(1522)과
周曰校本 사이에 출간된 책으로 중국에서는 이미 逸失된 판본을 覆
刻한 것으로 추정된다.

그 후 周曰校本『新刊校正古本大字音釋三國志傳通俗演義』가
간행되었는데 필자의 견해로는 주왈교갑본이 嘉靖 壬子年(1552)에
간행된 것으로 보기는 어렵다. 즉 周曰校本과 夏振宇本이 共同底本
으로 삼은 것으로 보이는 또 다른 판본의 출간시기가 곧 "嘉靖 壬子"
일 가능성이 높다고 추정된다. 또 周曰校甲本(無揷圖)은 周曰校乙
本(揷圖)보다 몇 년 앞선 시기에 출간(萬曆年間〔1582~1585年間〕)된
것으로 보인다.

또 이 책의 국내 출간은 1627년일 가능성이 높다. 이러한 근거로는 임진왜란이 지난 지 이미 30여 년이나 되었고, 제주지역은 상대적으로 전란의 피해가 적었다는 점, 그리고 임진왜란 이후 국내에 연의류 소설의 大量流入과 군담류 소설이 흥성했다는 점, 또 임진왜란 이전에 비해 출판업이 크게 위축된 것은 사실이지만 빠른 복원과 지속적인 출판이 이루어지고 있었다는 점에 주목할 필요가 있다. 가령 1687년에 출판을 하였다면 당시의 좋은 善本을 마다하고 구태여 100여 년이나 해묵은 고서를 저본으로 삼았을까? 하는 의구점 등에 비추어 주왈교본의 조선복각본이 1627년에 출판되었을 가능성에 무게가 실리고 있다.

그 외 현재 한국의 각 도서관에 소장된 『三國志演義』의 版本은 대부분이 金聖歎原評, 毛宗崗評點의 版本이고 이외에 國內版으로는 모종강 평본의 覆刻本인 『四大奇書第一種』(貫華堂第一才子書) 版本이 광범위하게 분포되어 있다. 이 책은 肅宗年間(1675~1720)에 유입되어 늦어도 英·正祖年間(1725~1800)에는 출간되었을 것으로 추정된다.

1700년대에는 국내의 출판업이 왕성하였다는 점과 그 외 毛本關聯 서지기록을 감안해 보면 이 시기에 毛本 역시 출간되었을 가능성이 더 높아 보인다. 또 중국에서 1679년에 간행된 이 책을 국내에서는 1800년대에 간행되었다고 보기에는 시간적 거리가 너무 멀기 때문이다.

1800년대에는 번역출간 坊刻本인 京本과 安城本이 출연하였다. 번역본으로는 〈完全飜譯〉·〈部分飜譯〉·〈飜案(改作)〉·〈再創作〉 등 다양한 판본이 출간되었다.

결론적으로 『三國志演義』는 1560年代 頃, 1600년대 초·중기, 1700년대 초·중·후기에 걸쳐 각기 다른 版種으로 原文出版되었음이 확인된다. 그 후 대략 1800년대 중기로 들어와 飜譯出版된 坊刻本(京本, 安城本)이 나타난다.

신 발굴 喬山堂本
『新鋟全像大字通俗演義三國志傳』*

 그동안 각종 프로젝트를 수행하면서 국내에 유입된 『三國演義』의 판본은 과연 얼마나 되며 또 어떤 版種이 유입되었을까? 하는 것이 늘 궁금하였었다. 이러한 작업의 일환으로 여러 도서관을 돌아다니던 중 우연히 영남대 도서관에서 劉龍田梓行 喬山堂本 『新鋟全像大字通俗演義三國志傳』을 발견하게 되었다.1) 처음에는 이 판본의 가치를 잘 몰라 방치하고 있다가 근래 周文業教授를 통해서 이 판본이 명대 1599년(萬曆 27年 추정)경 福建地方 建陽에서 출간된 志傳類 系列 판본으로 나름 가치가 있는 판본임을 알게 되었다.

 본래 劉龍田(喬山堂)은 余象斗(雙峯堂)와 함께 복건일대 특히 건양지방에서 저명한 출판업자 중 하나로 알려져 있는 인물이다. 일반적

---

* 본 논문은 2020년 『중국소설논총』 제60집(한국중국소설학회)에 게재된 논문을 일부 수정 보완한 것이다.
1) 소장번호: 嶺南大學校 [古南] 823.5 삼국지

Ⅱ. 발굴 喬山堂本 『新鋟全像大字通俗演義三國志傳』 227

으로 복건지역에서 출간된 판본을 志傳類 系列이라고 하고 강남(남경, 항주 소주) 일대에서 나온 판본을 演義類 系列이라고 하는데 이 판본들은 특히 명대 중·후기에 서로 쌍벽을 이루며 치열한 출판경쟁을 하였다. 현존하는 연의류 계열 가운데 가장 이른 판본은 嘉靖本이고 지전류 가운데 가장 이른 판본은 葉逢春本이다. 그렇지만 그 후 지전류 판본의 계열분류에 중요한 역할을 하는 판본이 喬山堂本과 雙峯堂本이기에 나름 연구가치가 높은 판본이라 할 수 있다.

喬山堂本 『新鋟全像大字通俗演義三國志傳』은 판본 자체가 일반에게 잘 알려지지가 않아 비교적 생경한 판본이다. 더욱이 이 판본이 현재 중국이 아닌 일본과 영국 등에 소장되어 있는 관계로 국내에서는 물론 중국에서도 심도있는 연구논문이 많이 나오지 않았고 간혹 일본 등 몇몇의 외국학자들에 의하여 거론되고 있는 상황이다.

필자는 국내 영남대에서 새로 발굴된 교산당본 『新鋟全像大字通俗演義三國志傳』을 서지학적 관점에서 재검토하고 또 志傳類 系列의 주요판본인 교산당본에 대해 집중분석하고자 한다. 아울러 국내에 유입된 각종 『三國演義』의 판본과 교산당본의 가치에 대하여 중점적으로 고찰하고자 한다.

1. 새로 발굴된 교산당본의 서지적 검토

嶺南大에 소장된 喬山堂本 『新鋟全像大字通俗演義三國志傳』(소장번호: 嶺南大學校 [古南] 823.5 삼국지)은 중국목판본으로 현재는 1책(총 20권 10책 중 卷1~2)만 남아있는 殘本이다. 삽화가 있는데 형식은 上圖下文의 방식으로 구성되었으며 한 면이 15행 33자로 되어있다.[2]

이 책은 표제가 『鐫圖像三國志』로 되어 있고 喬山堂 劉龍田梓라고 간행처와 간행인을 밝히고 있다. 그리고 이어서 〈序三國志傳〉의 서문이 있는데 서문의 末尾에는 "歲在屠維季冬朔日淸瀾居士李祥題于東壁"이라고 밝히고 있으나 淸瀾居士 李祥에 대해서는 밝혀진 바가 없다. 다음에는 20권 240則의 목록이 있고 연이어 全漢總歌와 "新鐫全像三國志傳君臣姓氏附錄"이 있다. 〈君臣姓氏附錄〉은 다른 판본에서는 보통 〈三國志宗僚〉라고 하는 것인데 일종의 人物圖表이다.3) 부록이 끝나고 바로 권지일의 본문으로 들어간다.

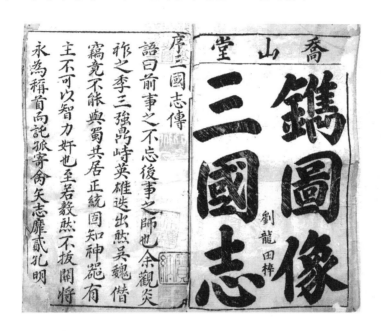

2) 그 외 版式은 四周單邊에 上下內向魚尾이고 半郭은 20.4×12.5cm이다.
   閔寬東 외 공저, 『韓國 所藏 中國通俗小說의 版本目錄과 解題』, 학고방, 2013, 79쪽 참고.
3) 심백준의 고증에 의하면 〈君臣姓氏附錄〉(一名 三國志宗寮)은 小說 『三國志』의 등장인물 도표가 아니라 정사 『삼국지』의 인물도표라고 한다.
   심백준, 『三國演義新探』, 四川人民出版社, 2002, 46~55쪽 참고.

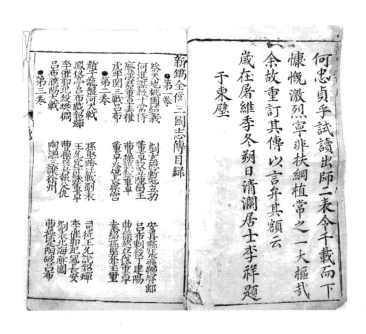

　일찍이 喬山堂本 『新鋟全像大字通俗演義三國志傳』의 판본에 대해서는 孫楷第도 주목하여 『中國通俗小說書目』에 다음과 같이 소개하고 있다.

　　　『新鋟全像大字通俗演三國志傳』二十卷: 存, 明閩書林劉龍田刊本。
　　上圖、下文。半葉十五行, 行二十五字。封面題『喬山堂鋟』或題笈郵齋
　　藏板。日本日光晃山慈眼堂, 日本鹽穀溫藏本缺卷四至七, 英國牛津(옥
　　스포드)大學圖書館所藏。首屠維季冬朔日淸瀾居士李祥序[4]

　이상 인용문의 서지상황과 영남대본을 비교해 보니 완전히 일치하고 있음이 확인된다. 이 판본은 일찍이 일본과 영국으로 유출되어 외

---

　　4) 孫楷第, 『中國通俗小說書目』, 臺灣 廣雅出版社, 1984, 39쪽.

국학자들에 비해 중국학자들에게는 접촉의 기회가 상대적으로 적을 수밖에 없었다. 필자도 또 이 판본이 지전류 계열이기에 국내에까지 유입이 가능했을까 하는 의심을 품고 있었는데 본 판본의 발굴로 인하여 조선시대에 연의류 계열은 물론 지전류 계열까지 모두 유입되었음을 확인할 수 있는 계기가 되었다.

다음은 주문업이 다른 교산당본을 근거로 만든 서지상황이다.5)

刊行年	萬曆 27年(1599년 추정) * 다른 학설 1609년설 혹은 1609-1619년설	
封面	鐫圖像三國志	
版心	出像三國志傳	
目錄	新鐫全像三國志傳	
人物表	新鐫全像三國志傳	
	卷首書名	**卷末書名**
第一卷	新鋟全像大字通俗演義三國志傳	三國志傳
第二卷	新鋟全像大字通俗演義三國志傳	三國志傳
第三卷	新鋟全像通俗演義三國志傳	無
第四卷	新鋟全像大字通俗演義三國志傳	全像三國志傳
第五卷	新鋟全像大字通俗演義三國志傳	三國志傳
第六卷	新鋟全像大字通俗演義三國志傳	三國志傳
第七卷	新鋟全像通俗演義三國志傳	新鐫演義三國志傳
第八卷	新鋟全像通俗演義三國志傳	全像三國志傳

5) 주문업, 「日本九州大學藏周鼎臣和三國演義簡本志傳小系列演化」, 본래 이 논문은 2019年 第18次 中國古典小說·戲曲文獻暨數字化國際學術研討會의 발표논문을 후에 보강한 별쇄본.

	卷首書名	卷末書名
第九卷	新鋟全像大字通俗演義三國志傳	新刻出像三國志傳
第十卷	新鋟全像大字通俗演義三國志傳	三國志傳
第十一卷	新鋟全像大字通俗演義三國志傳	無
第十二卷	新鋟全像大字通俗演義三國志傳	全像三國志
第十三卷	新鋟全像大字通俗演三國志傳	新刻京本三國志傳
第十四卷	新鋟全像大字通俗演義三國志傳	全像三國志
第十五卷	新鋟全像大字通俗演義三國志傳	新刻全像大字三國志傳
第十六卷	新鋟全像大字通俗演義三國志傳	全像三國志
第十七卷	新鋟全像大字通俗演義三國志傳	新鋟全像三國志
第十八卷	新鋟全像大字通俗演義三國志傳	全像三國志
第十九卷	新鋟全像大字通俗演義三國志傳	新刻全像三國志
第二十卷	新鋟全像大字通俗演義三國志傳	新鋟全像大字通俗演義三國志傳

　영남대 소장본은 殘本 1冊이기에 第一卷과 第二卷은 분석이 가능하지만 第三卷부터 第二十卷까지는 비교가 불가능하다. 그렇지만 주문업이 제공한 도표에 근거하여 封面書名·版心書名·目錄書名(人物表書名과 동일)·卷首書名·卷末書名 등을 조사하여 분석해보았다. 특히 권별서명은 각권마다 아주 다르게 나타나는 특징을 보인다. 이는 아마도 판을 刻手한 사람이 일관되게 조판한 것이 아니라 여러 組로 나눠서 작업을 하다 보니 일어나는 현상으로 추정된다.

　그리고 出刊者 劉龍田에 대해서는 잘 알려진 바가 없다. 단지 본명이 劉大易(1560~1625年), 字가 燦文이고 號는 龍田이며 喬山 劉福燦(少崗, 喬山堂은 그의 別號이다.)의 둘째 아들로 建寧府 建陽縣 書林地方에서 아버지의 출판업을 계승하여 『新鋟全像大字通俗演義三國志傳』은 물론 희곡 『西廂記』 등 많은 책을 출간한 인물이다.[6) 喬

山堂의 堂號는 劉龍田의 아버지 劉少崗의 別號에서 나온 것이다.

또 이 판본의 출판년도에 대해 馬蘭安(Maclaren)은 「花關索說唱詞話與三國志演義版本演變探索」에서 1609년~1619년경에 출간되었다고 추정하였다.[7] 그 후 劉軍杰은 「劉龍田本三國志演義刊刻時間考」에서 1609년(萬曆 37年)이라고 단정하였다.[8] 그러나 최근 주문업은 1599년(萬曆 27年)說을 다시 제시하였다.[9] 대략 1599년 설이 비교적 신빙성이 있어 보인다. 판본마다 미세한 차이가 있는 것으로 보아 後印도 있는 것으로 보인다.

다음은 喬山堂本(20卷 240則)의 目次(일련번호는 필자가 순서대로 부여한 것임)이다.[10]

第一卷:

1) 祭天地桃園結義   2) 劉玄德斬寇立功   3) 安喜縣張飛鞭督郵
4) 何進謀殺十常侍   5) 董卓議立陳留王   6) 呂布刺殺丁建陽
7) 廢漢君董卓弄權   8) 曹操謀殺董卓   9) 曹操起兵伐董卓
10) 虎牢關三戰呂布   11) 董卓火燒長樂宮   12) 袁紹孫堅奪玉璽

---

6) 바이뚜, http://www.doc88.com/p-7592415199640.html 참고, 劉龍田의 형은 劉大金(號: 玉田)으로 알려졌다. 교산당은 유용전의 아버지 別號에서 온 것이다.

7) 周兆新, 『三國演義叢考』, 중국 북경대학출판사, 1995, 145쪽.

8) 劉軍杰(甘肅 蘭州大學), 『鷄西大學學報』 第12卷 第8期(2012年 8월).

9) 주문업, 「日本九州大學藏周鼎臣和三國演義簡本志傳小系列演化」, 『2019年第18次中國古典小說·戲曲文獻暨數字化國際學術硏討會論文集』, 湖北省 黃石市 湖北師範大學文學院, 2019.8.13~16, 34쪽 참고.

10) 殘本이기에 권1과 권2만 존재한다. 진하게 한 부분까지 존재하고 나머지 부분은 이 책의 앞부분에 있는 목차를 인용하여 목차를 재구성하였다.

第十二卷:

133) 曹操漢中破張魯　　134) 張遼大戰逍遙津　　135) 甘寧百騎劫曹営

136) 魏王宮左慈擲盃　　137) 曹操試神卜管輅　　138) 耿紀韋晃討曹操

139) 張飛關索取閬中　　140) 黃忠嚴顏双建功　　141) 黃忠鹹斬夏侯淵

142) 趙子龍漢水大戰　　143) 劉玄德取漢中　　　144) 曹操殺主簿楊修

第十三卷:

145) 玄德進位漢中王　　146) 關雲長威震華夏　　147) 龐德抬櫬戰關羽

148) 關雲長水淹七軍　　149) 關雲長刮骨療毒　　150) 呂蒙智取荊州

151) 關雲長大戰徐晃　　152) 關雲長夜走麥城　　153) 玉泉山關公顯聖

154) 劉玄德痛哭雲長　　155) 曹操殺神醫華佗　　156) 魏太子曹丕秉政

第十四卷:

157) 曹子建七步成文　　158) 漢中王怒殺劉封　　159) 廢獻帝曹丕篡位

160) 玄德成都即帝位　　161) 范疆張達刺張飛　　162) 劉先主興兵伐吳

163) 吳大夫趙咨說曹丕　164) 關興斬將救張苞　　165) 劉先主猇亭大戰

166) 陸遜定計破蜀兵　　167) 先主夜走白帝城　　168) 八陣圖石伏陸遜

第十五卷:

169) 白帝城先主托孤　　170) 曹丕五路下西川　　171) 難張溫秦宓論天

172) 泛龍舟魏主伐吳　　173) 孔明興兵征孟獲　　174) 孔明一擒孟獲

175) 孔明二擒孟獲　　　176) 孔明三擒孟獲　　　177) 孔明四擒孟獲

178) 孔明五擒孟獲　　　179) 孔明六擒孟獲　　　180) 孔明七擒孟獲

第十六卷:

181) 孔明秋夜祭瀘水　　182) 孔明上出師表　　　183) 趙子龍大破魏兵

184) 諸葛亮智取三郡　　185) 孔明智伏姜維　　　186) 孔明祁山破曹真

187) 孔明大破鉄車軍　　188) 司馬懿智擒孟達　　189) 司馬懿計取街亭

190) 孔明智退司馬懿　　191) 孔明揮淚斬馬謖　　192) 陸遜石亭破曹休

　　본격적인 판본분석에 앞서 먼저 강남계열 판본과 복건계열 판본의 분류작업을 할 필요가 있다. 宋代와 元代이래로 福建地方의 建陽(建安)은 출판의 중심지로 명성을 가지고 있었다. 그런데 명나라의 건국과 함께 南京은 명왕조의 초기 수도로 남방문화의 중심지가 되었고,

여기에 남송의 수도였던 杭州와 경제 중심지 蘇州까지 급부상하여 새로운 강남문화를 열었다. 이러한 상황에서 福建과 江南은 출판문화의 주도권을 놓고 치열한 출판전쟁을 하게 되었다. 그러다 보니 양 지역의 출판경향은 다소 다른 특징을 보이기 시작하였다. 강남계열은 대체로 고급스럽고 文人指向的이며 대부분의 서명이 『通俗演義』로 끝나기에 일명 '演義系列'이라 한다. 반면 복건계열은 통속적이고 大衆指向的이며 서명이 『三國志傳』으로 끝나기에 '志傳系列'이라고 한다. 또 연의계열은 보통 24卷 240則本이나 12卷 240則으로 간행되는 특징이 있고, 지전계열은 20卷 240則과 10卷 240則으로 간행된 특징이 있다.11)

> 演義系列 - 24卷 240則本 : 嘉靖本 · 夷白堂本 등
> 　　　　　 12卷 240則本 : 周曰校本 · 鄭以楨本 · 夏振宇本 등
> 志傳系列 - 20卷 240則本 : 喬山堂本 · 雙峯堂本 · 黃正甫本 · 忠正堂本
> 　　　　　　　　　　　　 · 忠賢堂本 · 朱鼎臣本 · 誠德堂本 · 美玉
> 　　　　　　　　　　　　 堂本 · 種德堂本 · 余評林本 · 聯輝堂本 ·
> 　　　　　　　　　　　　 楊閩齋本 · 湯賓尹本 · 藜光堂本 · 笈郵齋
> 　　　　　　　　　　　　 本 · 楊美生本 · 九州本 등
> 　　　　　 10卷 240則本 : 葉逢春本 등

이처럼 지전계열의 20권본이 주종을 이룬다. 이상의 도표에서 확인되듯 교산당본은 지전계열로 20권 240則으로 구성된 판본이다. 현대 영남대 소장본은 20권 가운데 권1-2만 남아있어 전문파악이 불가능하다. 그러나 전 240則의 총 목차가 卷頭에 나오기 때문에 목차확인은 가능하다.

---

11) 김문경, 『삼국지의 영광』, 사계절 출판사, 2002, 199~200쪽 참고.

또 목차의 則目에서도 판본마다 많은 차이가 난다. 교산당본은 則目이 주로 5字·6字·7字·8字로 되어있다.

5字: (第207則) 秋風五丈原.
   [총 1則]
6字: (第31則) 呂布轅門射戟, (第177則) 孔明四擒孟獲.
   [총 38則]
7字: (第1則) 祭天地桃園結義, (第2則) 劉玄德斬寇立功.
   [총 189則]
8字: (第3則) 安喜縣張飛鞭督郵, (第227則) 司馬昭南闕弑曹髦.
   [총 12則]

上記의 자료에서처럼 則目의 숫자가 비교적 다양하다. 그중 7자형이 총 189則으로 대부분을 이루고 다음이 6자형 이었다. 이러한 현상은 葉逢春本이나 余象斗本 등 志傳系列에서 공통적으로 보이는 현상이다. 그러나 演義系列은 (第1則)祭天地桃園結義, (第2則)劉玄德斬寇立功, (第3則)安喜張飛鞭督郵, (第4則)何進謀殺十常侍에서 보이는 것처럼 第1則부터 第240則까지 7자로 일사불란하게 구성하였다. 특히 嘉靖本이나 周曰校本에서는 則目도 거의 유사하고 글자도 7자형으로 일사분란하게 구성한 특성을 보인다.

이처럼 지전본 계열의 대부분은 연의류 계열의 대표판본이라 할 수 있는 가정본이나 주왈교본 보다도 늦게 출간되었음에도 불구하고 則目이 일목요연하지 못하고 내용에 있어서도 오탈자도 많고 조잡한 편이다. 이러한 근거가 지전류 계열의 舊本이 연의계열인 가정본 이전에 존재한다는 가설을 뒷받침하는 것이다. 즉 가정본이 최초본이 아니라 그 이전에 또 다른 古本이 존재하며 그러기에 지전본이 가정본보다

고본형태를 보존하고 있다는 설이다. 최근의 이러한 이론이 정설로 굳혀지고 있다.

그 외에도 위 도표의 제9권 第105則 '關索荊州認父'와 제12권 제139則 '張飛關索取閬中'에는 가정본에서는 보이지 않는 관색고사가 則目으로 들어가 있다. 이처럼 관색고사가 則目에까지 들어가 있는 것은 지전류 계열에서만 보이는 특색이다. 관색고사에 대한 분석은 제3장에서 다시 언급하기로 한다.

2. 小說 『三國志』의 분류와 교산당본의 계열 분석

1) 小說 『三國志』의 분류와 유형분석

小說 『三國志』의 형성과정은 크게 4단계로 분류할 수 있다.

제1단계는 元代의 平話本 단계이다. 이때의 대표작으로 至治年間 (1321~1323)에 출간된 建安 虞氏의 『三國志平話』가 있고, 그 외 失名氏의 『三分事略』(別題 『三國志故事』라고도 한다.) 등이 있다.

제2단계는 나관중의 240則 단계이다. 이때는 나관중에 의하여 총 240則으로 출간된 시기로 크게는 강남계열(연의계열)과 복건계열(지전계열)로 분류된다.

제3단계는 이탁오의 120회 단계이다. 이 시기는 구성에 있어서 총 240則에서 120回로 대폭적인 변화가 있었던 시기이다. 대략 명대 말기 (天啓年間[1621~1627]이나 崇禎年間[1628~1644])나 淸初에 해당하는 시기이다.

제4단계는 모종강의 120회 단계이다. 이때는 모종강이 120회 회목은 그대로 유지한 채 회목과 내용 등 문체를 전면적으로 수정했던 시기로, 대략 1679년에 모종강본이 출간된 이후부터 청말까지 해당된다.

현존 하는 小說『三國志』의 판본은 명대의 판본이 대략 40여 종이고 청대의 판본은 70여 종 이상으로 추정하고 있다. 그 외 청대이후에 나온 판본은 不知其數라서 추정하기조차 어렵다. 주요 판본으로는 명대 판본과 청대초기 판본까지를 핵심적으로 분석할 가치가 있다. 그후 모종강(1632~1709 또는 1710)본이 나온 1679년 이후에는 모종강본이 통행본으로 천하통일을 이룬 시기이다. 청대 중·후기에는 모종강본이 주류를 이루며 출간되었기에 판본의 분류는 무의미하다.

앞서 명대의 판본은 크게 江南系列(演義類 系列)과 福建系列(志傳類 系列)로 나누어진다고 하였다. 현존하는 연의류 계열 가운데 가장 이른 판본은 嘉靖本으로 1522년에 출간되었고, 지전류 가운데 가장 이른 판본은 葉逢春本으로 1548년에 출간되었다. 강남지역과 복건지역은 명대부터 출판경쟁이 시작되어 특히 1500년대에서 1600년대까지 치열한 상권경쟁을 하였다. 그러나 명대 후기로 갈수록 복건지역의 출판문화는 상대적으로 위축되기 시작하다가 급기야 청대 모종강본의 출현 이후로는 급속히 몰락하였다. 급기야 建陽에 발생한 대형화재는 書坊들은 물론 출판업까지 回生不能으로 만들었다.[12]

명대의 판본으로는 대략 40여 종이 있는데 이들은 크게 演義類 系列과 志傳類 系列로 양분된다. 먼저 연의류 계열의 판본을 도표로 만들어 보았다.[13]

---

12) 김문경, 『삼국지의 영광』, 사계절 출판사, 2002, 200~203쪽 참고.
13) 본 도표는 上田望이 만든 것에 필자의 견해를 첨가하여 작성한 것이다.
    周兆新, 『三國演義叢考』, 중국 북경대학출판사, 1995, 97쪽 참고.

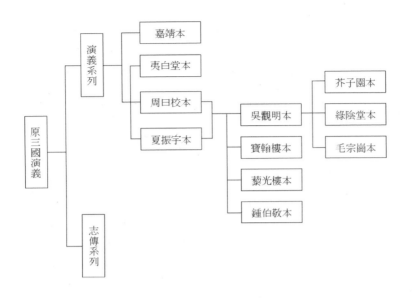

　근래 많은 학자들 사이에는 嘉靖本이 最古의 판본도 最高의 善本
도 아니라는 설이 탄력을 받고 있는 가운데 가정본 이전에 또 다른
祖本이 있을 수 있다는 가능성을 제기하고 있다. 그렇지만 아직까지는
가정본이 현존하는 最古의 판본이며 소설『三國志』의 형성과정에 핵
심이 되는 판본임에 틀림이 없다.

　또 嘉靖本과 근래 새롭게 주목받고 있는 周曰校本에 대한 연구가
진행되면서 두 판본 사이에는 각기 다른 조본에서 파생되어 나온 별개
의 판본이 있는 것으로 보는 설이 정설로 되어가고 있다.14) 또 李卓吾
評本의 底本에 대해서도 周曰校本에서 나왔다는 설과 夏振宇本에서
나왔다는 설이 있으나 요즘은 周曰校本의 底本이나 혹은 夏振宇本
의 底本에서 나왔다는 설이 탄력을 받고 있다.15)

---

14) 이 설은 주로 上田望과 中川諭 등 일본학자들이 주도하고 있다.
15) 심백준,『三國演義新探』, 四川人民出版社, 2002, 56~70쪽 참고. 夏振宇本

그리고 吳觀明 간행본 『李卓吾先生批評三國志』는 이탁오의 비평이 들어갔다고 하나 사실은 명대 비평가 葉晝의 僞託이다.[16] 명대에 나온 寶翰樓本과 藜光樓本 그리고 청대에 나온 綠陰堂本도 모두 이탁오 선생 비평본이라 하나 모두가 위탁이고, 그 외 명대의 鍾伯敬 批評本과 청대의 李漁(李笠) 批評本 등 당시 유명한 문인들의 비평을 덧붙였는데 이 비평본들 역시 이들이 진짜 한 것이 아니라 대부분 僞託이다.[17]

통행본 모종강본의 출현은 비록 이탁오본 120회를 그대로 유지하고 내용도 크게 다르지 않지만 回目과 삽입시 및 문체에 있어서는 一新한 면모가 확연하다. 또 소설 전체의 구성과 완성도에 있어서도 완숙미와 세련미가 두드러진다.

다음은 志傳類 系列의 판본에 대한 분석도표이다.[18]

의 底本說은 沈伯俊과 일본의 上田望과 中川諭가 주장하고 있다.

16) 심백준, 『三國演義 新探』, 四川人民出版社, 2002, 56~61쪽 참고.

17) 김문경, 『삼국지의 영광』, 사계절 출판사, 2002, 271쪽 참고.

18) 주문업, 『中國古代小說數字化隨筆』(中國國學出版社, 2018), 272쪽의 도표를 근거로 필자가 다시 작성하였다.

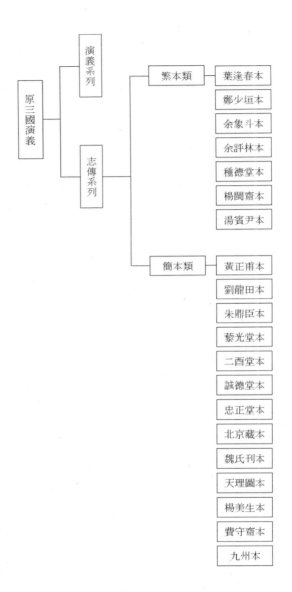

지전류 계열은 크게 繁本과 簡本으로 구별한다. 繁本에는 葉逢春本·鄭少垣本·余象斗本·余評林本·種德堂本·楊閩齋本·湯賓尹本 등이 있다. 또 簡本으로는 黃正甫本·劉龍田本·朱鼎臣本·藜光堂本·二酉堂本·忠正堂本·誠德堂本·北京藏本·魏氏刊本·天理圖本·楊美生本·費守齋本·九州本 등이 있다. 일반적으로 花關索故事가 志傳 繁本에 속하고, 關索故事는 志傳 簡本에 속한다. 또 葉逢春本이나 余象斗本 같은 繁本이 다소 일찍 출간되었고 簡本이 나중에 출간된 것으로 추정하는데 喬山堂 劉龍田本은 繁簡混合型이기에 비교적 이른 시기에 출간된 것으로 분류된다.

上記의 도표에서 확인되듯 지전계열은 종류도 다양하고 판종도 복잡하여 분류가 애매한 양상을 보이는 판본도 있다. 志傳系列의 簡本으로 분류되는 교산당본에 대해서는 아래에서 다시 중점적으로 분석하고자 한다.

2) 교산당본의 계열분석과 관색고사

일반적으로 志傳系列의 簡本으로 분류되는 교산당본은 엄밀하게 분류하면 繁簡混合本이다. 前 8卷까지는 繁簡混合이고 後 9~20卷은 簡本으로 구성되었다. 編者가 시작할 때는 繁本으로 편찬하려고 하였으나 후에 생각이 바뀌어 후반부터는 철저하게 簡本으로 개편하였다고 한다. 그러기에 喬山堂 劉龍田本은 비교적 特殊한 版本으로 분류된다.[19]

---

19) 이 근거는 근래 일본 교산당본을 親見한 주문업교수와 메일교환을 통하여 얻은 정보이다.

다음은 지전계열의 簡本 가운데 교산당본과 관계된 簡本 小系列 분류표이다.

志傳小系統 分類圖表[20]

上記의 도표에서와 같이 교산당본(劉龍田)을 포함한 약 8개 판본이 共同祖本에서 출현한 것으로 확인되며 특히 周文業과 中川諭는 文字對比와 誤脫字 比較方式을 통하여 誠德堂本·九州本·黃正甫本이 같은 계열이고, 또 劉龍田本과 朱鼎臣本은 동일 계열이며, 그 외 天理圖本·忠正堂本·費守齋本도 동일 계열임을 고증하였다. 특히 劉龍田本과 朱鼎臣本은 문자에 있어서도 대부분이 일치해 동일 조본에서 나왔을 가능성이 크다.[21]

그 외 교산당본과 원대 至治年間에 나온 『三國志平話』의 則目을 비교해보니 『三國志平話』의 第30則 雲長千里獨行(喬山堂本 第53則. 雲長千里獨行)과 第69則 秋風五丈原(喬山堂本 第207則. 秋風五丈原) 단 2곳에서 완전일치하고, 第58則 黃忠斬夏侯淵(喬山堂本 第141則. 黃忠馘斬夏侯淵), 第65則 孔明木牛流馬(喬山堂本 第204

20) 주문업, 「日本九州大學藏周鼎臣和三國演義簡本志傳小系列演化」, 『2019 年第18次中國古典小說·戲曲文獻暨數字化國際學術硏討會論文集』, 2019.8, 23쪽 참고.
21) 주문업, 「日本九州大學藏周鼎臣和三國演義簡本志傳小系列演化」, 『2019 年第18次中國古典小說·戲曲文獻暨數字化國際學術硏討會論文集』, 2019.8.13~16, 22~23쪽 참고.

則. 孔明運木牛流馬), 등 10여 곳에서 부분 일치하는 양상을 보인다. 특히 강남의 연의계열보다는 복건의 지전계열에서 더 유사한 것이 더 많이 나타난다. 이는 지전계열이 연의계열보다 고본형태를 더 많이 보존하고 있다는 또 하나의 단서이기도 하다.

다음은 關索故事[22]의 출현에 관한 문제이다. 關索故事는 『三國志平話』에도 잠깐 등장하나 연의계열의 가장 이른 판본인 嘉靖本(1522)과 지전계열의 가장 이른 판본인 葉逢春本(1548)은 관색고사가 없다가 후대에 연의계열과 지전계열 모두에서 다시 등장한다. 그런데 관색의 재등장은 제갈량의 南征部分에 언급된 단순한 관색고사가 아닌 매우 다양하고 복잡한 이야기로 파생되었다. 단순히 관색고사만 인용된 판본과 또 화관색고사[23]를 인용한 판본 그리고 관색고사와 화관색고

---

22) 관색은 관우의 셋째아들(첫째가 관평, 둘째가 관흥)로 모종강본 87회(征南寇丞相大興師 抗天兵蠻王初受執)에 공명이 남만을 정벌하러 가는 장면에 갑자기 관우의 셋째아들 관색이 등장한다. 그 후 몇 번 더 등장하기는 하나 큰 전공도 없이 사라지는데 이것이 관색고사의 전부이다.

23) 1967년 상해부근 가정현에서 발굴된 무덤에 1478년에 출간된 것으로 추정되는 『花關索傳』이 출토되어 세상에 알려졌다.
내용은 도원결의 후 관우와 장비는 큰일을 圖謀하기 위해서는 妻子가 장애가 된다고 판단하여 서로 상대의 가족을 죽이기로 한다. 하지만 장비는 차마 임신 중인 관우 부인과 아들을 죽이지 못하고 살려준다. 친정으로 돌아온 부인은 아들을 낳았는데 그가 바로 관색이다. 그 후 관색은 색원외에게 길러지다가 다시 도사 화악선생에게 출가되어 무술을 전수받는다.(花關索이라는 이름도 여기에서 나왔다) 얼마 후 관색은 怪力의 사내가 되어 관우를 찾아온다. 그 후 관색은 유비의 서천정벌에서 많은 전공을 세웠으나 죄를 짓고 유배되었다. 얼마 후 형주에서 관우가 죽자 다시 소환되나 병에 걸려 참전하지 못하였다. 다행히 화악선생의 치료를 받고 회복하여 아버지의 원수를 갚게 된다. 마지막에는 유비가 죽자 제갈량도 와룡산으로 수도하러 들어가 버리고 이에 낙담한 화관색도 득병하여 죽는다는 이야기이다.

사를 합하여 인용한 판본 등 다양하게 존재한다. 이 문제에 대하여 김문경은 비관색·화관색계 / 복건본 화관색 계통(20권본) / 복건본 관색 계통(20권본) / 강남본 관색계(12권본) / 관색·화관색계 등 5가지 유형으로 분류하였다.[24)]

이처럼 화관색의 스토리가 매우 복잡하여 판본 간에도 상호 모순되는 부분도 등장하게 되었다. 그중에서도 문제가 가장 심한 판본이 바로 복건계열의 花關索系(20권본) 판본들이다. 이 판본의 내용은 "어느날 관색이 어머니와 자신의 처 3명을 데리고 형주를 지키고 있는 관우 앞에 갑자기 나타난다. 그 후 관색은 서천지방 각지를 돌아다니며 수많은 전공을 세우다가 雲南地方에서 병사한다."는 내용이다. 이처럼 『화관색전』이야기를 무리하게 삽입시키다보니 내용상 많은 문제를 야기하였다. 이러한 모순을 제거하기 위해 뒤에 나오는 판본들은 적절한 첨삭을 가하여 수정을 가하였다. 이러한 관색의 이야기는 후대에 판본의 계열분류와 유형분석에 좋은 고증자료가 되고 있다.

그런데 교산당본에서도 관색고사가 확인된다. 특히 서목부분을 살펴보면 다음과 같다.

---

24) 김문경, 『삼국지의 영광』, 사계절출판사, 2002, 273~275쪽 참고.
   1. 非關索, 花關索系(2종): 嘉靖本·葉逢春本
   2. 福建本 花關索系(20권본, 총 7종): (1) 雙峯堂本·(2) 評林本·(3) 聯輝堂本·(4) 楊閩齋本·(5) 鄭世容本·(6) 種德堂本·(7) 湯賓尹本
   3. 福建本 關索系(20권본, 총 12종): (1) 誠德堂本·(2) 忠正堂本·(3) 喬山堂本·(4) 笈郵劑本·(5) 朱鼎臣本·(6) 天理本·(7) 黃正甫本·(8) 楊美生本·(9) 魏某本·(10) 北圖本·(11) 蘂光閣本·(12) 聚賢山房本
   4. 江南本 關索系(총 9종): (1) 萬卷樓本·(2) 夏振宇本·(3) 夷白堂本·(4) 吳觀明本·(5) 綠蔭堂本·(6) 蘂光樓本·(7) 鍾伯敬本·(8) 芥子園本·(9) 遺香堂本
   5. 關索, 花關索系(1종): (1) 雄飛館本

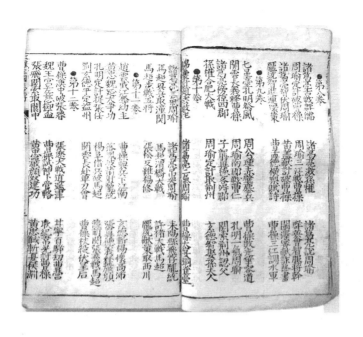

　上記의 도표에서 제9권 하단 第105則에 '關索荊州認父'가 있고, 또 제12권 상단 第139則에 '張飛關索取閬中'이라는 則目이 확인된다. 특히 주목할 판본이 福建本 花關索系(20권본, 총 7종) 판본이다. 오직 이 판본에서만 回目에도 關索의 서명이 나오기 때문이다. 그런데 김문경은 교산당본을 福建本 花關索系가 아닌 福建本 關索系로 분류하였다. 영남대본은 殘本이기에 확인이 어려워 김문경교수와 주문업교수의 도움으로 원문을 확인하였는데, 그 결과 則目은 있으나 실제 본문의 내용은 다른 이야기임이 밝혀졌다. 자세히 원문을 확인 해 본 결과 105則은 내용에서는 가정본, 이탁오본과 제목이 동일하며, 139則의 내용이 없어서 확인이 불가하나, 39則의 회목 역시 가정본과 이탁오본이 일치하고 교산당본에서만 다른 것으로 미루어 139則 역시 105則과 동일한 것으로 추정된다. 즉 이 책은 繁簡混合本으로 前 8卷

까지는 繁簡混合이고 後 9~20卷은 簡本으로 구성된 판본이기 때문에 일어난 아주 특이한 현상으로 확인된다.

3. 小說『三國志』의 국내유입 판본과 교산당본의 가치

1) 국내에 유입된 판본

국내에 유입된 판본은 고려시대 유입된 것으로 추정되는 『三國志平話』를 위시해서 『三國志通俗演義』(조선금속활자 간행본) · 周曰校校正 『新刊校正古本大字音釋三國志傳通俗演義』(朝鮮覆刻本) · 劉龍田의 喬山堂本 『新鋟全像大字通俗演義三國志傳』 · 毛宗崗의 『四大奇書第一種』(朝鮮出版本, 一名 貫華堂第一才子書) 외에도 청대 말기에 간행된 수많은 모종강 계열 판본이 있고, 그리고 일본의 판본으로 『繪本通俗三國志』가 유입된 것으로 확인된다. 먼저 유입된 판본의 서지상황을 보면 다음과 같다.

(1) 三國志平話

『三國志平話』는 元代 至治年間(1321~1323) 建安 虞氏의 新刊本 『全相平話五種』 中 하나로 이 판본의 국내 유입 시기는 대략 고려 말기로 추정된다. 먼저 관련 자료를 살펴보면:

> 更買些文書一部, 四書都是晦庵集註, 又買一部, 毛詩, 尙書, 周易, 禮記, 五子書, 韓文, 柳文, 東坡詩, 詩學, 大成押韻, 君臣故事, 自治通鑑, 翰院新書, 標題小學, 貞觀政要, 三國志平話. 這些貨物都買了也.
> 『老乞大』, 한국학중앙연구원(C138), 47a~47b쪽25)

上記의 자료는 고려 말기에 편찬된 것으로 추정되는 『老乞大』의 내용가운데 末尾部分에 고려 상인이 중국의 서적들을 구입해 가는 장면이 나온다. 특히 그가 구입한 서적목록은 經書와 歷史書 및 文學書籍 등 다양한데 그중에서도 마지막 부분에 『三國志不話』가 언급되어 있다. 이러한 근거로 보아 이 책이 늦어도 고려 말에는 유입된 것이 확실해 보인다.

(2) 朝鮮活字本 『三國志通俗演義』

박재연에 의하여 발굴된 조선활자본 『三國志通俗演義』(이양재 소장본)는 대략 1560년대 초·중반 사이에 출간된 것으로 확인되었다. 이 책은 12卷 12冊 240則이며 11행 20자로 된 판본으로 현재 卷8(상·하)만 남아있는 殘本이다. 그런데 문제는 이 판본이 가정본을 가지고 출간한 것인지 아니면 주왈교본을 가지고 출간한 것인지 또는 주왈교 갑본을 모본으로 하고 가정본을 참고하여 만든 것인지를 놓고 아직도 이론이 분분하다.[26)]

---

25) 이은봉, 「삼국지연의의 수용 양상」, 인천대학교 국문학과 박사학위논문, 2006,12. 23쪽 참고.
26) 이 문제는 박재연의 「새로 발굴된 조선 활자본 삼국지통속연의에 대하여」와 민관동의 「삼국지연의의 국내 유입과 출판」 등 여러 논문에 상세하므로 중복을 피하기 위해 논외로 한다.

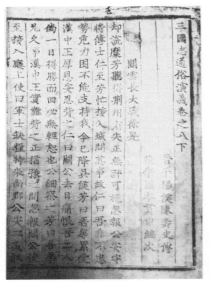

조선활자본 『三國志通俗演義』　　朝鮮覆刻本　『新刊校正古本大字音釋三國志傳通俗演義』

　　필자가 보기에는 1522년에 나온 가정본은 24卷 240則이고 그 후에 나온 주왈교본은 12卷 240則인데 조선활자본도 12卷 240則인 점을 감안하면 가정본 이후에 나온 주왈교본의 모본을 가지고 그대로 간행한 것으로 추정된다. 조선시대 전기의 출판양상을 살펴볼 때 중국문헌을 가지고 직접 복각하는 방식이 편리하였을 뿐만 아니라 또 당시 전문가도 아닌 문인들이 내용의 일부를 함부로 수정하기도 쉽지 않았기 때문이다.

　　그렇다면 "가정본은 국내에 유입이 되었을까?"하는 문제이다. 이 문제는 직접적인 근거자료가 부족하여 단언하기는 어렵다. 그러나 1560년대에 조선활자본 『三國志通俗演義』가 출간된 것을 감안하면 늦어도 1560년 이전에는 가정본이든 주왈교의 母本이든 유관한 판본이 유입되었음이 확실하다.

(3) 周曰校校正 朝鮮覆刻本 『新刊校正古本大字音釋三國志傳通俗演義』

金陵 周曰校가 간행한 『新刊校正古本大字音釋三國志傳通俗演義』는 總 12卷 12冊 240則으로 明 萬曆 辛卯年(1591)에 13行 26字(周曰校乙本 基準)로 간행된 판본이다. 근래 박재연은 국내 간행 판본(以下 朝鮮覆刻本)이 중국사회과학원 판본과 동일본인 周曰校甲本의 覆刻本임을 밝혀냈다.(12卷 12冊 240則, 13行 24字, 청주박물관·영남대·연세대 등 소장). 즉 주왈교본이 국내에서 출간되었음은 이미 국내에 유입되었음을 의미한다. 그러면 이 판본이 언제 유입되었는가? 먼저 『朝鮮王朝實錄』(宣祖 卷3, 1569년)의 기록을 살펴보면:

> 壬辰…上御夕講于文政殿. 進講近思錄第二卷. 奇大升進啓曰, 頃日張弼武引見時, 傳敎內張飛一聲走萬軍之語, 未見正史, 聞在三國志衍義云. 此書出來未久, 小臣未見之, 而或因朋輩間聞之, 則甚多妄誕.[27]

奇大升의 "此書出來未久"라는 문장 한마디가 한·중·일 학자들에게 많은 논쟁을 만들어 냈다. 처음에는 이것이 주왈교본의 국내 출간인가 아닌가? 로 시작하였으나 조선활자본 『三國志通俗演義』가 발굴되면서 이 시기가 바로 조선활자본의 출간시기로 고증되었다. 그 후 또 주왈교의 조선복각본은 언제 출간되었나? 하는 논쟁이 벌어졌다.

---

27) 전하께서 문정전 석강에 나아가니, 『近思錄』 제2권을 강론해 올렸다. 기대승이 아뢰기를, "지난번 張弼武를 불러 인견하실 때 전교하시길 '張飛의 大聲一喝에 千軍萬馬가 달아났다'고 한 말은 사실 正史 『三國志』에는 보이지 않고 『三國志衍義』에 나온다고 합니다. 이 책이 나온 지가 오래되지 않아 소신도 보지 못했지만, 주변 친구에게 들으니 황당무계한 말이 많다 합니다."

周曰校本의 국내 출간 문제는 朝鮮覆刻本에 "歲在丁卯耽羅開刊"이라는 刊記부터 시작되었는데 丁卯年은 1567년과 1627年 그리고 1687年으로 압축된다. 이 문제는 아직도 異論이 있지만 1627년설이 비교적 합당해 보인다.[28] 그렇다면 주왈교본의 국내유입은 늦어도 임진왜란 시기 전후로 유입되었을 가능성이 가장 높다.

(4) 劉龍田의 喬山堂本『新鋟全像大字通俗演義三國志傳』

그동안 국내에는 강남 연의계열만 유입된 것으로 생각했는데 영남대 喬山堂本『新鋟全像大字通俗演義三國志傳』의 유입은 바로 복건 지전계열도 유입이 되었다는 것으로 나름 상당한 의미를 지닌다. 물론 20권 10책의 殘本으로 제1~2권 1책만 남았지만 판본연구에는 많은 정보를 제공해주고 있다. 이 책은 보기에는 15행 25자이지만 자세히 보면 畵圖의 좌우 일행씩은 15행 33자로 구성되어 있다. 이 책이 언제 국내에 유입되었는지는 관련기록이 없어 추정하기는 어렵다. 그러나 이 책의 磨耗정도로 볼 때 오래전에 국내에 유입된 판본임에는 틀림이 없다. 이 책의 출판시기와 중국에서 유입되는 유통구조를 감안한다면 대략 임진왜란 이후 1600년대 중·후기가 아닐까 추정한다.

---

28) 이 문제에 대하여 박재연과 박철상 등 많은 학설이 있으나 중복을 피하기 위하여 여기서는 논외로 한다.

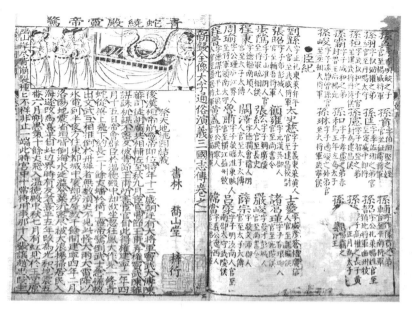

喬山堂本 『新鋟全像大字通俗演義三國志傳』

毛宗崗의 『四大奇書第一種』

(5) 毛宗崗의 『四大奇書第一種』(一名 貫華堂第一才子書)

국내 도서관에서 가장 흔하게 보이는 것이 바로 毛宗崗의 『四大奇書第一種』(이 책은 一名 『貫華堂第一才子書』이라 함.)으로 중국에서는 醉耕堂에서 1679년에 출간되었다. 최초 판본은 60권 120회로 李卓吾評本을 기초로 꾸며진 책으로 장기간 출판할 때마다 『四大奇書第一種』·『第一才子書』·『貫華堂第一才子書』·『繡像金批第一才子書』·『三國志演義』·『三國演義』등의 순으로 서명을 바꾸어 출간하였다.

국내 출판본은 그 중 『貫華堂第一才子書』 20권 20책(毛宗崗評과 讀三國志法, 回目, 그림이 들어간 卷首 1권 포함) 120회로 구성되었으며 行款은 12행 26자로 구성되었다. 이러한 부분은 조선간행본과 일치된다. 전체적인 구성이나 그림까지도 일치하는 것으로 보아 모종강평본의 覆刻本임이 확인된다.[29] 이 책은 대략 肅宗年間(1675~1720)에 유입되어 늦어도 英祖年間(1724~1776)에는 국내에서 출간되었을 것으로 추정된다.

(6) 日本版 『繪本通俗三國志』

판본을 조사하는 과정에서 일본판 『繪本通俗三國志』도 확인되었다. 이 판본은 池田東籬 校正, 葛飾戴斗 畵圖로 大阪 岡田茂兵衛에서 대략 天保7~12年(1836~1841)에 간행된 책이다.(총 75책으로 日本石印本이다. 한 면이 11행으로 되어있고 字數는 일정하지 않다.) 原

---

29) 민관동, 「삼국연의의 국내 유입과 출판」, 『中國文化硏究』 24권, 2014, 228~229쪽 참고, 그리고 이 판본의 卷頭에 金聖歎의 서문이 "順治甲申年(1644年)嘉平朔日金人瑞聖歎氏題"라고 되어 있으나 이 서문은 僞託이다.

跋에 "元祿己巳[1689]…湖南文山"이라는 기록이 있는 것으로 보아 이때에 처음 출간하였다가 후에 다시 간행한 것으로 보인다. 현재 부산시민도서관에 소장(소장번호: 古)823.5-2)되어 있으며 이 판본은 대략 일제시대 때 유입된 것으로 추정된다.

필자가 조사한 국내 소장본 小說『三國志』의 書目은 『<u>三國志通俗演義</u>』·『<u>新刊校正古本大字音釋三國志傳通俗演義</u>』·『<u>新鋟全像大字通俗演義三國志傳</u>』·『四大奇書第一種』·『第一才子書』·『貫華堂第一才子書』·『第一才子書三國志』·『第一才子書繡像三國志演義』·『四大奇書第一種三國志』·『四大奇書第一才子書』·『繡像金聖歎批評三國志』·『繡像全圖三國演義』·『繡像第一才子書』·『增像全圖三國志』·『增像繪圖三國演義』·『增像三國志演義』·『增像全圖三國志演義』·『增像全圖三國演義』·『增像三國全圖演義』·『增像全圖三國志演義第一才子書』·『增像全圖第一才子三國志演義』·『繪圖三國演義』·『三國志演義』·『繪圖三國志演義』·『繪圖三國志演義第一才子書』·『精校繪圖三國志演義』·『精校全圖绣像三國志演義』·『精校全圖足本鉛印三國志演義』·『圖像三國志演義第一才子書』·『繪本通俗三國志』等으로, 약 30여 종이 국내에 소장된 것으로 확인된다.

그중 밑줄 친 판본은 희귀본으로 분류되고 나머지 대부분은 羅貫中(明)撰·金聖歎(淸)編·毛宗崗(淸)評本이며 出刊年度는 淸代 中·後期 刊行本이 주종을 이루고 있다.[30]

---

30) 민관동,「삼국연의의 국내 유입과 출판」,『中國文化硏究』24권, 2014, 210쪽 참고, 새로운 자료의 첨가로 보충.

2) 교산당본의 가치와 의미

영남대에서 발굴한 喬山堂本『新鍥全像大字通俗演義三國志傳』
의 가장 큰 의미는 국내에 지전본 계열도 유입이 되었다는 것이다. 고
려 말에 『三國志平話』가 유입된 이래 조선에 유입되어 출간된 『三國
志通俗演義』(조선활자본)와 주왈교의 『新刊校正古本大字音釋三國
志傳通俗演義』(조선복각본)는 모두 연의류 계열이고 지전류 계열은
찾아볼 수 없었다. 이번 교산당본의 발굴은 서지학적 관점에서 매우
의미가 깊다.

특히 교산당본은 繁簡混合本으로 전반부는 繁簡混合이고 후반부
는 簡本으로 구성되어 있는 매우 특이한 판본으로 서지문헌 연구에
중요한 자료와 단서를 제공한다. 이처럼 교산당본은 지전류 판본의 계
열분류에 중요한 역할은 물론 관색고사와 화관색고사의 연구에도 중
요한 텍스트로 활용자료가 되고 있다.

또 교산당본의 則目을 살펴보니 오히려 번문계열인 鄭少垣의 聯輝
堂本과 거의 흡사하다. 第105則에 '關索荊州認父'와 第139則에 '張
飛關索取閬中'이라는 則目 역시 동일하고 또 본문 第1則을 비교한
결과 거의 유사했다. 전반적인 판본의 틀도 거의 유사한 형식을 보인
다. 이러한 상황을 종합해 보면 두 판본 사이에 모종의 연관관계가 있
음이 확실하다.

다음은 국내 대표적인 출간본이나 유입본 등 희귀한 판본 4종을 근
거로 목차를 비교해 보았다.

(*조선활자본(三國志通俗演義) / 주왈교의 조선복각본(淸州博物
館本) / 영남대 교산당본 / 조선출판본 四大奇書第一種)

則	三國志通俗演義 (朝鮮活字本)	周日校編古本大字 音釋三國志傳通俗 演義(朝鮮覆刻本)	劉龍田編　新鋟全像 大字通俗演義三國志 傳　嶺南大(喬山堂本)	回	毛宗崗編　四大奇書 第一種(朝鮮出版本)
141	黃忠馘斬夏侯淵	黃忠馘斬夏侯淵	黃忠馘斬夏侯淵	71	占對山黃忠逸待勞
142	趙子龍漢水大戰	趙子龍漢水大戰	趙子龍漢水大戰		據漢水趙雲寡勝眾
143	劉玄德智取漢中	劉玄德智取漢中	劉玄德取漢中	72	諸葛亮智取漢中
144	曹孟德忌殺楊修	曹孟德忌殺楊修	曹操殺主簿楊修		曹阿瞞兵退斜谷
145	劉備進位漢中王	劉備進位漢中王	玄德進位漢中王	73	玄德進位漢中王
146	關雲長威震華夏	關雲長威震華夏	關雲長威震華夏		雲長攻拔襄陽郡
147	龐德擡櫬戰關公	龐德擡櫬戰關公	龐德抬櫬戰關羽	74	龐令名擡櫬決死戰
148	關雲長水淹七軍	關雲長水淹七軍	關雲長水淹七軍		關雲長放水淹七軍
149	關雲長刮骨療毒	關雲長刮骨療毒	關雲長刮骨療毒	75	關雲長刮骨療毒
150	呂子明智取荊州	呂子明智取荊州	呂蒙智取荊州		呂子明白衣渡江
151	關雲長大戰徐晃	關雲長大戰徐晃	關雲長大戰徐晃	76	徐公明大戰沔水
152	關雲長夜走麥城	關雲長夜走麥城	關雲長夜走麥城		關雲長敗走麥城
153	玉泉山關公顯聖	玉泉山關公顯聖	玉泉山關公顯聖	77	玉泉山關公顯聖
154	漢中王痛哭關公	漢中王痛哭關公	劉玄德痛哭關雲長		洛陽城曹操感神
155	曹操殺神醫華陀	曹操殺神醫華陀	曹操殺神醫華佗	78	治風疾神醫身死
156	魏太子曹丕秉政	魏太子曹丕秉政	魏太子曹丕秉政		傳遺命奸雄數終
157	曹子建七步成章	曹子建七步成章	曹子建七步成文	79	兄逼弟曹植賦詩
158	漢中王怒殺劉封	漢中王怒殺劉封	漢中王怒殺劉封		姪陷叔劉封伏法
159	廢獻帝曹丕簒漢	廢獻帝曹丕簒漢	廢獻帝曹丕簒位	80	曹丕廢帝簒炎劉
160	漢中王成都稱帝	漢中王成都稱帝	玄德成都即帝位		漢王正位續大統

* 조선활자본 가운데 밑줄 친 부분은 缺失이 되어 嘉靖本 목차로 대체함

　　上記의 도표에서 확인되듯『三國志通俗演義』(조선활자본)와 주왈
교의『新刊校正古本大字音釋三國志傳通俗演義』(조선복각본)는 거
의 차이가 없다. 두 판본 모두가 동일한 강남 연의류 계열에서 나왔기
에 則目에 있어서는 大同小異하다.[31) 그러나 두 판본과 교산당본을

비교하면 목차의 어휘에 있어서 상당한 차이를 보인다. 오히려 시기적으로 후대에 나온 교산당본이 오탈자는 물론 문장구조에 있어서도 매끈하지 못한 부분이 더 많이 나온다. 이는 앞에서 언급하였듯이 지전류가 연의류 보다 고본형태를 더 보존하고 있는 양상이 여기에서도 보인다.

그리고 240則을 120回로 바꾼 것은 李卓吾批評本부터 시작되었지만 이탁오본의 回目을 全面改正한 것은 모종강이다. 교산당본과 모종강본을 비교하면 목차가 전혀 다른 양상을 보인다. 일치하는 것이 거의 보이지 않는다. 이처럼 모종강은 철저히 이전의 판본들과 차별화하였다. 그렇다고 모종강이 내용까지 모두 바꾼 것은 아니다. 전반적인 스토리와 120회의 틀은 그대로 두고 회목의 제목과 삽입시 그리고 어눌한 문투 및 구성 등을 더 세련되게 재단장 하였던 것이다.

이상의 논점을 종합해 보면 다음과 같다.

국내에 유입된 판본으로『三國志平話』이외에『三國志通俗演義』·『新刊校正古本大字音釋三國志傳通俗演義』·『新鋟全像大字通俗演義三國志傳』·『四大奇書第一種』등 수많은 판본들이 유입되었다. 또 독자층이 확대되면서 필요에 따라서는 조선에서 직접 출간하기도 하였다.

필자는 이상의 판본 외에도 李卓吾批評本·鍾伯敬批評本·李漁批評本 등 여러 종의 비평본 시리즈를 찾아보았으나 끝내 찾아내지를 못하였다. 당시 조선시대의 상황을 감안해 볼 때 이러한 판본들도 충분히 유입되었으리라 사료된다. 그러나 뜻밖의 소득으로 교산당본을

---

31) 물론 목차가 동일하다고 해서 속 원문의 내용까지 동일하지는 않다. 두 판본 사이에는 약간의 文字 출입은 있다.

찾아내어 나름의 성과를 거둘 수 있었다.

이번에 발굴된 영남대 소장 교산당본은 비록 20卷本 가운데 2권 1책의 殘本이지만 강남 연의류 계열이 아닌 복건 지전류 계열이라는 데 상당한 의미가 있다. 즉 지전류 계열도 국내에 유입되었다는 중요한 단서가 되기 때문이다. 특히 교산당본은 일반적으로 지전류 간본으로 분류되나 전반은 繁簡混合이고 후반은 簡本으로 구성되어있는 繁簡混合本으로 연구가치가 많은 판본이다. 그리고 교산당본과 주정신본이 같은 모본에서 출현하였고 급우제본과는 동일판본으로 확인되었다.

그 외 교산당본은 관색고사와 화관색고사의 스토리들이 가장 풍부하게 농축되어 있는 매우 흥미로운 판본으로 관색고사의 연구에도 중요한 단서를 제공해주고 있다. 이러한 연유에서 일찍이 柳存仁과 馬蘭安(Maclaren) 및 金文京 등 수 많은 학자들이 관심을 가진 판본이기도 하다.

國內 關羽廟의 現況과 關羽神의 수용*

　　關羽(162년?~219년)는 중국 역사상 가장 특이한 족적을 남긴 인물로 평가된다. 살아서는 살인도주범에서 將軍으로, 將軍에서 漢壽亭侯로, 또 죽어서는 侯에서 公으로, 公에서 王으로, 王에서 帝로, 帝에서 神으로 추존되다가, 급기야 明末淸初에는 孔子와 함께 중국의 文武二聖으로 추존되는 영광을 누린다.[1] 이러한 關羽崇拜의 배경에는 물론 明代 四大奇書인 『三國志演義』가 보편화됨에 따라 이루어진 영향도 있었지만 특히 宋·元·明·淸代에 이루어진 정치적 의도와 종교적 영향에서[2] 起因된다.

----

* 본 논문은 2005년 『중국소설논총』 제45집(한국중국소설학회)에 게재된 논문을 일부 수정 보완한 것이다.
　慶熙大學校 中國語學科 : 배우정(주저자), 민관동(교신저자)
1) 關羽는 죽어서 隋 文帝때 忠惠公으로 勅封이 되었고, 宋 徽宗때 武安王으로 봉해졌다가, 明 神宗(1614年)때 關聖帝로 勅封되었다. 또 명말청초 이전에는 文聖으로 孔子를, 武聖으로 呂尙 강태공을 文武二聖으로 추존하였으나 후에 武聖을 관우로 대치하였다.
2) 송대 徽宗年間에 금나라의 침략으로 어지러운 나라를 안정시키고자 하는 염원에서 관우를 武安王으로 봉하였고 명대에는 태조 주원장과 永樂帝때에 영험이 나타나며 關羽神은 본격적으로 숭배의 대상이 된다. 청대 또한 한족의 효율적 통치를 위해 관우신을 수용함으로 확고한 관제신앙으로 발전한다. 또

관우에 대한 국내 최초기록은 삼국시대에 유입된 陳壽의 『三國志』로 추정되며, 소설로의 유입은 고려 말 유입된 것으로 보이는 『三國志平話』이다.[3] 그러나 당시에는 관우라는 인물이 크게 주목받지는 못하다가 나관중의 『삼국지통속연의』가 국내에 유입(대략 1500년대 초·중기로 추정)되면서 널리 알려졌을 것으로 짐작된다. 특히 宣祖年間(1567~1606년)에는 『삼국지연의』라는 소설이 유입과 국내출판(1560년대 초·중기)이 이루어지면서 문인 및 백성들 사이로 폭넓게 저변이 확대되었고, 급기야 임진왜란(1592~1598년)이 끝날 무렵에는 關羽廟가 국내에 설립되면서 관우를 신앙으로서 받아들이는 입지가 공고해진 것으로 추정된다.

비록 他意에 의하여 세워진 關羽廟이지만 "忠과 義"의 상징인 "관우"를 수호신으로 수용함으로써 국가의 안위와 백성들을 지키고자 하는 표면적 의도와 또 다른 정치적 의도도 그 기저에 깔려있었기에 關羽廟는 점차 관우신앙으로 확대 전파되었고 관우묘에 대한 의식 또한 정치적 혹은 사회적인 변수에 따라 조금씩 변화하는 양상을 보여 왔다.

본고에서는 국내 關羽廟에 대한 관련 자료를 재조사하여 一目瞭然하게 도표로 만들었고, 이러한 도표에 근거하여 分析을 시도하였다. 또 기존의 관련 자료와 연구 자료를 총괄하여 관우묘가 세워지게 된 역사적 배경과 수용양상 그리고 이를 통하여 나타난 관우신앙의 출현과 기타 關羽關聯 傳說들을 체계적으로 분석하고자 한다.

송대부터 본격적 체계를 갖춘 도교의 부흥과 함께 관우신앙은 종교적인 측면에서 神格化되며 자리를 잡아나가는 양상을 보인다.
3) 민관동, 「삼국지연의의 국내 유입과 출판」, 『중국문화연구』 제24집, 2014, 209쪽 참고.

1. 國內 關羽廟의 현황과 分析

국내 관우묘에 대한 본격적인 연구는 李慶善의 『三國志演義의 比較文學的 研究』(一志社, 1978년)로부터 시작된다. 그는 이 책 제3부 「관우신앙에 관한 고찰」에서 관우묘에 대한 관련기록과 민간신앙 문제를 매우 치밀하게 다루었다. 그러나 관우묘에 대해서는 15곳 정도만 조사하여 누락된 곳이 생겼고 또 誤謬도 다수 발견된다. 그 후에 나온 단행본으로는 金鐸의 『한국의 관제 신앙』(전국 16곳 조사, 선학사, 2006년)과 元正根의 『충의의 화신 관우』(상생출판사, 2014년) 등이 있다. 이 책들은 이전에 누락된 관우묘와 각종 관련기록 부분을 세밀하게 보충하여 충실도를 기하였다.4) 그러나 이들은 지나치게 宗敎信仰的 관점에 치중한 일면이 있고, 또 주로 古典文獻에 나오는 관련기록을 引用과 解說의 방법으로 접근하여 考證과 分析에 있어서는 다소 아쉬움이 남는다.

---

4) 단행본으로 南德鉉의 『영웅을 넘어 신이 된 사람 관우』(현자의 마을, 2014)가 있으나 국내 자료는 소개하지 않았다. 그 외 소논문으로 쓴 자료를 간추리면 다음과 같다.
김용국, 「關王廟建置考」, 『향토서울』25, 1965. 김필례, 「관우설화연구」, 『漢城語文學』 17, 1998. 김의숙, 「홍천군 붓꼬지관성사 연구」, 『강원지역문화연구』 2, 2003. 손숙경, 「19세기후반 관왕숭배의 확산과 관왕묘제례의 주도권을 둘러싼 동래지역사회의 동향」, 『고문서연구』 23, 2003. 장장식, 「서울의 관왕묘 건치와 관우신앙의 양상」, 『민속학연구』 14, 2004. 김명자, 「안동의 관왕묘를 통해 본 지역사회의 동향」, 『한국민속학』 43, 2005. 이유나, 「조선후기의 관우신앙 연구」, 『동학연구』 20, 2006. 전인초, 「關羽의 人物造型과 關帝信仰의 朝鮮傳來」, 『동방학지』 134, 2006. 구은아, 「서울의 관제묘와 관제신앙」, 『문명연지』 13, 2012. 신선아, 「고종대 관우신앙의 변화」, 서울여대 석사논문 (사학과), 2014.

필자는 기존 연구와의 중복을 피해 관련 문헌기록을 근거하여 관우
묘의 현황(총 27곳)을 재조사하여 도표로 정리하였다. 또한 기존 연구
가운데 漏落된 부분과 誤記된 부분을 바로잡으며 고증과 분석의 방법
으로 연구를 시도하였다.

1) 국내 관우묘 관련자료

番號	廟名	建立時期	建立者	關王廟의 特徵	宗教色彩	場所	現況
1	南關王廟	宣祖 31年 (1598)	明 遊擊隊長 陳寅	국내 최초로 만들어진 관우묘 (一名: 南廟). 塑像. 關羽과 周倉이 시립. 宣祖가 參拜	祠廟	崇禮門 밖→ 사당동5)	現存
2	關侯廟	宣祖 31年 (1598)	明 將軍 茅國器	明將 茅國器는 성주성 승왜리 전투의 승리가 관운장의 靈驗이라 믿고 세움. 후에 명나라 都督 劉綎이 묘비를 세움. 성주성 동문밖에 있다가 1727년 (英祖) 南丁아래로 옮김. 현재는 관운사(조계종 사찰)에서 配享함. 塑像으로 모심.	祠廟→ 佛敎 寺刹	慶北 星州	現存
3	關王廟	宣祖 31年 (1598)	明 眞定營都司 薛虎臣	안동 목성산 기슭에 건립, 후에 안동향교와 마주보고 있다하여 1606년(선조39)에 西岳寺 동편으로 이전. 벽화에. 삼고초려, 적벽화전도가 있음. 石像, 關羽과 周倉이 侍立.	祠廟→ 甑山敎	慶北 安東	現存
4	關王廟	宣祖 31年 (1598)	明 都督 陳璘	康津 廟堂島는 명 도독 陳璘이 승전 기원으로 건립. 1684년 개수하면서 이순신과 陳璘을 별사로 배향함. 1713년(숙종39) 관왕묘비 건립. 1763년 御筆賜額 후 誕報廟라 함. 해방 후 관왕묘자리에 충무사를 건립	祠廟	全南 康津 古今島	現存

番號	廟名	建立時期	建立者	關王廟의 特徵	宗教色彩	場所	現況
5	關王廟	宣祖 32年 (1599)	明 將軍 藍芳威	明 都督 劉綎이 묘비를 세움. 肅宗 42年(1716)에 朴乃貞이 남원성 동문밖에서 동문안에 누각을 지어 塑像과 碑를 이전. 英祖17年(1741) 南原府使 許 璘이 현재 위치로 옮김. 왕천군 ·장선군·주창·옹보·관평· 조루·옥천대사·요하장군·제 갈량 등의 畵像 봉안.	祠廟	全北 南原	現存
6	東關王廟	宣祖 34年 (1601)	明 神宗이 巡撫使 萬世德을 시켜 建立	東廟. 관우의 銅像과 묘정비문 이 존재. 좌우에 관평과 주창 등 4인 시립. 풍수사상에 의거 동쪽에 地氣補完의 필요성으 로 크게 만들었다고 함.	祠廟	서울 鐘路/ 崇仁洞	現存
7	關皇廟	未詳	壬辰 倭亂 (推定)	300여 년 전부터 관운장의 肖 像을 모시는 祠堂이었음.[6] 현 재 관황묘는 현존하지 않고, 一 心寺만이 관련 설화를 간직하 고 있음.	祠廟	全南 新安郡/ 一心寺	遺失
8	關王廟	英祖 6年 (1730) 에 건립 (推定)	마을 주민들이 建立	壬辰倭亂 이후 明의 援兵과 관련해 朝鮮 後期에 세워진 것 으로 보임. 關王을 모시면 좋단 얘길 듣고 마을 사람들이 關羽 의 肖像畵를 집에 마련해 제사 를 모셨는데, 참여하는 사람이 늘자 祠堂을 세웠다고 전해짐. 驚蟄과 霜降때에 祭를 모심. 現在 방치상태임[7]	祠廟	全南 麗水市/ 南面	現存
9	關聖廟	純祖 31年 (1831)/ 高宗 28年 (1891)	參奉 宋錫珍이 創建 (推定)	관운장을 享祀하는데 그의 生 辰 每年 6月 24日(음)과 忌日 인 10月 19日(음)에 祭祀를 지 냄. 읍원정 뒤편의 대숲속에 關 聖廟가 있었으나 現在는 터만 存在. 건립시기는 1831년설과 1891년설이 있음.	民間信仰 →甑山教	全北 井邑市 泰仁面	遺失

番號	廟名	建立時期	建立者	關王廟의 特徵	宗教色彩	場所	現況
10	未詳	純祖 壬辰 (1832) 以前	未詳	[고종실록 28년[1891] / 신묘 / 12월28일]純祖 壬辰年(1832)에 전교를 내려 관우사당인 동묘·남묘·안동·성주·남원·당진에 관리를 보내 예를 올린 기록.	祠廟	忠南 唐津	遺失
11	關聖廟	哲宗 12年 (1861)	조계식이 땅을 희사함	건립된 후 關聖敎 신도들의 도움으로재건과 증축을 거듭하다 廢祠됨. 1959年 하계호가 발행한 關羽의 가계, 행적, 그리고 조선의 관성묘 내력을 기록한 『明聖經』에 그 흔적이 남아있음.8)	祠廟 → 關聖敎	全北 金堤市 堯村洞	遺失
12	關皇廟	高宗 12年 (1875)	朴禹衡이 東萊府使 朴齊寬의 要請으로 建立	동래읍성에 관황묘전설만 존재. 朴齊寬이 東萊府使로 부임한 어느 날 꿈에서 관운장이 나타나, "고독하게 묻혀 있으니 넓은 자리로 옮겨주시오"라고 함. 꿈자리를 기이하게 여긴 그는 김장군이 죽은 터에 관황묘를 세웠다고함	祠廟	釜山 東萊	遺失
13	關聖廟	高宗 17年 (1880)	金堤市 孔德面 東溪里 住民	高宗17年(1880)어느 날 이곳에 사는 朴翁의 꿈에 관우가 나타나자 그 꿈을 쫓아 관우 사당을 지음. 봄·가을 두 차례 제사 지냄. 현재는 弊祠됨	祠廟 → 道敎信仰	全北 金堤市 /孔德面	遺失
14	關帝廟	高宗 18年 (1881)	사인 박도환	1875년 상인이 중국에서 가져온 물건이 관성제군이었다. 한양의 박도환이 한양 남묘로 모시려 했으나 꿈에 관우가 현신하여 평양에 모시라고 함	祠廟	平壤	未詳

番號	廟名	建立時期	建立者	關王廟의 特徵	宗教色彩	場所	現況
15	北關帝廟 (北廟)	高宗 20年 (1883)	巫女 眞靈君이 劃策하여 明成皇后 가 세움	眞靈君(李姓女)이 奏請해 만듦. 이곳은 甲申政變(1884)때 高宗이 避身한 장소, 1902年에 칭호를 顯靈昭德義烈武安關帝'로 격상시킴. 1910년 5월에 毁撤되어 일체가 동묘로 合祀됨. 塑像.	道敎巫俗信仰	서울 明倫洞	遺失
16	南關雲廟	高宗 21年 (1884)	判官 吳相準	유비,관우,장비의 화상을 봉안. 木造로 이루어진 倚像, 현재 關帝廟라는 현판이 걸려 있음. 지금은 미륵대도 금화종 강화선원에서 관리함.	彌勒大道 金華宗	江華島	現存
17	東關帝廟	高宗 22年 (1885)	馬女史가 創建	關羽를 비롯한 劉備와 張飛를 모심. 現在 무형문화재 제8호 외포리 곳창굿의 기능보유자 정정애가 관리	民間巫俗信仰	江華島	現存
18	西關帝廟	高宗 (推定)	未詳	기록이 없음	未詳	江華島	遺失
19	關廟	高宗 24年 (1887)	關羽의 현몽을 한 鄕老가 건립	解良은 關羽가 태어난 中國 解良과 同名. 河東 地域 유지들이 뜻을 모아 廟를 건립. 봄·가을에 享禮를 행함. 日帝時代 때 소실	民間信仰	慶南 河東郡 /解良村	遺失
20	北關雲廟	高宗 29年 (1892)	江華山城 守門將 尹義普가 建立	유비,관우,장비의 화상을 봉안. 塑像, 외삼문에 關帝廟라는 현판이 있음. 光武10年(1906)에 重建. 現在 무속인 가정집 내에 외삼문과 묘당이 있음.	民間巫俗信仰	江華島	現存
21	關王廟	高宗 31年 (1894)	淸에 의해 建立 (推定)	滿月臺 北東쪽에 있다고 함. 端午날이 되면 관왕묘에 빌러 오는 여성들이 많았다고 전해짐.	民間信仰	京畿道 開城	未詳

Ⅲ. 國內 關羽廟의 現況과 關羽神의 수용 269

番號	廟名	建立時期	建立者	關王廟의 特徵	宗敎色彩	場所	現況
22	關聖廟	高宗 32年 (1895)	全羅 觀察使 金聲根과 南固別將 李信文	周王廟, 關帝廟라고도 함. 조선 후기 화가인 소정산이 그린 삼국지연의 그림(10폭)이 있음. 1950년대 塑造木刻像으로 모심.	祠廟 → 民間信仰	全北 全州	現存
23	西廟 (崇義廟)	高宗 光武 8年 (1904)	巫女 賢靈君이 획책하여 嚴妃가 세움.	崇義廟, 일반적으로 西廟라 불림. 西廟에서 봉안하던 관성제군의 화상은 1909년 東廟로 移奉되어 合祀됨. 劉備를 모시고 關羽·張飛·公明·趙雲·馬超·黃忠·玉甫·周倉·趙累, 關平 등을 配享함.	道敎 巫俗信仰	서울 西大 門區 天然洞	遺失
24	關王廟	高宗 또는 1670年代 (推定)	육의전 商人 (推定)	위치상 中廟라 불림.9) 關羽를 중심으로 關平과 周倉이 侍立. 옆에는 유비와 장비의 초상이 있었음. 종각 모퉁이에 붙어 있는 관공의 사당. 조선시대 상인들이 주로 참배한 곳으로 알려짐.	道敎 民間信仰	서울 鐘路 보신각 옆	遺失
25	關聖廟	高宗 (推定)	高宗 後宮 嚴妃 (推定)	관우장군과 그 부인의 影幀이 配置, 護國信仰과 더불어 佛敎·儒敎·道敎 등 다양한 성격이 혼합.	儒佛道의 巫俗信仰	서울시 中區 獎忠洞	現存
26	聖帝廟	高宗 (推定)	民間人 (推定)	關羽와 그의 부인 影幀을 主神으로 모심. 現在에도 商人들이 장사를 잘되게 해달라고 비는 것이 특징.	道敎民間信仰	서울 中區 芳山洞	現存
27	關聖祠	高宗 (推定)	未詳	眞靈君李氏의 請願으로 건립되었다고 함(推定). 6.25때 燒失 후 재건	民間巫俗信仰	江原 洪郡 西面	現存

番號	廟名	建立時期	建立者	關王廟의 特徵	宗教色彩	場所	現況
附錄 1	永同堂谷里十二將神堂	壬辰倭亂(推定)	未詳	『三國志演義』에 나오는 12將神의 影幀을 모셔놓음. 당시 關羽가 郡守의 꿈에 나타나 관왕묘를 복원하고 古谷里로 이전하여 제사지낼 것을 원하여 지금의 자리로 이전하고 12將神堂이라 부르고 洞祭를 지냄.	民間巫俗信仰	忠北永同郡/永同邑	現存
附錄 2	武侯廟	宣祖年間	宣祖의 명으로 萬曆癸卯年(1603)	선조가 임진왜란 때 적을 물리치고 세운사당. 근처에 臥龍山이 있어 공명의 공덕이라 믿고 세움10)	祠廟	平北義州	未詳
附錄 3	諸葛武侯祠	肅宗年間	南陽縣監閔耆重	閔耆重이 南陽縣監 때 건립한 사묘로 諸葛武侯와 胡文正公을 配享함11)	祠廟	京畿道華城	未詳
附錄 4	臥龍廟	高宗年間(推定)	朝鮮末嚴妃(推定)	삼국시대 蜀漢의 정치가인 諸葛孔明을 모시는 廟祠. 제갈공명과 관운장의 石膏像이 모셔져있음. 一名 武侯廟라함	民間巫俗信仰	서울中區藝場洞	現存

5) 숭례문 밖 남산 기슭에 있다가 1979년 동작구 사당동(180-1번지)으로 옮겨짐.
6) 1896년 주요 祭祀였던 관황묘에 제사를 드리는 내용이 초대 지도군수를 지낸 오횡묵이 남긴 기록인 『지도군총쇄록』에 자세히 소개됨.
7) 디지털 여수 문화대전 http://yeosu.grandculture.net/ 참조.
8) 디지털 김제 문화대전 http://gimje.grandculture.ne 참조. 『關聖帝君應驗明聖經』(活字本. 1冊)은 高宗 20年(1883) 간행.
9) 「매일신보」 1928년 3월 2일자에 '신화같은 전설같은 중앙관제묘 유래'라는 기사 참조.
10) 『顯宗改修實錄』 권6, 2년 辛亥 11월 戊子條 참고.
11) 『顯宗實錄』 권16, 10년 己酉 3월 甲辰條 참고.

2) 관련자료 분석

국내 관우묘에 대한 조사는 조선시대로 한정하였다. 물론 일제시대 이후에 건립 및 복원된 것도 있지만 학술적 가치가 떨어지기에 생략하였다. 그 결과 조선시대에 건립된 관우묘는 총 27개로 확인된다. 그 중 서울에 건립된 관우묘는 7군데이며, 경북에 2군데, 경남 2군데, 전북 5군데, 전남 3군데, 인천광역시 강화군 4군데, 개성 1군데, 충청도 1군데, 강원도 1군데, 평안도 1군데 등 전국적으로 분포되었으나 비교적 서울과 전라도에 집중되었다. 그중 遺失되었거나 未詳인 곳이 13개가 있어 현재는 14개만 남아있는 것으로 추정된다. 그 외『三國志演義』에 등장하는 12장신의 영정을 모셔놓은 신당과 제갈공명을 모시는 臥龍廟와 武侯廟도 확인되었다.

관우묘의 명칭은 關王廟·關侯廟·關聖廟·關廟·關雲廟·關帝廟·聖帝廟·關皇廟·崇義廟·關聖祠 등으로 다양하게 불리고 있다. 그 중 관왕묘라는 이름이 8군데로 가장 많고, 다음으로 관성묘(5군데)와 관제묘(4군데)순이다. 관우묘의 명칭은 시대에 따라 달라지는 모습을 보이기도 한다. 즉 宣祖時代 건립된 관우묘는 대부분 關王廟라 이름을 붙이다가, 그 후 특히 高宗때 부터는 關聖廟·關帝廟·關皇廟·聖帝廟 등으로 바뀌는 양상을 보인다. 이는 관우가 宋 徽宗때 武安王으로 봉해졌다가, 明 神宗(1614年)때 關聖帝로 勅封되었기에 명칭 또한 변화가 생긴 것이며, 여기에 高宗이 大韓帝國의 皇帝로 즉위하면서 관우의 칭호도 關帝로 격상시킨 것과도 연관이 있어 보인다. 또 서울과 강화도의 관우묘는 묘당의 위치에 따라 동묘·서묘·남묘·북묘 등으로 불리기도 하였다.

관우묘의 건립주체는 크게 명나라와 조선 정부 그리고 민간으로 나누어진다. 조선 宣祖 31年(1598)부터 宣祖 34年(1601)까지 세워진 6

군데의 관우묘는 명나라의 장수들이나 明 皇帝의 명을 받들어 건립된 것이다. 즉 임진왜란 중 화의교섭의 결렬로 일어난 정유재란(1597~1598) 때 세워진 관우묘가 대부분인데 이는 관운장이 곳곳에 顯靈하여 명나라 군대를 승리로 이끌었다고 믿었기에 이를 기념하여 건립한 것이다.

그 후 전라도 지방을 중심으로 민간에서 관우를 祭祀하는 유교적 색채가 강한 사당이나 혹은 민간신앙 형태의 祠廟가 간헐적으로 건립되기 시작한다. 그러다 高宗年間에 들어서면서 관우묘의 건립은 활기를 띠기 시작하였다. 宣祖 以後 王室主導의 관우묘가 처음 건립된 것은 高宗 20年(1883)에 서울시 송동(명륜동)에 세워진 北關王廟와 그 후에 세워진 崇義廟(西廟)이다. 이 시기를 즈음하여 관우에 대한 숭배는 민간무속신앙으로 빠르게 퍼져나가 민간에서도 본격적으로 관우묘를 건립하여 신으로 모시게 되었다. 또 기존에 儒敎祠堂의 색채가 강했던 관우묘도 道敎的 색채가 강한 민간무속신앙으로 변질되는 현상이 일어났다.

이상의 자료에 근거하여 건립시기를 분석하면 건립시기가 주로 임진왜란과 조선말기로 집중된다. 이는 당시의 外憂內患과 밀접한 관계가 있어 보인다. 즉 나라의 운명이 風前燈火처럼 위태로운 시기에 집중적으로 세워진 것은 나라의 安寧과 國土守護를 바라는 의도가 내재되어 있음을 의미하는 것이기도 하다.

관우묘 건립주체를 좀 더 세부적으로 살펴보면 앞 도표에서 1번부터 6번까지의 주체는 명나라 장군과 명 황제의 지시로 건립된 것이다. 건립 지역도 왜군과의 격전지이거나 관우의 顯靈이 있었던 곳이 대부분이다. 이는 관우신의 힘을 빌려 왜군과의 전쟁에서 승리하기를 염원하는 의도가 담겨 있다. 또 도표 12번·16번·20번·22번은 관우의 顯

靈을 믿던 地方의 官吏가 주도하여 건립한 것이며, 도표 15번과 23번은 왕실 주도로 건립된 것이다. 그 외 도표 8번·9번·10번·11번·13번·17번·19번·24번·26번은 건립주체가 민간 주도로 이루어졌음이 확인된다. 기타의 것들은 비록 건립주체가 확인되지 않지만 대략 민간에 의하여 건립된 것으로 추정된다.

다음으로 관우묘가 건립된 지역을 살펴보면 우선 宣祖年間에 세워진 관우묘는 임진왜란 때 朝·明聯合軍의 부대와 일본과의 격전지를 중심으로 하여 세워졌으며, 高宗年間에 세워진 관우묘는 서울과 강화도에 주로 건립된 점이 두드러진다. 특히 관우묘는 서울의 동·서·남·북 네 곳을 포함하여 장충동의 관성묘, 중구 방산동의 성제묘 등이 있고, 지방에는 안동·성주·강진 고금도·남원·전주·하동·신안·여수·김제·개성·동래·강화·태인·당진·평양 등에 건립되었으나 그 중 일부는 遺失되어 터만 남아있다.12) 그 외 강화도에 高宗時期에 세워진 4곳의 관우묘가 있는데 이는 강화도가 본래 민간무속신앙의 聖地인 영향도 있지만 高宗時期에 미국 프랑스 일본 등이 주로 강화도 근처에서 격전을 벌였던 역사적 사실과 관련이 깊다. 즉 관우신의 顯靈으로 기울어져 가는 나라를 守護하고자 하는 간절한 염원이 반영된 것으로 보인다.

다음은 500여 년의 유교국가 조선에서 도교적 성격이 강한 관우묘가 어떻게 수용되었을까? 하는 문제이다. 壬辰倭亂 以後 宣祖年間에 만들어진 관우묘의 경우에는 중앙 정부가 주도를 하며 관리를 하였다. 즉 국가를 수호하는 忠義의 武神으로 관우를 모셨기에 이는 다분히 유교 사당으로서의 의미를 가진다. 그러기에 宣祖나 英·正祖도 이러한 차

---

12) 全北 鎭安의 관성묘는 1920년 전후에 만들어진 것이기에 생략한다. 혹 이전에 있었던 것을 1920년 전후에 재건하였다는 설도 있으나 확인되지 않는다.

원에서 참배가 가능하였던 것이다. 또한 그 내면에는 武神으로 忠을 강조한 관우를 통하여 나라를 지키고, 왕권을 강화하고자 하였던 의도가 있었기에 제례의식에 있어서도 유교적 성격이 강하게 남아있었다.

그러나 高宗年間에 와서는 민간의 巫俗信仰이 강하게 나타나기 시작한다. 이는 당시 중국에서 크게 번창한 道教信仰의 영향과도 無關하지가 않다. 중국에서의 關帝信仰은 전통적 도교의 관습에 불교까지 융합되어 오랜 세월을 거치면서 자연스럽게 일상 생활화되었는데, 우리나라의 관우신앙 역시 朝鮮後期에 이르러 유교·불교·도교·민간신앙이 융합된 형태로 변형되기 시작하였다.

서울의 남관왕묘·동관왕묘·북관왕묘·숭의묘(서묘)는 정부 주도로 건립되었으나, 종로의 중앙관왕묘·장충동의 관성묘·방산동의 성제묘 등은 민간인에 의해 세운 것인데 특히 종로의 중앙관왕묘 등은 육의전 상인들의 주도로 운영된 곳으로 상인들이 장사를 잘되게 해달라고 비는 곳으로 알려져 있다. 忠義의 화신이었던 관우가 어느새 중국 도교 사원에서와 같이 財物神의[13] 성격으로 변하는 양상을 보인다. 이는 1882年(고종 19년)에 체결된 朝中商民水陸貿易章程을 시작으로 국내에 진출한 청나라 상인들의 영향이 감지되는 부분이다.

또 현재 남아있는 관우묘 중 경북 성주의 관우묘는 관운사에서 배향하고, 전남 신안의 관황묘는 일심사에서 배향하고 있다. 이는 관우묘가 불교와도 융합된 형태로 남아 있음이 확인되는 특이한 實例가 되고 있다.

그 밖에 충북 영동군에 있는 영동 당곡리 십이장신당은 『三國志演

---

13) 忠義의 軍神인 관우가 商業神으로 거듭난 데는 소금 전매업으로 전국적 상권을 다진 산서성 해주(관우고향)인의 숭배에서 시작되었다는 것이 일반적 정설이다.

義』에 나오는 12장신의 영정을 모셔놓은 신당이다. 이는 관우가 이 지
방 郡守의 꿈에 관우가 나타나 "관왕묘를 복원하고 제사지낼 것을 원"
하여 지금의 자리로 사당을 옮겨 십이장신당을 만들었다고 한다. 이는
민간 무속신앙으로서의 성격이 강하게 나타나는 곳이다.[14]

그 외에도 서울 남산 예장동에 있는 臥龍廟[15]는 諸葛孔明을 모시
는 祠廟이다. 대부분 천편일률적으로 關羽祠廟인데 이곳은 제갈공명
을 모시는 祠廟이다. 이 臥龍廟는 조선시대 말 嚴妃가 처음으로 세웠
다는 설이 있다. 경내에는 와룡묘 외에 檀君廟·帝釋殿·藥師殿·三
聖閣·寮舍·文臣閣 등이 있다.[16] 臥龍廟는 중국 도교계 신령을 모시
는 단순한 사당이라고 보기 보다는 오히려 韓國化된 혼합적 민간신앙
의 성격을 가지고 있다.

2. 국내 關羽廟의 建立과 수용

1) 국내 관우묘의 건립

임진왜란이 일어나기 이전에는 조선에서 관우에 대한 숭배나 신앙

---

14) 문화재청 http://www.cha.go.kr/ 참조.
15) 남산의 臥龍廟 외에도 『조선왕조실록』에 의하면 선조 38년(1605) 평안도 영
   유현에 공식으로 와룡묘를 짓게 하였고, 그 후부터 왕들이 관원을 보내어 제
   를 올리거나 祭文을 지어 보낸 예도 있으며, 賜額의 예도 전한다. 또 『顯宗改
   修實錄』(권6, 2년 辛亥 11월 戊子條)에는 宣祖가 임진왜란 때 적을 물리치
   고 세운사당인 武侯廟가 있는데 근처에 臥龍山이 있어 공명의 공덕이라 믿
   고 세웠다고 하는데 평안도 義州의 武侯廟를 지칭하는 것으로 보인다. 또
   『顯宗實錄』(권16, 10년 己酉 3월 甲辰條)에는 閔耆重이 南陽縣監(京畿道
   華城)으로 있을 때 건립한 諸葛武侯祠가 있었다고 한다.
16) 문화재청 http://www.cha.go.kr/ 참조.

의 흔적을 찾아 볼 수 없다. 이러한 숭배는 임진왜란 때 세워진 관우묘의 건립부터 시작된다. 관우묘를 처음으로 세운 사람은 明의 장수인 遊擊隊長 陳寅이다. 이러한 사실을 柳成龍의 『西厓集Ⅱ』〈記關王廟〉에 잘 나타나 있다.

정유년 겨울에 명장이 모든 군영을 합하여 울산에 웅거한 적을 공격하였으나, 불리하여 무술년 1월 4일에 물러났다. 그 중에 유격장군 陳寅이 있었는데 힘써 싸우는 도중에 적의 탄환을 맞고 실려 서울에 돌아와 병을 조리하였다. 그는 우거하고 있던 숭례문 밖 산기슭에 묘당 한 채를 창건하고 관왕과 제장의 신상을 봉안하였다. … 〈中略〉 … 주상께서도 몸소 그곳에 가 보실 때에 내가 비변사 여러 막료들과 더불어 수행하여 묘정에 나가 그 상에 두 번 절하였다.[17]

이처럼 宣祖 31年(1598) 4月에 陳寅이 蔚山의 島山城 戰鬪에서 부상을 입고 한양으로 후송되어 치료를 받던 중, 關羽가 현령하여 자신의 상처가 治癒되었을 뿐만 아니라 여러 전투에서 神兵의 도움이 있었다며 자신이 거처하던 남산 기슭에 남관왕묘를 세운 것이 시초이다. 그 외의 기록은 李瀷의 『星湖僿說』에 자세히 나타나있다.

漢陽 동·남문 밖에는 모두 關王廟가 있는데, 『西厓集』에 그 본말이 실려 있다. 허균이 임금의 명을 받들어 현령비를 지었는데, 그 글에 이르기를 "동으로 출정한 장병들(명나라 군사)의 말이 평양의 승첩과 도산의

---

17) 유성룡, 『서애집Ⅱ』〈기관왕묘〉 민족문화추진회, 1977, 141쪽 참고.
丁酉冬, 天將合諸營兵, 進攻蔚山賊壘, 不利, 戊戌正月初四日退師, 遊擊將軍陳寅, 力戰中賊丸, 載還漢都調病, 適於所寓崇禮門外山麓剏起廟堂一座, 中設神像, 以奉關王諸將,… 〈中略〉… 上亦往觀之, 余與備邊司諸僚隨, 駕詣廟廷再拜.

싸움 및 삼도에서 왜놈을 몰아내는 전쟁에 있어 다 異蹟이 나타났다 하므로 천자가 4천금을 만세덕에게 주어 조선에 祠廟를 세우게 하였다." … 〈中略〉 … 무릇 우리나라에서는 그 외에 묘가 넷이 있다. 즉 강진의 것은 明나라 장수 도독 陳璘이 세운 것으로, … 〈中略〉 … 그리고 남원에는 명나라 장수 이신방·장표·모승선을 배향하였고, 안동의 것은 명장 설호신이 세운 것으로 석상이 있으며, 성주의 것은 명장인 모국기가 세운 것이다.[18]

이처럼 정유재란 때 陳寅이 세운 남관왕묘 외에도 성주 관후묘는 명장 茅國器가 성주성 전투의 승리가 관운장의 영험이라 믿고 세웠으며, 안동 관왕묘는 명나라 진정영도사 薛虎臣이 세웠다. 그리고 전남 강진 고금도의 관왕묘는 명나라 도독 陳璘[19]이 승전 기원을 위해 세

---

18) 李瀷, 『國譯星湖僿說』 4, 민족문화추진위, 1985, 56쪽을 참고하고 오역을 바로 잡음.
   京都東南門外皆有關王廟, 柳西厓集載其本末. 許筠承命撰顯靈碑云, 東征將士皆言平壤之捷島山之戰三路驅倭之役皆著之異, 天子以四千金付, 撫臣萬世德立祀於朝鮮. … 〈中略〉 … 凡我國有廟又四處, 康津天將都督陳璘所建, … 〈中略〉 … 南原則以天將李新芳蔣表毛承配, 安東則天將薛虎臣所建有石像, 星州天將毛(茅)國器所建. 그 외 관우묘에 대한 기록은 『朝鮮王朝實錄』·『西厓集』·『增補文獻備考』·『星湖僿說』·『承政院日記』·『燃藜室記述』·『惺所覆瓿藁』·『五洲衍文長箋散稿』·『壬辰錄』·『大東野乘』·『芝峰類說』·『新增東國輿地勝覽』·『梅泉野錄』 등에 나온다.

19) 최초로 관우묘를 세운 陳寅과 陳璘을 동일인물로 보는 견해도 있으나 사실은 동일인물이 아니다. 遊擊隊長 陳寅은 육지로 1597년에 들어와 울산 도산 전투에서 부상을 당하여 한양에서 치료를 하였지만 都督 陳璘은 수군으로 1597년에 군선을 거느리고 唐津에 들어와 海上을 담당하였으며 주로 전라도 고금도에서 머물렀다. 특히 전라도지역에서 李舜臣과 연합하여 활약한 장수로 울산전투에는 참여한 사실이 없다. 또 고금도는 이순신 장군이 노량해전을 마지막으로 주검이 되어 돌아온 장소로 전쟁이 끝난 후 관우와 진린 및 이순

운 것이다. 또 다음 해(1599년)에는 명나라 도독 劉綎이 남원에 藍芳威를 시켜 건립하였다. 그 외 선조 때 세워진 마지막 관왕묘는 선조 34년(1601)에 명나라 神宗이 萬世德을 시켜 건립한 것인데 一名 東廟라고도 한다.[20] 비록 명나라의 강요로 만들어진 관왕묘이지만 명나라가 멸망한 뒤에는 오히려 명에 대한 의리를 표방하는 遺址의 역할까지도 하면서 점차 민간신앙으로 세력을 확장하게 된다.

임진왜란 이후에는 주로 전라도 신안·여수·정읍 태인,[21] 김제를 중심으로 민간이 주도가 되어 사당을 건립하거나 혹 일부 祠廟에서는 民間巫俗信仰的 종교형태로 발전을 하게 된다. 그러다가 급기야 高宗年間에 이르러서는 자발적인 사당건립과 함께 민간신앙으로 뿌리를 내리게 된다.

高宗年間에 왕실주도로 이루어진 대표적인 관우묘는 북관제묘와 숭의묘(서묘)이다. 북관제묘는 명성황후가 眞靈君의 靈驗을 매우 신뢰하고 총애하였는데, 진령군이 관성제군의 신당을 세워야 한다는 요청에 의해 서울시 명륜동에 건립하게 된 것이다.[22] 또 숭의묘는 1904

신 장군의 신위를 모시고 해마다 제사를 지내고 있다. 또 이긍익의 『燃藜室記述』에는 강진 고금도와 성주 관왕묘가 1597년으로 되어있으나 誤記로 확인된다.

20) 동묘의 건립은 관우의 顯靈을 전해들은 明 神宗皇帝가 1599년에 巡撫使 萬世德을 통하여 四千金을 하사하면서 시작되었다. 특히 동쪽의 地氣를 보완할 목적 하에 만들어 졌는데 선조 때 만들어진 관왕묘 중 조정에서 상당한 건립비를 부담한 것으로 전해진다. 관왕묘 건설은 명나라의 요구에 의해서 만들어 졌기에 이것의 건립에 대하여 조정에서 논쟁의 쟁점이 되기도 하였고, 또 전후복구 시기이기에 민원도 자자했다고 한다. 이 관련기록은 『선조실록』에 자세하다.

21) 태인의 관성묘는 후대에 증산교와도 관련이 있는 것으로 보인다.「대순회보」128호 〔典經 지명 답사〕(태인 관왕묘)

년 嚴妃(純獻皇貴妃)가 賢靈君(尹姓女)을 시켜 서대문 天然洞에 세워 자손의 번창과 發福을 기원하였다고 한다.23)

또 地方官吏의 주도로 건립된 관우묘로는 부산 동래의 關聖廟와 전주의 關聖廟 및 강화도의 南關雲廟와 北關雲廟를 들 수 있다. 동래 관성묘는 高宗 12年(1875)에 東萊府使로 부임한 朴齊寬의 꿈에 관우가 現夢하여 동네 유지 朴禹衡의 지원으로 건립하였으나 지금은 遺失되어 전설만 남아 있다.24) 그리고 전주의 관성묘는 高宗 31年(1892)에 全羅觀察使 金聲根과 南固別將 李信文 등이 지방 유지의 헌금을 모아 建立하였다. 그 후 1950년대 塑造木刻像으로 보수작업을 하였다.25) 또 강화도의 南關雲廟는 高宗 21年(1884) 判官 吳相準이 건립했다고 전해지며 현재는 미륵대도 금화종 강화선사에서 관리하고 있으며,26) 北關雲廟는 高宗 29年(1892)에 江華山城 守門將 尹義普가 건립하였는데 1906년에 重建하였다. 현재는 巫俗人이 거처하

---

22) 1883년 명륜동에 세워진 북관제묘는 다음해에 일어난 갑신정변 때 고종이 정변을 피해 황망히 북관왕묘로 피신하였다가 무사할 수 있었다. 그 후 고종과 명성황후는 이 때 관우의 신령 덕분에 무사했다고 여기게 되어 그 후로 관우신앙에 깊은 관심을 보이는 계기가 되었다고 한다. 北廟는 명륜동 홍덕골에 있었다고 하나, 現在는 그 터만 남아 있고, 비석은 4年 후인 高宗 24年(1887)에 세웠다. 碑文의 내용은 국내에서 관우를 기리게 된 경위, 북묘를 세우게 된 내력 등으로 구성되어 있다. 이 기록은 『別乾坤』23호(1929년 9월호), 「京城이 가진 名所와 古蹟」에 자세하다.

23) 숭의묘는 1902년 궁내부 특진관 조병식의 발의로 건립이 추진되었고 1904년에 건립되었다. 숭의묘는 劉備·關羽·張飛를 모신 것이 특징이다. 숭의묘에 대한 기록은 『高宗實錄』卷42, 高宗 39年條에 자세하다.

24) 金鐸, 『韓國의 關帝信仰』, 선학사, 2004, 51쪽 참고.

25) 문화재청 http://www.cha.go.kr/ 참조.

26) 강화로 인터넷 방송 http://www.ghtv.kr/ 참조.

며 관리하고 있다.[27]

그 외 강화도에는 민간에서 세운 것으로 추정되는 東關帝廟와 西
關帝廟가 있는데 동관제묘는 高宗 22年(1885)에 馬女史라는 사람이
건립하였다고 전한다. 동관제묘는 관우와 유비 및 장비를 함께 모시는
것이 특징이며 현재 무형문화재 제8호 외포리 곶창굿 기능보유자 정
정애가 관리하고 있다.[28] 또 서관제묘는 실전되어 관련기록이 全無한
상태이다. 대략 高宗年間에 만들어진 것으로 추정되며 건립자는 未
詳이다.

그리고 민간의 주도로 건립된 관우묘 가운데 서울에 소재하는 것으
로는 종로의 중앙관왕묘와 방산동의 성제묘 및 장충동의 관제묘가 있
다. 종로의 중앙관왕묘는 1670년대 건립설과 高宗年間 건립설이 있으
며 건립자는 市廛의 상인일 가능성이 높다. 이곳은 종각 옆에 붙어 있
다가 1950년 보신각이 불타면서 없어졌다고 한다. 이곳은 주로 육의전
의 상인들이 재물을 기원하는 장소로 이용되었다고 한다.[29]

또 高宗年間에 민간에서 건립된 것으로 추정되는 방산동의 성제묘
는 관우와 부인을 함께 모신 것이 특징인데 이곳 또한 상인들이 주로
재물을 기원하는 곳으로 인기가 높았다고 한다.[30]

이상의 기록에서처럼 高宗年間에는 관우신이 국가 수호의 수호신
에서 중국 도교의 관우신앙과 동일한 財物神으로 역할을 轉業하는 양
상이 보이기 시작한다. 이는 본격적인 중국도교의 유입과 특히 壬午軍

---

27) 金鐸, 『韓國의 關帝信仰』, 선학사, 2004, 52쪽 참고.
28) 강화도 인터넷 방송 http://www.ghtv.kr/ 참조.
29) 장장식, 「서울의 관왕묘 건치와 관우신앙의 양상」, 『민속학연구』 제14호, 국립
   민속박물관, 2004, 42쪽.
30) 문화재청 http://www.cha.go.kr/ 참조.

亂 이후 급격히 늘어난 淸나라 商人들의 영향으로 思料된다. 그 외 장충동의 關帝廟는 건립연대에 대한 정확한 기록이 없어 대략 高宗年間으로 추정되며 설립자도 다만 嚴妃關聯說만 전해진다. 이곳에도 관우와 부인의 영정이 모셔진 것이 특징이며 종교적 색채는 민간무속신앙에 유교와 불교 및 도교가 다양하게 혼합된 민간신앙으로 색채를 띠고 있다.31)

또 민간에서 주도되어 건립한 地方所在의 관우묘는 김제시 요촌동의 관성묘와 공덕면의 관성묘가 있고 하동의 관묘 및 개성의 관왕묘 등이 있다. 전북 김제시 요촌동의 관성묘는 哲宗 12年(1861)에 조계식이 땅을 희사하여 지었다고 하며, 후대에 관성교 신도들의 도움으로 발전하다가 유실되었다.32) 그리고 공덕면의 관성묘는 高宗 17年(1880) 공덕면 동계리 주민에 의하여 건립되었으나 지금은 유실되었다.33) 또 경남 하동의 관묘는 高宗 24年(1887) 관우의 현몽을 한 노인과 동네 유지들이 뜻을 모아 건립하였으나 日帝時代때 遺失되었다고 한다.34)

그 외 북한 지역의 개성 관왕묘는 高宗 31年(1894)에 건립되었다고 하나 未詳이다. 위치는 개성 만월대 북동쪽에 있다고 하며 특히 단오에 많은 發福을 비는 여성들이 많았다고 전해진다.35) 또 평양 鎭衛隊 건물 뒤쪽 높은 산에도 관제묘(서묘)가 있었는데 1881년에 건립되었으며 建立者는 박도환이다.36)

---

31) 문화재청 http://www.cha.go.kr/ 참조.
32) 디지털 김제 문화대전 http://gimje.grandculture.ne 참조.
33) 디지털 김제 문화대전 http://gimje.grandculture.ne 참조.
34) 金鐸, 『韓國의 關帝信仰』, 선학사, 2004, 52쪽 참고.
35) 金鐸, 『韓國의 關帝信仰』, 선학사, 2004, 96쪽 참고.

2) 국내 關羽神의 수용

關羽의 神格化가 일종의 문화현상으로 발전하게 된 것은 역사상 관우의 忠義武勇과 함께 민중들이 갈망하는 영웅출현의 심리작용, 그리고 그것을 적극적으로 활용한 정치계와 종교계의 활동과 긴밀하게 연관되어 있다.

이러한 관점에서 국내 관우신의 수용양상에 대하여 고찰해 보고자한다. 관우신의 수용은 먼저 왕실에서의 수용형태와 민간에서의 수용형태로 나누어 분석해 보고자 한다. 왕실의 수용은 『朝鮮王朝實錄』에나타난 주요 關聯資料를 정리하여 도표로 만들었다.

(1) 왕실의 수용

國王		內容	參拜與否	儀禮	關聯記錄
宣祖	31年 (1598)	4月 25日 關王廟 修築時 자금 조달에 대해 상의함. 5월 14日 關王廟에 親祭함. 宣祖가 무릎을 꿇고 분향한 다음 술 석 잔을 올림. 再拜 후 명 잡희를[37] 함께 관람함. 사간원에서는 임금에게 즉시 환궁을 요청함.	參拜	관우 제사 의식 따로 존재 하지 않음	宣祖 實錄
	32年 (1599)	윤4月 7日 關王廟 설립과 관련하여 윤근수와 논의함. 6월 19일 사헌부에서 동관왕묘의 건립에 민원을 보고함			
	33年 (1600)	10月 20日 호조에서 關王廟 역사에 소요되는 비용 보고			
	34년 (1601)	8月27日 關王廟를 3년 동안 지은 것이 완만하긴 하였으나 그 노고가 없지 않다고 치하함.			

---

36) 葛城末治(日本), 『朝鮮金石總覽』下冊, 1325~1326쪽. 김탁의 『한국의 관제 신앙』에는 1866년으로 적혀있으나 誤記로 보인다.

國王		內容	參拜與否	儀禮	關聯記錄
光海君	4年 (1612)	6月 1日 關王廟의 관리와 수호에 대해 예조에 전교함. 廟所의 禮에 의거 每年 驚蟄과 霜降에 관원을 보내 거행	기록 없음	下祀	光海君日記
	10年 (1618)	11月18日 東쪽의 關王廟와 楊經略의 비각을 서둘러 점검하고 수리하라 전교함.			
仁祖	5年 (1627)	7月 2日 關王廟에 있는 明나라 사신에게 식량 반찬 등을 하사함.	기록 없음	기록 없음	仁祖實錄
孝宗	無	無	기록 없음	기록 없음	
顯宗	12年 (1671)	10月 17日 南關王廟 塑像에 물기가 흐른 자국이 있다고 보고함.	기록 없음	기록 없음	顯宗實錄
肅宗	17年 (1691)	2月 26日 關王廟 참배가 무사들이 관우의 忠의 정신을 본받아 왕실을 守護하는 데 있음을 밝힘	參拜		肅宗實錄
		2月 27日 武安王의 사당을 보수하라는 備忘記를 내림.			
	18年 (1692)	9月 15日 武安王을 敬慕하는 뜻의 시 2수를 지어 내림.			
	29年 (1703)	6月 19日 숭례문 밖 關王廟에 參拜함.			
	36年 (1710)	12月 17日 전라도 고금도의 關王廟에 陳寅과 李舜臣을 享祀하는 일을 논의함.			
	37年 (1711)	1月3日 성주·안동의 關王廟를 보수하도록 하고 예조에서 關王廟의 享祀 절목을 정함.			
		5月 12日 안동 關王廟의 庭階를 넓히고, 성주관왕묘를 移建토록함.			
		6月25日 關王廟에 거동하여 拜禮 행하는 것으로 정함.			
景宗	無	無	기록 없음	기록 없음	

284 第二部 三國志演義의 流入과 受容

國王		內容	參拜 與否	儀禮	關聯 記錄
英祖	1年 (1725)	3月 24日 關王廟와 宣武祠에 致祭함.	參拜	小祀	英祖 實錄
	3년 (1727)	관왕묘에 들러 재배함			
	15年 (1739)	東關王廟를 중수하고 관원을 보내 致祭하게 함.			
	20年 (1744)	關羽에 대한 국가의 제사를 吉禮의 小祀로 정함. 『國朝續五禮儀』			
	22年 (1746)	8月 10日 東關王廟·南關王廟를 拜禮함.			
		8月 22日 '顯靈昭德王廟' 여섯 글자를 친히 써서 東關王廟·南關王廟 두 廟에 걸게 함.			
	26年 (1750)	8月 20日 성주 關王廟를 수리하게 함.			
正祖	2年 (1778)	9月 2日 鷺梁에서 大閱을 행하고, 關王廟에 들어가 展拜禮를 행함.	參拜	中祀	正祖 實錄
	9年 (1785)	9月 11日 관왕묘 제사의례를 中祠로 승격함			
	10年 (1786)	2月 2日 關王廟에 樂章을 지어 사용함.			
		11月 15日 四祖御製의 武安王墓碑를 동묘와 남묘에 각기 나누어 건립.			
純祖	6年 (1804)	9月 1日 還宮할 때 南關王廟에 들러 展拜함.	參拜	中祀	純祖 實錄
	32年 (1832)	3月 14日 湖南의 誕報廟와 嶺南의 關王廟에 衣對와 鋪陳을 예조에서 두 道의 도신에게 알리어 똑같이 새로 갖추도록 하라 명함.			
憲宗	12年 (1846)	4月 9日 東關王廟에 奠酌禮를 행함.	參拜	中祀	憲宗 實錄

國王		内容	參拜 與否	儀禮	關聯 記錄
哲宗	3年 (1852)	2月 27日 南關王廟에 展拜함.	參拜	中祀	哲宗 實錄
	12年 (1861)	2月 18日 南關王廟에 奠酌禮를 행함.			
高宗	3年 (1866)	9月 5日 東關王廟를 두루 展拜함.	參拜	中祀→ 小祀→ 中祀	高宗 實錄
	20年 (1883)	9月 25日 北關王廟가 竣工됨. 제식과 절차는 동·남관왕 묘의 규례대로 함.			
	33年 (1896)	8月 14日 궁내부에서 大祀, 中祀, 小祀에 관한 별지를 만듦. 關王廟 제사를 中祀로 결정함.			
	36年 (1899)	4月 11日 關王廟가 重建 중인데 松京(개성)에 관왕묘를 세운 것은 여러 해가 되었으니, 香祝을 봉하여 보내는 절차는 星州·安東·關西의 規例대로 하고 해당 地方官 으로 하여금 제사를 지내도록 하라함."			
		5月 25日 南關王廟의 廟宇가 완공되어 塑像을 還安할 것과 각 關王廟에 奠酌禮를 거행하도록 명함. 祭文은 임금이 직접 지어 보내겠다함.			
		12月 16日 全州 關王廟에 致祭하게함.			
	39年 (1902)	1月 27日 관왕을 皇帝로 높여 "顯靈昭德義烈武安關帝" 로 봉호를 바꾸었음.			
	41年 (1904)	4月 27日 西部에 崇義廟를 새로 세움.			
純宗	2年 (1908)	7月 관왕묘 제사가 撤廢되고 西廟도 撤廢되며 부지는 國有로 이속됨.	기록 없음	廢止	

---

37) 여기에서 雜戱는 明 傳奇 가운데 『삼국지연의』나 관공과 연관된 희곡공연일
   가능성이 크다. 또 여기에서 주목할 부분은 국내에서 공연된 최초의 중국 희
   곡이라는 점이다.

이상의 자료에 근거하면, 관우묘는 명나라에 의해 생겨났지만 선조 때부터 고종에 이르기까지 국가의 주도로 유교의 제례의식에 의거해 참배가 이루어진다. 그러나 그 후 제왕마다 각기 다른 행보를 보인다. 왕실의 수용문제를 시기별로 좀 더 세밀히 분석하면 크게 4대 시기로 분류된다. 첫째가 消極的 觀望期, 둘째는 積極的 活用期, 셋째는 受動的 踏襲期, 넷째는 能動的 受容期이다.

첫째 소극적 관망기는 宣祖부터 顯宗까지이다. 선조는 비록 명나라 장수의 권유로 관왕묘의 건립과 참배까지 하였지만[38] 그 후대의 광해 군과 인조·효종·현종은 구태여 관우묘에 참배하지는 않은 것으로 확인된다. 그렇다고 관왕묘를 노골적으로 배척하지도 않았다. 즉 한편으로는 관왕묘에 대한 補修作業이 지속적으로 이루어졌으며 또 관원을 보내 제사를 지내기도 하였다. 왜냐하면 이곳은 중국사신이 방문하면 필수적으로 참배하는 방문코스였기에 중국과의 외교적 관계를 염두에 두고 기본적 관리만 한 것으로 보인다.

둘째 적극적 활용기는 숙종부터 영·정조시기로 군왕이 관우묘를 활용하여 자신의 정치적 입지를 공고히 하는데 이용했던 시기를 말한다. 즉 숙종이 관우 숭배에 적극적인 관심을 보인 것은 己巳換局과 많은 관련이 있었던 것으로 추정된다. 숙종은 이러한 환국을 겪으면서 관우의 忠義精神을 본받아 왕실을 수호하고 왕실의 기반을 다지고자 관왕묘에 특별한 관심을 기울였던 것으로 보인다.[39]

---

38) 당시 유교사상이 지배적 통치이념이었던 조선에서 관왕묘 설립과 숭배는 많은 비판과 반발이 있었다. 그러나 이러한 비판과 반발을 무릅쓰고 선조가 관왕묘의 설립에 의지를 보인 것은 관우의 忠義와 尙武精神을 통한 왕실의 안녕과 왕권강화의 의도가 있었기 때문이다.
39) 『肅宗實錄』 권23, 숙종 17년 2월 27일에 "관제의 충의를 본받아 왕실을 지키

그 다음 왕 경종은 재위기간이 짧아 참배의 경황이 없었고 英祖는 탕평과 관우의 충의를 권장하는 일환으로 1744년(英祖 20年)에 撰定된 『國朝續五禮儀序列』〈吉禮〉의 小祀에[40] 관왕묘의 제사를 정식으로 국가 祀典에 입조시킨다.

또 正祖는 1785년(正祖 9年)에는 四朝御製武安王墓碑를 동묘와 남묘에 세우고 관왕묘 제사를 小祀에서 中祀로 격상시키고 또 關廟樂章도 제정하였다. 그 후 관왕묘 제례는 음악이 수반된 제례악으로 발전하였다.[41] 이처럼 이들은 왕권안정에 관우신을 적절히 활용하였다.

셋째 수동적 답습기는 순조·헌종·철종 때로 정조 때 승격된 中祀를 지속적으로 답습하였던 시기이다. 이들은 교외로 나갈 때는 관왕묘에 들러 의례를 행하여 先祖들이 만들어 놓은 규칙을 충실하게 지켜나갔다. 그러나 이 시기는 세도정치의 시작으로 왕권강화에는 정치적 실효를 거두지 못하였다.

넷째 능동적 수용기는 고종 때로 이 시기에는 고종이 관우의 영험을 체험하면서 관우신을 믿게 되었고 또 이러한 관우신의 靈驗으로 기울어져가는 나라를 복원시키고자 자발적으로 관우묘를 세우는 등 적극적인 수용이 있었다. 사실 조선에서 관우신앙에 가장 많은 믿음과 관심을 보인 왕은 고종이었다. 고종은 즉위 초부터 관례에 따라 관왕묘에 자주 행차하여 참배하였고 1896년(고종 33년) 8월 14일에는 관왕묘

도록 하라"라는 기록이 있다. 김탁, 『한국의 관제신앙』, 선학사, 2004, 62쪽 참고.

40) 궁중에서 제사의 종류에는 永寧殿·社稷壇·圜丘壇 등에 지낸 大祀, 風·雲·雷·雨·岳·海·瀆의 神과 先農·先蠶·雨祀·文宣王 및 역대 始祖 등에게 지낸 中祀, 馬祖·先牧·馬社·馬步·靈星·名山大川 등에 지낸 小祀가 있다.[네이버 지식백과] 吉禮 (두산백과)

41) 김탁, 『한국의 관제신앙』, 선학사, 2004, 68~69쪽 참고.

제사를 다시 中祀로 격상시켰다.[42] 또한 북관왕묘와 서묘(숭의묘)를 건립하여 동서남북으로 관우신의 보호를 받고자 하였고, 관우의 封號를 왕에서 황제로 승격시키기도 하였다. 이처럼 고종의 관우신앙은 대내외적 국가 위기와도 밀접한 관련이 있다고 볼 수 있는데, 이는 日帝를 포함한 외세 침탈로부터 국가를 수호하고 왕실을 보호하려는 간절한 염원에서 기인된 것이기도 하다.

이처럼 관우신에 대한 왕실의 수용양상을 왕실 제례의식에 근거해 총괄정리하면 다음과 같다. 국가제사로 의례화한 최초의 왕은 英祖로 1744년에 小祀로 승격시켜 儀禮的 參拜를 공식화 하였고 1785년 正祖는 이 小祀를 中祀로 승격시켜 참배의 격을 높였다. 이후 순조·헌종·철종·고종 때까지 이러한 의례는 공식화되어 참배가 이루어지다가 高宗 甲午改革 때에 잠시 小祀로 격하된다. 그 후 1896년에 다시 中祀로 격상되었다가 純宗 隆熙 2年(1908) 7월에 대한제국과 청과의 관계를 단절시키고자 하는 日帝의 압력으로 순종의 칙령에 의해 공식적으로 철폐되며 왕실에서의 제사의식은 사라지게 된다.

또 『朝鮮王朝實錄』가운데 역대 제왕들의 관왕묘 참배기록을 살펴보면, 英祖 31회, 正祖 17회, 高宗 14회, 純祖 12회, 哲宗 4회, 肅宗 2회, 憲宗 2회, 宣祖 1회 순으로 나타난다.[43] 예상대로 英祖와 正祖 및 高宗의 참배가 가장 많은 것으로 확인된다. 이는 영조와·정조가

---

42) 원래는 中祠였으나 甲午改革(1894)때에 小祠로 격하되었다가 이때 다시 中祠로 격상되었다.

43) 이 자료의 근거는 이성형의 논문 「對明義理論의 推移와 朝鮮 關王廟」(『韓國漢文學研究』제53집, 2014.3.) 가운데 宣祖부터 正祖까지 국왕의 관왕묘 참배횟수를 조사하였는데, 宣祖는 1회, 肅宗은 5회, 英祖는 36회, 正祖는 18회라고 밝히고 있다. 그러나 필자가 다시 조사해본 결과 미세한 차이가 있어 宣祖부터 高宗까지 再調査하였다.

關羽神을 이용하여 자신의 정치적 입지를 다지는데 적절히 활용한 실례이며, 純祖 또한 영·정조대에 만들어 놓은 의례를 충실히 답습하여 따랐다는 결론이 나온다. 그리고 세 번째로 많이 참배한 고종은 그야말로 관우신에 대한 자신의 靈驗과 시대의 절박함이 참배로 이어지게 한 것이라 판단된다. 역대 제왕들이 참배한 장소는 대부분 남관왕묘와 동관왕묘였으나, 1883년(高宗 20年)부터는 갑자기 북관왕묘로 장소를 바꾸는데 이는 고종이 靈驗을 보고 세운 곳이 북관왕묘이기에 이곳으로 참배 장소를 바꾼 것이라 사료된다.

그 외 관우숭배 의식은 國政의 향방에도 영향을 주었다. 예를 들어 임진왜란 이후 일본을 방문하는 朝鮮通信使의 使行記錄에 따르면 일본으로 떠나는 조선통신사의 餞別宴會가 관왕묘에서 행해졌으며 대궐에 들어가 復命하기 전 사신들이 관복을 갈아입는 장소로도 이곳을 사용하였다는 것이다. 이렇게 조선통신사들의 관왕묘 방문이 하나의 통과의례로 정착된 점에는 關羽神의 靈驗으로 안전하게 임무를 마치고 무사귀환을 기원하는 保險的 性格과 信仰的 機能으로도 설명할 수 있을 것이다.44)

(2) 민간의 수용

민간에서의 수용은 크게 4단계로 설명할 수 있다. 즉 祠廟參拜 段階 → 民間信仰 段階 → 巫俗信仰 段階 → 初期 宗敎化 段階로 분류된다.

祠廟參拜는 先祖 혹은 先賢의 神主나 影幀을 모셔 두고 제사 지

---

44) 정은영, 「조선 후기 통신사의 관왕묘 방문과 의미」, 『국제어문』 제50집, 2010.12, 63~91쪽 참고.

내는 단계로 주로 宣祖時期부터 高宗年間까지 이어진 유교적 성격의 제사행위이다. 최초의 관우묘인 남관왕묘에 대한 제례는 관우의 생일인 5월 13일에 거행되었다.[45] 그 후 매년 정기적으로 驚蟄日과 霜降日에 왕이 친히 참석하거나 관원을 보내 거행하였다.[46] 또 지방의 關羽廟에서도 이것에 의거하여 驚蟄日과 霜降日에 거행하였다. 이러한 제례의식은 민간으로 배어들며 백성들의 관심으로 이어진다. 이러한 결과가 곧 민간신앙으로 이어진다.

民間信仰은 특정한 敎祖나 敎理體系 및 敎團組織을 가지지 않고 일반대중의 생활속에 傳承되어오는 呪術的인 신앙형태로 주로 祈福行爲을 의미한다. 관우묘에 대한 기복행위는 英祖 16年(1730)에 건립된 여수 관왕묘에 잘 나타난다. 당시에 關王을 모시면 소원을 성취한다는 말을 믿고 집집마다 關羽의 肖像畵를 마련해 제사를 모셨는데, 참여하는 사람이 늘자 祠堂을 세웠다고 전해진다. 그 외 아직도 시골 마을의 洞祭에서 관우신을 모시는 곳이 다수 확인된다. 이러한 현상이 바로 초기 민간신앙의 단계라 할 수 있다. 또『英祖實錄』英祖 37年(1751)에는 "근래 동관왕묘와 남관왕묘에서 淫祀가 행해지고 있으므로 특별히 관리하여 嚴斷하라"[47]라는 영조의 下命이 있었는데 여기에서 淫祀란 정식의례에 의한 제사행위가 아닌 잡스런 呪術行爲를 의미한다. 이러한 자료에 근거하면 이미 당시 민간에는 이러한 주술적 민간신앙이 뿌리를 내리고 있었던 것으로 보인다. 이러한 주술적 민간

---

45) 5월 13일 천둥과 번개가 쳐서(관우신의 감응이라 기뻐했다고 함) 행사는 14일에 거행되었다고 한다.
46) 『光海君日記』 광해군 4년, 6월 1일조.
47) 『英祖實錄』 권98,(영조 37년 12월 丁丑) "上命近來東南關王廟, 便成淫祀, 特爲申飭禁斷焉."

신앙에 巫堂이 개입을 하면서 무속신앙으로 이어진다.

巫俗信仰은 원시종교 신앙의 한 형태로 神靈의 계시를 받아 神通力을 얻은 巫堂이 주축이 되어 민간에서 전승되고 있는 呪術宗敎 신앙이다. 무당은 주로 神靈과의 교류를 통해 질병치료나 길흉화복을 예언하는 등의 종교적 역할을 한다. 이러한 무속신앙은 高宗 20年(1883) 明成皇后의 총애를 입으며 北關王廟 건립에 결정적 영향을 끼친 巫堂 眞靈君(이성녀)의 등장으로 본격화 된다. 물론 이전에도 무속신앙은 민간에 유포되어 있었지만 眞靈君과 賢靈君의 등장이 민간의 무속신앙에 기폭제가 된 것만은 확실해 보인다. 이러한 實例로 高宗年間에 만들어진 강화도의 東關帝廟와 北關雲廟 등이 이에 해당된다. 이곳은 현재에도 무속인들에 의하여 관리되고 있다.

初期 宗敎化는 대략 도교·불교·유교의 영향을 받아 종교화가 일어나는 단계로 대표적인 종교로 善陰騭敎와 關聖敎 및 甑山敎를 들수 있다.[48] 이들 종교가 全的으로 도교만의 영향을 받은 것은 아니지만 도교에서 母胎가 된 것은 확실해 보인다.

먼저 조선시대 도교관련 서적의 출판을 살펴보면, 대략 朝鮮 正祖年間부터 출판이 시작되었는데 그중에서 관우관련 서적으로는 1855년(哲宗)에 『關聖帝君應驗明聖經』의 출판을 기점으로 1876년(高宗 13年)에 『關聖帝君聖蹟圖誌全集』과 『海東聖蹟誌』, 1880년(高宗 17年)에는 『三聖訓經』과 『過火存神』, 1882년(高宗 19年)에는 『關帝寶訓像註』, 1883년(高宗 20年)에는 『關聖帝君明聖經諺解』, 1884년(高宗 21年)에는 『關聖帝君五倫經』 등이 간행되었다.[49] 이러한 서적은

---

48) 이상의 종교문제에 대해서는 김탁의 『한국의 관제신앙』(선학사, 2004)과 원정근의 『충의의 화신 관우』(상생출판사, 2014) 등에 자세히 기술되어 있기에 본 논문에서는 개략적인 소개로 그친다.

관우신앙이 국내에 태동하여 정착하는데 밀접한 연계성을 가지고 있다. 이러한 이론적 토대위에 처음 나타난 종교가 선음즐교이다.

善陰騭敎는 1872년 11월에 서울 삼각산 甘露庵에서 崔瑆煥·丁克慶·劉聖鍾 등 100여 명이 조직한 염불단체 法蓮寺(혹은 묘련사)가 효시이다. 선음즐교는 주신으로 關聖帝君(關羽)과 文昌帝君(張亞子)·孚佑帝君(呂洞賓)을 三帝君으로 신봉한다. 선음즐교는 한국종교사상 처음으로 관제신앙을 조직화한 교단이기는 하나 지금은 더 이상 전하지 않는다.[50]

그다음 나타난 것이 증산교인데, 甑山敎는 조선말 姜一淳(1871~1909년)이 전라도를 거점으로 일으킨 신흥종교로 甑山은 그의 號이다. 증산교는 東學과 함께 한국 민중종교사의 한 축을 차지하고 있으며 1920년대에는 무려 100여 교파가 있었다고 한다. 그 후 1909년 강증산이 죽자, 증산교는 仙道敎·普天敎·彌勒佛敎 등 수십 개의 교단으로 분파되었다. 증산교에서는 關帝가 증산을 보호하는 보좌신격으로 숭배되며 현재까지도 한국종교 가운데 관제신앙이 구체적으로 나타나는 거의 유일한 교단이다.[51]

關聖敎는 1920년 朴基洪과 金龍植 두 사람이 종래 關帝를 숭배하던 崇神團體와 殿內巫 및 일반 민중을 교도로 삼아 새롭게 조식한 교단이다. 선음즐교나 증산교는 여러 신을 포괄적으로 숭배대상으로 삼고 있지만 관성교는 관우만을 독립적으로 숭배대상으로 삼고 있는 것이 특징이다. 관성교는 한때 한국 관우신앙의 대표적인 교단으로 자

---

49) 신선아, 「고종대 관우신앙의 변화」, 서울여대 사학과 석사학위논문, 2014, 24~25쪽 참고.
50) 김탁, 『한국의 관제신앙』, 선학사, 2004, 99~105쪽 참고.
51) 김탁, 『한국의 관제신앙』, 선학사, 2004, 105~127쪽 참고.

리를 잡았었지만, 지금은 이미 쇠락하여 찾아보기 어렵다.52) 그 외 관
우신을 모시는 종교로는 금강대도·무량대도·미륵대도 등이 있다.

이처럼 관우신앙은 祠廟參拜의 단계에서 다양한 수용의 방식을 거
치면서 종교화 과정까지 이르게 된다. 이러한 수용과정에서 어떤 종교
는 독특한 생명력을 가지고 발전하는가 하면 어떤 종교는 갑자기 생명
력을 잃으면서 우리의 기억에서 사라지기도 하였다.

3. 關羽關聯 傳說의 紹介와 分析

임진왜란을 겪으면서 특히 관왕묘가 건립된 이후에 관우에 대한 전
설은 급격히 만들어지기 시작한다. 특히 『임진록』 등과 같은 문헌의
기록과 民間傳說에 매우 다양하게 등장한다. 필자는 이러한 전설들을
크게 現夢類·顯靈類·治病類·祈福類·禁忌類 등의 유형으로 분류
해 보았다. 조선 말기까지의 자료를 총괄하면 다음과 같다.

類型	出現時期	地域	傳說內容	結果	關聯文獻
現夢類 1	임진왜란 이전	궁궐	선조의 꿈에 관우가 나타나 임진왜란을 예고함	倭亂勃發	임진록 권영철본
2	임진왜란 이전	최일경집	임진왜란을 예언한 우의정 최일경이 태어날 때 관우가 태몽으로 나타나 큰 인물이 될 것이라 함	貴人出生啓示	임진록 국립도서관본
3	임진왜란	명나라	이덕형(유성룡)이 청병요구를 명 황제에게 하나 거절당함. 그날 관우가 명 황제의 꿈에 나타나 조선을 구하라고 함	派兵	임진록 경판본/구비문학

---

52) 김탁, 『한국의 관제신앙』, 선학사, 2004, 128~149쪽 참고.

類型	出現時期	地域	傳說內容	結果	關聯文獻
4	임진왜란	명나라	명 황제의 꿈에 관우가 나타나 조선이 어려우니 이여송을 보내어 구원하라고 함	派兵/救援	임진록
5	임진왜란	국내	明將 이여송의 꿈에 관우가 나타나 이순신을 기용하여 수전에 임하라고 함	起用/勝利	임진록 권영철본
6	임진왜란	강진고금도	明將 陳璘의 꿈속에 관우가 나타나 必勝戰法을 알려줌. 승리 후 관우가 다시 나타나 祠廟를 세워 달라고 하여 祠廟를 세움	戰法啓示	李天常(明人)의 古今島關王廟 創建事實
7	임진왜란	南關王廟	한 선비의 꿈에 관우가 나타나 이항복을 해치려는 자의 음모를 퇴치하고 이항복에게 남관왕묘의 건립 터를 계시함	啓示/陰謀底止	任堕의 天倪錄
8	高宗年間	궁궐	고종과 민비의 꿈에 괴한이 나타나 해치려하자 관우가 나타나 구해줌	救援	別乾坤23호 1929년 9월호
9	조선후기	漢陽漢江	사악한 도술사가 한양을 혼란에 빠트리려고 하자 관우가 한 선비의 꿈에 나타나 그 음모를 저지시킴	啓示/陰謀底止	任堕의 天倪錄
10	조선후기	全國各地	관우의 신령이 꿈에 나타나(普信閣 守直官 / 金堤地方 朴翁 / 觀察使 김성근과 別將 이문신 / 맹사성 / 東萊府使 박재관 / 安東府使 / 永同郡守/박도환) 자신의 祠廟를 세워달라고(혹 移轉 / 비·바람을 가려달라며 補修) 요구함	祠廟建立 및 移轉補修	每日申報/文化財廳/朝鮮金石總覽/朝鮮民譚集/永嘉誌/韓國口碑文學大系 等
顯靈類 1	임진왜란	숭례문/동대문	小西行長과 加藤淸正이 한양에 쳐들어오나 관운장의 신령이 나타나 퇴치(혹은 淸正을 참수)	倭軍退治	壬辰錄京版本/國立圖書館本/朝鮮民譚集
2	임진왜란	숭례문/동대문	관운장의 顯靈이 나타나 왜군을 무찌르자 加藤淸正이 자신의 白馬의 목을 따 피를 뿌리는 바람에 顯靈이 사라짐	關羽顯靈消失	壬辰錄 권영철본과 朝鮮民譚集 參考
3	임진왜란	星州	승왜리 전투에서 관운장이 나타나 왜병을 무찌름, 일제때 일본 경찰서장이 관묘를 철거했다가 急煞을 맞아죽음	倭軍退治/急煞	이경선의 삼국지연의 비교문학적 연구

類型	出現時期	地域	傳說內容	結果	關聯文獻
4	임진왜란	平壤等 各地	왜군과의 전투에서 관운장과 神兵이 나타나 왜적을 무찌름. 이 유형은 평양 직산 남원 등 전국 각지에 있음	倭軍 退治	過火存神 / 東野彙輯 等
治病類 1	조선 영·정조	남관 왕묘	학질을 앓는 남녀들을 남관왕묘 관운 장의 좌상 밑에 들여보내니 병이 달아 났다고 함	治病	燕巖集 권7 별집, 要處稿序
2	조선후기	부산	부산 다대포에서 關羽像을 건짐. 당시 釜山僉使 鄭日復이 병중이었는데 關 羽像에 병을 빌어 완치됨	治病	이경선의 삼국지연의 비교문학적 연구
祈福類 1	高宗年間	漢陽	眞靈君 李氏가 민비에게 관우신을 숭 배하면 자손이 번성하고 복운이 올 것 이라 함	北廟 建設	高宗實錄
2	조선후기	全州	이우상(문장으로 유명함)의 부친은 관 성묘에 가서 아들을 낳아 달라고 빎	得男	孫晉泰의 朝鮮民譚集
禁忌類 1	조선후기	釜山 東萊	동래 관왕묘를 지을 때 지붕에 있던 呂 氏 姓의 인부가 낙상사고로 떨어져 죽 음. 그 후에도 여씨가 묘안에 들어오다 기절	呂氏 出入 禁止	최상수의 한국민간전설집
2	조선후기	平壤	평양 서묘를 지을 때 기왓장을 지고 지 붕에 올라가다 눈이 캄캄해져 발을 헛 디디고 낙상하여 죽음	呂氏 出入 禁止	최상수의 한국민간전설집
3	조선후기	江原 洪川	여씨가 지나가면 발이 땅에 붙어 버림. 관료가 참배를 안 하고 지나가면 발굽 이 땅에 붙어 下馬하여 지나감	呂氏 出入 禁止	강원지역문화연 구 2호
關羽 誕生 神話	未詳	未詳	관우 어머니는 신체가 커서 그 郎君을 못찾고 있었는데 어느 날 구름을 타고 온 신과 夢中配合하여 낳았다고 함	關羽 誕生	한국민속학42집, 김명자채록(박 삼봉증언)
其他	임진왜란	安東/ 南原	이여송이 유성룡에게 조선은 누구를 武神으로 삼느냐고 하자 엉겁결에 관 우라고 함. 거짓이 드러날까 급히 관우 묘를 세움	祠廟 建立	이경선의 삼국지연의 비교문학적 연구

이상의 도표에서는 동일 내용이거나 유사한 내용은 같은 유형으로 분류하여 정리하였다. 그 결과 관우관련 전설은 약 23개 정도가 확인된다.

이러한 전설의 출현시기는 주로 임진왜란시기와 조선후기 高宗年間에 집중적으로 만들어졌으며 출현지역도 전국 각지에서 고르게 유래된 것으로 보인다.

그중에서 가장 많은 전설유형이 現夢類이다. 이는 關羽의 靈驗을 드러내는 가장 효율적인 방법이 꿈이기에 現夢을 매개체로 한 것이 가장 많은 것이라 판단된다. 현몽의 유형은 매우 다양하게 나타난다. 예를 들어 명 황제나 宣祖 및 高宗 등의 꿈에 관우가 나타나 파병을 종용한다든지, 임진왜란의 발발을 경고한다든지, 또는 꿈속에 나타난 괴한을 退治해 준다든지 하는 초인적 힘을 발휘해 관우의 위력을 배가시키고 있다. 또 明將 李如松의 꿈속에 나타나 이순신을 수군제독으로 임명하라고 권하는 내용이나 明將 陳璘의 꿈에서는 병법까지 啓示하는 등 관우를 매우 全知全能한 神으로 부각시키고 있다. 심지어는 귀인의 탄생을 계시하는 胎夢에도 출현하여 관우의 神秘性을 높이기도 한다.

그러나 圖表의 現夢類 10에서처럼 관우가 친히 현몽하여 자신의 사당건립을 요구하는 다소 뻔뻔한 모습을 드러내기도 한다. 즉 政府官吏를 포함한 여러 부류의 사람들에게 관우가 직접 현몽하여 자신의 사당을 지으라고 한다든가, 혹은 비바람에 노출되었으니 가려달라든가, 또는 장소가 쓸쓸하니 다른 곳으로 옮기라든가 하는 요구를 한다. 이는 절대적이고 엄격한 神格에 人間味가 다소 가미된 것이라 하겠다.

둘째로 많은 유형이 顯靈類이다. 현령류는 관우가 꿈을 매개체로 하지 않고 직접 現身하는 방법으로 現夢類보다 더 神秘感과 敬畏感

을 준다. 이러한 유형은 이미 중국 명나라 초기의 전설에 등장한다. 즉 명 태조 주원장이 파양에서 전쟁을 할 때, 그가 탄 배가 여울목에 붙어 버렸는데 관우가 나타나 바람머리를 돌려주어 적의 전함을 불태우고 승리를 하였다고 한다.53) 이러한 계기로 명나라는 關羽神을 더 추앙하고 숭배하게 되었다고 한다.

조선의 전설에서는 관운장이 顯靈하여 적토마를 타고 청룡언월도를 휘두르며 왜군을 무찌르는 전설이 대부분인데 이러한 전설은 神秘感과 敬畏感은 물론 痛快感마저 자아내게 한다. 이처럼 顯靈類 傳說은 비록 과학적으로 설명할 수는 없지만 이러한 전설을 통해 우리의 염원을 반영한 結晶體이기도 하다. 그 외 또 다른 전설에서는 불리함을 감지한 倭將 加藤淸正이 白馬의 목을 쳐 붉은 피를 관운장에게 뿌리는 바람에 靈力을 잃은 관우가 消失되어 버린다는 전설도 있다.

또 治病類는 2종류가 있는데 하나는 한양에서 瘧疾에 걸린 사람을 南關王廟의 關羽像 아래에 넣었더니 병이 나았다는 전설이고, 또 하나는 질병을 앓던 자가 기도를 하여 치유되었다는 전설이다. 이는 관우신앙이 민간으로 유포되며 병까지 치료하는 신통력을 추가하는 전설로 관우의 전지전능함이 다양화되는 양상을 보여주는 사례이다.

그리고 祈福類는 단순히 관우신을 잘 숭배하면 많은 복을 받는다는 高宗年間의 眞靈君이 閔妃(명성황후)를 획책하여 북묘를 지었다는 전설로 무속신앙이 뿌리를 내리는 계기가 된 전설이며, 또 이우상의 부친이 관성묘에 아들을 낳아 달라고 기도한 끝에 이우상을 낳게 되었는데 그는 文章으로 천하에 이름을 떨쳤다는 전설이다. 이처럼 관우신은 점차 그 영역을 넓혀 萬能神으로 부각되어 가는 것을 전설을 통하

---

53) 李瀷, 『國譯 星湖僿說』 4권, 민족문화추진위원회, 1985, 55쪽.
　　高皇帝鄱陽之役, 御舟膠淺, 王能現其神(關羽), 回風而焚賊艦.

여 확인할 수 있다.

關羽關聯 傳說 가운데 매우 독특한 전설이 禁忌類이다. 그 이유는 全知全能한 萬能神으로 재탄생한 관우신이 자신을 죽인 자가 呂蒙이라 하여 후대의 呂氏에게 危害를 가하거나 죽이기까지 하는 전설은 신격화된 관우의 행동으로는 품격에 어긋나기 때문이다. 이는 아마도 『三國志演義』의 내용이 민간으로 대중화되면서 만들어진 전설로 추정되며 또 한편으로는 관우신의 영험을 지나치게 부각시키려다 얻어진 副産物일 가능성도 있다.

그 외 關羽誕生神話가 있는데 매우 흥미롭다. 관우어머니는 기골이 장대하여 배우자를 찾을 수가 없었는데 어느 날 구름을 타고 온 신과 夢中配合하여 관우를 낳았다는 내용이다. 이는 관우의 신격화 과정에서 만들어진 것이라 쉽게 추정할 수 있다.

其他의 전설로는 明將 이여송이 조선에 파병되어 유성룡에게 조선은 누구를 軍神으로 숭배하느냐고 묻자 유성룡은 임기응변으로 관우라고 거짓을 고하였다. 그 후 자신의 거짓말이 밝혀질까 두려워 황급히 관우묘를 세웠다는 이야기인데 이는 民譚의 諧謔性이 잘 드러나는 부분이기도 하다.

이상의 자료에서 확인되듯이 관우신은 임진왜란 시기에는 뛰어난 武神으로 조선을 지켜주는 守護神으로 등장하였다가 후대로 갈수록 本業이 바뀌는 양상을 드러내고 있다. 이러한 현상은 肯定的인 관점에서 보면 萬能神이 되어간다고 할 수 있지만 否定的인 관점에서 보면 雜神이 되어가고 있는 느낌을 준다. 즉 發福을 시켜준다든가, 아들을 낳게 해준다든가, 병을 치료해준다든가 하는 점에서 雜神的 이미지가 강하게 나타난다. 이러한 경향은 무속신앙과 종교적 영향에 의해 만들어진 결과로 사료된다.

이상의 논제를 요약해 보면 다음과 같다.

어느 시대를 막론하고 인간이라는 존재는 위기에 빠질 때마다 신에게 의지하며 기적을 갈망해 왔다. 이러한 祈福行爲는 신앙으로 이어져 많은 종교가 만들어지고 또 흥망성쇠의 전철을 밟아왔다. 그 가운데 독특한 경로를 밟으며 발전해온 神이 바로 중국의 關羽神이다. 關羽神은 유교·불교·도교에 있어서 독특한 경로를 밟으며 뿌리를 내렸다. 즉 佛敎에서는 寺刹을 지키는 '伽藍神'으로 격상시키면서 토착화에 성공하였고, 道敎에서는 악마를 쫓고 재난과 고통에서 벗어나게 해주는 '三界伏魔大帝'의 萬能守護神으로 활용되었으며, 儒敎에서는 '儒將' 관우 이미지를 공자의 春秋大義와 연결하여 '尊王攘夷'라는 시대정신으로 재창조하였다. 즉 나라를 수호하는 忠義의 武神으로 삼아 이를 국가 통치와 질서 확립의 수단으로 삼았던 것이다.

대략 宣祖年間 임진왜란으로 인하여 명나라 군대와 함께 유입된 관우신은 명나라 장수 陳寅이 1598년 남대문 밖 남산기슭에 관우묘를 건립하면서 뿌리를 내리게 된다. 그 후 전국에 대략 27곳 이상에서 관우묘가 건립된 것으로 추정되며 현존하는 곳은 14곳으로 확인된다. 관우묘는 주로 왜군과의 격전지 위주로 건립되었으며 건립의 주체는 크게 명나라와 조선왕실 및 민간에서 건립하였다. 관우묘의 名稱 또한 초기에는 주로 關王墓로 부르다가 후대로 오면서 關帝廟 및 關聖廟로 격상되었다.

관우묘는 초기에 주로 유교적 사당의 의미로 참배되었지만 후에 숙종과 영·정조 및 고종 등이 직접 관우묘에 참배하며 국가의례화를 하였다. 또 그들은 이러한 공식의례를 통하여 정치적 명분과 왕실안정 및 국가수호의 의도로 이용하였다.

또 관우신은 후에 민간신앙 및 무속신앙으로 이어지고 급기야 종교화되는 양상을 보인다. 이렇게 무속신앙으로 발전하게 된 데에는 高宗 年間에 나타난 眞靈君과 賢靈君의 영향도 무시할 수 없는 요인이 되었으며 이러한 계기가 민간무속신앙에 많은 영향을 끼친 것으로 사료된다. 한편으로는 善陰騭敎와 甑山敎 및 關聖敎가 출현하는 계기가 되기도 하였다.

그 외 관우묘의 건립과 함께 관우에 대한 전설도 만들어지기 시작하는데 크게 現夢類·顯靈類·治病類·祈福類·禁忌類 등으로 분류된다. 전설에 나타난 관우는 초기 忠義와 武力의 힘으로 國家守護 및 王室安定을 주로 담당하는 수호신이 되었다가, 후대에 민간으로 수용되면서 본래의 관장업무가 財物神·發福神·治病神 등 全知全能한 萬能神으로 확대되었다. 그러나 이러한 萬能神 關羽는 중국에서는 그 세력을 점점 확장하며 발전하고 있지만 우리나라에서는 역사를 뒤로한 채 우리의 의식 속에서 점차 잊혀져가고 있다.

第三部

三國志의
政治的·宗敎的 活用
(關羽를 중심으로)

I

政治的 관점에서 三國志의 활용*

: 정치적 관점에서 본 關羽 神格化와 歷史的 변모

> 하나의 상징물이 가지는 정치적인 역할은 그 상징에게 부여된 '權威'에서 출발한다. 통치계급으로 표현되는 사회 상층부와 그 상대편에 있는 일반 민중은 그 권위를 사이에 두고 自家的인 해석을 부여하게 된다. 즉, 동일한 대상을 보면서 각기 다른 자신만의 정치적 관점을 투여하는 것이다. 그리하여 그 상징물은 지속적인 생명력을 가진 채 '유연성'과 '애매모호성'[1]으로 확대 재생산해 나갈 힘을 얻게 되는 것이다.

전 동아시아권을 통틀어 다양한 방면에서 그 생명력을 가지고 변화 발전하는 상징적 존재로서 關羽만한 것이 없다. 역사에서는 蜀漢의

---

* 본 논문은 2016년 『비교문화연구』 제42집(경희대학교 비교문화연구소)에 게재된 논문을 일부 수정 보완한 것이다.

　주저자: 裴圭範(中國 華中師範大學 教授), 교신저자: 閔寬東(경희대학교 중국어학과 교수)

1) 장지연, 「권력관계의 변화에 따른 東郊 壇廟의 의미 변화-근대 先農壇과 東關王廟를 중심으로」, 『서울학연구』 36집, 2009, 42쪽.

일개 장수에 불과하지만, 小說 『三國志』를 통하여 자신의 상징적 생명력을 확대하였고, 거기에 정치적·종교적 생명력까지 부여받으며 최고의 권위를 획득하게 되었다. 특히 유비나 제갈량보다도 더 강한 생명력은 어디에서 나온 것일까?

본고는 蜀漢의 武將에서 출발하여 神으로 추앙받고 있는 관우의 생명력에 대한 탐구로부터 시작된다. 이른바 '神格化'라는 말은 그가 최종적으로 도달한 곳이 神의 경지였기에 붙일 수 있는 명칭이다. 무려 1800년 동안 무수한 왕조를 거치면서 신격화를 향해 일관되게 나아갈 수 있었던 힘은 어디에 있을까? 본고에서는 그 근원을 정치적 측면에서 찾고자 한다.

관우가 가진 정치적 역할은 그것을 만든 사회의 주요 환경과 밀접한 관련을 갖고 있다. 그런 점에서 중국 역사에서 정치·경제·문화 방면의 토대가 갖는 특징을 점검해 볼 필요가 있다.[2]

경제적으로 볼 때, 중국은 전통적으로 小農 經濟 체제 아래에 있었다. 가족 단위의 농민들은 낙후된 생산 도구로 비교적 낮은 생산규모를 가졌으며, 자연재해의 공습에 일방적으로 당할 수밖에 없는 구조를 가지고 있었다. 이러한 낮은 방어능력은 농민들로 하여금 착취와 억압을 수동적으로 받아들이게끔 하였다. 결국 그들은 유일한 탈출구로 어진 임금과 신하, 그리고 神靈의 출현을 祈求하게 되었다. 또한 정치적으로 볼 때, 어지러웠던 時勢에서 권력계층에 오른 이들은 중원의 쟁탈전을 승리로 이끌고, 또 그 정권을 공고히 하기 위해 확고한 호소력을 갖춘 존재가 필요했다. 반면 일반 민중들은 그들을 안정된 생활로 이끌 인물이 출현할 것이라는 심리적 위안이 필요했다. 그리고 그것은

---

  2) 孫建輝, 「關羽"武聖"政治角色的建構─以暈輪效應爲視角」, 中國華東師範大學 碩士學位論文, 2012, 10~22쪽.

영웅숭배의 전통, 종교적 신격화, 문학예술의 형상화라는 사회 문화적인 배경을 낳았다. 이러한 정치·경제·문화적인 배경 아래 관우 신앙은 정치적 역할을 형성해갔다.

관우에 대한 기존의 연구는 상당한 성과를 거두고 있다. 즉 '범아시아적 인물'이라는 명칭에 걸맞게 중국 본토는 물론 그 영향권에 있는 한국과 일본, 대만 등에서 수많은 성과물들이 나오고 있다.3) 하지만 국내에서 관우 神格化 현상을 특정 분야로 집중시켜 논의한 경우는 흔치가 않다. 그런 점에서 본고는 누구나 알고 있는 인물이기에 놓치기 쉬운 학술적 검증에 초점을 맞추려 노력하였다. 보다 세분화된 기준으로 사료를 점검함으로써 관우 신격화의 정치적 측면을 한층 심도 있게 접근하고자 하였다.

이에 본고에서는 사적인 흐름 속에서 관우와 그에 대한 이미지를 통치자들이 어떻게 만들고 발전시켜 갔는지, 그리고 그 속에 담긴 정치적 의미와 권위의 실체가 무엇이었는지를 시대별로 구분하여 검토하고자 한다. 정치적 성공 여부를 떠나 관우가 얻은 상징성은 현대까지도 유효하다. 그러기에 정치적인 것과 상징적인 것의 상호의존성에 대한 검토가 필요해 보인다.

----

3) 關羽와 關羽信仰, 關羽 이미지 등으로 확장시켜 볼 때 중국에서는 2000년 이후 약 460여 편의 논문이 발표되어 그 뜨거운 관심을 엿볼 수 있다. (中國 知网: cnki.net기준) 한편 한국에서 진행된 연구는 크게 關廟와 關羽信仰, 詩歌, 『三國志演義』와 판소리 및 공연예술 관련, 건축 및 기타 분야 등으로 나누어 약 80여 편의 논문이 나와 있다. 본고와 관련해서는 전인초(2006), 남덕현(2011a, b), 유상규(2011), 구은아(2012), 閔寬東(2015) 등의 논문이 돋보인다. 한편 단행본 책으로는 李慶善(1978)을 필두로, 金鐸(2004), 원정근(2014), 남덕현(2014), 이마이즈미 준노스케(2002), 타츠마 요시스케(2000) 등이 있어 많은 도움을 준다.

1. 魏晉南北朝 시대
: 史傳에 묘사된 一介 將軍으로서의 관우

관우는 대략 160~219년[4], 즉 三國時代 실존 인물이다. 파란만장했던 삼국시대가 晉에 의해 통일되었지만, 이후 南北朝라는 동요와 분열의 시기를 겪어야만 했다. 이 시기는 문벌 귀족 사회의 모순이 극에 달했었다. 이는 백성의 고통과 반항으로 이어졌다. 한편 평민들과 일부 문인들 사이에서는 나라가 분열되고 경제가 도탄에 빠지는 것을 보면서 武를 숭상하는 민족정신이 함께 일어나기도 했다.

이 시기 관우에 대한 언급은 三國時代 일개 장군으로서의 비중밖에 가지지 못했다. 혼란스런 사회에서 관우의 忠·義·勇은 특히 군인들을 중심으로 流傳되었다. 관우에 관한 기술도 刮骨療毒[5]과 같이 勇을 강조하는 내용이 부각되는 데 그쳤다.[6]

---

4) 일반적으로 관우는 출생은 미상이고, 사망은 建安 24年(219)으로 알려져 있다. 하지만 이마이즈미 준노스케는 『관우』(예담, 2002, 29~31쪽)에서 河南省 運城市 현지답사에서 향토연구가 孟海生(『運城日報』문화부장) 씨 등의 연구를 토대로 160년 출생을 언급하였다. 孟海生은 『關帝志』를 근거로 들었다. 또한 『삼국지』의 여러 기록들에서는 建安 24年(219) 손권의 공격을 당해 아들 관평과 함께 臨沮에서 참수 당한 것으로 나와 있다. 반면 『吳書』「吳主傳」에는 建安 24년 12월, 潘璋의 司馬 馬忠이 章鄕에서 관우를 잡았다는 기록이, 『魏書』「武帝紀」에는 曹操가 建安 25年(220) 1월에 손권으로부터 관우의 머리를 받았다는 기록만 있다. 이 자료만으로는 관우가 건안 24년에 참수된 것인지 25년에 참수됐는지는 정확하지 않다.

5) "살을 가르고 뼈를 갉아 독을 치료한다"는 말로, 흔히 관우의 담대함과 용맹을 설명할 때 사용되는 고사다. 『三國志演義』 第75回 「關雲長 刮骨療毒」편에서 그때의 일을 드라마틱하게 묘사하고 있다.

6) 王欽若 編, 周勳初 校訂, 『冊府元龜』卷395, 「將帥部·勇敢二」, 南京: 鳳凰出版社, 2006, 4687쪽. "長孫子彦, 西魏出帝時爲中軍大都督, 子彦少常隆

관우에 대해 언급한 최초의 史書는 陳壽(233~297)의 『三國志』·「關羽傳」이 있다.7) 陳壽의 「關羽傳」은 954자에 불과할 정도로 매우 간략하다. 生年이나 家世 등 개인자료가 불명확하며, 수록된 부분도 관우의 일생 중 몇 단락에 불과하다. 아무래도 당시가 亂世인데다가 그가 평민 출신이라 의미 있는 자료를 수집하기가 힘들었을 것이다.

하지만 敍事의 비중이라는 측면에서 보자면, 관우 인생에서 중요한 단계는 적절히 표현되고 있다. 관우가 조조 군영에 있었던 시기에서부터 관우가 樊城을 포위하고, 七軍을 수장시키고, 于禁의 항복을 받아내고, 龐德을 목 베어 위세를 華夏에 떨치다 敗亡하기까지가 묘사되었다. 여기에서는 서사 편폭의 확대를 통해 인물 관계와 충돌의 모습을 비교적 충분하게 전개하고 있다. 이 외에도 傳記 중에는 두 단락의 가십적 描寫, 즉 제갈량에게 馬超와 자신의 비교평가 해달라는 일과 刮骨療毒한 일이 수록되어 있기도 하다. 陳壽는 다음과 같이 관우를 張飛와 함께 논하기도 했다.

관우는 卒伍에게 잘 대했지만, 士大夫에게 무례했다. 장비는 君子를 愛敬했지만, 小人을 동정하지 않았다.
(羽善待卒伍而驕於士大夫, 飛愛敬君子而不恤小人)8)

관우와 張飛는 모두 萬人을 대적할 것이라 칭송받아, 세상의 虎臣이 되었다. 관우는 曹公에게 은혜를 갚으려 노력했고, 장비는 의리 때문에 嚴顔을 풀어주었으니 모두 國士의 풍모를 가졌다. 그러나 관우는 굳세

馬折臂肘, 上骨起寸餘, 乃命開肉鋸骨, 流血數升, 言戲自若, 時以爲逾於關侯."
7) 陳壽 撰, 裴松之 注, 『三國志』, 上海: 上海古籍出版社, 2011.
8) 陳壽 撰, 위의 책, 871쪽.

면서 自矜心이 지나쳤고, 장비는 사나우면서 은혜를 베풀지 못했기에, 이런 단점으로 인하여 패망하게 되었으니 (세상)이치가 그런 것이다.

(關羽張飛皆稱萬人之敵, 爲世虎臣. 羽報效曹公, 飛義釋嚴顏, 並有國士之風. 然羽剛而自矜, 飛暴而無恩, 以短取敗, 理數之常也)9)

이후 진수의 『삼국지』는 劉宋 元嘉 6年(429) 완성된 裴松之 (372~451)의 『三國志注』에 와서 훨씬 풍성한 내용을 갖추게 되었다. 그의 注는 『蜀記』·『典略』·『江表傳』·『傅子』·『吳曆』·『魏書』 등의 각종 史籍은 물론 민간자료10)를 참고로 하여 완성하였다.11) 거기에 개인적 논평을 덧붙임으로써 보충의 의미가 매우 강해졌다.12)

한편 이 시기 관우를 언급한 책으로 北魏 酈道元(470~527)이 쓴 『水經注』13)가 있다. 이 책은 人文地理書로서, 三國時代 人物들의

---

9) 陳壽 撰, 위의 책, 877쪽.

10) 陳壽의 正文과 비교하면 裴注는 일종의 민간 서사적 특징을 보여주고 있다. 그 중 돼지가 관우의 발을 문 일, 關羽가 徐晃과 대치하면서 나누는 戲劇性 對話, 관우의 집안이 滅族되는 등의 이야기에선 자못 신화적 색채를 띠고 있다.

11) 裴松之는 그의 「進書表」에서 作注의 몇 가지 體例 原則을 말했다. "첫째, 진수가 적지 않은 것 중 기록할 만한 것은 보충한다. 둘째, 같은 사건을 얘기하는데도 말이 乖離하거나 혹 사실인지 판단하기 어려울 때는 모두 기록한다. 셋째, 오류가 분명하거나 말이 사리에 맞지 않으면 교정한다. 넷째, 時事가 합당하지 않거나 진수가 실수한 부분은 내 뜻으로 論辨한다." 陳壽 撰, 위의 책, 中華書局, 1982, 出版説明, 1쪽.

12) 華容道에서 조조를 쫓지 않은 관우를 칭찬했다든지, 許田에서 조조를 죽이지 않은 유비에 대해 "國家惜之"라고 반박한 것이라든지, 蜀吳 관계에서부터 孫權이 關羽를 참수한 것에 대한 추단이랄지 모두 인용된 고사를 이용하여 적절하게 변증하고 있음을 알 수 있다.

13) 朱謀㙔 箋, 王國維 校, 袁英光·劉寅生 標點, 『水經注校』, 北京: 中華書局, 2007.

古跡을 언급하고 있다. 그 중에 관우와 관련된 곳은 모두 5군데이다.[14] 당시 이 지역 전설들에서 關羽는 그리 英勇스럽지만은 않게 묘사되고 있다. 또한 關羽 이야기는 당시 文人들의 관심을 그다지 끌지 못했다. 兩晉 문인의 筆記小說을 예를 들어 보면, 葛洪(284~364)의 『抱朴子』·『神仙傳』, 裴啓(東晉)의 『語林』, 習鑿齒(?~384)의 『漢晉春秋』 등 으로부터 劉義慶의 『世說新語』 등은 모두 三國人物의 言行을 기록 하고 있는 책이다. 하지만 누구도 關羽에 대해 직접 언급하고 있지 않 다.[15]

다시 말해 關羽가 가진 勇猛과 忠義는 주로 軍隊에서만 流傳될 뿐이었다. 즉 武將이라는 關羽의 身份과 그의 "驕於士大夫"한 性格 과 상관된 부분이다. 그러므로 이 시기 關羽는 史書나 類書, 地理書 에서만 그 모습을 대략적으로 엿볼 수 있을 뿐 통치자들의 시선을 거 의 끌지 못했었다. 다만 이 시기 관우는 建安 5年(200) 백마성 전투에

---

14) ①위의 책(이하동일) 卷5,「河水」, 159쪽. "又東北過黎陽縣南, …白馬城… 袁紹遣顔良攻東郡太守劉延於白馬, 關羽爲曹公斬良以報效, 即此處也.", ②卷28,「沔水中」, 900쪽. "沔水又逕平魯城南.…東對樊, …建安中, 關羽圍 于禁於此城, 會湧水泛溢三丈有餘, 城陷, 禁降, 龐德奮劍乘舟, 投命於東 岡. 魏武曰:'吾知於禁三十餘載, 至臨危授命, 更不如龐德矣.", ③卷32,「沮 水」, 1025쪽. "沮水又東南逕驢城西, 磨城東, 又南逕麥城西, 昔關雲長詐降 處, 自此遂叛.", ④卷34,「江水二」, 1083쪽. "(江水)又南過江陵縣南…江水 又東, 逕江陵縣故城南, …舊城, 關羽所築, 羽北圍曹仁, 呂蒙襲而據之, 羽 曰:'此城吾所築, 不可攻也.'乃引而退.", ⑤卷38,「資水」, 1185쪽. "(資水)又 東北過益陽縣北, 縣有關羽瀨. 所謂關侯灘也. 南對甘寧故壘. 昔關羽屯軍 水北, 孫權令魯肅甘寧拒之於是水. 寧謂肅曰:'羽聞吾咳唾之聲, 不敢渡也. 渡則成擒矣.'羽夜聞寧處分, 曰:'興霸聲也.'遂不渡."

15) 焦磊,「關羽神聖化過程的歷史考察─以關帝廟爲核心」, 山東大學 碩士學 位論文, 2008, 27쪽.

서 袁紹의 장군 顔良을 벤 공으로 曹操에 의해 '漢壽亭侯'에 봉해졌
는데, 이는 당시 관우가 부득이하게 조조 막하에 있으며 세운 공에 대
한 조조의 후의였다고 볼 수 있다.16) 그리고 死後에는 後主 劉禪에
의해 景耀 3年(260) '壯繆侯'에 봉해졌다. 여기서 '壯'은 반란에 맞서
싸워 망설이지 않았다. '繆'은 의리를 지키고 덕을 널리 폈다는 뜻을
담고 있다.17)

2. 隋·唐時代
: 武成王廟 從祀를 통해 국가 祀典 편입

역사 인물로서 관우의 영웅적 사적은 隋·唐代에 이르면 점차 역사
적 조류 속에 사라져갔다. 隋唐 五代는 중국의 봉건제 사회가 전성기
로 들어가던 때였다. 통일된 사회면모와 융합된 인문정신은 사회 전반
적으로 盛世의 문명을 지향했다. 관우는 上古時代 전쟁터를 누빈 장
수이자 英雄과 같은 위치였다. 게다가 이 시기는 曹操의 魏나라를 正
統으로 하려는 경향이 강했다. 그러기에 唐나라 통치 집단은 文治武
功을 창도하면서 蜀漢의 장수 關羽를 襃頌의 대상으로 삼지 않았다.
唐代 "四大類書"로 꼽히는 虞世南(558~638)의 『北堂書鈔』18) 가운

---

16) 관우가 받은 '漢壽亭侯'는 "男 → 子 → 伯 → 侯 → 公 → 王 → 帝"의 官位 서
열 중 4등급에 해당한다. 더욱이 侯에는 縣侯, 鄕侯, 亭侯, 列侯의 구분이
있으므로 관우가 받은 봉후는 4등급의 3품에 해당한다. 이는 그가 받은 최초
의 봉호이다. 方北辰 注譯, 김원중 역, 『정사 삼국지』, 민음사, 2007.

17) 朱一玄 等 編, 『三國演義資料彙編』, 『諡法』, 天津: 南開大學出版社, 2003, 552
쪽. "名與實爽曰穆"(穆與繆通). 郎瑛, 『七修續稿』卷4(타츠마 요시스케, 『영웅
의 역사』6권, 솔, 2000, 75쪽에서 재인용). "壯爲克亂不遂, 穆爲執義布德."

18) 唐代 虞世南이 찬한 현존 最古의 漢族 類書이다. 類書는 三國 魏文帝 敕

데 관우에 대해 기록한 것은 겨우 1則, 그것도 『藝文部』·『好學』편에 나와 있을 정도다. 반면 민간에서 관우에 대한 신앙은 湖北省 荊州를 중심으로 地域神으로서의 위치를 굳혀가고 있었다.[19] 여기에는 자기의 필요에 따라 관우의 신격화를 시도했던 불교와 도교의 역할이 있었기 때문이다.

이 시기 정치적 측면에서 확인할 수 있는 관우의 모습은 크게 두 가지가 있다.

첫 번째는 고향 涿州에 있는 유비의 사당에 從祀된 것이다. 蜀王 劉備가 건국 대업을 완수했고, 관우와 장비도 평생 그를 따르며 공을 세웠으니 그들이 유비의 사당에 함께 배향되는 것은 자연스러운 일이다.[20]

두 번째는 강태공을 모신 武成王廟에 64명 중 한 명으로 配享된 것이다. 武廟와 관우의 관계는 그의 신격화에서 매우 중요한 의미를 갖는다. 그것은 국가 祀典에 편입됨으로써 정치적으로 공식적인 흠향의 기회를 갖게 되었음을 의미한다. 그러므로 이 상황에 대한 설명이

劉劭, 王象 등에게 칙령으로 편찬케 한 『皇覽』에서 시작되었다. 魏晉 이후 역대 왕조는 항목을 나누고 檢閱에 갖은 노력을 기울였는데, 누차 屢屢組織 人力과 物力을 투입해 정부 보관문서를 점검해서 거질을 만들어냈다. 하지만 지금은 대부분 逸失되었다. 歐陽詢 등이 편찬한 『藝文類聚』, 白居易가 편집하고 宋人 孔傳이 續輯한 『白氏六帖』, 徐堅 등이 撰集한 『初學記』와 함께 唐代 "四大類書"로 꼽는다. 虞世南 撰, 『北堂書鈔』, 北京: 學苑出版社 1998.

19) 관우와 관련된 최초의 碑文 기록인 董侹의 「荊南節度使江陵尹裴公重修玉泉關廟記」(董誥 編, 『全唐文』卷684, 北京: 中華書局, 2013, 7001쪽)에는 "寺西北三百步, 有蜀將軍都督荊州事關公遺廟存焉."라는 기록이 있다.

20) 郭筠, 「蜀先主廟記」, 『唐文拾遺』卷7. "(先主)崇於故里, 甘皇後配饗於神座之中, 諸妃嬪圖形於旒扆之後, 孔明孝直股肱, 皆列於東廂, 關羽·張飛爪牙, 悉標於西廡, 威生戶牖, 武耀庭除."

필요하다. 武成王廟는 唐 太宗 貞觀年間(627~649) 姜太公(薑子牙)이 낚시를 하던 곳인 播溪에 武廟를 짓고 제사를 지내면서 시작되었다.[21] 姜太公이 武聖으로 꼽히게 된 이유는 그가 『六韜三略』을 지었으며, 周 武王을 도와 통일대업을 완수했기 때문이다.[22]

　하지만 무엇보다 武廟에 대한 국가적 현창은 시대적 상황과도 연결되어 있었다. 갈수록 노골화되어 가는 북방 민족의 침략 야욕 앞에 장령과 사병들의 기세는 전투력과 직결에서 되는 문제였기 때문이다. 그렇지만 이 시기 일정치 않은 제사 기간이나 제수 등 그 정치적 비중은 공자를 모신 文聖王廟에 비하면 비교가 힘들 정도였다. 이후 唐 玄宗 代에 이르면 開元 19年(731), 兩京에 太公尙父廟(武廟) 한 곳을 설치하게 된다. 그리고 仲春과 仲秋, 上戊日에 釋奠을 지내고, 漢留侯 張良을 配享하였다. 이로부터 武神에 대해 국가가 본격적으로 崇祀하는 전통이 확립되었다. 이는 武將에 대한 국가적 인식이 한 단계 상승한 것을 의미한다.

　肅宗 上元元年(760) 閏4月에 이르게 되면, 강태공을 追封하여 '武成王'으로 삼고, 드디어 文宣王 孔子와 同格으로 南面하게 하였다. 그리고 역대 良將 10명을 뽑아 十哲[23]로 삼고 有司에게 명하여 제사 지내게 했다.[24] 이어 德宗 建中 4年(783)이 되면, 또 조서를 내려 范

----

21) 中敕 撰,『大唐郊祀錄』卷10, 北京: 民族出版社, 2000. "史籍無恒祭太公之文. 皇朝貞觀中始於播溪置祠."

22) 이는 唐 德宗代 武廟의 대대적 확충을 놓고 벌인 文武 대립에서 문신 李紓가 한 말에서 짐작할 수 있다. "太公述作止於六韜, 勳業形於一代"(李紓,「享武成王不當視文宣廟奏」,『全唐文』卷395).

23) "十哲"은 오른쪽으로 張良·田鑲直·孫武·吳起·樂毅이고, 왼쪽으로 白起·韓信·諸葛亮·李靖·李劫인데, 관우는 이 중에서 빠져있다.

24)『新唐書』卷15,「禮樂五」, 北京: 中華書局, 1975, 375쪽. "禮儀使顏眞卿上奏,

鑫 등 名將 64인을 뽑아 그 초상을 벽에 그리고 매년 釋奠 때 모두 從祀하게 했다.[25] 이때에 비로소 관우가 武成王廟에 從祀된 것이다. 비록 關羽가 64명 중 左邊 第15位에 불과한데다, 周瑜·陸遜·張遼 등과 특히 生死를 건 마지막 전투를 했던 呂蒙과는 마주보고 있는 입장이었다. 하지만 국가 祀典에 공식적으로 이름을 올렸다는데 의미가 있다.[26]

이처럼 關羽가 武聖王廟에 配享된 것은 隋·唐代에 생겨난 관우에 대한 종교적 형태가 정치생활에 반영된 것이라 할 수 있다. 특히 송대 關羽 신앙의 본격적인 확립에 직접적인 연관이 있다. 아무튼 武成王廟 從祀는 관우 신격화의 역사에서 의미 있는 정치적 사건이었다.

3. 宋·元時代
  : '侯'에서 '公'으로, '公'에서 다시 '王'으로

隋·唐代와 그 이전의 관우에 대한 이미지는 일개 장군으로서의 그것을 벗어나지 못했다. 하지만 민간에서는 조금 다른 양상이었다. 이른바 형주지역을 중심으로 土地神이나 地域神으로서의 위상을 확고히

治武成廟, 請如『月令』春·秋釋奠. 其追封以王, 宜用諸侯之數, 樂奏軒縣."

25) 中敕 撰, 앞의 책. "至肅宗上元元年閏四月, 又追封爲武成王, 移坐南面, 選歷代良將爲十哲, 令有司祭."

26) 北宋 初期 "關羽爲仇國所擒"라고 하여, 武廟 陪祀의 位置에서 뺀 적도 있었다. 『古今圖書集成』卷37의 北宋 宣和 5年(1123) 關羽에 대한 封을 구하고 아울러 武成王廟에 從祀하게 한 기록이 있는 것을 보면, 宣和 5年 前에는 관우의 武成王廟 종사가 불규칙적으로 이루어졌음을 짐작할 수 있다. 劉永華, 「關羽崇拜的塑成與民間文化傳統」, 『廈門大學學報(哲學社會科學版)』 1995年2期, 79쪽.

하고 있었다. 宋代에 이르게 되면 唐代의 凶神이미지가 남아 있었지만,27) 보다 활발해진 관우 숭배의 모습을 보여준다.

北宋 中葉 이후 佛敎와 道敎에서 관우가 神系로 유입되면서 朝廷의 관심을 끌기 시작했다.28) 이를 바탕으로 南宋과 元代 관우 숭배는 官方祀典 중에서도 그 지위가 한층 높아졌다.

앞서 언급한 武成王廟는 시행된 지 불과 5년 만에 폐지되었다. 德宗이 建中 2年(781) 내린 武成王廟 보수공사에 대해 문신들이 격렬하게 반대했기 때문이다. 德宗 貞元 4年(788) 8月13日 兵部侍郎 李紓는 上疏하여 太公과 孔子가 나란히 앉을 수 없음을 강력히 주장했다.29) 이런 논쟁 중 또 武將 令狐建 등 24인이 지금 예에 따라 결정할 것을 청하였다.30) 이렇게 文武 간의 대립이 팽팽해지자, 결국 德宗은 上將軍 이하 充獻官에게 칙령을 내리고 그 외의 것들은 李紓가 주청한 대로 실행하게 했다. 武廟 제도의 폐지였다. 하지만 그 뒤 宋代 仁宗 慶曆年間(1041~1048)이 되자 武廟 제도는 자연스럽게 회복되었고, 이는 明 太祖 洪武 21年(1388)까지 지속되었다.

---

27) 洪邁 著, 『夷堅志』卷9, 『支志』·「甲」, 「關王幞頭」, 北京: 中華書局, 1981, 782쪽. "在州治西北隅, 土人事之甚謹. 偶象數十軀, 其一黃衣急足, 面怒而多髯, 執令旗, 容狀可畏"

28) 金井德幸, 「社神和道敎」, 福井康順 等 監修, 『道敎』2卷, 上海: 上海古籍出版社, 1992, 141~143쪽.

29) 李紓, 「享武成王不當視文宣廟奏」, 『全唐文』卷395. "伏以文宣垂敎, 百代宗師, 五常三綱, 非其訓不明, 有國有家, 非其制不立, 故孟軻稱生人已來, 一人而已.…且太公述作止於六韜, 勳業形於一代, 豈宜擬諸盛德, 均其殊禮."

30) 劉海燕, 앞의 논문, 27쪽. "當今兵革未堰, 宜崇武敎以尊古, 重忠烈以勸今. 欲有貶損, 非激勸之道也.…故文武二敎, 猶五行之迭用, 四時之代序. 固宜並立, 廢一不可, 況其典禮之制, 已歷二聖, 今欲改之, 恐非宜也."

禮部의 奏請 下에 徽宗은 武成王廟에 從祀하게 하였다.
(令從祀武成王廟)[31]

위 기사는 宋代 徽宗 宣化 5年(1123), 관우가 武成王廟에 다시 從祀되었다는 내용이다. 이 때 武廟에 從祀한 武將에 대한 制度 역시 회복되었다. 당시 從祀된 武將은 72位로 증가했다. 그 중 關羽는 西廡 第14位에 배향되었다. 唐代와 비교해볼 때, 武成王廟 중 關羽의 地位는 별다른 상승이 보이지 않는다.

하지만 사회 각 계층의 관우에 대한 인식은 송대에 이르면 비약적인 발전을 보여준다. 우선 宋代 史書에서 등장하는 관우의 모습이 달라졌다. 우선 鄭樵(1104~1162)가 지은 「關羽傳」은 서두에서부터 관우가 『左氏春秋』를 애호한 것으로부터 시작한다. 관우가 단순한 勇將이 아니라 『春秋』를 통해 文武를 갖추었음을 강조하려는 의도다. 이는 조조에게 작별 인사를 하는 대목에서도 확인된다.

"장료는 드디어 (조조에게) 아뢰었다. 조조가 말했다. '임금을 섬김에 그 근본을 잊지 않으니 天下의 義士다. 언제쯤 갈 것 같으냐?' 장료가 대답했다. '공의 은혜를 받았으니 반드시 공을 세우고 그것을 갚은 뒤에 갈 것입니다.

(遼遂白之, 操曰:'事君不忘其本, 天下義士也. 度何時能去.' 遼曰: '受公恩, 必當立效報功而後去.)[32]

---

31) 陳夢雷 撰, 『古今圖書集成』卷37, 『關聖帝君部』, 北京: 中華書局, 1934, 29 쪽下.

32) 鄭樵 撰, 『通志』卷180, 「關羽傳」, 杭州: 浙江古籍出版社, 2007. "關侯字雲長, 本字長生, 河東解人也. 好左氏傳, 諷誦略皆上口."

작자는 관우가 공을 세워 조조의 은혜에 보답을 표시한 뒤 떠나는 대목에서 裴注에서 언급한 張遼의 심리를 傳文 속에 삽입하고 있다. 여기서 조조는 관우의 義에 대해 "天下義士"라는 말로 칭찬했다. 鄭樵는 관우가 조조의 후한 禮를 사양한 것도 그의 春秋大義, 즉 劉備에 대한 忠에서 비롯된 것임을 강조했다. 이런 모습은 또 다른 傳인 蕭常의 「關羽傳」에서도 비슷하게 전개된다.[33] 여기에는 송대에 이미 일부 지식인들 사이에서 대두된 蜀漢正統論이 한몫을 한 것으로 보인다. 北宋의 문호 蘇軾이 보여준[34] 당시 일반 백성들 사이에서의 분위기를 차치하더라도, 朱熹에 의해 언급된 "帝蜀寇魏" 사상은 유가 문사들에게 깊은 영향을 끼쳤음이 분명하다.[35]

---

33) 蕭常 編, 『續後漢書』卷9, 「關羽傳」, 濟南: 齊魯書社, 2000. 宋代의 두 史傳과 陳壽 『三國志』의 文字風格은 서로 비슷하지만 몇 가지 차이점이 있다. 우선 각기 다른 裴注를 傳文에 직접 삽입하거나 아예 삭제하고 있다. 그 결과 미세한 차이지만 관우의 이미지는 다르게 나타났다. 작자의 취사태도에 따라 관우에 대한 評價는 보다 긍정적으로 바뀌었다. 또한 두 전의 인물 칭호가 달라졌다. 曹操에 대해 『三國志』에서는 曹公이라 했지만, 두 傳에서는 모두 曹操라고 바로 이름을 불렀다. 한편 「鄭樵傳」에서는 관우를 關侯, 「蕭常傳」에서는 劉備를 昭烈이라고 했다. 劉海燕, 앞의 논문, 2002, 40쪽.

34) 蘇軾 編, 『東坡志林』卷1, 「塗巷小兒聽說三國語」, 北京: 中華書局, 1981, 7쪽. "塗巷中小兒薄劣, 其家所厭苦, 輒與錢, 令聚坐聽說古話. 至說三國事, 聞劉玄德敗, 顰蹙有出涕者; 聞曹操敗, 即喜唱快."

35) 朱熹는 『通鑑綱目』 등의 저서에서 蜀漢正統論의 뉘앙스를 많이 풍겼다. 包詩卿, 「明代關羽信仰及其地域分布研究」, 河南大學 碩士學位論文, 2005, 12쪽. 이 외에도 朱熹는 독서의 이치를 설명하면서 관우의 예를 드는 등 유독 관우에 대해 호의적이었다. 朱熹 著, 『朱子語類』卷52, 北京: 中華書局, 1986, 1262쪽. "讀書理會義理, 須是勇猛徑直, 理會將去, 正如關羽擒顏良, 只知有此人, 更不知有別人, 直取其頭而歸." 趙山林, 「南北融合与关羽形象的演变」, 『文學遺産』 2000年04期, 111쪽.

그래서인지 宋代 文人들이 지은 '題詠碑記' 중에서 관우의 忠義와 英勇을 칭송한 대목이 자주 보인다.

> 獨 先主가 구구하게 그 힘이 부족하여 항전을 하면 자주 졌다. 이때
> 의 선비들은 去就之計를 품고 주인을 선택해 그를 섬겼는데, 진실로 忠
> 義大節에 밝지 않다면 어찌 강한 것에 대항하고 약한 것을 도우며, 편안
> 함을 버리고 위험한 곳에 나갈 수 있었겠는가! 무릇 爵祿富貴는 사람들
> 이 몹시 바라는 바이거늘, 萬鍾 보기를 초개처럼 가볍게 여기니, 千乘을
> 匹夫보다 천하게 여김은 어찌 다른 뜻이 있어서이겠는가! 忠이 다하고
> 義가 勝했을 뿐이다.
> (獨先主區區欲較其力而與之抗, 然屢戰屢敗矣. 士於此時懷去就之
> 計者, 得擇主而事之, 苟不明於忠義大節, 孰肯抗強助弱, 去安而即
> 危者. 夫爵祿富貴, 人之所甚欲也, 視萬鍾猶一芥之輕, 比千乘於匹
> 夫之賤者, 豈有他哉! 忠盡而義勝耳)[36]

鄭咸이 지은 「元祐重修廟記」의 일부다. 그는 關羽가 조조 등 권세 가에게 붙지 않고 爵祿富貴도 사모하지 않았으며, "抗強助弱, 去安 而即危"한 "忠義大節"로 언급했다. 관우의 忠義的 특징이 형성된 시 기는 바로 北宋부터라고 할 수 있다. 南宋은 金나라의 힘에 밀려 결국 南下하여 왕조를 이어갔다. 이때는 중국 역사상 가장 무기력한 군사력 으로 인해 북방민족으로부터의 치욕과 위협으로 점철된 시기였다. 자 연히 민족은 분열되고 민심이 동요되었다. 그러기에 송나라를 위해 적 에 저항할 수 있는 武力과 忠勇的 정신이 더욱 필요했다. 關羽의 忠 義 정신은 남송시기에 숭상한 民族氣節과 잘 어우러짐으로써 關羽 숭배가 살아있을 수 있는 토양을 찾게 되었다. 그리하여 關羽의 특징

---

36) 蔡東洲 等 著, 『關羽崇拜研究』, 成都: 巴蜀書社, 2001, 100쪽.

도 두드러지게 나타났으며, 忠義的 이미지 또한 확립되었다.[37)]

이런 사회정치적 요구는 이민족의 압박에 항거하는 민족 주체 의식과 만나 당시 사회적 심리로까지 발전했다. 대중의 심리는 史書와 野史, 그리고 민간 전설의 기초 위에 關羽의 "剛勇·忠義·儒雅"한 개성과 합쳐져서 관우 숭배라는 사회적 현상을 낳았다. 통치자들은 이런 점을 놓치지 않았다. 통치자들은 북방 민족의 침략으로부터 정권을 지키기 위해 관우에 대한 加封을 부단히 시행했다. 북송 중엽 이후 宋왕조는 날로 弱化一路 속에 있었기 때문에 蜀漢의 勇將으로 强敵을 두려워않는 정신과 關羽 자신의 勇武·忠義의 특질은 통치자의 심리적 요구에 부합하였던 것이다.

송대 제왕 중 관우에 대한 追封에 가장 적극적인 인물은 북송 9대 徽宗(재위 1100~1125)이었다. 그는 재위 기간 중 무려 5차에 걸쳐 관우에 대한 追封을 시행했다. 그는 북방에서 거란족인 遼와 여진족인 金이 세력을 떨쳐 압박해오자 崇寧 1年(1102) 관우를 '忠惠公'에 봉하였다. 이는 관우가 '侯'에서 '公'으로 격상된 첫 번째 예다. 강력한 도교 신봉자였던 휘종은 崇寧 3年(1104) 正一派 도사들의 건의에 따라 관우에게 '崇寧眞君'의 시호를 추증했다.[38)] 즉, 관우가 解州 鹽池에서 백성과 나라를 위해 요괴를 물리치고 재앙을 없애주었다는 주장에 부응한 것이다. 崇寧 4年(1105)에는 '崇寧至道眞君'으로 고쳐 부

---

37) 이 외에 南宋 때 南壽가 지은 「紹興重修廟記」에서도 관우가 유비에 대해 가졌던 "忠義大節"을 전쟁터에서의 용맹보다 더 중요하게 평가하고 있다. 郭素媛, 「關羽崇拜與關羽形象的演變及詮釋」, 『齊魯師範學院學報』 第27卷 第5期, 2012.10, 152쪽.

38) 盧曉衡 主編, 『關羽關公和關聖』, 北京: 社會科學文獻出版社, 2002, 82쪽 ; 李瀷, 『星湖僿說』 제9권 「關王廟」.

르고, 大觀 2年(1108)에는 '武安王'으로 봉해 '公'에서 다시 '王'으로 격상시켰다.[39] 宣和 5年(1123)에는 '義勇武安王'으로 봉하면서, 드디어 武成王 강태공의 신분을 능가하게 되었다.[40]

南宋代에도 關羽 追封은 이어졌다. 1대 高宗은 建炎 2年(1128)과 建炎 3年에 각각 '壯穆義勇王', '壯繆義勇武安王'을 봉했으며, 2대 孝宗은 淳熙 4年(1177)에 '英濟王'을, 淳熙 14年(1187)에 '壯穆義勇武安英濟王'에 봉했다.[41] 통치자의 關羽 追封은 일반 백성들의 신앙 대상인 관우를 숭앙함으로써 백성과의 일체감을 강조하는 한편, 관우의 유비에 대한 충성심과 의리를 백성들이 본받기를 바라는 희망사항이었다.[42]

송의 뒤를 이은 金과 元은 기본적으로 漢族의 종교를 수용하여 정책에 응용했다. 특히 몽골족 정권인 원나라 조정은 정책적 차원에서 관우 신앙을 확대시켰다. 즉, 원의 통치자들은 漢族을 원활하게 통치하고 교화하기 위해 몰락한 宋의 귀족이나 유력자들의 협조를 구해야 했고, 이런 맥락에서 宋代 護國神으로 추봉된 관우를 수용했다. 그리고 관우 신앙은 피지배계층의 새로운 왕조에 대한 충성심을 고양하기 위한 방편으로서도 유용했기 때문에 전국적으로 장려되었다. 그 결과 관왕묘가 도시를 중심으로 중국 곳곳에 설립되었고, 관제신앙에 대한 책이 간행되기 시작했다.

---

39) [淸]徐松 撰, 『宋會要輯稿』, 「禮之二十」.

40) 盧曉衡 主編, 앞의 책, 82쪽.

41) 盧曉衡 主編, 위의 책, 2002, 195쪽.

42) 유상규, 「韓·中 關帝信仰의 史的 展開와 傳承 樣相」, 高麗大學校 석사학위논문, 2011, 15쪽.

다음은 元代 관우 祠祀의 상황을 엿볼 수 있는 자료다.

　(관우는) 解梁人으로 琢郡에서 義擧하였고, 徐充에서 戰爭을 했으며, 冀豫로 달아났고, 江淮에서 공을 세웠다가, 荊楚에서 죽었다. 그 英靈하고 義烈함이 天下에 퍼졌기에 사당에서 제사를 지낸다. 福善禍惡하는 神威가 빛나시니 사람들이 모두 敬畏한다. 燕趙荊楚 지방에서 더욱 돈독하되, 郡國州縣과 鄕邑間井에 모두 사당이 있다. 夏5月13日, 秋9月13日은 큰 제사를 지냈다. 儀仗을 整盛하게 하고, 旌甲과 旗鼓를 세우고, 長刀와 적토마를 생전처럼 엄숙하게 마련한다. 천년 뒤에 仰慕하길 지금과 같이 할 것이니, 하물며 漢季의 遺民들은 말해무엇하겠는가!

　(解梁人, 起義於琢郡, 戰爭於徐充, 奔走於冀豫, 立功於江淮, 而殘於荊楚. 其英靈義烈遍天下, 故在所廟祀, 福善禍惡, 神威赫然, 人咸畏而敬之, 而燕趙荊楚爲尤篤, 郡國州縣、鄕邑間井皆有廟. 夏五月十三日, 秋九月十有三日, 則大爲祁賽, 整仗盛儀, 旌甲旗鼓, 長刀赤驥, 儼如王生. 千載之下, 景仰向慕, 而猶如是, 況漢季之遺民乎)[43]

元代 문인 郝經이 蒙古 海迷失後 元年己酉(1249)에 쓴 「漢義勇武安王廟碑」의 내용이다. 관우의 英靈과 義烈이 천하에 퍼져 전국의 마을에 모두 그의 사당이 있었다.[44] 이는 宋代보다 진전된 모습인 것

43) 郝經 著, 『郝文忠公陵川文集』卷33, 太原: 山西古籍出版社, 2006.
44) 이 외에도 析津의 關廟 상황뿐만 아니라 당시 城隍堂의 종교 활동을 기록하고 있는 자료가 있다. 그 중에서 관우는 監壇之神을 맡았다. 당시 관우 숭배에 대한 민속을 엿볼 수 있다. 熊夢祥 著, 『析津志』, 「祠廟‧儀祭」, 北京: 北京古籍出版社, 1983, 57쪽. "…武安王廟, 南北二城約有卄餘處, 有碑者四. 一在故城彰義門內黑樓子街, 有碑. 自我元奉世祖皇帝詔, 每月支與馬匹草料, 月計若幹, 至今有怯薛寵敬之甚. 國朝常到二月望, 作遊皇城建佛會, 須令王監壇. 一在北城羊市角北街西, 有碑二, 記其靈著. 一在太醫院

은 분명하다.

元代에는 관우와 관련해서 주목할 만한 저술이 등장한다. 바로 胡琦[45])의 『關王事跡』이다.[46]) 이것은 『玉泉寺志』에 저술 동기가 간략히 소개되어 있다. 元 仁宗 延祐 3年(1316) 봄, 山西 太原平遙 梁轍(字 仲祿)이 當陽의 책임자가 되어 왔다가 胡琦의 명성을 듣고 연회에 초대했다. 그 자리에서 자신의 선조 瓊公이 關聖 顯靈의 도움을 받아 적을 물리친 이야기를 들려주자, 胡琦가 감동해서 『關王事跡』을 지었다는 것이다.

『關王事跡』은 일종의 종교적인 성격을 가진 저술이다. 관우 生前의 事跡과 死後의 顯靈 기록, 그리고 역대 關王 封祀와 廟記와 碑記를 바탕으로 지어졌다. 실로 明淸代 關羽 聖跡 書籍의 원천이 되는 책이다. 胡琦가 이 책을 編撰한 것은 관우의 義勇忠節을 사모하고, 허탄한 얘기라고 묻혀버리는 것을 안타깝게 여겨서라고 했다.[47]) 이처럼 관우는 南宋 사회 동요 시기로부터, 그 忠勇精神으로 인해 여러 神 가운데 발탁되어, 民族氣節과 精神의 대표가 되었다. 더욱이 宋나라 遺民들의 심리상태에 부합되었다.

前, 揭曼碩有記."

45) 저자 胡琦에 대해서는 『玉泉寺志』・『列傳』에 보인다. 『玉泉寺志』, 當陽玉泉寺, 2014. "胡琦, 字漳濱, 當陽人也, 系宋胡安國之云(疑誤), 仍『荊志』安國有宅在北門外新店, 宋末廢落, 元詔復其家. 琦因奉文定, 祀居當陽之漳濱鄉, 故號漳濱也. 克守家訓, 不樂仕進. 州郡征辟者, 皆不就. 延祐三年春, 山西太原平遙梁公轍字仲祿者, 宰當陽, 幕琦名, 延之, 乃館於琴堂, 公言其先祖瓊公蒙關聖顯靈平武仙賊, 琦感於心, 乃撰『關王事跡』, 後以壽老於家."

46) 胡琦 撰, 『關王事跡』, 北京: 文物出版社, 2000.

47) 劉海燕, 앞의 논문, 39쪽.

한편 원대 제왕의 추봉은 별로 이루어진 것이 없다. 8대 文宗이 天曆元年(1328)에 내린 '顯靈義勇武安英濟王'[48]이 전부이다. 이에 반해 民間에서의 칭호는 아주 인상적이다. 「武安王封號石刻」(1331)[49]과 「關廟詔」(1353)[50]에 의하면, 일반 백성들은 관우에게 "效封齊天護國大將軍 檢校尚書 守管淮南節度使 兼山東河北四門關鎮受招討使 兼提調遍天下諸宮神殺無地分巡案 管中書門下平章政事 開府儀同三司 紫金光祿大夫 駕前都統軍 無佞侯 壯穆義勇武安英濟王 護國崇寧眞君"라는 긴 벼슬 稱號를 붙였다.

이 외에도 元代에 이미 關帝라는 호칭을 사용했음을 짐작하게 하는 흥미로운 자료가 있다. 淸代 吳仰賢은 『小匏庵詩話』를 집필하면서 元代 시인 張憲의 시를 인용했다. 그 시에는 "張侯生冀北, 關帝出河東."라는 구절이 있다.[51] 관우를 이미 關帝라고 칭하고 있는 것이다. 일반적으로 관우가 '王'에서 '帝'로 격상된 시점은 明나라 神宗으로부터 '協天護國忠義大帝'를 봉호로 받은 萬曆 18年(1590)으로 알려져 있다. 明代에 가서야 본격적인 關帝信仰이 시작된 것으로 보는 견해가 많다. 元代의 공식문헌에서 關羽에게 帝의 봉호를 내렸다는 기록을 찾을 수 없는 상태인 만큼 사대부와 민간에서 그리했으리라는 추측만 할 뿐이다.

---

48) 劉海燕, 위의 논문, 36쪽. "加封漢將軍關羽爲顯靈義勇武安英濟王, 遣使祠其廟"

49) 沈濤 撰, 『常山貞石志』卷20, 「武安王封號石刻」, 『歷代碑志叢書』第2冊, 江蘇古籍出版社, 1998, 13523쪽.

50) 胡聘之 撰, 『山右石刻叢編』卷38, 「關廟詔」, 『石刻史料新編』第20~21冊, 台灣: 新文豐出版公司, 1982, 15825쪽.

51) 王齊洲, 「論關羽崇拜」, 『天津社會科學』1995年6期, 81쪽.

4. 明·淸時代
: '王'에서 '帝'로, 다시 武廟의 主神으로 등극

明代는 관우 이미지가 질적인 변화를 겪은 시기다. 隋·唐의 시작기를 출발로 宋·元의 형성기를 거치면서 관우는 이미 일개 武將에서 神靈으로 변해갔다. 이제 세상의 아녀자들이나 아이들조차도 모두 알고 기원하는 至高의 절대 대상으로 업그레이드가 된 것이다. 더군다나 明初부터 중대 군사 활동 중에는 관우의 陰助가 핵심 요소로 자리 잡고 있었다. 즉 죽은 관우가 陰德을 베풀기 시작한다는 의미이다. 예를 들면, 太祖 朱元璋과 陳友諒이 鄱陽湖 전투에서 위기에 처했을 때 關王의 도움을 받은 것52)이나, 3대 成祖 朱棣가 本雅失理를 정벌할 때 관우 陰兵의 도움으로 北征에 성공한 것53)이 그 좋은 예다.

사실 明代 관우 숭배의 전체 방향을 결정지은 것은 太祖 朱元璋이었다. 朱元璋은 농민 봉기의 영수로서, 蒙古人의 통치를 뒤집고 한족 정권의 건립을 자기의 임무로 삼았다. 그는 元代의 제도를 "오랑캐제도(胡制)"로 보았다. 그리하여 건국 이래 儒敎的 原理主義 관념에서

---

52) 劉錦藻 撰, 『淸朝續文獻通考』, 台北:新興書局, 1959. "太祖高皇帝平定天下, 兵戈所向, 神(關羽)陰佑爲多, 及定鼎金陵, 乃於雞鳴山建廟以崇祀, 載在祀典." ;『關帝事跡征信編』卷14, 『靈異』. "明太祖旣定天下, 將建廟於雞鳴山以事神, 夜夢關羽以鄱陽助戰論功, 明日遂勅工部建廟於雞鳴山, 特賜英靈坊以表之." 이 외에도 한국 측 기록으로는 다음 자료가 있다. 李瀷, 『星湖僿說』 제9권, 「關王廟」, 민족문화추진위원회, 1974, 56쪽 ; 許篈, 「勅建顯靈關王廟碑」, 金昌鎬 著, 『海東聖蹟誌』卷2, 『藝文考』.

53) 俞憲 纂, 『獲鹿縣志』卷4, 『祀典』, 天一閣藏明代方志選刊續編本. "餘嘗遍遊齊魯燕趙,又西過太行, 涉晉代關隴之墟. 父老往往言, 時遇邊徼■患, 矢石交下, 煙沙茫茫, 或風雨震淩, 我軍危急, 將士心悼■愕, 衆口歡祝, 卽在空中若見侯靈旗羽蓋, 神光閃爍. 俄頃, 虜遂驚潰以去."

출발한 대규모 禮制 개혁을 단행했다. 朱元璋은 각지에 칙명을 내려 歷代 帝王의 陵寢과 관련된 정황을 중앙에 보고하게 했다. 이를 바탕으로 洪武 3年(1370) 6月, 朱元璋은 원리주의 색채가 충만한 '神號改正詔'을 반포했다.

歷代 忠臣과 烈士는 당시 처음 봉해진 것을 實號로 삼되, 후세에 지나치게 찬미된 칭호는 모두 革去한다. 오직 孔子처럼 先王을 밝힌 중요한 道는 天下의 스승으로 삼아 후세를 구제케 한다. 한 지역 한 때에 공이 있는 자로 따를 만하지 않으면 모든 封爵은 마땅히 옛것으로 돌아가되, 神人之際는 명분이 정당하고 말이 사리에 맞게 하고, 이치에 맞춰 바루어 짐이 예로 귀신을 섬기는 뜻에 걸맞게 하라.

(歷代忠臣、烈士, 亦依當時初封以爲實號, 後世溢美之稱, 皆宜革去. 惟孔子善明先王之要道, 爲天下師, 以濟後世, 非有功於一方一時者可比, 所有封爵, 宜仍其舊, 庶幾神人之際, 名正言順, 於理爲正, 用稱朕以禮事神之意)[54]

즉, 太祖는 宋元代에 하사한 公과 王의 봉호는 모두 혁파하는 것뿐만 아니라 대대로 내려온 "溢美之稱"을 버리게 했다. 이 과정에서 "이치에 맞춰 祀典을 바로잡는다(厘正祀典)"는 기준과 관련하여 孔子를 제외하곤[55] 唐宋 이후로 수여받은 神靈封號는 모두 폐지되었다. 이때 關羽廟의 本稱도 그가 生前에 漢獻帝로부터 수여받은 '漢壽亭侯'라는 封號에서 따온 '(漢前將軍)壽亭侯廟'로 격하되었다.[56] 하지만 洪

---

54) 『皇明詔令』卷1, 「初正山川並諸神祇封號詔」. 朱海濱, 「國家武神關羽明初興起考 — 從薑子牙到關羽」, 『中國社會經濟史研究』, 2011年1期, 88쪽.

55) 孔子의 "大成至聖文宣王"이란 號도 嘉靖年間(世宗1522~1566) 실시된 禮制改革 중 결국 폐지된다.

56) 기존의 많은 논의에서 태조가 격하시켜 다시 내린 관우의 봉호를 '漢壽亭侯'

武 3年은 전국이 아직 통일되지 않았던 때라 여기저기서 국지전이 끊임없이 진행되고 있었다. 그러기에 兵家의 사기를 고려해 그들이 섬기는 武成王 祭祀와 그 봉호는 곧장 폐할 수 없었다.57)

洪武 21年(1388), 朱元璋은 역대 제왕묘의 從祀 제도에 대해 진일보된 정리와 확충을 시도했다.

> 처음 歷代名臣 중 終始 全節한 자 37인을 兩廡에 從祀하고 四壇으로 진열했다.…太公望은 從祀됨으로써 자신의 옛 사당과 武成王이란 봉호를 잃었다.
>
> (始定歷代名臣終始全節者三十七人從祀兩廡, 列爲四壇.…而太公望以從祀, 罷其故廟及武成王號)58)

라고 하는데, 실상은 '壽亭侯'가 맞다. 이후 제11대 世宗 嘉靖 10年(1531)에 이르면, 南京 太常寺 少卿 黃芳의 건의에 의해 明初에 내린 '壽亭侯' 봉호를 '漢壽亭侯'로 개정한다는 기록이 나온다. 그는 "漢壽는 犍爲(四川)에 있는 縣名이며, 漢壽는 封邑이고, 亭侯는 봉작의 통칭 작위이기에 '漢壽亭侯'가 맞다"고 주장했다. 이에 淸代의 고증학자 趙翼은 『陔餘叢考』(北京: 中華書局, 2006)에서 關羽를 봉한 "漢壽"는 四川 犍爲가 아니라 湖北 武陵이라 수정했다. 田藝衡, 『留靑日劄』卷10,「漢壽亭」. "臣考之前少詹事程敏政言, 漢壽, 縣名, 在犍爲. 史稱'費遇害於漢壽'. 唐詩亦有句曰'漢壽城邊野草春'. 是漢壽者, 封邑; 亭侯者, 爵也. 今『大明會典』亦只稱'壽亭侯', 去'漢', 而以'壽亭'爲封邑, 誤矣. 嘉靖十年八月, 家大夫在禮部覆議云: "按『後漢書』建安四年, 先主劉備遣司馬關羽行徐州太守事. 五年曹操東伐擒羽歸, 袁紹遣其將顏良攻東郡, 羽刺良於萬衆之中, 操表羽爲漢壽亭侯."『三國志·勸進表』: "漢壽亭侯關羽, 新亭侯張飛." 觀此, 則亭侯爲封爵之通稱, 而漢壽爲封邑無疑. 蓋漢壽在犍爲郡, 即今敘州府也, 後世訛爲'漢'爲國號, 而以'壽亭'爲封邑, 『會典』未之厘正也."

57) 『明史』卷50, 『禮四歷代帝王廟』, 北京: 中華書局, 1974, 1293쪽. "初太公望有武成王廟, 嘗遣官致祭如釋奠儀."

58) 夏元吉 監修, 『明太祖實錄』卷231, 洪武21年(1388)조, 台北: 中央研究院歷

太公望의 "武成王"이란 封號는 唐 肅宗이 수여한 봉호이다. 이를 계속 채용한다면 洪武 3年의 "神號改正詔"에 어긋나는 것이었다. 게다가 이는 周나라 武王와 같은 王號를 누리는 것으로, 君臣의 예에도 어긋났다. 이에 朱元璋은 강경한 조치를 발효하여 太公望의 專廟를 버리고, 王號도 버렸으며, 太公望을 周武王에 從臣從祀하게 했다. 朱元璋의 이런 조치는 '국가 祀典의 제도화'를 통해 전통 윤리 준칙과 군주 전제주의를 확립하려는 '神號改正詔' 본래의 취지에 부합하는 것이었다. 한편 기준에 부합하는 37位를 선별하여 中央에서 때를 정해 관원을 보내 제사를 지내, 明朝가 正統性을 계승한 왕조임을 천명했다. 이 외에는 모두 '淫祠'로 규정하는 '禁淫祠制'를 발표했다.

그렇지만 태조의 과감한 禮制 개혁은 洪武 27年(1394)에 변화가 생겼다. 南京에 역대 帝王, 功臣들의 묘와 함께 關羽 사당을 세운 것이다. 관우 신앙에서 廟宇는 특수한 문화 매개체로서의 기능을 갖고 있다. 그곳은 중세 일반 백성들의 높은 文盲率과 불편한 交通, 그리고 폐쇄적 정보 사회 속에서 관우 신앙에 대한 강력한 傳播와 강화를 담당해왔다.[59] 중국 역대 中央王朝 중 수도에 關羽 專廟를 세운 것은 이때가 처음이었다.[60]

> 이 달 漢壽亭侯 關羽廟를 (南京)雞鳴山 남쪽에 세웠다. 舊廟는 玄津橋 서쪽에 있는데, 이때 새로 지었다. 歷代 帝王과 功臣과 城隍廟를 나란히 하고는 통칭 十廟라고 했다.

史語言硏究所, 1964.

59) 趙世瑜, 『狂歡與日常-明淸以來的廟會與民間社會』, 北京: 三聯書店, 2002, 58·75·86·87쪽.

60) 朱海濱, 『祭祀政策與民間信仰變遷』, 上海: 復旦大學出版社, 2008, 31쪽.

(是月建漢壽亭侯關羽廟於雞鳴山之陽。舊廟在玄津橋西，至是改
作焉，與歷代帝王及功臣、城隍廟並列，通稱十廟云)[61]

관우가 처음으로 國家級 祀典에 독립된 지위로 들어감으로써 각종
祭典도 거기에 맞춰 진행되었다.

漢前將軍壽亭侯 關公廟은 孟月과 歲暮에 應天府 관원을 보내 제사
하게 하고, 5月13日에는 또 南京 太常寺의 관원을 보내 제사하게 했다.
(前將軍壽亭侯關公廟: 四孟、歲暮遣應天府官祭, 五月十三日又遣
南京太常寺官祭)[62]

祠廟와 祭祀를 중앙 관리하는 전문기구인 太常寺의 官員이 직접
關廟의 제사를 지냈다. 5月13日은 民間에서 關羽 탄신일로 기억되는
날이다. 여기다 1월・4월・7월・10월, 그리고 歲暮, 총6회 제사였다. 이
는 十廟 중에서 가장 많은 횟수이다. 특히 關羽廟는 祀典상으로 비록
"小祀"에 속했지만,[63] 5月13日에 한해서는 太常寺 官員이 한번 제사
를 지냈으며, 그 祭品은 "太牢"를 사용했다.[64] 이후에도 洪武年間

---

61) 『明太祖實錄』卷231, 洪武 27年(1394)春正月條.

62) 徐溥 撰, 李東陽 重修, 『明會典』卷85, 『合祀神祇』(『影印文淵閣四庫全書』
617冊, 台北: 商務印書館, 1986, 801쪽).

63) 명대의 국가사전 체계는 圓丘・方澤(地神에게 제사지내던 제단)・祈穀・太
廟・社稷 등에 제사지내는 大祀・天神・地祇・太歲・朝日・夕月・역대제왕・
先師・先農・先蠶 등에 제사지내는 中祀・先醫・關帝・文昌・북극성 등을
비롯한 30여 종의 신에 제사지내는 群祀로 나뉜다. 관묘 제사는 여기서 群祀,
즉 小祀에 해당했다.(張志江, 『關公』, 中國社會出版社, 2008, 176~177쪽).
흥미로운 점은 명나라에서는 小祀로 관우를 받들었지만 조선시대 영조는 小
祀로 받들다가 정조 이후에는 中祀로 격상하여 받들었다.

64) 太牢에는 제사 때마다 소 한 마리, 양 한 마리, 돼지 한 마리, 과일 5종류,

(1368~1398) 朱元璋은 南京에 모두 14座의 祠廟를 세워 중앙 직속 祭祀 官廟로 삼았다. 물론 이 속에 漢前將軍壽亭侯廟가 포함되었다.

그러면 그 이유는 무엇이었을까? 결국 태조도 건국 초 권력이 어느 정도 안정되자 이어 관우의 이용 가치를 확인한 것이다. 즉, 關羽는 명나라 통치의 보조 도구로서 "聖化의 不足한 부분을 보충하고", "王化를 暗助"[65]하는데 사용되었다. 그가 가진 정통 왕조에 대한 충성심은 臣民에게 盡忠의 본보기가 되었기 때문이다.

이러한 상황은 계속 이어졌다. 태조의 뒤를 이어 3대 太宗은 자신이 '靖難의 변'을 일으켜 政權을 탈취한지라 절대적 권위로부터 정통성을 인정받을 필요가 있었다. 그래서 靖難 중에 관우의 保佑를 받았음을 강조하고, 永樂 1年(1403) 宛平縣 東쪽에 관우를 위해 廟宇를 지었다.[66] 그리고 永樂 19年(1421), 北京으로 천도한 뒤에도 남경 十廟의 예를 따라 북경에도 유사한 제도를 세우고 關帝廟를 포함한 중앙 직속 祠廟를 세웠다.[67]

明代 關羽 神格化의 획기적인 계기는 13대 神宗 때라고 할 수 있다. 明代는 永樂(成祖1403~1424)·成化(憲宗1464~1487)·嘉靖(世宗1521~1567) 3대 연간에 걸쳐 정치적 부패, 몽골·왜구의 침입, 소수민

비단 1종류를 제수로 썼는데 가장 크고 중요한 제사를 말한다. 朱海濱, 앞의 논문, 86쪽.

65) 朱國禎, 『湧幢小品』卷20, 「關雲長」. "以補聖化之不足", "暗助王化"

66) 太宗代에는 단순히 제사를 잇는 데서 벗어나 특별히 龍鳳黃旗 하나를 내려 尊崇을 표시하는가 하면, 매년 正旦, 冬至, 朔望 등 明初 6차에서 25次를 넘겨 지내기도 했다. 『古今圖書集成』卷37, 『關聖帝君部』. "每歲致祭", "特頒龍鳳黃旗一, 揭竿豎之", "每歲正旦·冬至·朔望", "香燭等儀, 具有恒品".

67) 孫承澤 撰, 『天府廣記』卷9, 「漢壽亭侯廟」, 北京古籍出版社, 1984, 101쪽. "廟祭於京師"

족의 반란과 농민봉기 등이 겹치며 고난의 시간을 겪고 있었다. 특히 神宗 萬曆 10年(1582), 張居正(1525~1582)의 改革이 실패로 끝나며 국력은 극도로 쇠망해졌고, 민족 모순은 더욱 첨예화되어 통치 위기 상황으로 내몰리게 되었다. 이에 神宗은 국가기구를 운용한 "法制"를 실시하는 한편 神力을 이용하여 백성들의 투쟁심을 마비시키는 "心治"를 단행했다. 關羽는 "心治"의 과정으로 새로운 봉호의 하사와 함께 神格化되어 통치에 적극적으로 이용되었다.[68]

神宗은 萬曆 18年(1590), 江淮 治水에 功이 있다하여 관우에게 '協天護國忠義大帝'라는 尊號를 내리고, 특별히 帝王의 면류관을 하사했다.[69] 이는 관우가 '王'에서 다시 '帝'로 격상된 것으로, 본격적인 關帝信仰의 시작이었다. 萬曆 후반에 이르면 명나라는 상하 신분제가 해체되는 등 심각한 위기에 놓였다. 이에 통치계급이 개선책으로 내세운 것은 바로 關羽 神靈에게 나라의 운명을 맡기는 것이었다. 萬曆 42年(1614) 10月 11日이 되면 재차 加封하여 天地人 三界를 다스리는 '三界伏魔大帝神威遠震天尊關聖帝君'이라는 최고의 神格으로 격상시킨다.[70] 이를 계기로 마침내 관우는 강태공을 대신하여 武廟의 主神이 됨으로써 文聖인 공자와 어깨를 나란히 하는 武聖으로 文武

---

68) 文廷海, 「論明淸時代"關羽現象"的演變和發展」, 中國 『四川師範學院學報(哲學社會科學版)』 第6期, 1999.11, 32쪽.

69) 陳夢雷 編, 『古今圖書集成』卷37 『關聖帝君部』, 北京: 中華書局, 1934.

70) 하지만 신하들의 논란이 있어 실제로는 熹宗 天啓 4年(1624) 7月, 太常寺 題請을 거쳐 정식 정부의 인가를 받게 되었다. 劉侗, 『帝京景物略』卷3, 「關帝廟」, 北京: 故宮出版社, 2013. "萬曆四十二年十月十一日, 司禮監太監李恩齎捧九旒冠、玉帶、龍袍、金牌, 牌書救封三界伏魔大帝神威遠鎭天尊關聖帝君, 於正陽門祠, 建醮三日, 頒知天下. 然太常祭祀, 則仍舊稱. … 天啓四年七月, 禮部覆題得旨, 祭始稱帝."

二聖 숭배의 대상이 되었다.[71] 이후로 관우는 關聖帝君이라 불리게 되었다.

명의 마지막 황제 毅宗은 지속적인 농민 봉기와 東北 後金의 침범을 당하자 더욱 天兵天將의 도움, 즉 關帝의 再世를 꿈꿨다. 하지만 명나라는 끝내 關帝의 陰佑를 받지 못한 채 왕조의 막을 내리고 말았다. 비록 淸代에 기술되긴 했지만, 朱梅叔(1795~?)의 『埋憂續集』[72]과 顧公燮의 『丹午筆記』[73]에 실린 이야기는 명대 통치자의 어리석은 말로를 잘 보여주고 있다.

淸代는 북방 이민족인 滿族에 의해 중원이 지배되었던 시대이다. 청대 초기 滿族은 명 왕조의 정치·경제·문화적 영향권 내에서 왕조를 수립한 나라였다. 때문에 北京으로 천도하기 이전부터 이미 관공을 숭배하고 있었다. 관우는 유교적인 忠臣으로서 武神의 위엄을 갖추었기에 국가 변경 방어의 상징으로 숭상 되었다. 동시에 義勇의 절개로 지역과 개인을 보호하는 守護神으로 숭배되었다. 청의 통치자들은 명 왕조와 마찬가지로 관우의 '忠義' 정신을 선양하여 청 왕조에 충성하는 신하로 부각시켰다.[74]

---

71) 蔡東洲·文廷海, 앞의 책, 169쪽.

72) 朱梅叔, 『埋憂續集』卷1, 『乩書』. "崇禎時, 宮中每年或召仙, 或招將, 叩以來歲事, 無弗應者. 以前一召即至, 至是久不至. 良久, 玄帝下臨, 乩批云: '將俱已降生人間, 無可應召者.' 上再拜, 叩以天將降生意欲何爲? 尚有未生者否? 批云:'惟漢壽亭侯受明深厚, 不肯降生.' 批畢寂然, 再叩不應矣."

73) 顧公燮, 『丹午筆記』. "崇禎末年, '寇'信急. 帝請關公降乩, 判曰:妖魔甚多, 不可爲矣."

74) 한편 滿族은 몽골의 협조를 구하기 위해 자신을 유비에, 몽골을 관우에 비유하는 등 관우를 정치적으로 이용하기도 했다. 구은아, 「중국의 關公信仰 고찰-관공신앙의 역사적 전개와 현대 관공문화를 중심으로」, 『동북아문화연구』30, 2012.3, 245쪽.

伏魔呵께서 우리나라를 보호하여 靈異가 지극히 많으셔서 國初에 '關瑪法'이라 칭했다. '瑪法'은 國語로 '祖'이란 말이다.

(伏魔呵護我朝, 靈異極多, 國初稱爲'關瑪法'. '瑪法'者, 國語謂 '祖'之稱也)[75]

여기서 伏魔는 관우의 봉호 '三界伏魔大帝神威遠震天尊關聖帝君'을 말하는 것으로, 만족이 관우를 별도로 國祖神으로 숭상하고 있었을 보여준다. 중원으로 들어간 뒤 청나라 정부는 명의 歲祭 關廟 풍습을 따랐다. 順治 1年(1644), 關帝에 제사 지내는 예를 정하고, 地安門 宛平縣에 關廟를 重修했다. 그 규모와 법제가 확대되어 三門正殿에다 後殿은 5間을 짓고, 담 둘레도 60丈에 달했다. 붉은 색 기둥에 五彩로 棟梁을 짓는 등 지극히 화려해졌다.[76] 제사 규정은 해마다 5月13日 太常寺 堂上官을 보내 致祭하게 하는 것이었으니 明代와 비슷한 셈이었다.

淸代 통치자들은 중원에 들어간 뒤 전국적 통일을 완성하고 전 백성의 복종을 위해 다시금 관우의 加封을 시도했다. 順治 9年(1652) 4月, 3대 世祖는 관우를 '忠義神武關聖大帝'에 봉했다. 여기서 '忠義'는 전국의 백성들이 청나라 왕조에 忠順하라는 뜻이 담겨 있으며, '大帝'는 생전에 보여준 관우의 강력한 武功을 고려해 明末의 '帝君'에서 격상된 칭호다.

그 뒤에도 제5대 世宗이 관우 先代를 孔子의 예에 따라 追封하는가 하면[77], 京城 白馬關帝廟를 重修한 뒤 祭儀를 제정[78]하였다. 제6

---

75) 姚元之 撰, 『竹葉亭雜記』卷3, 北京: 中華書局, 2007.

76) 文廷海, 앞의 논문, 33쪽.

77) 『淸文獻通考』卷105, 『群祀一』. "追封 關帝 曾祖父 光昭公, 祖 裕昌公、父 成忠公…授爲世襲五經博士, 以奉祀事."

대 高宗 乾隆帝에 와서도 關帝와 三代에 대한 祭典은 계속적으로 발전했다. 고종은 乾隆 25年(1760)에 올린 禮部의 주청[79]을 받아들여 乾隆 33年(1768), 원래 시호를 바꾸어 "神勇"으로 삼고, "靈佑"라는 봉호를 하사하여 表彰했다. 하지만 실상을 보면, 당시의 군사적 상황이 고려된 정치적 행위였음을 알 수 있다.

당시 서역 新疆에서는 准部 阿睦爾撒納과 回部 大小와 卓木이 앞뒤로 일으킨 반란이 있었다. 청나라 조정은 급히 新疆에 파병하여 힘든 전투 끝내 난을 평정했다. 조정의 통치자들은 이 반란 평정을 정권 옹호의 기회로 삼아 關帝의 도움을 선전했다. 이에 關帝의 封號는 '忠義神武靈佑關聖大帝' 10자에 달했다. 비단 封號를 하사한 것만이 아니라 "地安門 밖 關帝廟 正殿과 大門의 瓦色을 純黃琉璃로 바꾸었다."[80] 중국에서 黃色은 帝王의 전용색이며, 유리기와는 帝王의 殿宇에서만 사용할 수 있는 재질이다. 이렇게 신격화된 關帝가 청 황실을 위해 顯靈助戰한다는 것은 일반 백성의 반항을 진압하는 위협의 도구가 되었다.

이후 청대의 황제들은 농민 봉기와 지역 반란을 평정할 때마다 關

---

78) 雍正 5年(1727)의 일로, 이때의 제의는 淸初에 비해 자세하고 規範的이었다. 매년 春秋 季月과 5月13日 3차례 致祭하게 했다 祭品은 前殿은 太牢와 尊爵과 같이하고, 後殿은 少牢와 尊爵과 같이 하고, 官員은 前殿에 大臣 1人을 보내 承祭하고, 後殿에 太常寺 堂上官을 보내 承祭하고, 行禮는 前殿에 三跪九叩를 행하고, 後殿에 二跪六叩를 행했다. 文廷海, 「앞의 논문, 33~34쪽.

79) 『淸高宗實錄』卷806, 中華書局, 1986. "關帝原諡壯繆, 實與功德未符. 順治九年加忠義神武之號, 名稱雖盛, 諡法未更, 今際武成大告, 式荷神庥, 請加更正."

80) 王傑修 撰, 『欽定大淸會典事例』卷438, 北京: 中國藏學出版社, 1991. "近於西師之役, 複昭蒙佑順", "地安門外關帝廟正殿及大門, 瓦色改用純黃琉璃."

帝에게 가봉하는 행위를 반복했다.[81] 그중 흥미로운 것으로 9대 文宗과 11대 德宗의 경우를 들 수 있다. 문종은 咸豊 7年(1857) 7月, "萬世人極"이란 편액을 親書하여 전국각지 關廟에 걸게 했다. 이 4字는 關帝 忠義精神의 내용을 함축하고 있는 말이다. "萬歲토록 人極이다"는 뜻이다. 여기서 '人極'은 일반적으로 '太極'과 비교되는 말로 周敦頤의 「太極圖說」가운데서 나온다. 太極을 우주만물의 최고의 準則이라 한다면 人極은 인간으로서 최고의 준칙이 된 사람, 즉 聖人을 말한다. "영원한 성인"이란 뜻이다. 이는 통치자가 관우에게 준 최고의 평가라고 할 수 있다. 또 이는 전국 臣民에 대한 문종의 윤리적 기대치를 반영한 것이다.

그 후 또 德宗은 光緒 5年(1879), 神靈이 顯應했다는 이유로 山西省 永濟縣 關帝廟에 "祈年大有"이란 匾額을 내려주고, '宣德'을 加封한다. 여기서 "祈年"은 풍년을 기원한다는 뜻이고, "大有"[82]는 "火天大有卦, 乾下离上"의 易卦의 이름으로 역시 풍년이란 뜻이다. 즉, 한 해의 풍년을 의미하는 문구다. 이에 관우의 封號가 늘어나 26자에 이르게 되었다. 덕종의 加封은 그 주제가 비바람이 고르고 해마다 풍년이 들기를 빌고, 이를 통해 군주의 威德이 宣揚되기를 기원하는 등 그 의미가 다채로워졌음을 의미한다.

---

81) 7대 仁宗은 嘉慶 18年(1813), 白蓮教의 일파인 天理教 농민봉기를 진압했다하여 '忠義神武靈佑仁勇關聖大帝'로 봉했으며, 8대 宣宗은 道光 8年(1828), 新疆 張格爾의 난을 평정했다하여 '忠義神武靈佑仁勇威顯關聖大帝'로 봉했으며, 9대 文宗은 咸豊 7年(1857), 太平軍을 막고서 '忠義神武靈祐神勇護國保民精誠綏靖關聖大帝'로 봉했다. 급기야 德宗 光緒 5年(1879)에 이르면 '忠義神武靈祐神勇威顯護國保民精誠綏靖翊贊宣德關聖大帝'라는 26자 시호 등장하기도 한다. 구은아, 앞의 논문, 245~246쪽.

82) 전관수, 『한시어사전』, 국학자료원, 2007, 48쪽.

이런 정치적 배려를 통해 關帝信仰과 關帝廟는 최전성기를 구가하였다. 이른바 "天下關帝廟, 奚啻一萬餘處'說[83]이다. 淸代 中期에 이르면 北京 성내 關帝廟는 116개로 孔廟를 초과했으며, 전국적으로는 30여 만 개에 달해 3000여 개의 孔廟를 크게 앞질렀다.

> 매년 4월 8일은 關帝가 봉호를 받은 날로, 遠近의 男女가 모두 羊豕를 잡고, 북을 치고 깃발을 흔들며, 徘優와 巫現들이 춤을 추고 악기를 연주했다. 秦·晉·燕·齊·汴·衛땅 사람들이 어깨를 부딪히며 서로 槍棒을 시험하고 拳勇를 겨루며, 天下를 흔들어댔다.
>
> (每歲四月八日傳帝於是日受封, 遠近男女, 皆刲擊羊豕, 伐鼓嘯旗, 徘優巫現, 舞燕娛悅. 秦晉燕齊汴衛之人肩轂擊, 相與試槍棒、校拳勇, 傾動半天下)[84]

이 자료는 關帝가 봉호를 받은 4월 8일을 기해 벌어진 다양한 지역 활동을 묘사하고 있다. 5월 13일 탄신일을 기해 지내는 단순한 제사를 넘어 일종의 축제의 모습을 보여준다. 통치계층에서 추존한 절정의 지위가 겹치면서 민간에서도 관우 숭배 분위기가 절정에 이르렀다.[85] 그 결과 관우 사당은 일반 백성들이 명절을 보내는 공공 오락 장소를 넘어 평소에는 휴식처이자 사람들이 모이는 것을 이용한 상품 교역의 시

---

83) 薛福成 編, 『庸庵筆記』卷5, 「亡兵享關帝廟血食」, 南京: 江蘇人民出版社, 1983, 2쪽下.

84) 盧湛 輯, 『關帝聖跡圖志全集』, 北京: 線裝書局, 2003, 39쪽.

85) 이런 시대적 모습은 5대 世宗 雍正帝(1722~1735)의 입을 통해서도 엿볼 수 있다. [淸]英廉 等 編, 『日下舊聞考』卷44, 北京: 北京古籍出版社, 1981, 698~699쪽. "雍正皇帝: 自通都大邑, 下至山陬海, 村墟窮僻之壤, 其人自貞臣賢士仰德崇義之徒, 下至愚夫愚婦, 兒童走卒之微賤, 所在崇飾廟貌, 奔走祈禳, 敬思瞻依, 凜然若有所見."

장으로서의 기능까지도 갖추게 되었다.

이처럼 淸代의 황제들은 항상 關廟를 직접 참배하여 關帝에 대한 마음을 표현했다. 제사의 기간이나 규모, 그리고 관우에 대한 加封에 있어 역대 최고의 수준이었음이 분명하다. 그러나 관우 神靈에 대한 간절한 기원에도 불구하고 부패한 권력과 시대의 흐름에 밀려가는 봉건제도는 이미 역사적 수명을 다하고 있었다. 결국 1911年 辛亥革命의 발발로 청나라는 망했다. 이와 함께 국가가 실시하던 관우 祀典의 모습도 중단되기에 이르렀다.

지금까지 필자는 歷史的인 고찰을 통해 관우 신격화가 갖는 정치적인 의미와 그 권위의 실상에 대해 추적해보았다.

魏晉南北朝 시대 일개 장군으로 묘사되던 관우가 隋·唐 시대를 거치며 武成王廟 從祀를 통해 국가 祀典에 편입되었고, 다시 宋·元 시대에는 '侯'에서 '公'으로, 다시 '公'에서 '王'으로 신분의 급상승을 이루었다. 관우 신격화가 절정에 이른 明·淸 시대에 이르면, '王'을 넘어 '帝'로 등극하면서 三界를 통섭하는 최고의 권능을 부여받게 된다.

이렇듯 관우의 이미지는 역사에서 생활로, 영웅에서 神으로 변화되었다. 자연 神壇에서 家庭으로 들어옴으로써 백성에서부터 사대부에 이르기까지 생활 신앙과 도덕 정신에 영향을 미쳤고, 그는 정신적 守護神으로 존재할 수 있었다. 역사상 통치자가 關羽에게 내린 封號는 다양했지만, 결국 국가의 재난 해소와 봉건 통치의 유지와 보호라는 정치적 필요성이 깔려 있었다. 이를 통치자들은 "人道로 綱常을 심고, 風敎를 펼치는 것을 돕는다"[86]라고 미화했다.

---

86) [淸]張吉午 纂修, 閻崇年 校注, 『康熙順天府志』, 北京: 中華書局, 2009. "爲人道扶植綱常, 助宣風敎"

현대 사회에서 관우는 새로운 사회 체제에 연착륙함으로써 그 지위를 이어가고 있다. 즉, 봉건사회의 정치적 효력을 자본주의 사회에서는 경제적 효력으로 바꾸어놓았다. 비록 정치적 목적은 경제적 목적으로 바뀌었지만, 關帝神은 인간의 기대 심리를 정확히 파고들어 "行業神"으로서 자신의 위치를 더욱 공고히 하였다. 일련의 조사에 의하면 관우 신앙은 홍콩, 마카오, 대만과 동남아의 화교 집단거주지는 물론 이 국에서도 광범위한 影響을 미쳐 143개 지역에서 엄밀한 조직 하에 공동 숭배의 신으로 모셔지고 있다.[87] 한편 현대 관우 신앙은 有廟 숭배에서 無廟 숭배로 그 양상이 바뀌고 있다.[88] 즉, 봉건사회의 특성상 至大했던 關廟의 역할과 武勇, 伏魔의 이미지로부터 벗어났다. 대신 플라스틱이나 도자기 등 다양한 재료로 만들어진 소형의 관우 神像을 집이나 상점에 모셔놓고 기원하는 無廟型 숭배로 발전한 것이다. 無廟型 숭배의 근원에는 절대적 관우의 財神으로서의 이미지가 깔려 있다. 財神으로서의 관우 이미지는 다분히 민간신앙 등 종교적인 측면이 강하다.

---

87) 吳松·易素貞,「關羽崇拜現象形成的原因探析」,『華北科技學院學報』第4卷第4期, 2002.12, 102쪽.
88) 김훈,「현대중국사회 민간신앙에 대한 고찰」,『신종교연구』제20집, 2009. 322쪽.

宗敎的 관점에서 三國志의 활용*
:關羽 神格化와 宗敎的 활용을 중심으로

> 역사적 개인이 문화적 존재로 발전하는 예는 흔히 찾아볼 수 있
> 다. 이러한 현상은 보통 인류가 역사 속에서 갖는 한계와 아쉬움을
> 영웅의 출현으로 보상받고자 하는 심리에서 출발한다고 할 수 있다.
> 關羽는 小說『三國志』에서는 물론 동아시아 한자문화권에서 최고의
> 영웅 중 하나이다. 그의 문화적 가치는 1900여 년이라는 기나긴 세
> 월을 이어 현재까지도 유효하며, 중국 전역을 넘어 세계 곳곳에 그
> 영향력을 미치고 있기 때문이다.

중국 역사 속에는 강력한 전투력과 의지를 바탕으로 국난 극복의
성과를 보여준 수많은 將相들이 등장한다. 그런데 유독 관우만은 일반
백성에서 황제에 이르기까지 전 계층의 절대적인 지지를 받았고, 한족

* 본 논문은 2017년『비교문화연구』제47집(경희대학교 비교문화연구소)에 게
재된 논문을 일부 수정 보완한 것이다.
1) 裴圭範(中國華中師範大學 敎授): 主著者. 閔寬東(慶熙大 中國語學科 敎
授): 交信著者

이든 이민족이든 왕조가 바뀔수록 그에 대한 우상화의 깊이와 폭은 심화되었다. 이렇게 독특한 현상이 나타나게 된 데에는 그에 대한 문화적 각색의 대대적 성공이 주요 원인이었다고 볼 수 있다. 그 문화적 각색의 저변에는 바로 神格化 전략이 있었다. 그러므로 관우 신격화를 추적하는 과정은 역사적 '사실'과 문화적 '진실' 사이에서 영웅을 갈망하는 인간 심리에 대한 탐구라 할 수 있다.

필자는 앞장에서 蜀漢의 武將에서 출발하여 神으로 추앙받고 있는 관우의 생명력을 역대 왕조의 정치적 측면에서 찾았다. 관우는 魏晉南北朝 시대에는 일개 장군으로 묘사되었지만, 隋唐 시대를 거치며 武成王廟 從祀를 통해 국가 祀典에 편입되었고, 다시 宋元 시대에는 '侯'에서 '公'으로, 다시 '公'에서 '王'으로 신분의 급상승을 이루었다. 관우 신격화가 절정에 이른 明淸 시대에 이르면, '王'을 넘어 '帝'로 등극하면서 三界를 통섭하는 최고의 권능을 부여받게 된다. 그는 백성에서부터 사대부에 이르기까지 생활 신앙과 도덕 정신에 영향을 미쳤고, 결국은 정신적 守護神으로 존재할 수 있었다. 역사상 통치자가 關羽에게 내린 封號는 다양했지만, 그 속에는 국가의 재난 해소와 봉건 통치의 유지와 보호라는 정치적 필요성이 깔려 있었다.

본고에서는 관우가 일개 將軍에서 侯 → 公 → 王 → 帝(神)으로 격상되는 단계 중 종교적 역할에 대해 주목하고자 한다. 이는 앞서 진행된 정치적 관점에 대한 연구[2]와 짝을 이루어 관우 신격화 과정의 문화사적 의미에 대한 점검이라 할 수 있다. 즉 관우 신격화가 일종의 문화현상이 된 것은 역사상 관우의 忠義武勇과 함께 민중들이 갈망하는 영웅출현의 심리작용, 그리고 그것을 적극적으로 활용한 종교계의

---

2) 배규범 · 민관동, 「정치적 관점에서 본 關羽 神格化의 歷史的 변모 양상 고찰」, 『비교문화연구』 제42집, 경희대학교 비교문화연구소, 2016.4

활동과 긴밀한 연관성을 갖는다. 대규모 종교적 宣揚은 정권의 지지를
전제로 한다. 봉건사회의 정권 역시 종교계의 정신적 지원을 통해 정
통성을 인정받았다. 이처럼 政權과 神權의 상호 작용에 의해 관우 역
시 새로운 문화적 코드를 갖게 되었다고 할 수 있다.

현재 학계에서는 小說『三國志』에 대한 원천적 연구를 제외하더라
도, 관우 신앙과 關廟, 혹은『三國志演義』의 내용에 대한 공연예술
방면 등 여러 방면에서 심도 있는 연구 성과가 나오고 있다. 예를 들어
관공 신앙의 역사적 전개 과정을 치밀하게 점검한 구은아[3])나 관우 문
화현상의 근원과 의미에 대해 논의한 남덕현[4]), 관제 신앙의 조선 전래
과정을 논의한 전인초[5]) 등이 그 대표라 하겠다.

본고는 기존의 연구를 바탕으로 불교와 도교, 유교가 어떠한 방식으
로 관우를 신격화하였으며, 또 어떻게 종교적으로 활용해 나갔는지, 그
리고 그 결과 관우 신격화가 神權과 政權에 어떤 영향을 끼쳤는지에
대해 중점적으로 고찰해보고자 한다. 이를 통해 관우 신앙의 과거와
현재, 그리고 미래를 이해하는 단초를 마련하고자 한다.

---

3) 구은아,「중국의 關公信仰 고찰 : 관공신앙의 역사적 전개와 현대 관공문화를
   중심으로」,『동북아문화연구』30, 동북아시아문화학회, 2012.
4) 남덕현,「關羽 神格化의 요인 고찰」,『中國硏究』46집, 한국외국어대학교 중
   국연구소, 2009. 남덕현,「關羽 문화현상의 의의」,『중국학』40집, 대한중국학
   회, 2011. 남덕현,「關羽 숭배의 근원」,『中國硏究』52집, 한국외국어대학교
   중국연구소, 2011.
5) 전인초,「關羽의 인물조형과 關帝信仰의 조선전래」,『동방학지』134집, 연세
   대학교 국학연구원, 2006.

1. 佛教의 토착화 과정과 關羽의 神格化

1) 天台智顗와 關羽의 만남

기원전 1세기를 전후하여 중국에 들어온 불교는 자리를 잡기 위해 부단히 노력하였다. 하지만 토착민속신앙과 도교의 텃세가 강한 만큼 외래 종교로서의 한계를 극복하기 위해서는 치밀한 토착화 전략을 세워야만 했다. 그 포인트는 바로 기존 神靈과의 결합이었다. 그 중에서도 기존 佛敎敎旨와 부합하면서도 현지 신도들이 받아들이기 쉬운 인물을 선택하는 것이 관건이었다. 그 가운데 관우가 불교에 의해 선택된 것은 탁월한 안목이었다.

關羽 神格化의 시작은 天台宗의 창시자인 智顗(583~597)로부터이다. 천태지의는 浙江省 天台山에서 천태학을 확립하며 명성을 떨쳤던 고승이다. 그는 생전에 35개의 대찰을 짓고 승려 4천여 명을 제도했으며, 공식적으로 법을 전수받은 제자로만 32명이 있을 정도였다. 그가 湖北省 荊州 玉泉山을 찾은 것은 開皇(581~600) 연간으로 추측된다. 그와 관우의 인연이 기록된 가장 이른 문헌은 唐 德宗 貞元 18年(802) 董侹(?~812)이 지은 「荊南節度使江陵尹裴公重修玉泉關廟記」이다.[6] 이 문장은 江陵太守 裴均의 명으로 玉泉寺의 關廟를 중수하고서 지은 것이다.

---

6) 董侹은 字가 庶中으로, 隴西人이다. "중년에 佛老를 숭상하여 三乘의 법을 설했다(中年奉佛老, 說三乘)."(劉禹錫, 「故荊南節度推官董府君墓志銘」, 董誥 等 編, 『欽定全唐文』卷160, 上海古籍出版社, 1990)는 기록으로 보아 圓融三敎한 사람이었다. 또 裴均은 山西省 絳州 聞喜人으로, 관우의 고향인 해주와 인근 출신이다.

"玉泉寺는 覆船山에 있는데, 동으로 當陽 쪽 30리에 있다. 첩첩 산들이 휘감아 돌고 飛泉이 샘솟는다. 참으로 道人의 淨界요 疆域 중의 절경이다. 절 서북쪽 3百步에 蜀 將軍 都督荊州事 關公 遺廟가 있다. 장군의 성명은 관우이고, 河東 解梁人이다. 公族功績은 國史에 자세히 나와 있다. 먼저 陳 光大(567~568)에 智顗禪師가 天台山으로부터 (이곳에) 이르러 喬木 아래에서 禪定에 들었는데 밤에 갑자기 신령과 만났다. 신령이 말하길, '이 땅에 僧房을 짓기 원하니 선사가 산을 나가서 그 쓰임새를 봐 주십시오.' 기약한 날 밤이 되자 온갖 골짜기가 진동을 하고 바람과 번개가 몰아쳤다. 앞에서 큰 재가 쪼개지더니 뒤에 맑은 연못을 메웠으며, 좋은 재목들이 넘어져서 그 위에 두루두루 쌓였다."[7]

이 문장은 옥천사 창건 전설에 해당한다. 智顗가 覆船山(玉泉山)에 와서 자리를 잡으려고 할 때 이 산에 깃들어 있던 관우 신령이 나타나 그가 절을 지을 수 있도록 도와주었다는 내용이다. 흥미로운 것은 玉泉寺를 짓기 전에 서북쪽 3백 보 위치에 관우를 모시는 사당이 있었다는 점이다. 형주 일대는 옛날 楚땅에 속했다. 楚文化는 巫鬼를 믿고, 淫祀를 중시하는 특징을 가지고 있었다.[8] 게다가 형주 사람들은 관우에 대해 특별한 호감을 가지고 있었다. 또 형주는 관우의 인생에서 勇

---

7) 董侹, 「荊南節度使江陵尹裴公重修玉泉關廟記」, 『全唐文』卷684, 上海古籍出版社, 1990, 7001쪽. "玉泉寺覆船山, 東去當陽三十裏. 疊嶂回擁, 飛泉逸通. 信道人之淨界, 域中之絶景也. 寺西北三百步, 有蜀將軍都督荊州事關公遺廟存焉. 將軍姓關名羽, 河東解梁人. 公族功績, 詳於國史. 先是陳光大中智顗禪師者, 至自天台, 宴坐喬木之下, 夜分忽與神遇, 雲願舍此地爲僧坊, 請師出山, 以觀其用. 指期之夕, 前壑震動, 風號雷兢, 前劈巨嶺, 下湮澄潭, 良材叢木, 周匝其上."

8) 劉昫 撰, 『舊唐書』, 「地理志」. "大抵荊州率敬鬼, 尤重祠祀之事. 昔屈原爲制「九歌」, 蓋由此也." 劉海燕, 「關羽刑象與關羽崇拜的演變史論」, 福建師範大學 博士學位論文, 2002, 24쪽 재인용.

將으로 명예를 떨친 곳이자 최후를 맞이한 곳이기도 했다. 또한 그는 평민 출신으로 장군이 된 인물인 데다가 "병졸에게는 후덕했지만 사대부에게는 오만한(善待卒伍而驕於士大夫)"[9] 인물로 다분히 의협적인 기질을 가지고 있었다. 이런 속성들은 일반 백성들의 절대적 지지를 이끌어내는 요소가 되었다. 그러기에 그의 죽음은 백성들에게 비통함 그 자체였으며, 이는 그리움을 넘어 신앙으로까지 발전하였다. 그러기에 관우를 신으로 모시며, 그에게 한해의 풍년과 흉년의 운명을 맡겼던 것이다. 그 후 수많은 전설이 만들어지고, 백성들은 자발적으로 사당을 지어 제사를 이어갔다.[10] 이런 모습은 唐 代宗(763~779) 때 활약했던 시인 郎士元의 시에서도 확인된다.

將軍稟天姿, 義勇冠今昔.	장군의 자질은 하늘에서 받아, 義勇은 예나 지금이나 으 뜸일세.
走馬百戰場, 一劍萬人敵.	온갖 전쟁터를 달리고, 한 칼로 만인을 감당했었지.
雖爲感恩者, 竟是思歸客.	비록 은혜를 입었지만, 결국은 선주에게로 돌아갔다네.
流落荊巫間, 徘回故鄉隔.	형주 무당들 사이를 떠돌고, 고향과는 먼 곳을 배회했지.
離筵對祠宇, 灑酒暮天碧.	자리 떠나 멀리 사당 마주하고, 저녁 하늘가에 술을 뿌려본다.
去去勿復言, 銜悲向陳跡.	가시거들랑 다시 말하지 마소, 자취들 보니 슬픔 머금었도다.[11]

---

9) 陳壽 撰, 裴松之 注, 『三國志』, 上海古籍出版社, 2011, 871쪽.

10) 王齊洲, 「論關羽崇拜」, 『天津社會科學』, 1995年6期, 83쪽.

11) 郎士元, 「關公祠送高員外還荊州」, 『全唐詩』卷248, 中華書局, 1983, 3954~3955쪽.

郎士元은 唐代에 錢起와 함께 시에 뛰어나 "앞에는 沈宋(沈佺期와 宋之問)이요 뒤에는 錢郎(錢起와 郎士元)"이라 칭송받았던[12] 문인이다. 그는 당시 郢州刺史(현 湖北 京山)로 있었는데, 어느 날 관우의 사당 근처에서 형주로 돌아가는 친구 高員外를 위해 주연을 베풀며 이 시를 지었다고 한다. 이별의 아쉬움이 이 시의 주된 정조이다. 하지만 "走馬百戰場, 一劍萬人敵", "流落荊巫間"라는 시구 속에서 보여주듯 관우의 武勇 사적과 함께 그를 기리는 당시 민간 신앙의 정황이 포착된다. 관우 사당이 郢州와 荊州 當陽縣 등 호북성 일대에 두루 퍼져 있었음을 물론이다.

  이상의 기록 외에도 智顗의 제자 灌頂(561~632)이 지은 「隋天台智者大師別傳」과 道宣(596~667)이 지은 「隋國師智者天台山國淸寺釋智顗傳」에서 이러한 정황이 포착된다. 전체 내용은 대동소이하다. 그렇지만 후자들에는 약간의 추가된 대목이 있는데, 하나는 옥천산 일대가 원래 荒險한 곳이라 짐승들과 뱀들이 득실거려 "三毒이 덮여 있어, 그곳을 밟는 자는 심장이 차가워진다."는 말까지 있었는데, 옥천사를 짓고 난 뒤부터는 그런 일이 없어졌다는 것이다. 또 하나는 형주 지역에 가뭄이 들어 백성들이 모두 신이 노했다고 하자 지의가 직접 나서서 샘물을 파고 독경을 해서 비를 내리게 했다는 것이다. 이는 모두 지의의 법력을 강조함으로써 음기 넘치는 옥천산을 바꾸어 놓았다는 것이다. 여기서 관우 신령은 지역 陰氣의 상징으로 묘사되고 있다.[13]

---

12) 『한시작가작품사전』, 국학자료원, 2007(네이버 지식백과 http://me2.do/ G4sx UK4f.)

13) 灌頂, 「隋天台智者大師別傳」, 石俊 等 編, 『中國佛敎思想資料選編』卷2 冊1, 中華書局, 1983, 167쪽. "其地本來荒險, 神獸蛇暴, 諺云: "三毒之蔽, 踐者寒心." 創寺其間, 決無憂慮. 是春夏旱, 百姓咸謂神怒, 故智者躬至泉

사실 관우 신령에 대한 민간의 최초 이미지는 凶神이었다. 厲鬼[14]
로서의 관우 이미지는 '關三郎'이 대표적이다. 唐末 範攄이 쓴『雲溪
友議』에 "蜀 前將軍 관우는 형주를 지켰고, 형주에는 玉泉祠가 있는
데, 천하 사람들은 四絶之境이라 한다. 혹 말하길 이 사당은 귀신의
도움으로 토목공사를 마쳤다고 한다. 사당 이름은 三郎神인데, 三郎
은 곧 關三郎이다."[15]라는 언급이 있는데 여기서 관삼랑은 관우를 지
칭한다. 그 뒤 五代의 孫光憲은『北夢瑣言』에서 "唐 咸通(860~873)
난리 후, 城內 골목마다 關三郎 鬼兵이 들어올 것이라는 유언비어가
돌아 집집마다 공포에 떨었다. 병을 앓는 자들은 아주 심한 고통이 있
는 것은 아니었지만 오한과 신열에 떨어야 했다."[16]라고 관우를 공포
의 厲鬼로 묘사했다. 이러한 점은 생전 武將으로서의 거친 이미지와
吳軍에 잡혀 죽고만 冤鬼라는 이미지에 연유하는 것으로 볼 수 있다.
하지만 이상의 기록들은 관우와 불교와의 연관성을 직접적으로 말

源, 滅此邪見. 口自呪願, 手又揮略, 隨所指出, 重雲靉靆, 籠山而來, 長虹
煥爛, 從泉而起, 風雨沖溢, 歌詠滿路."

14) 옛말에 '鬼'는 그 발음에서 '歸'라고 했다. 사람이 죽은 뒤에 돌아가는 것이
鬼이고, 鬼는 땅으로 돌아간다는 뜻이다. 돌아갈 곳 없는 歸, 즉 비정상적으
로 죽은 자(橫死나 後嗣없이 죽은 자)를 말하는데 이를 厲鬼라고 한다. 烏内
安,『中國民俗學』, 遼寧大學出版社, 1985, 267쪽. 구은아,「중국의 關公信
仰 고찰-관공신앙의 역사적 전개와 현대 관공문화를 중심으로」,『동북아문화
연구』30, 동북아시아문화학회, 2012, 237쪽 재인용.

15) 範攄,『雲溪友議』卷3, 陳夢雷 編,『古今圖書集成』卷54, 中華書局, 1934, 7
쪽上. "蜀前將軍關羽守荊州, 荊州有玉泉祠, 天下謂四絕之境. 或言此祠
鬼助土木之功而成, 祠曰三郎神. 三郎即關三郎也."

16) 孫光憲,『北夢瑣言』卷11,「關三郎入關」, 中華書局, 2002, 96쪽. "唐咸通亂
離後, 坊巷訛言關三郎鬼兵入城, 家家恐悚. 罹其患者, 令人熱寒戰栗, 亦
無大苦."

하기에는 부족해 보인다. 본격적인 불교 관련설은 宋代에 와서 나타나기 시작한다.

> "그날 밤 구름이 개이고 밝은 달이 떴는데, 두 사람이 나타났다. 威儀가 왕후장상 같은 이는 아름다운 수염에 후덕했으며, 젊은이는 冠帽를 쓰고 풍채가 뛰어났다. 앞에 이르러 공손히 말하기, '…나는 蜀漢의 義臣으로 漢 황실을 일으키고자 했으나, 時事가 어긋나 뜻을 이루지 못했습니다.…원컨대 우매한 우리를 불쌍히 여겨 특별히 가르침을 내려 주십시오.…제가 마땅히 아들 平과 절을 세우고 이바지하여 불법을 수호하겠습니다. 원컨대 대사께서 安禪하시고 7일이면 완성될 것입니다.'…대사는 대중을 거느리고 들어가 머물며 밤낮으로 불법을 설하였다. 하루는 신령이 대사에게 아뢰길, '弟子가 오늘 出世間法을 들었으되, 원컨대 마음을 씻고 생각을 바꾸어 계를 받아 영원히 보리의 근본을 구하겠나이다.' 대사가 즉시 향불을 잡고 五戒를 내려주었다. 이에 신령의 威德이 천리에 밝게 퍼져 원근에 우러러 기도함에 모두가 肅敬했다."[17]

이처럼 南宋 天台宗 沙門 志磐이 撰한 『佛祖統紀』에서는 關羽 신령과 智顗 스님 사이에 있었던 에피소드를 훨씬 자세하게 묘사하고 있다. 陰鬼였던 관우가 스님을 위협하여 쫓아내려고 했지만, 결국은 그의 법력에 굴복하여 지의가 원한 절을 7일 만에 지어준다. 그리고는 그 자신도 五戒를 받아 불법을 수호하고 菩提를 궁구하는 佛弟子가

---

17) 志磐 撰, 釋道法 校注, 『佛祖統紀校注』卷6, 上海古籍出版社, 2012. "其夕雲開月明, 見二人威儀如王長者美髯而豊厚, 少者冠帽而秀發, 前致敬曰, … 予義臣蜀漢, 期復帝室, 時事相違有志不遂, … 願哀閔我愚特垂攝受 … 弟子當與子平建寺化供護持佛法, 願師安禪, 七日以須其成. … 師領衆入居, 晝夜演法, 一日神白師曰, 弟子今日獲聞出世間法, 願洗心易念求受戒永爲菩提之本, 師即秉爐授以五戒, 於是神之威德昭布千裏, 遠近瞻禱莫不肅敬."

된다. 이에 관우는 사찰 수호신, 즉 伽藍神으로 등극하게 된다. 그리하여 관우는 厲鬼의 이미지를 벗고 威儀를 떨치는 신령으로서 업그레이드되었다. 이는 본격적인 관우 신앙의 출발을 알리는 신호였다.

한편 지의와 관우가 연관된 또 하나의 문헌으로는 北宋 元豊 4年(1081) 張商英18)이 쓴「重建關將軍廟記」가 있다. 이는 지의가 도를 깨치는 과정이 조금 더 자세히 설명되어 있을 뿐 관우가 옥천산에 자리를 잡은 大力鬼神과 그 眷屬들 중 하나이며, 지의의 법력에 감화받아 절을 짓고 오계를 받아 불제자가 되는 등은 모두『佛祖統紀』와 같은 내용이다. 다만 흥미로운 것은 맨 마지막 문구다.

"이런 인연으로 관우의 신령도 사당에서 제사를 흠향하게 되었고, 천리 내외에 사당이 지어졌다."19)

즉, 關廟가 옥천사보다 이후에 만들어졌다는 말이다. 앞 문헌들, 특히 唐代의 자료들에서는 모두 옥천사가 만들어지기 이전 옥천산에 이미 관우 사당이 존재했었다고 밝혔다. 물론 관우 사당이 언제 설립되었는지 알 수가 없다. 그러던 것이 관우가 五戒를 받고 사찰 수호신으로 등장하는 宋代 자료들에 이르면 이때부터 관우 사당이 널리 퍼지

---

18) 張商英(1043~1122)은 蜀州 新津人으로, 字는 天覺이고, 號는 無盡居士이다. 宋代 佞佛의 대표인물 중 하나인데, 元人 郝瑛은 그에 대해 "거의 괴력난신의 일이 아니더냐(不幾乎語怪力亂神之事歟)"며 기롱했다. 그렇지만 장상영은 當陽의 관우 신화 演變과 전파에 아주 중요한 작용을 했을 가능성이 있다. 郝瑛,「建關眞君廟記」, 胡聘之 撰,『山右石刻叢編』卷21,『石刻史料新編』第18冊, 新文豊出版公司, 1982.

19) 李元才 續修, 釋亮山 補輯,『玉泉寺志』卷4,「詞翰補遺」, 白化文·張智 主編,『中國佛寺志叢刊』第14冊, 廣陵書社, 2006, 441~444쪽. "以是因緣, 神亦廟食千里, 內外廟供云."

고, 제사도 흠향하게 된 것으로 바뀐다. 여기서 모종의 인위적인 의도가 개입되었음을 발견할 수 있다. 그것은 불교계가 본격적으로 관우를 신앙의 대상으로 흡수하기 시작했다는 것이다. 이를 위해 민간 신앙으로서의 관우를 지우고, 가람 수호신으로 새롭게 출발할 필요가 있었다.

이렇듯 지의대사가 옥천사를 창건했을 때의 다양한 자료들을 통해 확인할 수 있는 것은 이 지역 민중들이 전통적으로 숭배하던 신앙 대상(지역신)과의 충돌이 있었고, 또 그것을 극복하는 과정에서 불교적 윤색이 가미되었다는 것이다. 하지만 관우 사당은 옥천사에서 벗어나 독립된 존재였고, 그 제사도 옥천사가 설립되기 이전부터 있었을 것이다. 그런데 관우가 옥천사 건립에 도움을 주었다는 또 다른 이야기는 불교가 형주지역을 중심으로 전파되면서 민중들의 지역 귀신 숭배 심리를 이용했음을 보여 준다. 거기다 형주 華容 陳氏 출신[20]인 천태종의 智顗를 끌어넣으면서 그 충돌을 자연스럽게 상쇄하려고 했다는 추측도 가능하다. 불교계가 무엇보다 강조하고 싶었던 것은 민간에서 숭상하는 관우의 신력과 함께 그가 동향인 지의를 통해 佛門에 귀의했다는 점이기 때문이다.

2) 神秀의 관우 顯彰

다음으로 관우 신성화에 직접적으로 관련된 승려는 唐나라 則天(690~705) 연간의 국사 神秀(605~706)다. 天台智顗 이후 한 세기가 지나 등장한 大通神秀는 북종선의 창시자로서 중국 禪宗史에서 큰 업적을 남긴 고승이다. 그는 五祖 弘忍의 휘하에서 수행하여 洞山法

---

20) 普濟 撰, 『五燈會元』卷2, 中華書局, 1984, 120쪽.

問을 받은 뒤 형주로 거처를 옮겼다. 이후 옥천산 동쪽에 있는 楞迦峰에 大通禪寺를 건설하고 관우를 護法 迦藍神으로 삼아 20년 동안 불법을 전했다.[21] 다음은 관우와 신수가 관련된 기록이다.

"(唐 儀鳳末年:678) 神秀가 當陽 玉泉山에 와서 절을 지었다. 그 지방 사람들이 關公을 공경하고 제사지내자, 신수는 그 사당을 헐어버렸다. 갑자기 陰雲이 사방에서 몰려들었는데, 關公이 칼을 빼들고 말을 타고 뛰어 오르는 것이 보였다. 신수가 우러러보며 물었더니 관공은 예전 일을 다 말했다. 곧 땅을 파고 절을 짓고는 本寺伽藍을 삼았다. 이로부터 각 절에 流傳되었다."[22]

徐道의 『歷代神仙通鑒』에 나와 있는 이 기사는 불교계와 관우의 관계에서 또 다른 시사점을 준다. 신수가 형주를 찾아와 자리를 잡은 곳은 大通寺였는데, 이곳이 玉泉寺인지는 확실치가 않다. 하지만 절의 위치가 인근이었으며, 천태도량으로 이름이 높았던 옥천사와 신수의 명성으로 보아 두 사찰이 직간접적인 연관이 있음은 분명하다. 문제는 당시 불교계에서 명성이 자자했던 신수가 大通寺를 짓고 한 일은 관우 사당을 없앤 것이다. 이 기록만으로 보자면, 天台智顗 이후로 가람신으로 모시던 관우가 적어도 신수 대에는 실질적으로 일반 백성들을 불교로 흡수하는데 큰 기여를 하지 못했다고 볼 수 있다. 형주지역 백성들이 관우를 깊이 숭상하는 모습은 신수 입장에서 그리 기꺼

---

21) 焦磊, 「關羽神聖化過程的歷史考察—以關帝廟爲核心」, 山東大學 碩士學位論文, 2008, 28쪽.

22) 徐道, 『歷代神仙通鑒』卷14, 北京出版社, 2000. "(唐儀鳳末年)神秀至當陽玉泉山, 創建道場. 鄕人祀敬關公, 秀乃毀其祠. 忽陰雲四合, 見公提刀躍馬, 秀仰問, 公具言前事. 即破土建寺, 令爲本寺伽藍. 自此各寺流傳."

운 일이 아니었다. 게다가 天台智顗 때야 厲鬼로서 인식되던 관우 신령이 이때에는 비교할 수 없을 정도로 체계적인 신앙의 형태를 갖추어 가는 상황이었다. 이에 신수는 과감히 사당을 헐어버리지만, 이내 관우의 顯靈이라는 강한 저항을 받게 된다. 결국 신수는 관우 사당을 완전히 사찰 안으로 흡수하는 결단을 내린다. 지의가 가람신으로 수용하면서도 옥천사 밖에 별도의 관우 사당을 지은 것과는 다른 차원이라 하겠다.

형주를 기반으로 명성을 드높이던 神秀는 만년에 武則天에 의해 장안에 불려가 왕사의 예우를 받았다. 그는 낙양과 장안을 중심으로 법을 펼치며 兩京法主, 三帝國師의 칭호도 얻었다. 그런 그가 관우를 추앙하여 황궁 사찰에 관우 사당을 별도로 모셔서 공양한 것은 전국적으로 큰 영향을 미쳤으리라 추측할 수 있다.

신수 이후 불교계는 기존의 관우의 이미지에다 자체의 인과 관념을 결합하여 권선징악의 신권을 갖춘 신격화된 관우를 재창조했다. 이에 관우의 塑像은 여타 부처와 어깨를 나란히 하는 사찰의 수호신이 되었으며, 독자적으로 伽藍殿에 捧供되는 형태로까지 발전했다. 원래 가람전은 불교를 수호하는데 큰 공헌을 한 사람을 기념하여 모시는 장소이다. 元代 初에 이르게 되면, '관우 護持 佛法說'은 官方의 인가를 얻는 데까지 이르렀다. 元 世祖(1271~1294)는 정식으로 관우를 伽藍神으로 삼고, 宮中에 佛事를 하고는 士兵에게 명하여 관우 神像에 절하게 했다.[23]

바야흐로 唐宋代를 거치면서 관우는 天台宗派의 호법신을 넘어 그 영향력이 전국으로까지 확대되었다. 이와 함께 백성들의 관우에 대

---

23) 『元史』卷77, 『祭祀志』, 包詩卿, 「明代關羽信仰及其地域分布研究」, 河南大學碩士學位論文, 2005, 5쪽.

한 숭배도 자각적인 신앙에서 강제적인 복종으로 변하게 된다. 이는 관우가 역사적 인물로부터 종교적 神靈으로의 변화가 완성된 것을 의미한다.

2. 道敎의 정착 과정과 關羽의 神格化

1) 해주 염전과 '關羽大破蚩尤' 전설

도교는 '無爲自然'을 모토로 하는 도가 철학에서 출발한다. 하지만 이것이 종교화되는 과정에서 자연에 위배되는 '不老長生'으로 탈바꿈하며 그 종교적 생명력을 만개시켰다. 이를 토대로 도교는 중국의 자생 종교로, 특히 일반 백성들 사이에서 절대적인 영향력을 행사하며 발전하였다. 일반적으로 중국에서의 도교는 상고시대의 巫術과 秦漢의 神仙方術을 거쳐 후한말기에 五斗米敎와 太平道를 기반으로 형성된 중국 토착종교이다. 그 후 도교가 대표적인 민중 종교로 자리한 것은 唐代 라고 할 수 있다. '安史의 亂'(755~763)을 즈음하여 지방에 근거를 둔 藩鎭 세력이 황권을 넘볼 정도로 강력해지자 도교는 권력의 흐름을 따라 각 지방으로 흩어졌다.[24] 이 과정에서 각 지방의 민간신앙과 접촉하게 되고, 자연스럽게 도교의 민간화가 시작되었던 것이다. 그런데 종교가 일반 백성들 속에서 뿌리를 내리고자 한다면 그들의 시선을 끌 거대한 法力과 靈異한 전설을 기술적으로 활용해야만 했다. 도교도 예외가 아니었다. 당시 관우는 호북성을 중심으로 한 지역신으로서, 대표적 민간신앙의 대상으로 성장해 있었다. 도교는 그런 관우를

---

24) 구은아, 「중국의 關公信仰 고찰-관공신앙의 역사적 전개와 현대 관공문화를 중심으로」, 『동북아문화연구』30, 동북아시아문화학회, 2012.3, 240쪽.

놓치지 않았다.

도교에서의 關羽 神格化를 이해하는 데에는 두 가지 키워드가 있다. 하나는 山西省 解州 鹽田[25] 전설이고, 또 하나는 宋代 황제 徽宗의 선양이다. 우선 『關王事跡』의 기록을 보자. 『關王事跡』은 至大元年(1308) 巴郡隱士 胡琦가 편찬했는데, 明淸代 關羽 聖跡 서적의 출발이 되는 책이다.[26]

"宋 大中祥符 7年(1014)에 解州에서 鹽池의 물이 줄어 소금 출하량이 줄었다는 상소가 올라왔다. 황제는 사자를 보내 확인하게 했는데, 그가 돌아와 다음과 같이 보고했다. "신이 자칭 城神이라 하는 한 노인을 만났는데 제게 말을 전하라 했습니다. '지금 鹽池의 재앙은 蚩尤 때문이다'라고 하더니 사라졌습니다." … 이에 張天師를 불러 치우의 일을 얘기했다. 그가 대답하길, "이는 그렇게 걱정할 일은 아닙니다. 예로부터 忠烈之士는 죽어서 神이 된다고 했습니다. 蜀나라 장군 關某는 충성스

---

25) 전해지는 말로, 黃帝가 中冀에서 蚩尤를 잡아 죽여 사지와 머리를 다른 곳으로 흩어버렸기에 그 곳 이름이 해주라고 한다. 그의 피가 변해서 鹽池가 되었다고 한다. 朱國禎, 『湧幢小品』卷20, 「關雲長」, 上海古籍出版社, 2012. "山西鹽池在解州, 雲長所産處也. 相傳黃帝執蚩尤於中冀, 戮之, 肢體身首異處, 而名其地曰解其血化爲鹵, 遂成池."

26) 元 仁宗 延祐 3年(1316) 봄, 山西 太原平遙 梁軼(字 仲祿)이 當陽의 책임자가 되어 왔다가 胡琦의 명성을 듣고 연회에 초대했다. 그 자리에서 자신의 선조 瓊公이 關聖 顯靈의 도움을 받아 적을 물리친 이야기를 들려주자, 胡琦가 감동해서 『關王事跡』을 지었다. 『關王事跡』은 일종의 종교적인 성격을 가진 저술이다. 관우 생전의 事跡과 사후의 顯靈 기록, 그리고 역대 關王 封祀와 廟記와 碑記를 바탕으로 지어졌다. 총 5권인데, 靈異, 制命, 碑記, 題詠 4부분으로 나뉘어져 있고, 『玉泉志』3卷이 부록으로 붙어 있다. 배규범·민관동, 「정치적 관점에서 본 관우 신격화의 역사적 변모 양상 고찰」, 『비교문화연구』49집, 경희대학교 비교문화연구소, 2016.4, 327쪽.

럽고 용맹합니다. 폐하께서 기도하여 부르시면 꼭 치우를 토벌하는 陰功이 있을 것입니다." 황제가 묻기를 "그는 어떤 신이냐?" 대답하길, "玉泉 荊門의 사당에 모셔져 있습니다." … 갑자기 하루는 검은 구름이 鹽池 위에서 일어나더니 큰 바람이 세차게 불고 천둥번개가 쳤다. 그 지역 사람들은 두려워 떨었는데, 공중에서 병기가 부딪히고 말 울음소리가 들렸다. 얼마 뒤 운무가 걷히고 하늘빛이 맑아졌다. 鹽池의 물도 예전으로 돌아와 백리까지 흘렀다. … 명에 따라 有司는 사당을 수리하고 해마다 제사를 받들었다"27)

이 이야기의 기본 내용은 산서성 해주의 鹽池에 가뭄이 들자 황제의 조서를 받고 관우가 張天師를 도와 치우를 물리침으로써 염전이 정상을 회복한다는 것이다. 이는 도교가 관우를 직접적으로 수용하여 만든 이른바 '關羽大破蚩尤' 전설이다. 이와 유사한 이야기들이 다양한 문헌들에 산재되어 있어 그것이 얼마나 광범위하게 유포되었는지

----

27) 胡琦 撰, 『關王事跡』, 文物出版社, 2000. "宋大中祥符七年, 解州奏鹽池水減, 虧失常課. 上遣使往視, 還報曰"臣見一父老, 自稱城神, 令臣奏云, 爲鹽池之患者, 蚩尤也. 忽不見." 上乃詔呂夷簡至解池致祭, 事訖之夕, 夷簡夢神人戎衣, 怒而言曰: "吾査尤也, 主此鹽池, 今者天子立軒轅祠, 車軒轅, 吾仇也. 我爲此不平, 故絶池水, 若急毁之. 則己." 夷簡還, 白其事, 王欽若曰: "蚩尤, 牙附申也, 信州龍虎山張天師, 能使鬼神, 若令治之, 蚩尤不足慮也." 於是召天師赴闕, 上與之論蚩尤事, 對曰: "此必無可憂, 自古忠烈之士, 沒而爲神, 蜀將軍關某, 忠而勇. 陛下禱而召之, 以討蚩尤, 必有陰功." 上問: "是何神也?" 對曰: "食廟玉泉之荊門." 上隨其言, 天師於是禁中書符焚之. 頃刻, 一美髥人猿著甲佩劍, 浮空而下, 拜於殿庭. 天師宣諭上旨, 答曰: "敢不奉招. 容臣會嶽渙神兵, 爲陛下淸蕩之." 俄失所在. 上與天師肅然起敬. 左右從官悉見悉聞. 莫不贊歎. 忽一日, 黑雲起於池上, 大風暴至, 雷電晦曝, 居人震恐, 但聞空中金戈鐵馬之聲, 久之, 雲霧收斂, 天色晴朗, 池水如故, 周阳百里, 守臣王忠具表以聞, 上大悅, 遣使致祭. 隨命有司修葺祠宇, 歲時奉祀."

를 짐작할 수 있다. 대표적으로는 宋代 佚名의 『大宋宣和遺事』[28]을 비롯하여, 明代 王世貞의 『弇州續稿』[29], 朱國禎의 『湧幢小品』[30], 張宇初의 『正統道藏』[31], 佚名의 『三敎源流搜神大全』[32], 淸代의

---

28) 佚名, 『大宋宣和遺事』, 中國古典文學出版社 1954, 15쪽. "崇寧五年夏, 解州有蛟在鹽池作祟, 布氣十餘裏, 人畜在氣中者, 輒皆嚼齧, 傷人甚衆. 詔命嗣漢三十代天師張繼先治之. 不句日間, 蛟祟已平. 繼先入見, 帝撫勞再三, 且問曰: "卿此剪除, 是何妖魅?" 繼先答曰: "昔軒轅斬蚩尤, 後人立祠於池側以祀焉. 今其祠宇頓弊, 故變爲蛟, 以妖是境, 欲求祀典臣賴聖威, 幸已除滅." 帝曰: "卿用何神, 願獲一見, 少勞神麻." 繼先曰: "神即當起居聖駕." 忽有二神現於殿庭: 一神絳衣金甲, 靑巾美須髥. 一神乃介胄之士. 繼先指示金甲者曰: "此即蜀將關羽也." 又指介胄者曰: "此乃信上自鳴山神石氏也." 言訖不見. 帝遂襃加封贈, 仍賜張繼先爲視秩大夫虛靖眞人."

29) 王世貞, 『弇州四部稿』, 『弇州續稿』, 臺灣商務印書館, 1983. 劉海燕, 「關羽刑象與關羽崇拜的演變史論」, 福建師範大學 博士學位論文, 2002, 31쪽 재인용. "宋政和中, 解州池鹽至期而敗, 帝召虛靜眞人詢之. 奏曰: "此蚩尤神暴也." 帝曰: "誰能勝之?" 曰: "關帥可, 臣已救之矣." 尋解州奏大風霆壞巨木, 已而箕, 則池水平若鏡, 鹽復課矣. 帝召靜虛勞之, 曰: "關帥可得見乎?" 曰: "可." 俄而帝懼, 拈一崇寧錢投之, 曰: "以爲信." 明日, 封崇寧眞君."

30) 朱國禎, 『湧幢小品』卷20, 「關雲長」, 上海古籍出版社, 2012. 劉海燕, 「關羽刑象與關羽崇拜的演變史論」, 福建師範大學 博士學位論文, 2002, 31쪽 재인용. "山西鹽池在解州, 雲長所產處也. 相傳黃帝執蚩尤於中冀, 戮之, 肢體身首異處, 而名其地曰解其血化爲鹵, 遂成池. 宋崇寧中, 池水數潰, 張靜虛攝雲長之神治之, 池鹽如故. 雲長見像於廷, 周垣守之. 每大雨, 輒能敗鹽, 必禱於神而止. 蚩尤以其血爲萬世利, 而雲長周旋, 永此利源, 同於煮海, 奇矣奇矣!"

31) 張宇初, 『漢天師世家』卷3, 『正統道藏』第34冊, 天津古籍出版社, 1987. "…崇寧二年, 解州奏鹽池水溢, 上問道士徐神翁, 對曰: "蛟孽爲害, 宜宣張天師." … 十二月望日召見, 上曰: "解池水溢, 民罹其害, 故召卿治之." 命下即書鐵符, 令弟子祝永佑同中官投解池岸圯處. 逾傾, 雷電晝晦, 有蛟孽斫水裔. 上問: "卿向治蛟, 用何將? 還可見否?" 曰: "臣所役者關羽, 當召至." 即握劍召於殿左, 羽隨見, 上驚擲崇寧錢與之.曰: "以封汝." 世因祀爲崇寧

『蒲州府志』[33) 등이 있다. 이 외에도 소설『水滸傳』第112回[34)와 元代 雜劇「關大王大破蚩尤」[35)와 明代 脈望館(趙琦美書齋) 抄 內府本「關雲長大破蚩尤」[36) 등의 문예물에서도 그 흔적을 찾을 수 있다.

眞君. 明年三月, 奏鹽課復常."

32) 佚名,『三敎源流搜神大全』,『郎園先生全本書』卷3. 趙山林,「南北融合與關羽形象的演變」,『文學遺産』2000年04期, 2000.7, 111쪽. "言訖, 師召關將軍至矣, 現形於帝前. 帝云: "蚩尤竭絶鹽池之水." 將軍奏曰: "陛下聖命, 敢不從之! 臣乞會五嶽四瀆名山大川所有陰兵, 盡往解州, 討此妖鬼. 若臣與蚩尤對戰, 必待七日, 方剿除得. 伏願陛下先令解州管內戶民三百裏內, 盡閉戶不出, 三百裏外盡示告行人, 勿得往來, 待七日之期, 必成其功, 然後開門如往. 恐觸犯神鬼, 多致死亡." 帝從之, 關將軍乃受命而退. 遂下詔, 解州居民悉知. 忽一日, 大風陰暗, 白晝日夜, 陰雲四起, 雷奔電走, 似有鐵馬金戈之聲, 聞空中叫噪. 如此五日, 方且雲收霧散, 天晴日朗, 鹽池水如故, 皆關將軍力也. 其護國祚民如此. 帝嘉其功, 遣王欽若齎詔往玉泉山祠下致享, 以謝神功, 復新其廟, 賜廟額曰'義勇', 追封四字王, 號曰武安王. 宋徽宗加封尊號, 曰'崇寧至道眞君'."

33) 周景柱 等,『蒲州府志』卷24. 趙山林,「南北融合與關羽形象的演變」,『文學遺産』2000年04期, 2000.7, 111쪽 재인용. "唐李晟鎮河東日, 夜夢偉人來謁, 自言: "漢前將軍關某也. 蚩尤爲亂, 上帝使某征之, 顧力弱不能勝, 乞公陽兵助我. 來日午時約與彼戰, 我軍東向, 彼西向." 語訖而去. 晟早起, 心異所夢, 令軍士列陣東向如所戒. 是日天氣晶朗, 至午, 忽陰雲四合, 大風驟作, 沙石飛起. 晨曰: "是矣." 即令鳴鼓發矢, 如戰鬥狀. 久之, 風止雲齊, 視士卒似多有傷者. 其夜復夢來謝云: "已勝蚩尤.""

34)『水滸傳』第112回, 北京燕山出版社, 2015. "…潑風刀起, 似半空飛下流星. 靑龍刀輪, 如平地奔馳閃電. 馬蹄撩亂, 鑾鈴響處陣雲飛. 兵器相交, 殺氣橫時神鬼懼. 好似武侯擒孟獲, 恰如關羽破蚩尤."

35) 郭素媛,「關羽崇拜與關羽形象的演變及詮釋」,『齊魯師範學院學報』第27卷第5期, 2012, 152쪽.

36) 鄭振鐸 編,『脈望館抄校本古今雜劇』,「關雲長大破蚩尤」,『古本戲曲叢刊』第4輯, 商務印書館, 1958. "該故事稱:宋朝仁宗時, 蚩尤作祟, 使解州鹽池幹涸, 朝廷命寇准請張天師來京詢問, 方知其故. 張天師又使人請玉泉寺

이들을 종합해볼 때, 뚜렷한 공통점과 차이점이 확인된다. 우선 차이점이라고 하면 이야기의 배경, 즉 사건 발생 시기와 원인이다. 시기의 경우 크게 보자면, 宋 '眞宗 大中祥符 7年(1014)說'과 宋 '徽宗 崇寧 5年(1106)說'로 나눌 수 있다. 사건 발생 시기가 문제가 되는 것은 이것이 해주 관우 사당의 건립 시기와 함께 논의되기 때문이다. 대표적인 '眞宗代 說'인 『關王事跡』의 경우, 玉泉 荊門의 사당에 있는 관우 신령을 불러오며, 일이 끝난 뒤 황제가 유사에게 명해 사당을 중수하고 해마다 제사를 지내게 했다는 기록이 있다. 즉, 1014년 이전에 관우 사당이 형주 옥천산에 있었다는 말이다. 여기에 대해 宋나라 鄭咸이 쓴 「元祐重修廟記」에서는 "解州 關帝廟가 언제 지어졌는지는 나와 있지 않다. 다만 元祐(哲宗1086~1094) 연간에 重建되었다고 하니, 처음 건립은 그 이전일 것이다."라고 한 반면, 明代 韓文이 쓴 「正德修廟記」에서는 "명확하게 "宋 眞宗 祥符甲寅(大中祥符7年)勅建"이라고 했는데, 이는 해주의 가뭄을 해결한 시기와 일치한다."고 했다.37) 여기서 韓文이 말한 "勅建"이 중건인지 창건인지는 이 자료만으로는 확실치 않다.

한편 '徽宗代 說'은 宋代 문헌 『大宋宣和遺事』에서 제기되었다. 여기서는 "제8대 徽宗 崇寧 5年(1106) 여름" 발생한 사건이라고 언급하며 아울러, 사건의 원인을 軒轅에게 죽임을 당한 그를 위무하는 사당이 낡고 버려져서라고 했다. 이는 '진종대 설'에서 말한 鹽池에 원수인 軒轅의 사당을 지은 것에 치우가 앙심을 품었다는 것과 약간 차이가 있다. 그리고 張繼先을 視秩大夫虛靖眞人으로 삼았다는 언급을

關羽驅邪, 最後戰敗蚩尤. 範仲淹奉命爲關羽在解州立廟, 關羽初被封爲 '武安王神威義勇', 再封爲 '破蚩尤崇寧眞君'."

37) 朱一玄 等 編, 『三國演義資料彙編』, 南開大學出版社, 2003, 100쪽.

하면서도 관우에 대해서는 간단히 "褒加封贈"이라고만 했다. 한편 張宇初의『正統道藏』에서는 1103년에 발생한 사건을 12月에 張天師를 불러 처리했고, 이듬해에는 염전 생산량이 회복되었다고 했다. 물론 이 기사에서도 장천사가 鐵符를 解池에 던지는 등 관우보다 장천사에 포커스를 맞춘 느낌을 준다.

이 외에도 '휘종대 설'을 뒷받침하는 자료들이 있는데, 장천사가 虛靜先生이란 호를 하사받는 시기를 徽宗代로 기록하고 있다.『宋史』의 "徽宗 崇寧 4年(1105) 5月 壬子日, 張繼先에게 虛靖先生의 호를 하사하고…6月 丙子日, 解州 池鹽을 회복했다."[38],『關帝事跡征信編』의 "三十代 天師 張繼先은 宋 숭녕연간에 조서에 응해 解池의 재앙을 해결하여 虛靜先生이라는 호를 받았다."[39]가 그것이다.

그 외, 사건 발생 원인으로는 치우가 물길을 끊어 가뭄이 들었다는 것과 반대로 홍수를 일으켜 물이 불어나게 한 것이 있다.[40] 가뭄이든 홍수든 모두 물의 작용이란 점에서 같은 원리를 가지고 있다. 이는 해주 염전의 특징과 직접적으로 연관되어 있다.

다음으로 이 문헌들의 공통점은 해주 염전이 주배경이며, 도교 天師

---

38) 脫脫·阿魯圖 等 編,『宋史』,「本紀二十」, 中華書局, 1985,
   (http://www.uus8.org/4/02/020/020.htm). "崇寧四年五月壬子, 賜張繼先號
   虛靖先生…六月丙子, 復解池鹽."
39)『關帝事跡征信編』卷14,『靈異』, 魯愚 編,『關帝文獻彙編』第4冊, 國際文
   化出版公司, 1995. "三十代天師張繼先, 宋崇寧中應召平解池之祟, 賜號
   虛靜先生."
40) 鹽池 이상의 원인으로 '가뭄'을 언급한 문헌은 胡琦의『關王事跡』과 朱國禎
   의『湧幢小品』,『三教源流搜神大全』이고, '홍수'를 언급한 문헌은 張宇初
   의『正統道藏』이며, 기타 해코지라고 한 문헌은 王世貞의『弇州四部稿』와
   『大宋宣和遺事』가 있다.

가 관우를 부려서 문제를 해결하며, 이후 관우는 도교의 신으로 등극한다는 구도이다. 해주는 관우의 고향(현 山西省 運城市 解州縣 常平村)으로 중국 최대 소금 생산지 중 하나다. 唐代 각종 典章制度의 연혁을 담은 王溥의 『唐會要』에는 해주 염전에 대한 설명이 있다.

> "염전에는 두 가지 종류가 있다. 胃海와 胃井과 𥥆雄으로 이루어진 것을 末鹽이라 하는데, 『周官』에서 散鹽이라고 한 것이다. 반면에 물을 끌어다가 만든 것을 顆鹽이라 하는데, 『周官』에서 말한 盬鹽이다. 解州 解縣과 安邑 두 鹽池는 물을 끌어다 만든 顆鹽에 속한다. 解池는 "한 자 높이로 물을 대고, 남풍이 불며, 태양이 작열하면 금새 소금이 만들어진다." 만일 "적당한 바람과 일조량을 기다리지 않고 물을 대서 만들면 소금의 맛이 쓰고 입에 맞지 않게 된다."[41]

즉, 解池의 염전은 물을 끌어다가 만든 顆鹽(盬鹽)이라 적당한 風雨와 日照가 관건이라는 말이다. 그러므로 가뭄과 장마는 모두 해주 소금 생산량에 결정적인 영향을 주었음을 알 수 있다. 진시황 때부터 대대로 역대 왕조는 국방 등에 필요한 막대한 자금을 鹽稅를 통해 충당해 왔다. 그러기에 元·明·淸 三朝에 모두 이곳에 河東都轉運鹽使司를 설치하여, 解鹽 관리에 각별히 신경을 썼다. 하지만 자연 재해에 약한 顆鹽의 특성상 문제는 항상 발생했다. 실제 宋代부터 淸 高宗 乾隆(1736~1795)까지 7백여 년 동안 鹽池에는 20차례나 이상 현상

---

41) 王溥, 『唐會要』卷23, 「武成王廟」, 上海古籍出版社, 2006. "鹽之類有二: 胃海、胃井、𥥆雄而成者, 曰末鹽, 『周官』所謂散鹽也. 引池而成者, 曰顆鹽, 『周官』所謂盬、鹽也. 而解州解縣、安邑兩池屬於"引池爲鹽." 解池"灌水盈尺, 鼓以南風, 暴以烈日, 須臾成鹽.…不侯風日之便, 積水而成, 厚灌以水, 味苦不適口.""

이 발생했다. 당시 사람들은 鹽池의 이상 현상을 요괴의 장난으로 보고 초월적인 능력을 지닌 신령을 통해 이를 물리치고자 했다.[42]

흥미롭게도 그것을 이끈 사람이 道敎 術士들이었다. 마침 宋 徽宗 숭녕연간(1102~1106)에 수해로부터 염전을 지키려는 공사가 마무리되었다. 이때 도교 종파 중 세력이 컸던 正一派 도사들은 관우가 염전을 지켰다는 '關羽大破蚩尤' 전설을 유포하기 시작했다.[43] 즉, 염전 공사가 완성되었다는 역사적 사실과 의미를 선양하기 위해 도교는 해주 지역의 전설적 영웅인 관우를 끌어왔다.[44] 이를 통해 알 수 있는 것은 이미 송대에 이르면 관우는 도교에서 숭배되는 신의 반열에 올랐다는 점이다.

또한 관우는 도교 이론서, 예를 들어 『關帝覺世眞經』·『關帝明聖經』·『戒士子文』·『關帝全書』 등에 등장하여 도교적 색채를 한껏 띠게 된다. 도교의 扶亂降神하는 방법들을 언급한 이 책들에서 관우는 한결같이 降魔神으로서 등장한다.[45] 한편 북방에서 가장 큰 正一派

---

42) 정연학, 「중국의 武聖, 관우: 명청대 이후를 중심으로」, 『박물관지』6집, 인하대학교박물관, 2003, 64쪽.

43) 이마이즈미 준노스케(今泉 恂之介), 이만옥 역, 『관우』, 예담, 2008, 25~27쪽.

44) 明나라 沈德符의 『萬曆野獲編』에는 "唐 大曆(766~779) 연간에 鹽神의 사당을 건립하고 후에 亭과 기념비를 세웠다. 또 唐 貞元13年(797)에 鹽神의 영험함을 빛내는 碑를 세우고 작위를 내렸다. 宋 大中祥符 7年(1014)에 鹽池가 크게 훼손되었는데, 壯繆 關羽가 陰兵을 이끌고 치우와 大戰을 벌여 그를 격퇴시키니 비로소 그를 위해 사당을 지었다. 또한 關羽神은 鹽池의 功으로 마침내 鹽神을 뛰어넘었다. 관우가 解州人이기 때문에 그의 신위와 명성은 鹽神을 초월하였다."라는 기록이 있다. 盧曉衡 編, 『關羽·關公和關聖』, 社會科學文獻出版社, 2002, 230쪽. 이는 도교의 지지를 통해 관우가 解州 鹽神으로 등극하는 과정을 설명하는 중요한 자료다.

45) 於志斌, 「關羽:儒稱聖, 釋稱佛, 道稱天尊-文化的"變異複合"」, 『蘇州大學

道館은 북경에 있는 東嶽廟 伏魔大帝殿이었다. '伏魔大帝'는 명나라 神宗 萬曆 22年(1594)[46] 하사받은 관우의 봉호 '三界伏魔大帝神威遠鎭天尊關聖帝君'을 뜻한다. 이는 明代가 되면 도교에서는 관우를 최고 반열의 신으로 대우했음을 반증한다.

2) 宋代 徽宗의 追封

도교에서 관우가 본격적으로 숭상을 받게 된 것은 송대에 이르러서이다. 송대는 重文輕武의 국가 기조로 인해 갈수록 국력이 약해지던 시대였다. 요나라와 금나라 등 이민족의 끊임없는 침략 속에서 통치계급은 문제의 해결책을 부국강병보다는 神靈의 保佑에서 찾으려고 하였다. 결국 關羽는 종교계의 지극한 推崇과 통치자의 加封을 받아 명성이 날로 높아갔다. 자연 그를 모시는 廟宇도 전국적으로 보급되기 시작했다.

북송 제8대 徽宗(재위1100~1125)은 독실한 도교 추종자였다. 이 시기 도교는 황실의 永續과 안녕을 기원하면서 국가 종교로서의 위치를 갖추게 되었다. 앞서 언급한 것처럼 이 시기 관우는 불교에서도 가람신으로서의 위상을 굳히고 있었다. 봉건 통치자는 이러한 관우의 종교적 색채를 이용하여 자신의 정권을 공고히 하고자 하였다. 봉건 통치

學報(哲學社會科學版)』1996年第1期, 90쪽.

46) 하지만 신하들의 논란이 있어 실제로는 熹宗 天啓 4年(1624) 7月, 太常寺 題請을 거쳐 정식 정부의 인가를 받게 되었다. 劉侗, 『帝京景物略』卷3, 「關帝廟」, 故宮出版社, 2013. "萬曆四十二年十月十一日, 司禮監太監李恩齋捧九旒冠、玉帶、龍袍、金牌, 牌書救封三界伏魔大帝神威遠鎭天尊關聖帝君, 於正陽門祠, 建醮三日, 頒知天下. 然太常祭祀, 則仍舊稱. … 天啓四年七月, 禮部覆題得旨, 祭始稱帝."

자가 선택한 방법은 封贈을 통한 顯彰이었다.

관우가 받은 봉호는 크게 '侯(漢壽亭侯, 壯繆侯) → 公(忠惠公) → 王(武安王, 英濟王) → 帝(協天護國忠義大帝, 三界伏魔大帝神威遠鎭天尊關聖帝君)'의 단계로 나눌 수 있다. 관우 생전과 죽은 지 얼마 되지 않아 받은 '漢壽亭侯'와 '壯繆侯'를 제외하면, 公·王·帝야말로 관우 신격화의 심화단계라 할 수 있다.

그런데 公과 王의 두 단계를 한꺼번에 뛰어넘게 한 통치자가 바로 徽宗이다. 崇寧 1年(1102), 휘종은 등극과 함께 북방에서 거란족인 遼와 여진족인 金이 세력을 떨쳐 사회가 혼란해지자 관우에게 '忠惠公'의 시호를 내렸다. 侯를 넘어 公의 작위를 최초로 받은 봉호이다. 또한 이는 관우의 봉호에서 처음으로 忠이 들어가는 것으로, 관우 추봉의 목적이 무엇인지를 보여주는 부분이다. 이어서 崇寧 3年(1104)이 되면, 관우가 백성을 위해 요괴를 물리치고 재앙을 없애준다 하여 '崇寧眞君'이란 시호를 추증하고, 이와 함께 해주 서관의 관묘에 崇寧殿을 증축한다.[47] 崇寧은 휘종의 연호이며, 眞君은 도교식의 존호이다. 이 때부터 관우가 본격적으로 道敎的 神格으로 거듭났음을 알 수 있는 증거다. 이듬해 崇寧 4年(1105), 휘종은 '崇寧至道眞君'으로 고쳐 봉한다. 다시 大觀 2年(1108)이 되면, 휘종은 '武安王'으로 봉하여 국가의 안녕과 번영을 기원하는 호국신으로 삼는다.[48] 드디어 관우가 '公'에서 '王'으로 등극하게 된 것이다. 宣和 5年(1123), 휘종은 다시 '義勇'을 붙여 '義勇武安王'으로 가봉한다. 이는 武成王으로 숭상 받던 姜太公보다 중요한 인물로 대우받게 된 것을 의미한다.[49] 唐代 德宗

---

47) 李瀷, 『星湖僿說』 제9권, 「關王廟」, 민족문화추진위원회, 1974, 56쪽.
48) 徐松 編, 『宋會要輯稿』, 「禮之二十」, 上海古籍出版社, 2009. "徽宗 崇寧元年十二月封武惠公, 大觀二年進封武安王."

建中 3年(782) 강태공을 주신으로 모신 武成王廟에 64명 중 한 명으로 從祀된 것에 비하면 비약적인 발전이었다. 이는 明나라 神宗代의 봉호 '三界伏魔大帝神威遠鎭天尊關聖帝君'와 청나라 文宗代의 봉호 '忠義神武靈祐神勇護國保民關聖大帝'의 시발점이 되었다.50)

결국 도교는 해주 鹽池의 경제적 지위를 이용해 관우를 끌어들임으로써 자신의 종교적 지위를 확장시켜 나갔다. 이 과정에서 관우는 통치자의 지속된 추봉을 통해 도교적 신격을 확립하기에 이르렀다.

3. 儒敎의 통치사상 확립과 關羽의 神格化

1) '儒將' 關羽와 春秋大義

유교는 불교나 도교와는 달리 현세적 이데올로기다. 그러기에 공자의 사상은 봉건사회에서 국가통치의 이론적 기반을 제공하며 오랜 기간 동안 통치자의 사랑을 받아왔다. 유가는 살벌하고 폭력적인 武士보다는 겸손한 君子와 도덕적 성인을 선양했다. 그런 점에서 본다면 역사적 실존 인물 관우는 유가와는 어울리지 않는 대상이었다. 하지만 관우가 대대로 각 계층 사람들의 崇敬을 받으면서 점차 신격화 경향을 보이자 뒤늦게 그의 효용성을 인정하기에 이르렀다.

유교에서 관우를 활용하기 위해 제일 먼저 한 일은 그를 '儒將'으로

---

49) 盧曉衡 主編, 『關羽關公和關聖』, 社會科學文獻出版社, 2002, 82쪽.

50) 文宗은 咸豊3年(1853), 月城廟에 있던 관우의 神位에 도교의 神名을 加封하여 그곳이 민간도교의 중심이 되게 했다. 아울러 의례를 小祀였던 제사를 中祀에 포함시켰다. 이경선, 「관우신앙에 관한 고찰」, 『논문집』8집, 한양대, 1974, 14쪽.

각색하는 것이었다. 이것은 관우가 기존에 갖고 있던 江湖豪俠의 이미지와 불교와 도교의 종교적 이미지를 넘어서 유가만의 색채를 입히는 작업이었다. 역사 인물로서의 관우와 신격화된 관우는 본질적으로 다르다. 신으로서의 관우는 사람들에게 새로운 시대정신을 전달해야만 하는 일종의 문화적 존재였다. 관우가 단순히 천하의 용장으로서 "만인을 대적할(萬人敵)" 수 있을 뿐만 아니라 儒將으로서 이미지를 갖추게 될 때, 그가 이끄는 군대는 仁義의 군대이자 威武의 군대가 된다. 이는 대대로 兵家에서 숭상해온 관우 신령이 유가의 옷을 입으면서 "武聖"으로 대변되는 제도권 안으로 들어오게 되었음을 의미한다. "武聖"이란 "文聖" 孔子를 염두에 둔 국가 典祀 시스템의 하나였기 때문이다. 관우가 "武聖"으로 불리는 주요 이유는 그의 출중한 무예 때문이 아니다. 그것은 바로 그가 갖춘 선명한 道德精神에 있었다. 이렇듯 도덕에 대한 숭상은 바로 유교가 만든 중국 고대 문화의 본질적인 정신이기도 했다.[51]

유교에서 재창출한 관우의 儒將 이미지는 특별히 공자의 春秋大義와 연결되어 있다.

> "옛날 列國에는 史官이 있어 時事의 기록을 맡았다. 『春秋』는 魯나라 역사일 뿐이다. 그런데 공자가 筆削을 가하여, 역사 외에 마음을 전하는 전범이 되었다. (이후) 맹자가 宗旨를 밝혔기 때문에 천자의 일이 되었다. 周나라의 도가 쇠미해지고 기강이 풀어지자, 亂臣과 賊子가 당시에 발을 붙이고, 사람이 욕심이 방자해지고 하늘의 이치가 사라지게 되었다. 공자가 하늘의 이치를 보존하는 것을 자기의 책임으로 삼지 않았으면 누가 그리 했겠는가? ··· 한 글자의 기림[襃寵]은 황제의 선물보다

51) 陳曉英, 「中國傳統哲學的三個觀念及其現代價値」, 『遼東學院學報(社會科學版)』 第11卷第1期, 2009, 24~27쪽.

좋았고, 한 마디 꾸짖음[貶辱]은 저자거리의 매질보다 심했다. … 百王의 法度와 萬世의 기준이 모두 이 책에 있다. 그러므로 군자는 五經중 『춘추』를 法律의 판례로 여겼던 것이다."[52]

이 글은 송대 유학자 胡安國(1074~1138)이 지은 『春秋傳序略』의 한 대목이다. 그는 『춘추』의 가치를 존중하여 『春秋胡氏傳』30권을 짓는 등 평생 春秋學에 몰두했었다. 사실 隋唐代 이전 사람들은 『春秋』를 『論語』보다 중요하게 여겼다. 『논어』는 당시 일종의 중고등학교 교재일 뿐이었고, 『춘추』는 대학의 특별 강좌였다.[53] 그러던 것이 송대 성리학이 자리 잡는 과정에서 일대 변화가 일어났다. 王安石은 學官의 과목 중 춘추를 제외하였고, 朱熹는 四書를 중심으로 성리학 경전을 재편하면서 『논어』는 유가 대표경전으로 등극하게 되었다. 하지만 공자의 입장에서 『춘추』는 周 왕조를 부활하고, 濟世의 꿈을 이루기 위한 典範으로 쓰인 책이다. 그런 점에서 "나를 알리는 것도, 나를 죄주는 것도 『춘추』일 것이다(知我罪我, 其惟春秋)."[54]라는 공자의 말은 의미가 남다르다.

그러면 胡安國의 말처럼 『춘추』의 "한 글자 칭찬은 황제가 하사한 선물보다 좋으며, 한 마디 비판은 저자거리의 매질보다 더한 것", 이런

---

52) 胡安國, 『春秋傳序略』, 巴蜀書社, 1984, 1쪽. "古者, 列國有史官, 掌記時事. 『春秋』, 魯史爾. 仲尼就加筆削, 乃史外傳心之要典也. 而孟氏發明宗旨, 故爲天子之事者, 周道衰微, 乾綱解紐, 亂臣賊子, 接跡當世. 人欲肆而天理滅矣. 仲尼, 天理之所在, 不以爲已任而誰可? …是故假魯史以寓王法, 撥亂世反之正…一字之褒寵踰華袞之贈, 片言之貶辱過市朝之撻.…百王之法度, 萬世之准繩, 皆在此書. 故君子以爲'五經'之有『春秋』, 猶法律之有斷例也."

53) 錢穆, 『兩漢經學今古文評議』, 商務印書館, 2001, 1쪽.

54) 阮元, 『十三經注疏』, 『孟子』, 「滕文公下」, 中華書局, 1980, 2714쪽.

칼날 같은 春秋의 大義는 과연 무엇이었을까? 그것은 바로 尊王攘夷의 가치관이었다. 『春秋』가 천명한 尊王攘夷 가치관은 북송 말년에 오면 특수한 시대적 의의를 갖고 있었다. 거란과 여진, 그리고 西夏로 대변되는 북방 오랑캐들의 부상으로 송나라는 한족 역사상 최악의 치욕을 겪고 있었다. 그래서 남송 1대 高宗은 천도 후 즉시 胡安國을 청해 『春秋』를 侍講하게 하였다.[55] 그리고 윗사람을 범하여 난을 일으키는 것을 반대하고, 仁政을 베풀고, 禮儀를 講究하되, 그 핵심 가치인 君臣·父子·夫婦·兄弟·朋友, 이른바 "三綱五常"을 강화하였다. 한편 이런 대의에 부합하는 역사상 인물을 찾아 새로운 시대의 전범으로 만드는 작업에 착수하였다.

이처럼 관우가 儒將으로 꼽힌 것은 자연스런 시대적 요구이기도 했다. 그는 평생 동안 劉備와 漢 황실에 대해 "忠義"를 다했으며, 조조에게 반 인질 상태로 잡혀있던 상황에서도 형수에 대한 "尙禮"를 지켰으며, 심지어 적인 曹操와 張遼에 대해서도 "守信"을 실천했던 인물이다.[56] 또한 무엇보다 생전의 관우는 『춘추』를 좋아해서 그 구절들을 모두 외워서 입에 붙을 정도였다는 다소 武將으로서 특이한 점도 가지고 있었다.[57] 결국 儒家의 다양한 顯彰[58]에 의해 관우는 忠·義·仁

---

55) 黃麗·雷天怡, 「『春秋』與關羽~孔子『春秋』大義與關羽刑象的神聖化系列研究之一」, 『遼東學院學報(社會科學版)』第12卷第4期, 2010.8, 119쪽.

56) 『三國志演義』의 評改本을 만든 毛宗崗은 다음과 같이 관우를 평가했다. "許田之欲殺, 忠也; 華容之不殺, 義也. 順逆不分, 不可以爲忠; 恩怨不明, 不可以爲義. 如關公者, 忠可幹霄, 義亦貫日, 眞千古一人." 吳松·易素貞, 「關羽崇拜現象形成的原因探析」, 『華北科技學院學報』第4卷第4期, 2002.12, 103쪽.

57) 陳壽 著, 裴松之 注, 『三國志』卷54, 『吳書』, 「周瑜魯肅呂蒙傳」, 上海古籍出版社, 2011, 1176쪽. "江表傳亦云: 斯人長而好學, 讀左傳略皆上口."

·信·勇을 구비한 이상적 儒將의 典範이 되었다.

　　"侯(關羽)는 평생 『春秋左傳』을 애호했다. 『春秋』는 王室을 높이고 夷狄을 물리치며, 亂賊을 誅討하는 것이니 누가 庸禮를 본받아 義로 삼겠는가. 侯가 昭烈(劉備)에게 간절했던 것은 참으로 춘추가 있어서였구나!"59)

　이 문장은 明 11대 世宗 嘉靖 19年(1540), 都禦史 楊守禮가 寧夏 總鎭 漢壽亭侯 舊廟를 重修하고 지은 것이다. 관우의 "왕실을 높이고 夷狄을 물리치며, 亂賊을 誅討하는" 것은 바로 尊王攘夷의 春秋大義였다. 諸葛亮이 칭찬한 "絶倫逸群"한 기질은 물론 관우의 아름다운 수염(美須髥)과 『춘추』를 좋아한 모습은 후대 儒將의 전형이 되기도 하였다.60) 결국 孔夫子가 『春秋』를 지었고, 關夫子61)가 『春秋』

---

58) 이 외에도 儒家는 관우의 世家에 조금씩 儒家典範을 집어넣어 儒學世家였음을 창조하는 등 다양한 방법을 동원했다. "康熙十七年戊午, 解州有常平士於昌者讀書塔廟. 塔廟, 侯故居也. 昌晝夢侯, 授以易碑二大字. 驚而寤, 見井者得巨磚, 碎之, 磚上有字; 昌急合讀, 乃紀侯之祖、考兩世諱字、生卒甲子大略."; "公沖穆好道, 以'易'、'春秋' 訓其子." 沈茂陰, 『苗栗縣志』卷15, 『文藝志』, 「關聖帝君祀典序」, 台北:台灣大通書局, 2009, 223~224쪽.

59) 楊守禮, 『漢壽亭侯新廟』, 王珣 主編, 『寧夏新志』卷2, 天一閣藏明代方志選刊本, 4쪽下. "侯平生雅好『春秋左傳』. 蓋『春秋』以尊王室, 攘夷狄, 誅亂討賊, 孰典庸禮爲義. 侯之所以拳拳於昭烈者, 良有以夫!"

60) 『晉書』의 「羊祜傳」·「郤鑒傳附郤恢傳」·「劉牢之傳」과 『周書』의 「楊忠傳」·「竇熾傳」·「庾信傳」에서 주인공들은 묘사할 때 모두 관우의 특징과 유사한 점을 찾을 수 있다. 趙山林, 「南北融合與關羽形象的演變」, 『文學遺産』2000年第4期, 2000.7, 109쪽.

61) 관우를 夫子라는 칭호를 붙인 것은 明末에 시작되었다. 俞樾, 『茶香室續鈔』卷19, 中華書局, 2006. "關夫子之稱起於明季 … 國朝王夫之『識小錄』云: 湯義仍集於主考但稱擧主某公, 可見濫稱老師, 萬曆中年後之末俗也. 崇禎

를 읽은 것이다.62) 공자와 관우를 문화적 유기체로 이은 매개가 바로
『春秋』였던 것이다.

2) 관우 神靈의 科擧試驗 개입과 사회 질서 유지

과거시험은 유생에게 신분 상승의 대표적 기회이자, 유가적 입신양
명이라는 이상을 실현하는 핵심 도구였다. 그래서 유생들은 평생을 유
가 경전을 읽으며 과거시험에 매달렸다. 어떤 면에서 이것은 유생만이
가질 수 있는 사회적 특권이기도 했다. 반면 그것이 주는 사회적 중압
감은 실로 엄청났다. 자연 유생들에게 그 어떤 종교적인 기원보다 간
절할 수밖에 없었다.

文衡帝君 관우의 등장은 전 시대 유생들의 열렬한 환영을 받았다.
오늘날 대학입시 등 각종 시험에 합격을 기원하는 다양한 행사를 치르
는 것과 마찬가지였다. 관우를 일종의 文敎神이자 考試保護神으로
만든 것은 최고의 한 수였다. 유생들은 관우 숭배의 우상화 작업에 자
발적이면서 적극적으로 참여하기 시작하면서, 관우 신앙에 일종의 합
법성을 부여하였다. 그리하여 관우는 교화를 핵심으로 하는 유교 사회
구성의 중요한 도구가 되었다. 과거 제도는 봉건 사회를 유지하는 효
율적인 방안 중 하나였다. 지식인층을 하나로 묶어서 그들이 사회 질
서 유지라는 하나의 목적을 향해 일률적으로 움직이도록 하는 사회적

末年乃有夫子之稱. 尤可笑者, 至以關侯與孔子同尊."

62) 四川省 成都 關羽衣冠家의 楹聯에는 "孔夫子, 關夫子, 萬世兩夫子; 修春
秋, 讀春秋, 千古一春秋."라는 문구가 있다. 於志斌, 「關羽:儒稱聖, 釋稱佛,
道稱天尊-文化的"變異複合"」, 『蘇州大學學報(哲學社會科學版)』 1996年
第1期, 89쪽.

거대 담론이었다. 관우 신령이 과거 제도에 직간접적으로 개입한다는 것은 봉건 질서의 수호자로서 역할을 수행한다는 의미다.[63]

관우 神靈의 科試 개입은 다양한 이야기를 양산했다.

① "秦潤泉 大士가 乾隆 壬申年에 장원 급제하였다. 散館 전에 正陽門 關帝廟에서 점괘를 뽑았는데, "조용히 항상 이 마음을 유지하라(靜來常把此心捫)"는 문구가 있었다. 아마도 자신도 모르는 숨겨진 잘못이 있으니 경계하라는 말인 듯했지만, 아무리 생각해 봐도 그 의미를 끝내 해석할 수가 없었다. 이윽고 과거시험을 보는데, 欽定皇帝가 낸 문제는 '松柏有心'으로 시를 짓는 것이었다. (그런데) 네 번째 단락에서 心字 本韻을 깜빡 누락한 채 제출했지만, 시험관들은 모두 알지 못했다. 황제가 이를 지적하며 웃으며 말했다. '狀元이 心이 없는 답을 썼는데, 主司 중엔 눈 가진 이가 없구나.' 비로소 그는 관우 신령이 먼저 계시해준 것임을 깨달았다."[64]

② "寧波의 狀元 史立齋가 大成을 지냈는데, 杭州에 鄕賦를 보러 가던 중 萬安橋 서쪽 關廟에서 占簽했다. 神이 준 簽訣에 이르길, '그대는 지금 庚甲에는 형통하지 못하고(君今庚甲未亨通), 강가에서 낚시꾼이나 될 것이다.'라고 했다. 그는 아주 불쾌해 하

---

63) 郭小霞, 「儒生與關羽崇拜」, 『株洲師範高等專科學校學報』 第8卷第6期, 2003. 12, 13쪽.
64) 徐錫麟·錢泳, 『熙朝新語』, 上海古籍出版社, 1983. 郭小霞, 「儒生與關羽崇拜」, 『株洲師範高等專科學校學報』 第8卷第6期, 2003.12, 13쪽 재인용. "秦潤泉大士, 乾隆壬申狀元, 散館前求簽於正陽門關帝廟, 有"靜來常把此心捫"之句, 疑己有隱慝而神徵之云. 然時自訟, 終不解也. 及試, 欽定賦題'松柏有心', 以題爲韻. 第四段忘卻心字本韻, 閱卷大臣俱未檢及, 上指出笑曰: "狀元有無心之賦, 主司無有眼之人." 始悟神己先示之矣."

면서도 "지금은 일등을 못할 인연일 뿐이다."라고 했다. 과거가 順治 甲午(1654)에 있었는데, 방이 붙자 史立齋가 급제를, 또 다음 乙未年에는 장원급제를 하였다. 비로소 神言의 뜻을 풀기를, '甲·未에 형통한다(甲未亨通)'라고 했으니, 아! 기이하도다.[65]"

①이 수록된 『熙朝新語』는 淸代 초기부터 嘉慶年間까지 국가의 朝章典故, 人物事跡 및 風土人情을 기록한 책이다. 여기서 관우는 과거시험을 보는 秦潤泉 大士에게 心자에 유의하라는 점괘를 내려주었다. 비록 그가 그 뜻을 이해하지 못해 실수를 저질렀지만 채점관의 눈을 가려 장원급제하게 해주었다. 그제야 關帝가 내려준 점괘의 의미를 알고 그 영험함을 깨달았다는 것이다.

②는 『不下帶編』卷5에 수록된 史立齋 이야기다. 역시 비슷한 경우로, 점괘 풀이를 잘못해서 벌어진 에피소드라 할 수 있다. 관우가 科試에 개입하는 것은 이런 식의 점괘 풀이 외에도 현몽 등 시험 전 문제 암시와 함께 각종 수단을 이용하여 유력한 수험생을 탈락시키는 등 다양한 형태를 보인다.[66]

---

65) 金埴, 『不下帶編』卷5, 中華書局, 1982. 於志斌, 「關羽:儒稱聖, 釋稱佛, 道稱天尊-文化的"變異複合"」, 『蘇州大學學報(哲學社會科學版)』1996年第1期, 90쪽 재인용. "寧波史狀元立齋大成[史官宗伯] 鄕試杭州, 禱於萬安橋之關廟. 神示簽句云: "君今庚甲未亨通, 且向江頭作釣翁"云云. 心怏怏, 謂一第今無分耳. 是科爲順治甲午, 榜發, 中擧人. 明年乙未, 大魁天下, 始解神言謂亨通在「甲、未」也. 噫! 異矣!"

66) 이 외에도 關羽像 귀 안에 집을 지은 벌집을 청소해 준 대가로 현몽하여 『春秋』의 깊은 뜻을 講解해 주었다거나, 浙江사람 金華의 오만한 아들을 경계하여 빼어난 재주에도 불구하고 평생 秀才로만 살게 한 이야기 등이 전한다. 郭小霞, 「儒生與關羽崇拜」, 『株洲師範高等專科學校學報』 第8卷第6期, 2003.12, 13~14쪽.

결국 유교는 孔子의 春秋大義에 기반을 두고 관우를 儒將으로 재창조하였고, 그의 신령을 文衡帝君으로 만들어 유생들의 마음을 사로잡는데 성공했다. 이렇게 관우를 신화화한 것은 통치 사상의 확립을 위해 그의 "忠義"를 변화하여 만든 일종의 시대정신이라 할 수 있다. 이를 통해 지식인층과 일반 백성들 모두가 관우를 롤 모델로 삼아, 그의 정신을 본받음으로써 사회 통제에 한 방편으로 삼았다.

본고의 출발점은 역사적 '사실'을 넘어 關羽 神格化가 갖고 있는 문화적 '진실'에 접근하려는 것이었다. 關羽神은 儒·佛·道로 대변되는 종교계에서 각기 처한 상황에 따라 독특한 경로를 밟으며 뿌리를 내렸다. 각 종교는 관우의 이미지를 통해 새로운 문화적 코드를 재창조했으며, 이를 종교적으로 적극 활용하였다. 즉, 불교는 외래종교로서의 한계를 지역성을 띤 관우 神靈을 사찰을 수호하는 '伽藍神'으로 격상시키면서 토착화에 성공하였다. 특히 隋代 天台智顗와 唐代 大通神秀의 관우 顯彰은 荊州 玉泉寺라는 지역성과 이후 長安 진출이라는 정치성과 맞물려 그 파급력을 극대화시켰다.

반면 도교는 解州 鹽田의 국가적 중요성을 일찌감치 파악하고, 도교 天師가 나서서 지켜낸다는 설정을 하였다. 이를 위해 이 지역 출신 관우를 등장시켜 '關羽大破蚩尤' 전설을 만들고, 관우 신성화에 박차를 가했다. 이는 절실한 도교 신봉자였던 송 휘종의 추봉으로 이어졌고, 관우는 道敎的 神格을 확립하게 되었다.

마지막으로 유교는 '儒將' 관우 이미지를 공자의 春秋大義와 연결하여 '尊王攘夷'라는 시대정신으로 재창조했다. 이를 통해 忠義大節을 선양하여 국난 극복 등 국가 통치 질서 확립의 수단으로 삼고자 했다. 또한 관우를 '文衡帝君'으로 신격화하여 지식인층의 폭발적인 이끌어냄으로써 과거를 통한 사회 통제 기능까지 얻고자 했다.

이렇듯 관우 신격화는 종교적 발전 과정 속에서 더욱 활발히 진행되었다. 儒·佛·道 삼교의 지속적인 상호 작용에 의해 관우 신앙은 부족한 사상적 기반과 보편성을 확보할 수 있었다. 그리하여 관우 신령은 사회 전 계층에 유포되어 萬能神에 가까운 능력을 갖게 되었다. 그런 점에서 玉泉寺 關廟의 楹聯으로 알려진 "儒의 聖이요, 釋의 佛이요, 道의 天尊이니, 三敎가 모두 歸依했구나. 敬仰하니 關廟의 모습 항상 새로워 엄숙히 공경하지 않은 이 없다네."[67]라는 문구는 儒·佛·道 三敎와 關羽의 관계를 잘 보여주는 예라 하겠다.

---

67) 鄭上有, 『關公信仰』, 學院出版社, 1994. "儒稱聖, 釋稱佛, 道稱天尊, 三敎
盡歸依, 式瞻廟貌常新, 無人不肅然起敬."

| 저자 소개 |

민관동(閔寬東, kdmin@khu.ac.kr)

• 忠南 天安 出生.
• 慶熙大 중국어학과 졸업.
• 대만 文化大學 文學博士.
• 前 : 경희대학교 외국어대 학장. 韓國中國小說學會 會長. 경희대 比較文化研
  究所 所長.
• 現 : 慶熙大 중국어학과 教授. 경희대 동아시아 서지문헌연구소 소장

著作

• 『中國古典小說在韓國之傳播』, 中國 上海學林出版社, 1998年.
• 『中國古典小說史料叢考』, 亞細亞文化社, 2001年.
• 『中國古典小說批評資料叢考』(共著), 學古房, 2003年.
• 『中國古典小說의 傳播와 受容』, 亞細亞文化社, 2007年.
• 『中國古典小說의 出版과 研究資料 集成』, 亞細亞文化社, 2008年.
• 『中國古典小說在韓國的研究』, 中國 上海學林出版社, 2010年.
• 『韓國所見中國古代小說史料』(共著), 中國 武漢大學校出版社, 2011年.
• 『中國古典小說 및 戲曲研究資料總集』(共著), 학고방, 2011年.
• 『中國古典小說의 國內出版本 整理 및 解題』(共著), 학고방, 2012年.
• 『韓國 所藏 中國古典戲曲(彈詞 · 鼓詞) 版本과 解題』(共著), 학고방, 2013年.
• 『韓國 所藏 中國文言小說 版本과 解題』(共著), 학고방, 2013年.
• 『韓國 所藏 中國通俗小說 版本과 解題』(共著), 학고방, 2013年.
• 『국내 소장 희귀본 중국문언소설 소개와 연구』(共著), 학고방, 2014年.
• 『중국 통속소설의 유입과 수용』(共著), 학고방, 2014年.
• 『중국 희곡의 유입과 수용』(共著), 학고방, 2014年.
• 『韓國 所藏 中國文言小說 版本目錄』(共著), 中國 武漢大學出版社, 2015年.
• 『韓國 所藏 中國通俗小說 版本目錄』(共著), 中國 武漢大學出版社, 2015年.
• 『中國古代小說在韓國研究之綜考』, 中國 武漢大學出版社, 2016年.

- 『조선간본 유양잡조의 복원과 연구』(共著), 학고방, 2018年.
- 『三國志 人文學』, 학고방, 2018年.
- 『봉화 닭실마을의 문화유산 - 충재박물관 소장 고서목록과 해제』(共著), 학고방, 2019年.
- 『한담소하록』(共著), 학고방, 2020年.
- 『중국문학과 소설, 그리고 수용과 변용』, 학고방, 2021年. 외 다수

論文

- 「在韓國的中國古典小說翻譯情況研究」, 『明清小說研究』(中國) 2009年 4期, 總第94期.
- 「中國古典小說의 出版文化 研究」, 『中國語文論譯叢刊』 第30輯, 2012年.
- 「朝鮮出版本 中國古典小說의 서지학적 考察」, 『中國小說論叢』 第39輯, 2013年.
- 「한·일 양국 중국고전소설 및 문화특징」, 『河北學刊』, 중국 하북성 사회과학원, 2016年.
- 「小說『三國志』의 書名 研究」, 『중국학논총』 제68집, 2020年. 외 다수
- 「朝鮮前期에 刊行된 中國古典文獻 考察」, 『중국어문학지』 제74집, 2021年.

외 다수

경희대학교 동아시아 서지문헌 연구소 서지문헌 연구총서 07

三國志에서 三國志演義까지
역사에서 허구로

초판 인쇄 2022년 9월 15일
초판 발행 2022년 9월 25일

저   자 | 민관동
펴 낸 이 | 하운근
펴 낸 곳 | 學古房

주   소 | 경기도 고양시 덕양구 통일로 140 삼송테크노밸리 A동 B224
전   화 | (02)353-9908 편집부(02)356-9903
팩   스 | (02)6959-8234
홈페이지 | www.hakgobang.co.kr
전자우편 | hakgobang@naver.com, hakgobang@chol.com
등록번호 | 제311-1994-000001호

ISBN 979-11-6586-481-1 94820
      978-89-6071-904-0 (세트)

값 24,000원